中国典籍与文化研究丛书 第二辑

元刻《史记》彭寅翁本研究

张兴吉 · 著

凤凰出版传媒集团
凤凰出版社

全国高等院校古籍整理研究工作委员会
重点规划项目

总　　序

《中国典籍与文化研究丛书》是一套学术研究专著。它注重对中国的古代文献(包括传世典籍和出土文献)的研究和以古代文献为基础对中国文化的探求与思考。其中,有从古文献学的角度进行典籍、文献的专门研究,也有在古代文献、古代典籍研究的基础上,多方位、多视角地审视典籍,审视中国文化,探求典籍与文化的内在关系,探究它们的结合点。它立足于中国古代的典籍,立足于中国古代的文献,力求体现对古文献研究的特色,倡导一种脚踏实地、实事求是的学风,并且提倡有新的切入点,有新的思路、新的方法,推出有质量的,甚至是高质量的学术研究成果。

这套丛书是由全国高等院校古籍整理研究工作委员会策划和组织的。作者队伍的主干力量是全国高等院校古籍整理研究工作委员会直接联系的25所大学的古籍整理与古文献学的教学、科研机构中的学者和若干家在全国有影响的出版社的专家。同时,也吸收全国各相关学科的学者的符合于这套丛书宗旨的学术研究专著。

这套丛书的书稿将在编委会、学术委员会和出版社分别审定合格之后分批推出。

承蒙人民文学出版社、上海古籍出版社、江苏古籍出版社、齐鲁书社联合出版这套丛书。在此谨致真诚的谢意。

《中国典籍与文化研究丛书》编委会

2003年4月15日

序

近年来,随着《史记》研究的不断深入,《史记》的版本研究也有了长足的发展。建国以来,国内的学者在前人研究的基础上,从注重《史记》各版本异同,过渡到全面考察《史记》的版本源流,以更广泛的视野,研究《史记》的版本。上个世纪五十年代贺次君先生《史记书录》的问世,开启了《史记》版本研究的新时代。此后的学者在此基础上,不断将《史记》的版本研究推向深入。日本学者池田英雄在《史记学 50 年》一书中指出:二十世纪八十年代有“易孟醇著《史记版本考索》、安平秋著《史记版本述要》两篇优秀的论文发表。两者都致力于明确各版本之间的出入,探究古本之源流,寻访对后世书籍的影响,系统地澄清 2000 年间《史记》传承的轨迹①。”这些开创性的工作为后来研究《史记》版本的学者提供了借鉴和方法,也开辟了道路。上个世纪九十年代以后,随着与海外学术交流的逐渐增加,大量的境外收藏的《史记》版本及研究资料为国内学界所了解,国内学者充分利用这些资料并借鉴海外学者的《史记》研究成果,推出一系列有影响的研究成果,从而使国内的《史记》版本研究进入了一个全新的时期,其中以张玉春博士的《〈史记〉版本研究》和张兴吉博士的《元刻〈史记〉彭寅翁本研究》为代表。

张兴吉博士的《元刻〈史记〉彭寅翁本研究》力图从一个新的角度

---

① 池田英雄:《史记学 50 年》第 135 页。

来研究《史记》的流变,即通过对元刻《史记》彭寅翁本的剖析,展开对《史记》版本的个案研究。元刻《史记》彭寅翁本是目前存世的继南宋黄善夫本之后最早的三家注合刻本,也是黄善夫本之后承前启后、最具特色的三家注本。研究元刻《史记》彭寅翁本是梳理《史记》三家注本版本系统的一个关键问题。而此本存世不多,目前还没有专门针对此本的专题研究。因而张兴吉博士选择元刻《史记》彭寅翁本作为自己的研究对象,具有填补空白的意义。

张兴吉博士《元刻〈史记〉彭寅翁本》的学术价值有几个方面:一是第一次对《史记》三家注本中最早的两个版本,即黄善夫本和彭寅翁本,做了全130卷的校勘,因而作者的立论在全面、客观的基础上,避免了以前学术界常使用的只对个别卷做校勘而带来的偏颇。作者不满足于传统例证式的校勘方法,用全面的统计校勘结果,做穷尽式的研究。统计分析科学严谨,结论可靠。二是着重指出了彭寅翁本的版本价值和在《史记》版本流变中的地位,不仅以全面的考证,支持了张玉春的黄善夫本是彭寅翁本的底本的观点,而且进一步探索了彭本与后代《史记》版本的关系,如和明刻《史记》中嘉靖三刻的关系,并第一次用具体的校勘成果得出结论:彭本是日本刊《史记》古活字本的底本,从而解决了三家注本的传承问题。三是作者在研究方法上的突破,即力求通过具体的版本校勘实践,来探索版本学的理论与研究方法。力求通过对彭本的个案研究,总结古籍版本的流变规律,为版本学的发展提供了一些试验性的借鉴。四是作者目验过所有传世的彭刻本的复制本,占有资料相当丰富,在此基础上将彭寅翁本与《史记》的其他版本进行了比较研究,作了大量细致扎实的校勘工作,积累了大量的资料,为后来的研究者提供了相当丰富的《史记》版本研究资料。所以,张兴吉博士的研究虽然是一个小的选题,却做到了小中见大,由于作者有扎实的学术功底,对中日两国《史记》版本研究成果进行了深入剖析，使一个原本并不宏大的选题，成为一个有深度、有厚度的引人注目的成果，是一部全方位、宽视角的论著。特别是此书后所附《〈史记〉版本存世目录》，不仅简要地介绍了《史记》版本的基本情况，还注明收藏单位和数量，对于《史记》研究者而言是极为便利的《史记》版本检索工具，很有价值。

张兴吉是我近年来指导过的博士研究生之一，我对他的为人和学术研究都很熟悉。这部著作是在张兴吉博士毕业论文基础上修改而成，修改后的书稿内容更加翔实，结构也更加严谨。在此书即将出版之际，应兴吉之邀做序，希望兴吉能在《史记》版本研究的道路上继续走下去，为学术界提供更多更好的《史记》研究成果。

安平秋

2005 年 12 月 26 日

（《序》文作者安平秋先生，现为北京大学中文系教授、博士生导师，全国高等院校古籍整理研究工作委员会主任，北京大学中国古文献研究中心主任，中国《史记》研究会会长。）

目　录

前　言

元刻《史记》彭寅翁本刊行于元至元二十五年(1288),是目前存世《史记》版本中仅次于南宋黄善夫本(1196 年刊行)的已知的第二个三家注本。它也是从南宋黄善夫本到明代廖凯刻本(1517 年刊行)300 多年间国内惟一的《史记》三家注刻本,因而可以说是一部承上启下的《史记》版本,在《史记》版本体系中占有重要的地位。对这样一个重要的《史记》版本展开专题性研究,势必会重新构建《史记》的版本系统。同时,此问题的展开,在文献学的意义上,也是对古籍的版本研究进行一种新的摸索,力求实现一个方法的突破,为其他古籍整理的相关研究提供一定的借鉴。

纵观《史记》的版本体系,三家注本是人们最常使用的版本。而三家注本体系中,最为有名者当属南宋黄善夫本、元彭寅翁本、明嘉靖三刻本、清武英殿本及金陵书局本、解放后的中华书局本。上述诸书中,就使用频率来说,元刻彭寅翁本最低。笔者以为有三个原因:一是此本在刊行后,因其中的三家注删节过多,故不为学界所重;二是据目前的研究,还没有发现此本在国内有翻刻本,因而此本流传量少,接近近代才为国内学者所认识;三是此本存世量虽大,但皆为各大图书机构所珍藏,即便是学者也极难得见原本。所幸 2002 年 4 月,由安平秋先生主持刊行的《日本宫内厅书陵部藏宋元版汉籍影印丛书》由线装书局影印出版。其第一辑中有元刊三家注《史记》彭寅翁本,这是这部元刊本问世 714 年以来,再一次能以全本的形式与更多的世人见面。以此为契机,必将推动学界对这一珍稀版本的重视,从而完善《史记》版本体系的研究,使本世纪的《史记》研究呈现更丰富多彩的局面。

上面提到的彭寅翁本的使用频率最低,同时也反映了学界对彭寅翁本的研究存在严重的不足。到目前为止,我们没有见到对元刻《史记》彭寅翁本的深入的专题性研究。因而对这个问题有必要作进一步研究,以推动《史记》的版本研究,为深化《史记》研究服务。

本书将致力于从以下几个方面展开研究:首先是研究元刻《史记》彭寅翁本的形成问题,即对其刊刻的历史背景和前人对彭寅翁本的研究与著录进行全面的总结;其次对存世《史记》彭寅翁本的版本状况及内在关系进行全面、具体的探究,即对《史记》彭寅翁本存世各本的存世状态进行介绍,进而探究存世彭寅翁本各本之间的相互关系;第三是对《史记》彭寅翁本的底本问题进行探究,澄清彭寅翁本的来源问题,明确元刻彭寅翁本和南宋刊黄善夫本之间的接承联系;第四是对彭寅翁本增删三家注问题展开研究,力求对学界历来有争议的彭寅翁本删节三家注等"疑案"给予正面的解决,从而明确彭寅翁本删节三家注的性质,从一个侧面揭示在《史记》刊行史中三家注的变化规律;第五对收藏于日本的《史记》彭寅翁本中所存在的日本学者批注问题展开研究,对日人批注进行科学的分析,澄清日人批注的资料来源、批注形式和内容及其在《史记》研究中的作用等问题;最后是对元刻《史记》彭寅翁本在整个《史记》版本体系中的地位问题展开讨论,特别是发掘彭寅翁本对其后的《史记》版本刊行的影响,探究彭寅翁本和后世《史记》版本的接承关系,重点研究彭寅翁本对海外如日本、朝鲜刊行《史记》活动的影响。

在对彭寅翁本的专题性研究中,笔者将主要采取以下两个方法:首先,注意背景研究和单体研究的结合。总结《史记》刊行史中所反映出的版式、文本特征变化的规律；明确彭寅翁本在《史记》刊行史中的地位，探索上述规律和彭寅翁本之间的关系。其次，为保证研究的科学性，一般不采取举例式的求证方式。在篇幅和资料条件允许的情况下，对所要求证的部分，进行数据化的统计。对没有必要进行全面统计，但还要进行例证分析的情况，笔者则采用接近自然状态的随机抽样的方式，选取例证，进行分析，以杜绝有意选取对自己有利的论据来支持自己观点的错误。

笔者在北京大学学习期间，在安平秋教授指导下完成了博士毕业论文《元刻〈史记〉彭寅翁本研究》，本书正是在这篇论文基础上修改后的一个结果。在论文中原附有《另册：资料篇》一册，其中有题为《彭寅翁本删节三家注资料》的校勘资料，它是笔者根据彭寅翁本中的枫山文库本和 1995—1998 年日本汲古书院据日本民俗博物馆所藏南宋刊《史记》黄善夫本影印本之间的一个文本比勘结果，它集中地反映了彭寅翁本删节黄善夫本中三家注的具体内容。在原论文中开列出来，是为了使读者可以直观地了解彭寅翁本删节三家注的情况，同时，也为对此问题有兴趣的同志提供一些可以利用的基本资料。但在本书中，为减少篇幅，将此部分内容省略了。

在本书的行文中，对于引用的文献资料，涉及版本差异、校勘、标音等问题，则使用一些繁体字。此外，对引用资料原文一般不进行处理(所作的处理只限于加标点，原文有错误者加以说明)。以上处理方法所造成的不便之处，敬请读者原谅。

第一章
《史记》版本研究的回顾

所谓《史记》版本研究，笔者认为，凡是从著录《史记》诸版本的版本形态、文本特点入手，比较版式之异同、文本之差异，进而研究《史记》版本的源流系统及其演变规律者，当属于《史记》版本研究的范围。反之，则其研究应列入其他的研究范围。在《史记》研究的领域中，对于《史记》版本的研究可以说是最具基础性和挑战性的研究。也可以说，《史记》研究的进步是伴随着《史记》版本研究的进步而前进的。在整个二十世纪，学术界对于这一基础性难题，不断进行深入的探讨，取得了一系列令人瞩目的成果。这些辉煌的成就正是今日《史记》版本研究的新起点，因而对前代学者《史记》版本研究中的成就与不足，做一个较全面的回顾，有利于我们进一步深入在这个领域的研究，从而为在新的一个世纪中，进一步开拓《史记》研究的新局面创造条件。基于此目的，本章首先力图对上个世纪的史记版本研究做一个较全面的介绍和总结。

一、《史记》版本概说

《史记》自西汉武帝时问世，至今已有二千多年。在印刷术尚未问世时，随着时代的变迁，人们对《史记》辗转抄录，《史记》异本不断出现，因此《史记》的传世版本就变得多种多样，其内容也就千差万别。这些《史记》异本虽然大多消亡了，没有流传至今，但不能否认，今本《史记》的某些部分来自于这些抄本，或深受其影响。据研究，在《史记》进入刻本时代之前所形成的、流传至今的《史记》版本（虽然这里用“版本”一词不够确切）并不多，除了汉代抄本《淳于髡传》存 31 字外[1],仅有一些六朝钞本(是否是六朝钞本,学界还有争论)、唐写本、北宋抄本(日本平安时代的古抄本)流传到今天。总数量只有 17 件,总卷数只有 17 卷多一点[2]。无疑,这些珍贵资料的存在,为我们了解《史记》原本以及异本流传的情况提供了宝贵的资料。

距《史记》的著作年代日渐久远,加上《史记》在流传中异文的大量渗入,人们理解《史记》就显得日益困难。由此,后人开始为《史记》作注。关于此点,唐司马贞在《史记索隐后序》中叙说甚详,其文曰:"然古今为注解者绝省,音义亦希,始后汉延笃乃有《音义》一卷,又别有《章隐》五卷,不记作者何人,近代鲜有二家之本。宋中散大夫徐广作《音义》十三卷,唯记诸家本异同,于义少有解释。又中兵郎裴骃,亦名家之子也,作《集解》注本,合为八十卷,见行于代。仍云亦有《音义》,前代久已散亡。南齐轻车录事邹诞生亦撰《音义》三卷,音则尚奇,义则罕说。隋秘书监柳顾言尤善此史。刘伯庄云,其先人曾从彼公受业,或音解随而记录,凡三十卷。隋季丧乱,遂失此书。伯庄以贞观之初,奉敕于弘文馆讲授,遂采邹、徐二说,兼记忆柳公音旨,遂作《音义》二十卷。音乃周备,义则更略,惜哉!古史微文遂由数贤秘宝,故其学殆绝。"而上述诸书在后来皆已散失,全篇今存者只有裴骃的《史记集解》一部而已。

自南朝刘宋时裴骃撰《史记集解》后,《史记》正文逐渐与《集解》合流,成为不可分的一体。目前存世的刻本之前的写本全部是《史记集解》本,而没有白文本;唐代的司马贞撰《史记索隐》和张守节撰《史记正义》,都同时为裴骃的《史记集解序》作注,表明他们所用的《史记》本子都是附带《集解》的。从此点来看,唐代的《史记》正文都是与《集解》一体的。由此,我认为,《史记集解》的出现及其与《史记》正文的合流,标志着《史记》版本自身形态以及流变呈现出一个显著的变化,这就是在此后,不仅《史记》正文在流传中会出现异文,同时与之已经一体化的《史记集解》也就随之而出现异文。因此,《史记》的版

---

① 见罗振玉先生影印《流沙坠简》。
② 据安平秋先生《〈史记〉版本述要》中的记载统计。

本变化就呈现了更复杂的趋向。此后，在唐代又出现了两部注释《史记》的重要著作《史记索隐》、《史记正义》。这两部著作在后来也逐步与《史记》正文及《集解》合流，更加重了上述的倾向。

《史记》进入刻本时代，是从北宋开始。《史记》最早的刻本，见于文献记载者当为北宋太宗淳化五年(994)刊本，可惜，此本没有保存到今天。在此之后，《史记》版本虽依然呈不断变化的趋向，但就其总的走势而言，由于刻本的印刷数量已经有了一定的规模，即便是不断有众多的版本出现，但较之于写本时代，其有规律可循是不言而喻的。据张玉春先生的研究，宋代刊行八种《集解》单刻本都是源于北宋的淳化本。这个版本体系还衍生了南宋淳熙三年(1176)刊张杅二家注本以及据张杅本重修的淳熙八年(1181)刊耿秉本。关于《史记》二家注本的起源，说法比较多。大致有三种说法，第一种说法是贺次君先生、陈连庆先生主张的唐代说，是以日本高山寺所藏《殷本纪》残卷为二家注本的开始①，不过，贺先生说得比较温和，只是说，此残本“是乃《集解》、《索隐》合钞最先之形式，亦可推知司马贞《索隐》早在晚唐时已有合《集解》并行者矣”。而陈先生则明确指出：“它还是最早的二家注本。”第二种说法是安平秋先生主张的南宋高宗绍兴(1131—1162)杭州本说，即以清人刘燕庭所集百衲宋本中残卷为二家注本之源头②。第三种说法是傅增湘先生、张玉春先生主张的南宋乾道七年(1171)蔡梦弼刊本说③。张先生进一步认为，由蔡梦弼刊本衍生了元、明两代的二家注本。

《史记》三家注本何时出现，从何处而来的问题，是一个困扰《史记》研究界多年的老问题。日本学者寺冈龙含先生在二十世纪三十年代就开始研究这个问题。1979年他发表了《史记三家注合刻的创始时代和板本体系研究》一文，提出了《史记》三家注本始于北宋“元祐官本史记”的观点。他还以此为支点，勾勒了上起北宋

① 《史记书录》第19页、《中国古代史研究》(下)“《史记》板本述略”第971页。
② 安平秋《〈史记〉版本述要》。
③ 《藏园群书经眼录》第166页；《〈史记〉版本研究》第212页。

元祐本，下至民国涵芬楼本的涉及 36 个《史记》版本的版本流变体系[1]。但他不仅没有见到黄善夫本，连彭寅翁本也没有见到。因此他的结论及研究，多少显得有些薄弱，没有引起太大的反响。此后限于资料及其他原因，对此问题展开的研究不多，因而学界目前还没有定论。近年来，对这个问题展开深入研究，并提出了明确的结论者，是张玉春先生。他在《〈史记〉版本研究》中指出：三家注合刻本始于南宋绍熙、庆元年间的《史记》黄善夫本，此本在蔡梦弼二家注本的基础上，添加《正义》而成三家注本，是第一个《史记》三家注本。

《史记》三家注本出现之后，逐渐取代其他版本形态，成为《史记》版本的主流版本。元、明两代虽也有一些单《集解》本、二家注本问世，但就其影响而言，远不如后来的三家注本。黄善夫本出现后约 100 年，元代出现了另一个三家注本，这就是元刻彭寅翁本，此本刊行于元至元二十五年(1288)。张玉春先生认为，此本是继黄善夫本后第一部《史记》三家注本，并指出此本的底本是黄善夫本。张先生的观点固然可喜，不过，其论说未能全面网罗例证，依然是举例式的论证方法，就其论据而言，稍嫌单薄，还不足以成为定说，还有进一步强化的必要。另外，张先生没有指出彭寅翁本和后世《史记》版本的关系，稍显不足。笔者认为，彭寅翁本作为较早的三家注本，在今天还有九个刻本、三个钞本存世，仅就存世数量而言，现存的任何一种宋、元《史记》版本都无法和彭寅翁本相提并论。对这样一种刊行非常早，而且在今天保存数量有这么多的《史记》版本，对其在《史记》三家注版本体系，乃至整个《史记》版本体系中的地位进行研究，必将会对《史记》的整体研究产生有益的影响。

明代的《史记》版本，据笔者的统计，有 30 种之多，而其中含有三家注的本子有 16 种，可以称得上三家注合刻本的有 9 种[2]。其中包括了历来为学界所推崇、或者说比较通行的三家注本，如正德十二年

---

① 《史记学 50 年——日中〈史记〉研究动态》第 44 页。

② 这里所说“含有三家注”是指其本包含《史记》注释众多，其中也有三家注内容的本子；所谓“三家注合刻本”是指只有三家注内容的本子。

(1517)廖凯本以及稍后的“嘉靖三刻”本；还有学界对其评价不高，但对后来的《史记》版本有很大影响的四种南、北监本。明代的《史记》三家注本以“嘉靖三刻”与南、北监本影响最大。关于它们的起源，学界多年来一直有争论。二十世纪二三十年代王重民先生著《史记板本和参考书》、赵澄先生著《史记板本考》对此皆有所讨论。王先生认为，“嘉靖三刻”中的秦藩本来源于南宋庆元刊建安黄氏本(即黄善夫本)①。赵先生认为：“嘉靖三刻”中的王延喆本、柯维熊本来源于元刊彭寅翁本②。张元济先生据黄善夫本影印百衲本史记，将黄本与王本进行了比较，又查验了秦藩本、柯本。他认为：王本、秦本为黄本的覆刻；“尚有莆田柯维熊本，行款相同，或谓其亦出黄氏”③。即他认为柯本与黄本有关联。解放后出版的《中国版刻图录》则认为：廖凯、“嘉靖三刻”四本皆来自于黄善夫本。在前人研究的基础上，张玉春先生指出：廖、王、柯本皆祖黄善夫本，而秦藩本据王本翻刻。明代的南北监本四种，其中最早的嘉靖九年(1530)南京国子监本是据宋、元旧版拼凑而成，其他三种则大致和前本是一个体系，只是稍有修订而已。这在学界已经是比较通行的看法。这样看来，《史记》三家注本体系实际上分成了两个系统，即以黄善夫本为原本的系统和以明嘉靖九年南监本为首的系统。

在南宋黄善夫本、元刻彭寅翁本被发现之前，人们普遍认为，三家注本的存世版本明本“嘉靖三刻”为最早。清代乾隆初年校刻《史记》时，由于对宋、元刊行的《史记》三家注本，即黄善夫本、彭寅翁本一无所知，所以其所采用的底本竟然是明代北监刊《史记》刘应秋本，明北监本《史记》有很多缺点，比如三家注的大量缺失，于是殿本的校刊者就以明刻王延喆本来补充。如此形成的清武英殿本《史记》，在清代虽号称善本，充其量不过是指其校勘而言；因此本中三家注还是有许多脱漏，所以此本还称不上是最善的版本。张元济先生说：“然

---

① 《史记板本和参考书》，《图书馆学季刊》第一卷第 4 期 1926 年 12 月出版。

② 《史记板本考》附表，《史学年报》第一卷第 3 期，1931 年 8 月。

③ 《涉园序跋集录》第 37 页。

以王本校之，殿本《正义》全脱者尚有五十二条，不全者四十二条。馆臣既知《正义》独赖王本之存，何以不悉数采录？殊不可解。[1]”

鉴于殿本的不足，在清末又出现了唐仁寿、张文虎校刊的金陵书局本《史记》。此本号称不主一本、择善而从。此本虽以通校多种版本，并以吸收历代《史记》研究而著称，而就其版本系统而言，笔者以为，它是杂糅了黄善夫本系统与明监本系统的产物，呈现了《史记》版本发展的新趋向。解放以后，1959 年中华书局版《史记》以金陵书局本为底本，也应是认同了此种趋势。然而金陵书局本在各本的取舍之间也颇有失误，如其《索隐》全用毛氏汲古阁刊单《索隐》本，单《索隐》本的失误也因袭下来。民国时期顾颉刚、徐文珊二位先生校刊《史记——白文之部》，所据底本不采用金陵书局本，而用清末湖北崇文书局仿刊明王延喆本，也是有鉴于此吧。

二、二十世纪以前的《史记》版本研究

清代学术注重考据的风气，推动了版本目录学的进步。官修《四库全书总目》已经开始注意书籍的版本。清代其他有名的书目如《爱日精庐藏书志》、《铁琴铜剑楼藏书目录》、《四库简明目录》、《万卷精华楼藏书记》等，都很注意介绍版本的存世情况。同时一些学者已经初步地开始注意《史记》版本的源流及体系，对《史记》的版本系统，也有人注意各版本的关系。为后人研究《史记》版本积累了大量的资料。

清代刊刻的《史记》和明代比较，要少许多，但以武英殿本、金陵书局本为代表的新版本，都是在《史记》版本校勘上，投入了大量的精力，并取得了巨大成就的代表。武英殿本《史记》，一般人称之为“殿本《史记》”，是清官刻《二十四史》的一种。清官刻《二十四史》的刊行，始于乾隆四年。殿本《史记》影响很大，这不仅仅是其为官刻，而且是因为其校勘的精湛。此本的底本是明代北监刊刘应秋本，采用它为底本的原因，殿本的校刊者没有说明。笔者认为，其原因大致有

① 《校史随笔》第 4 页。

二:其一,明北监本是官刻本,而且明监本《史记》体系直接来自宋元旧官刻系统;其二,明北监是明代最高的官方教育机构,采用明北监本显然是正统思想的结果。明北监本有很多缺点,比如三家注的大量缺失,殿本的校刊者就以其他各本来加以补充。如用明代王延喆本来补充明北监本所缺失的《史记正义》。就殿本的校勘而言,尽可能地用他本相互校勘,考证得失,确有开创之功。其校勘的力度是《史记》刊行史上前所未有的。殿本《史记》在清代就不断有人进行翻刻及影印,形成了一个庞大的殿本《史记》体系,据笔者的统计,清代殿本有四个翻刻本,影印本中与原本版式一致者有三种,版式虽有变化,文本内容未变者有六种。此种风气一直延续到民国时期以及现在。前人在论及清代校勘《史记》武英殿本的成就时,也指出:清人以国家机构的力量来校刊《史记》,却没有去找当时存世的《史记》三家注善本。如当时国内可能尚存的南宋黄善夫本及当时必然存世的元刊彭寅翁本《史记》。这对所谓"殿本"的校刊产生了极为不利的影响。

最能反映清代《史记》版本研究成就者,是清同治五年至九年(1866—1870)由金陵书局刊刻的唐仁寿、张文虎校勘的《史记集解索隐正义合刻本》。此本号称不主一本、择善而从。此本的《史记》正文以明末毛氏汲古阁《史记集解》一百三十卷本为底本,用钱泰吉、汪远孙、吴春照所校宋刊残卷加以补充,另外参以三家注明刻王延喆本、柯维熊本及清刻武英殿本,二家注本的明刻游明本、评林类的凌稚隆本等。对《史记》的三家注文,亦综合各本,其《集解》部分采用明末毛氏汲古阁本,其《索隐》部分采用毛氏汲古阁覆北宋大字本的《索隐》单行本,其《正义》部分则采用明刻王延喆本,并参以各本加以汇校。在校勘中,还吸收了清代学者的诸多《史记》研究成果,如梁玉绳的《史记志疑》、王念孙的《读书杂志》、钱大昕的《史记考异》中的成果,订正了其他本子的许多错误。当然,局本的"择善而从"有时主观性比较强,妄改、误改也就在所难免,是以为后世学者所批评。然而就旧时代的条件而言,金陵书局本尽其所能广征诸本的做法,的确值得后人学习,所以此本的刊行堪称是《史记》刊刻中的一个新纪元。因为从某种意义上来说,金陵书局本不属于在此之前出现的单集解本、二家注本、三家注本系统,可以称之为是一个全新的版本。

清代在《史记》的不断刊行中,出于校勘的需要,人们提高了对《史记》版本的认识。进而对《史记》诸版本之间的关系进行初步的探求。清代中、后期出现了一系列的《史记》校勘的专门性著作,如杭世骏的《史记考证》、钱泰吉的《史记校勘记》(见《嘉业堂藏书志》卷二,今存四卷,稿本)、张文虎的《校刊史记集解索隐正义札记》、刘光蕡的《校勘史记札记》等书,都致力于通过校勘,研究各版本文本的异同,以期达到形成一个《史记》善本的目的。在这一过程中,已经初步地显露出了探究《史记》版本系统脉络的倾向。

鸦片战争之后,中国的国门被打开,国内学界的视线也随之被逐步引向国外。此时国内学者也把搜寻散失在国外的中国古籍作为自己的一项重要任务。十九世纪中期,日本学者编写了日本著名汉籍书目《经籍访古志》,此书著录了后来为国内学者高度重视的南宋庆元年间刊黄善夫本和元至元二十五年刊彭寅翁崇道精舍本。《经籍访古志》的刊行并传入国内,为中国学者打开了新的视野。1897 年,杨守敬刊行了《日本访书记》,这是他在日本访书期间所见的中国古籍的总结。在此前后,国内学者开始有机会、有意识地接触国外《史记》版本,研究领域进一步扩大。

三、二十世纪前五十年的《史记》版本研究

进入二十世纪之后,承前代注重版本的馀绪,学者已开始从图书经眼录的形式,初步进入《史记》诸版本关系的探求,研究方法、材料的搜寻范围,《史记》的版本研究也就成为一个新的学科分支,进入了一个新的时期。

1.《史记》研究资料的普及

自从清末石印技术传入中国之后,古籍印刷的种类和印数都有很大的增加。据笔者的调查,从 1900 年开始,翻刻、石印、排印的《史记》版本达 40 多种,宋、明、清几代有名的《史记》版本几乎都有再版。

和张文虎校刊金陵书局本《史记》的贡献一样,三十年代有顾颉刚、徐文珊先生点校的《史记——白文之部》,此书不仅因为是《史记》

的第一个标点本而名垂青史，而且更以其校勘成果，在《史记》发展史上占有重要的地位。

此时期的《史记》版本研究，相对于国内学者研究而言，日本学者显示了很高的水平。表现在《史记》版本著录方面，新的版本不断被认识、利用。日本占领朝鲜时期，朝鲜总督府编印过《朝鲜图书解题》。日本东洋文库于 1939 年刊印的《东洋文库朝鲜本分类目录》，不仅著录了朝鲜刊刻的汉籍，还附有越南所刊汉籍目录，其中都有《史记》版本。

二十世纪三十年代日本学者泷川资言先生著作《史记会注考证》，这部书不仅是一部汇集《史记》诸家注释的力作，同时也涉及了大量《史记》版本的内容。如他提到了日本公私机构所藏日本《史记》古钞本 14 种，还提及了其他的日藏《史记》版本，其范围基本包括了《史记》的主要版本。

神田喜一郎先生 1938 年编写《宫内厅图书寮汉籍善本书目》，同年主编《敦煌秘籍留真》，后者收入了现存于法国国家图书馆的三种《史记》集解本敦煌写本残卷。

在资料方面，日本各大学图书馆特别注意编撰馆藏“和汉书籍”书目，其中汉籍是一个重要组成部分。通过这些书目，我们可以清楚地了解日本各大学馆藏汉籍及《史记》版本的收藏情况，为研究工作奠定了基础。二十世纪二三十年代日本影印出版了大量的《史记》古钞本，为《史记》版本研究提供了良好的资料条件。如寺冈龙含先生 1936 年著《史记三家注合刻创始时代考》①，对《史记》三家注本的形成及各版本的关系提出了独到的见解。

2.《史记》古本的发现

(1) 古钞本及敦煌卷子的发现

把海外所存的一些有关《史记》古钞本等珍贵资料介绍给国内学界，是从罗振玉先生开始的。罗振玉先生在清末到民国初年将其在日本所见的古钞本加以影印，其中有日本石山寺藏六朝钞本《史记集

① 《史记学 50 年——日中〈史记〉研究动态》。

解》张丞相列传残卷、郦生陆贾列传残卷;日本高山寺藏唐钞卷子本《史记集解》殷本纪一卷;日本神田文库藏《史记集解》河渠书残卷。这些藏于日本的古钞本被介绍到国内,丰富了国内《史记》研究的资料。

在二十世纪的二三十年代,日本学界由于当时某些特别的需要,对中国文化、历史的研究有一个高潮。与此相对应的是资料收集工作取得了很大的成绩。在《史记》方面亦然。长泽规矩也先生在《和刻本汉籍分类目录》中著录了多种日本在昭和年间影印的现存于日本的古抄本,如古典保存会昭和 10 年(1935)影印毛利氏所藏延久五年(1072)钞本《史记集解》卷九,昭和 13 年(1938)影印日本石山寺藏《史记集解》卷九十六后半、卷九十七(与罗振玉所影印者同),京都帝国大学文学部昭和 10 年(1935)影印古梓堂所藏延久五年钞本《史记集解》卷十一,贵重古典刊行会昭和 29 年(1954)东北大学附属图书馆所藏延久五年钞本《史记集解》卷十。

1938 年神田喜一郎先生编辑的《敦煌秘籍留真》,由小林写真制版所发行,此后国立台湾大学 1947 年又出版了他主编的《敦煌秘籍留真新编》。其中有现存于法国国家图书馆的敦煌唐钞卷子本《史记》残卷。即包括《史记集解》燕召公世家残卷、《史记集解》管蔡世家残卷、《史记集解》伯夷列传残卷。

诸多《史记》古钞本的刊行,使《史记》的古本资料在学界被更广泛地了解,无疑开拓了国内外学术界的视野,是对《史记》研究的极大推动。

(2) 北宋景祐本《史记》的发现

清代考据之学风行,一时间,宋本古籍更为学人所推崇。《史记》版本亦然。钱大昕、钱泰吉、张文虎等人都曾利用宋本《史记》进行校勘。但所谓宋元秘籍,并非学人都有机缘亲身接触,比勘研究也就更加无从谈起。如现藏国图《史记》130 卷存 40 卷本(清内阁大库旧藏本),在民国时期一直不为学界所知①。是以从清代到民国时期,关

① 此本贺次君先生认为是北宋景祐年间刊行;张玉春先生认为是北宋景祐本在南宋初的覆刻本。

于最早的《史记》版本,学界一直都有争议。民国时期,这一问题终于有了突破,傅增湘先生发现、收藏的景祐本《史记》被学界确认为《史记》最早的版本之一。1917 年傅增湘先生以其过人的眼力,购此本于旧书肆,后又经沈曾植、曹元忠等先生研究,最后认定此本为北宋景祐本①。这一结论得到了学界的广泛的注意,和傅增湘先生熟知的许多学者得以亲眼见到这一珍稀版本。今人张玉春先生经过研究,认为此本可分为原刻、补刻,皆是北宋时所刊行。由此看来,此本的确是现存世《史记》版本中最早的版本之一。此本后来在 1946 年为原中央研究院历史语言研究所购得,1957 年台湾二十五史编刊馆收入仁寿本二十五史刊行。学界公认最早的《史记》版本终于和广大学人见面,其对《史记》版本研究的推动,是不言而喻的。

另外,现藏于日本武田科学振兴财团杏雨书屋的存 69 卷 14 行《史记集解》本,作为《史记》最早版本之一,国内学者也有所接触。傅增湘先生曾两次接触此本②。

(3)《史记》黄善夫本的发现

国内学者虽然在十九世纪末已经对《史记》南宋黄善夫本有所耳闻,但因为其全本藏于日本,接触过它的国内学者又鉴于其目录末叶有彭寅翁本的木记抄配,对这个本子曾有过多种推测。是以国内学者真正接触并了解此本,是在张元济先生将之列入《百衲本二十四史》中,加以影印之后。《史记》黄善夫本作为现存最早的三家注本,它的再发现,可以说改变了人们对《史记》三家注本版本体系,乃至整个《史记》版本体系的看法。从此,《史记》研究,单就版本而言,有了极大的扩大。《史记》黄善夫本的影印,虽然还存在诸多不足,但此本的影印,的确是张元济先生在《史记》版本方面的一大贡献;另外,张先生在利用黄善夫本的同时,还对黄善夫本和清代的殿本、明代的王延喆本进行了大量的校勘,从而得出了王本的祖本是黄善夫本的初

---

① 《藏园订补郘亭知见传本书目》卷 4 第 5 页,又见《增订中国访书志》第 626 页,《藏园群书经眼录》第 160 页。

② 《藏园群书经眼录》第 161 页。

步结论，这个结论极大地推动了《史记》版本研究的进步。

(4) 元刊《史记》彭寅翁本的再发现

在黄善夫本被发现之前，人们已经注意到了元刻《史记》彭寅翁本。并认为它是最早的三家注本。虽然由于时代的局限，学术界对彭寅翁本的存世以及版本内容还不能展开全面的研究，然而即使在困难的条件下，国内学者也没有放弃努力。解放以前，国内学者对彭寅翁本的研究著录以傅增湘先生的成绩最大。他在三四十年代撰写的《藏园群书题记》中，对当时国内著名藏书家所藏的彭寅翁本逐一地加以详细的介绍，共著录了其所收藏、所见的五个彭寅翁本(具体说明见下文)。这五部彭寅翁本《史记》著录，基本上包括了今日在国内存世的全部彭寅翁本。经过学者们的多方努力，学界对彭寅翁本的一些特点，已经有所了解，如其删节三家注的问题，已经为学界所熟知。

景祐本、黄善夫本、彭寅翁本的再发现，极大地丰富了《史记》版本研究的基础资料。而后两个《史记》版本的再发现，将《史记》三家注本的出现年代，从明代提前到宋代，使初步地勾勒《史记》三家注本形成的大致轮廓成为可能，为后人研究《史记》的版本源流创造了条件。

3.《史记》版本理论研究的突破

(1) 研究视野的扩大

古本的再现使国内学者意识到，《史记》版本的流动是一个国际性的问题，《经籍访古志》等海外著作的引进，使人们注意到了国外所藏《史记》版本的问题，特别是日本藏《史记》版本的问题。叶德辉的《书林清话》就多次引用上书。1936 年顾颉刚先生、徐文珊先生合作刊行了《史记——白文之部》，顾颉刚先生在序中说："日本泷川龟太郎《史记会注考证》问世，他山之石，可以攻玉，尤使予等奋发自励。"徐文珊先生在序中也说："日本方面收藏我国古本《史记》甚多，钞本、刊本都有；如能与彼邦人士合作，自是大快事。即使不然，就彼邦已校已刊各本与中国各本合校，收获亦必可观。" 1939 年至 1949 年间王重民先生著《中国古籍善本书目提要》，其中对收藏于美国国会图书馆的《史记》版本有比较详细的介绍。国内学者对国外《史记》的研究都有相当的了解,对与国外学界的合作,也表现出极大的渴望。就其视野而言,已经比前人更加开阔。

(2) 理论体系的趋于完备

随着中国在二十世纪二三十年代对历史文化研究的进一步深入,对《史记》的版本研究也上升到一个新的水平。这一时期对《史记》版本的研究,一些学者已经从一般的著录到全面探求《史记》各版本之间的关系,力求建立一个完整的《史记》版本体系。

有两篇杰出的论文,即王重民先生的《史记板本和参考书》和赵澄先生的《史记板本考》,分别发表于 1926 年 12 月和 1931 年 8 月。这两篇论文已经初步摆脱了旧时"图书经眼录"的形式,采用新式的方法研究史记的版本,即意在通过诸版本的比较,力图寻找诸版本之间的关系及演变的规律。这两篇论文的出现可以说开创了《史记》版本研究的新时代。

王重民先生《史记板本和参考书》一文,对宋以下的版本逐一著录,并比较异同,在此文中将各版本的比较及其演变放在重要位置,并制成一表,来反映各版本之间的关系。其文曰:"兹将诸版本之递相翻刻,仿世表法列一表;以与本文内所述相参证焉。"

赵澄先生在《史记板本考》中对《史记》诸版本及其关系进行了较深入的研究,虽然赵澄先生此文受当时资料的局限,还有许多不足之处,但他的研究还是有一定的借鉴价值。他的两个主要贡献表现在:其一,他引用《经籍访古志》的资料,将《史记》彭寅翁本定名为"世初至元年彭寅翁崇道精舍刊本"。其二,他也力求用图表方式,通过各本文本、版式的变化,梳理《史记》的版本体系。

除此之外,这一时期的书目都比较注意版本问题,如《书目答问补正》等也介绍了《史记》的一些版本情况。

四、二十世纪后五十年的《史记》版本研究

1. 国内学者的研究

版本方面,一系列稀见版本的重印,为《史记》版本的研究提供了

便利的条件。如1955年文学古籍刊行社影印《史记会注考证》,又影印南宋绍兴间刊《史记集解》一百三十卷本。作为《史记》版本研究的最大成绩及成果体现,是1959年中华书局点校本《史记》的出版。这个集中了当时国内一流学者点校整理的本子,以清代金陵书局本为底本,又进行了大量的校勘工作,可以说是《史记》的一个全新版本,因此,问世之后,成为海内外发行量最大、最通行、最有影响力的《史记》版本。

这一时期,为进一步深入对《史记》的研究,学界与出版界合作,重印了许多《史记》的重要版本。1995年上海古籍出版社出版的《续修四库全书》中,包括了彭寅翁本《史记》,该本是据国图藏彭寅翁本《史记》130卷本(配6卷中统二年本)影印,可惜此本不是全本,而且原底本多有残破,是以影响到学界的使用。1998年天津古籍出版社影印凌稚隆辑校、李光缙增补《史记评林》,是据明万历年间刊刻的李光缙增补本,并以日本明治32年翻刻本校补。2002年4月《日本宫内厅书陵部藏宋元版汉籍影印丛书》,由线装书局影印出版,其第一辑中有元刊本三家注《史记》彭寅翁本,此本据日本宫内厅书陵部藏枫山文库本影印,是真正意义上的全本。另据网络中的消息:2001年陕西省图书馆历史文献部与三秦出版社合作影印明嘉靖九年张邦奇、江汝璧所刻明南监本《史记》。不过,上述两个版本皆以线装书的形式出现,价格不菲,故于一般学者及研究人员而言,依然有可望而不可及之感。

《史记》各版本的不断再版,是《史记》版本研究进步的标志,也是其进一步深入的条件。据笔者的不完全统计,从1980年到2000年的二十年间,冠以《史记》名义出版的《史记》版本(指包括《史记》全文者,其中个别印本删去《表》部分)达到了70种以上。这其中从印刷方式上说,包括了影印本、排印本;从体例上说,包括了白文本、三家注本、全新注释本,还有白话全译本、文白对照本。值得注意的是,在这些书的前言中,其中一部分整理者或出版者表明了所据底本的情况,如1997年8月上海古籍出版社排印本《史记》(全2册)130卷,郭逸、郭曼标点,前言中说明此书的底本是商务印书馆百衲本二十四史

《史记》,即黄善夫本的影印本。1997 年甘肃民族出版社出版梁昭辉标点《史记》,说明此本以清乾隆年间武英殿本为底本标点。表明了人们对《史记》版本的重视及版本意识的提高。当然应当指出的是,这些《史记》出版的目的是为了普及,对《史记》正文及三家注都有一定的删节,特别是在这些普及本中,大多数版本删节去了《史记》中的《表》部分。

此时期《史记》版本方面的成就还表现在书目、索引类图书的出版方面。在二十世纪五六十年代,国内出版了一些大型古籍善本书目,如 1957 年上海图书馆编写的《上海图书馆善本书目》;1959 年由赵万里、冀淑英先生主持编制的《北京图书馆善本书目》,由中华书局出版,也为《史记》版本的研究提供了有利的条件。与之相呼应,1957 年《史记研究的资料和论文索引》的出现,第一次详尽地著录了《史记》的各个版本,开创了《史记》版本研究的新纪元。此后,参与了《史记研究的资料和论文索引》的编写,并主要负责版本部分撰写的贺次君先生,在 1958 年出版了《史记书录》一书。此书开列了 64 种《史记》版本,对各版本的命名及关系,也有一定的研究,此书几乎包括了现存的《史记》所有主要版本,对各本的形成、版式及其在《史记》版本体系中的地位,都有全面的探讨,是一部至今为止研究《史记》版本的最重要的工具书。成就之巨大,至今无能替代者。

《史记书录》也有一些错误,主要是限于当时的条件,对国外藏《史记》版本介绍得比较少,而且这些介绍中还有一些错误。如对《史记会注考证校补》的介绍,贺先生说:"日本昭和三十一年(一九五六)水泽利忠有《考证校补》,合原刊共为十五册,于原本文字之错脱刊正甚多,现已出二册。"①贺先生的这个介绍对后人影响极大,许多人因袭了这个错误。

在贺次君先生发表《史记书录》之后不久,"文革"开始,中国国内的《史记》版本研究一直处于停滞的状态。直到上个世纪的八十年代,几乎没有进展。

---

① 《史记书录》第 231 页。

上述的书目、索引类图书中，都扩大了《史记》版本的著录范围，表现在以下两个方面：一是指各主流书目在著录《史记》版本时，都注意到了国内外的《史记》的存世情况及收藏地点的介绍；二是各主流书目对《史记》版本的具体内容有了新的认识，即对《史记》各版本的版本形态，包括行格情况都加以注意，并兼及版本的流传过程。

1976 年台湾学者王民信先生编撰了《史记研究之资料与论文索引》一书，此书在吸收了《史记研究的资料和论文索引》成果的基础上，增加了中国台湾地区以及国外《史记》版本收藏情况的内容，扩大了《史记》版本的搜寻范围。此书的不足在于因袭了《史记研究的资料和论文索引》的一些错误。

1967 年初版、1986 年增订二版的台湾《国立中央图书馆善本书目》，对藏于该馆的《史记》版本有详细的著录。1982 年台湾出版的《国立中央图书馆善本题跋真迹》中收录有一些《史记》稀有版本的图版，使一般学者得以窥见稀见善本的真面目。

1989 年兰州大学出版社出版了杨燕起、俞樟华先生编的《史记研究资料索引和论文、专著提要》一书，此书是对二十世纪八十年代以前有关《史记》研究著作的一个全面总结，它吸收了五十年代《史记研究的资料和论文索引》的著录成果，并加入了《史记研究之资料与论文索引》的相关内容，其中对《史记》版本的著录达到当时的最高水平。此书的不足在于，它几乎全文照录了《史记研究的资料和论文索引》中版本的著录，并加入了《史记研究之资料与论文索引》的内容，但对上述两书的错误并没有给予全面的纠正，反而因袭了其中的许多错误。

1993 年上海古籍出版社出版的《中国古籍善本书目·史部》，对现存在中国大陆的《史记》诸版本进行了比较全面、准确的著录，特别是此书对现存于大陆的《史记》诸版本的收藏情况有明确的说明，从这个意义上说，它也是数十年来国内学者《史记》版本研究成果的一个全面的体现。

在八十年代之后，作为编撰《中国古籍善本书目》的准备，国内各地对现存古籍进行了详尽的调查,在此基础上各地出版了一系列的古籍善本书目,其中对《史记》的版本都有一定的介绍。而相对于《中国古籍善本书目》的更注重于“珍本、善本”,各地所编的古籍善本书目中,对古籍的“普通本”有相当的著录,这无疑扩大了《史记》版本的介绍。随着各地和各大学对自藏古籍的调查,一些不多见的《史记》版本也被发现。如《泰州图书馆古籍善本书目》1984 年油印本中,著录有明万历初(1573)《史记》张守约广州刊本,此本仅在《藏园订补郘亭知见录传本书目》、《史记书录》中有简要介绍,是不多见的《史记》版本。又如《中国人民大学图书馆古籍善本书目》1991 年版中,著录有明刻《史记》黄嘉惠本,此本也是不多见的版本。由此可见,地方古籍书目的编撰对《史记》版本的挖掘有极大的意义。此外,随着计算机网络技术的发展,国内各地、各大学图书馆大多开设了网上书目查询业务,其中有相当的图书馆可以查询到《史记》版本的收藏情况。诸多技术的改进不仅展示了国内学界针对《史记》版本进行研究的成果,而且将推动《史记》研究的进一步展开。

经过数代学者的努力,此时期的《史记》版本研究进入了成果收获期,突出的成果是对于《史记》版本系统的描述,终于有了比较可信的结论。而此种结论与前代学者的不同在于,它不再是仅凭前人的著录来推测《史记》的版本系统,而是力求建立在《史记》诸版本的文本校勘、版式比较基础上的综合研究,因而其结论较之前人,其科学性是不言而喻的。

1986 年吴汝煜先生《史记论稿》“附录”中有《〈史记〉的流传及注本》和《〈史记〉版本略述》二文,对《史记》的版本有一定的介绍。据吴汝煜先生说:《〈史记〉的流传及注本》一文参考了陈直先生《汉晋人对〈史记〉的传播及其评价》一文。而《〈史记〉版本略述》的内容则多采自贺次君先生《史记书录》。的确,此文没有超越贺先生《史记书录》之处,大多是因循旧说。

1987 年易孟醇先生《史记版本考索》一文,对《史记》版本也有介绍,但该文的重点不在说明《史记》版本的存世情况和源流,所以其对《史记》版本的介绍,同上文一样,多是因循旧说,并大多语焉不详。如该文在介绍元代刻本时,仅用一句"元代《史记》刻本,国内现存尚有约十部"即告完成,对三家注本的彭寅翁本,只说有"至元二十五年彭寅翁崇道精舍的三家注合刊本残卷";完全是拘泥于贺先生《史记书录》的旧说。

同年安平秋先生发表的《〈史记〉版本述要》,是五十年代贺次君先生《史记书录》之后的又一力作。该文的特点是继承了贺次君先生《史记书录》的优点,对诸版本的形态,特别是版式有比较详细的介绍,其内容是作者多年来亲身考察以及搜寻《史记》版本的成果,结论就更加翔实可信;另外,该文对《史记书录》中的错误进行了大量的订正,也指出了许多贺次君先生没有注意到或忽略的版本,如指出明刻《史记》吴勉学本的改修版——黄之寀本的存世及基本情况。该文的最大价值在于在《史记》版本研究中,首次用分类的方式,将诸版本划分成不同的部分,加以说明。如对"宋代以前的钞本"部分将现存的17种钞本,分为四类;对宋代以后的版本则分为《史记集解》单刻本、《史记索隐》单刻本、《史记集解索隐》二家注合刻本、《史记集解索隐正义》三家注合刻本、白文无注本、百衲本、评林本、"五四"以来的版本共八大项,而后在大项之下,再加以细分,如对宋代的七种集解单刻本又分为十行本、十四行本、十二行本、九行本四类。而后针对每一个具体的版本,加以细致的介绍。笔者以为,这样的分类,除了"'五四'以来的版本"和"百衲本"两项与版本版式无关外,其他都是从文本、版式上来区分。特别是指出《史记集解》单刻本、《史记索隐》单刻本、《史记集解索隐》二家注合刻本、《史记集解索隐正义》三家注合刻本这四类《史记》版本的主流版式版本的方法,是一个极为清晰明快的分类方法。这对于从版本的版式上,体现版本的种类和源流极为有利;进而为后人的研究开辟了新的思路,也便于一般的研究者利用和了解《史记》的版本分布情况。此文的不足之处在于,因八十年代初期国内学者与海外学界交流不畅,无法更多地吸收海外《史记》版本研究的先进成果。这是时代的局限,无可厚非。

2001年张玉春先生《〈史记〉版本研究》的出版是二十世纪《史记》版本研究的极大亮点①。此书是以他的博士毕业论文为基础,在安平秋先生《〈史记〉版本述要》一文基础上的进一步深化研究。此书在《史记》版本研究史中,第一次对《史记》的六朝写本到明代刻本的体系进行了全面的梳理,第一次在针对《史记》版本各原本的研究中,在全面进行版本比勘的基础上,以大量的实证,对《史记》各版本之间的关系加以系统的说明,初步地得出了《史记》各版本体系之间关系的结论,其成就是空前的。不过,此书亦有一些小的疏漏,如在著录国内现存的三部彭寅翁本和日本所藏的四部《史记》彭寅翁本时,没有介绍现存于台湾中央图书馆的两部彭寅翁本;另外,此书也没有涉及明代以后出现的《史记》版本,稍嫌不足。

2. 国外学者的研究

版本方面,1995—1998年日本汲古书院据日本历史民俗博物馆所藏南宋刊《史记》黄善夫本,全本影印出版,无疑是对《史记》版本研究的极大推动。因为二十世纪三十年代张元济先生《百衲本二十四史》中的《史记》虽然也号称据黄善夫本影印,但其间因对原本改动极多,造成《百衲本二十四史》中的《史记》和黄善夫本原本之间有很大的出入,这已是学界一致认同的事实。日本的此次影印本可以说是完全忠实于原本,从而使《史记》版本研究者可以真正一睹黄善夫本的原貌,以纠正长期以来人们对此本的错误认识。

这一时期国外学者对于《史记》版本的著录也很引人注目。其中日本学者有很大的贡献。长泽规矩也先生1959年编写了《日本翻刻本汉籍目录长编》,以油印本问世。后来又加以补充而正式刊行,名为《和刻本汉籍分类目录》,1977年由日本汲古书院出版。长泽规矩也先生在《和刻本汉籍分类目录》中,对日本自庆长年间到昭和年间的翻刻版、活字版、影印版的各种《史记》版本作了比较详细的著录。

上个世纪的七八十年代,日本中国学的再次进入高潮,推动了日

① 兴吉案:张玉春先生此书虽然出版于二十世纪结束之后,而在2000年以前此书的一部分内容已经作为多篇单篇论文在国内的学术刊物上发表。

本学者对《史记》及其版本的研究。就这一点而言,日本学者较之中国学者的研究要领先一步。日本学者阿部隆一先生1976年发表了《中国访书志》,在其去世的当年,即1983年此书又发行了增订版。在此书中,他对台湾主要藏书机构所藏《史记》的宋元刊本和《史记》的日本刊本以及日本古钞本的版本形态都有详细的记述,使我们对台湾藏《史记》版本的了解,得以超越王民信先生《史记研究之资料与论文索引》中的记载,了解到台湾藏《史记》版本的真实情况。1978年池田四次郎先生原著,其子池田英雄先生校订增补《史记研究书目解题稿本》由明德出版社出版。1981年池田英雄先生又将此书增订,更名为《前编〈史记解题稿本〉·后编〈史记研究书目解题稿本〉新编》,由自家的长年堂①印行60部,分送各大学以及图书馆。后者收录古今《史记》研究书籍686种,是池田父子历经两代,不倦收集《史记》资料的大成。

继阿部隆一先生之后,在宋元版《史记》的著录及版本形态方面有突出贡献的是日本学者尾崎康先生,他在《正史宋元版研究》(汲古书院1989年1月发行)中对传世的宋元版《史记》有详细的著录,其中彭寅翁本的著录是目前最全的,书中记载有彭本现存世刻本中的9个版本,达到了目前学界研究的最高水平。可惜,他只进行了《史记》宋元版的研究,而且他的研究偏重于著录以及介绍《史记》诸版本的版本形态,于《史记》的版本体系的研究涉及不多。

沈津先生的《美国哈佛大学哈佛燕京图书馆中文善本书志》(上海辞书出版社1999年版)对现藏于该图书馆的《史记》版本有比较详细的著录,同时他还利用哈佛燕京图书馆丰富的资料,进行了深入的研究,纠正了前人的错误。如《史记题评》一百三十卷明杨慎、李元阳辑,高世魁校,嘉靖十六年(1537)胡有恒、胡瑞刊本,一般的书目皆题为"胡有恒、胡瑞敦刊本",沈津先生利用哈佛燕京图书馆所藏的中国地方志,证实前人在此问题上著录有误,"敦"系误读。沈津先生的观点是正确的,笔者查对此本的缩微胶片,注意到在此本的全卷

① 兴吉案:长年堂为池田英雄先生的室名。

末有题记云"嘉靖十六年丁酉福州知府胡有恒同知胡瑞敦雕"。此二人的名字皆作小字(又"恒"字缺笔),表明二人的姓名为"胡有恒"、"胡瑞"无疑。

此外,韩国国立汉城大学东亚文化研究所于1956年印行了《奎章阁图书韩国本总目录》。汉城大学奎章阁1981年出版了《奎章阁图书韩国本综合目录》,此书1994年修订再版,其中有价值者在于著录了韩国刊行的两部刻本《史记评林》,一部活字版《史记评林》,又一部不同前版的活字《史记评林》。而在此前的《史记》版本研究著作中,也有过对韩国刊行汉籍(即韩国本、或称朝鲜本)的记载,但多语焉不详,令后来的研究者难以窥见韩国本的真面目。

历代日本学者对《史记》版本的研究,的确推动了《史记》研究的进步,在此基础上,水泽利忠先生的《史记会注考证校补》乃是集其大成者。我认为:水泽利忠先生的《史记会注考证校补》,实际上是相对于《史记会注考证》的完全独立的一部《史记》研究著作。其最大的成绩就在于对日本所藏《史记》诸版本进行了全面的比勘,就其性质而言,《史记会注考证校补》是一部反映现存世主要《史记》版本中文本异同的重要著作,这是前人从未做过的一件巨大而有益的工作。从而为《史记》版本的研究提供了丰富的基础研究资料。

在《史记》版本方面,水泽利忠先生取得了突出的成就。他在《史记会注考证校补》各册所附图版及第八册中的长文"史记之文献学的研究"中著录、介绍了大量的《史记》版本,尤其是日本所藏的版本。此外,他对《史记》宋元刻本和日本古代抄本、刊本进行了广泛而深入的研究,达到了当时的最高水平。

水泽利忠先生的《史记会注考证校补》的确是一部伟大的著作,可惜,至今利用此书的学者并不多。的确,此书并不是完全意义上的论著,实际上它更像是一部大型索引工具书。虽则如此,就此书的实用性来说,至今为止,《史记》研究界还没有一个人,像水泽利忠先生这样对《史记》的各主要版本做近乎逐句逐字的对勘,此书所列出的诸版本异同的成就,期为后人提供的便利,几乎难以用语言来说明,仅就此点,就足以使水泽利忠先生名垂史册。但是《史记会注考证校补》的书名，使他的成就淹没在《史记会注考证》的光环之下，在人们的印象中，《校补》只是《考证》的补遗之作，而没有注意到其真正的价值所在，这的确是一件非常令人遗憾的事。

在中国“文革”期间，日本的《史记》版本研究还在持续发展。日本学者池田英雄先生指出：“建立在江户、明治悠久传统之上，日本的版本和解题研究在顺调进行，并不断地向深处延伸。”①在此期间，《史记会注考证》出版了修订版，《史记会注考证校补》也出版了第九卷，这两部巨著都通过一些修订，纠正了初版的错误，对《史记》的一些版本进行了进一步的探索。

① 《史记学50年——日中〈史记〉研究动态》第137页。

第二章
前人对元刻《史记》彭寅翁本的著录与研究

元刻《史记》彭寅翁本刊行于元至元二十五年，即公元 1288 年，虽然此本刊行比较早，但在相当长的时间内，国内的各种著作都没有关于它的记载，是以不为国内学者所了解。直至清代后期，此本的存在虽再次为学界认识，但依然是国内私人藏书家的秘宝，不肯轻易示人。即使如傅增湘先生这样的学者、藏书家，虽然曾经拥有过一部《史记》彭寅翁本，而且亲身接触过大部分当时的国内私人所藏《史记》彭寅翁本，但却没有对彭寅翁本进行深入的研究。自民国时期直至今日，国内外学者皆限于资料等诸多方面的原因，还没有人对彭寅翁本进行全面、系统的较深入的专门研究，其中对《史记》彭寅翁本的刊行及其著录则更是缺乏深入的探讨。本章首先拟就这两个问题做一些探究。

一、彭寅翁本刊刻的历史背景

1.《史记》彭寅翁本和宋元时代的江西刻书业

彭寅翁，元代江西吉州安福县人，之所以这样说，主要是根据《史记》彭寅翁本中的木记。《史记》彭寅翁本中共有四块木记，在《史记目录》的卷末有木记“安成郡彭寅翁/�于崇道精舍”；在《十二诸侯年表》卷末有木记“安成郡彭寅/翁鼎新刊行”；在《穰侯列传》卷末有木记“旹至元戊子安/成彭寅翁新栞”；在《太史公自序》卷末有木记“至元戊子菖節吉/州安福　彭寅翁/新刊于崇道精舍”。其中的“安成郡”、“吉州”、“安福”都是地名，表明彭寅翁是江西吉州安福县人，而“安成郡”为安福县的旧称。查《元史》没有有关彭寅翁的记载，查清乾隆年间刊行的江西《安福县志》，在其卷八“选举志·科目”中“景定五年甲子(1264)解试”下，有“彭元翁”的人名。如按年代来推算，就生活的年代而言，此“彭元翁”和彭寅翁大体一致，但是我们没有其他证据表明，此二者间有必然的联系。而《安福县志》中也没有任何与彭寅翁有关的记载。这无形中对我们研究彭寅翁本及彭寅翁其人造成了极大的困难。因此，在这里我们对宋元时期江西的刻书业情况做一个简要的说明，以期补充《史记》彭寅翁本刊刻背景资料不足的缺憾。

宋时的江西刻书业，在全国整体刻书业开始兴起的背景下，开始发展。南宋时期，中国文化的重心完全集中于江南，江西的刻书业也由此进一步发展起来。据张秀民先生的研究，宋代江西刻书的地点，属于当时江南东路的有“饶州、德兴鄱阳、安仁、信州、上饶、南康军”，属于江南西路的有“隆兴府(南昌)、江州、瑞昌、赣州、吉州、抚州、临川、瑞州(筠州)、高安、袁州、兴国军、南安军、大庾、临江军、新喻、建昌军、南丰”①。今据《江西历代刻书》的记载，宋元时期江西所刊刻的史书及与史学有关的书籍开列如下：

南宋刻本：

《汉书》一百二十卷，嘉定十七年(1224)江西白鹭洲书院覆建安蔡琪本。

《汉书集注》一百卷，同上，白鹭洲书院刻本②。

《后汉书》九十卷附志三十卷，同上，白鹭洲书院刻本。

另外，抚州公使库在南宋淳熙年间(1174—1189)刊行了《春秋公羊经传解诂》十二卷《释文》一卷;《春秋经传集解》三十卷。

元刻本：

《史记集解索隐》一百三十卷，大德年间(1297—1307)饶州路儒学刻本。

《隋书》八十五卷，大德年间(1297—1307)饶州路儒学刻本。

---

① 《南宋(1127—1279)刻书地域考》，见 1980 年 10 月武汉大学图书馆学系编《中国书史参考资料》第 87 页。

② 兴吉案：此处原文有误，经查对，此本与上文《汉书》一百二十卷为同一本，而原著者误为二本。

《隋书》八十五卷,至顺三年(1332)瑞州路儒学刻本。

《辽史》一百六十卷,至正五年(1345)江西行中书省刻本。

《金史》一百三十五卷,同上。

《宋史》四百九十六卷《目录》三卷,至正六年(1346)江西行中书省刻本。

《战国策》十卷,(后)至元五年(1339)江南西路刻本。

另外,饶州路儒学还在延祐年间(1314—1320)刊行有《文献通考》三百四十八卷。

不过《江西历代刻书》的记载也有疏漏的地方,这就是没有著录本书将要讨论的元刻《史记》彭寅翁本,这是一个不小的缺失。

宋元时期的江南刻书业的三大系统官刻、私刻、坊刻,在江西也同样存在。其中的私刻也颇具规模,如南宋庆元二年(1196)庐陵周必大刊行《欧阳文忠公集》一百五十三卷附录五卷,周必大又在嘉泰元年至四年(1201—1204)刊刻《文苑英华》一千卷,都可见当时刻书的规模是比较大的。上面提到著名的白鹭洲书院在吉州城东白鹭洲,与彭寅翁所在安福同属一州。从上面的叙述中,我们可以从一个侧面了解彭寅翁本刊行的基本背景。

2. 彭寅翁本刊行前后的《史记》版本

《史记》从宋代进入刻本时代之后,在彭寅翁本问世之前,就目前存世的版本来看,没有《史记》的白文本,而都是以单集解本、二家注本或三家注本的形式流传于世。笔者根据前辈学者的研究成果统计,彭寅翁本出现之前,现存世者《史记集解》本(或称之为《史记》单集解本)有 8 种,《史记集解索隐》本(或称之为二家注本)5 种, 而且在彭寅翁本之前,已经有了《史记》三家注本 1 种,这就是南宋刊建安黄善夫本①。众多的前人版本为彭寅翁本的刊行提供了良好的刊行素材。以下对这些《史记》版本做一些简要的介绍。

在前面的第一章里已经提到,据学界目前的研究,《史记》的最初

① 《史记索隐》三十卷,明崇祯十四年毛氏汲古阁覆北宋大字本,但因是明刻本,又未载《史记》正文,故没有计入上述统计。

刊行,始于北宋太宗淳化五年(994)。主要依据的资料是北宋叶梦得《石林燕语》卷八、《宋会要辑稿》"崇儒四勘书"、程俱《麟台故事》卷二"校雠 "、南宋王应麟《玉海》卷四三"艺文"中的记载。上述的资料中,都有在宋太宗淳化五年刊行《史记》、前后《汉书》(当时称之为"三史")的记载。这是目前已知的最早的《史记》刻本,虽然这个本子已经亡佚,没有流传到今天,而从严格的意义上说,由此开始,《史记》才进入了刻本时代。这以后出现的《史记》本子,才是我们所要研究的版本范围。

目前存世最早的《史记》版本是北宋仁宗景祐年间的景祐本。安平秋先生指出:"北宋仁宗景祐年间(1034—1038)据淳化旧本重修的《史记集解》本还流传了下来,但是残本,存本纪六卷、表五卷、世家八卷、列传二十一卷,共四十一卷。这是今天所能见到的最古的《史记》刻本。这个本子,每半页十行,每行十九字;注双行,每行二十五、六字不等。白口,左右双边。版心上记本页大小字数,鱼尾下题'史本纪某',中记本卷页数,下记刻工姓名。每卷均小题在上,大题在下。这个本子与景祐《汉书》版式相同,如郭敦、吴永年、范敏、刘山、伍祥等俱同,当为景祐刻本。此本原藏清内阁大库,现归北京图书馆。傅增湘先生曾有北宋本《史记》一百一十六卷,版式与此景祐本同,但刻工姓名迥异,盖同出于淳化本者。①"张玉春先生综合前代学者的研究,加上对景祐本现存世的六个本子进行了全面比勘之后,重新提出了自已的观点,他指出:"综上所述,现存的六部十行《史记集解》本,台湾中央研究院历史语言研究所藏本,即仁寿二十五史本,是在对淳化本刊修的基础上,于宋仁宗景祐年间刊印,又于北宋末年补刊,在行格、文字上均存淳化本之旧,故应称之为景祐本,是现存最早的《史记集解》本;台湾中央图书馆藏本一百二十六卷本、北京图书馆藏一百三十卷本中的原刻是景祐本的覆刻本;北京图书馆藏二部存四十卷本及存四十九卷中的原刻亦是景祐本的覆刻本。②"

---

① 《〈史记〉版本述要》。

② 《〈史记〉版本研究》第 125 页。

在景祐本之后出现的是《史记》十四行小字《史记集解》单刻本。以上是北宋本。

南宋《史记》版本众多，计有《史记集解》单刻本的南宋绍兴年间(1131—1162)淮南路转运司刊本、绍兴十年(1140)邵武朱中奉本；《史记集解索隐》本的南宋绍兴杭州刻本、南宋乾道七年(1171)建安蔡梦弼刻本、淳熙三年(1176)张杅桐川郡斋本、淳熙八年(1181)澄江耿秉重修桐川郡斋本；《史记集解索隐正义》本的南宋庆元二年(1196)建安黄善夫本。另外，在南宋景定二年(1261)，即蒙古中统二年又有《史记集解索隐》平阳道段子成刻本。

元刻《史记》彭寅翁本刊行后，《史记》的刊刻出现了一个低潮时期，彭本刊行于公元 1288 年，此后在 1306 年(元大德十年)有饶州路儒学刻本。在此后国内时局动荡，文化事业恢复得比较慢。大约 200 年后，一直到明代天顺年间才有人再次刊刻《史记》。

二、前人关于《史记》彭寅翁本的著录与研究

虽然有学者认为，中国版本目录学的确立是在宋代，但对于《史记》的版本著录而言，则出现得比较晚，在明代的诸家书目中，还欠缺明确的记载，直到清代才有比较清楚的记载。清代考据学的发展，对古籍的版本提出了更高、更新的要求，清代的目录学也就进入了一个新的时期，对《史记》的著录和研究也进入了崭新的阶段。《史记》彭寅翁本的再发现就是其中的重要成果。下面对从《史记》彭寅翁本开始著录到今日的历史做一个回顾，着重介绍其再发现 100 多年来，学界对彭寅翁本的著录情况，至于说到前代学者在著录彭寅翁本中出现的一些问题，则留在本章的下一个部分，进行专门的说明。

1. 日本学者对《史记》彭寅翁本的著录

考察中外学者对《史记》彭寅翁本的使用，日本学者要早于中国学者。对彭寅翁本的著录，较早见于日本的《经籍访古志》。其卷三著录了彭寅翁本中的两个本子。其文曰："元至元戊子(1288)刊本　求古楼藏　现存四十二本，缺三十一卷，首有中统二年董浦

《补史记序》、《集解序》、《索隐序》、《论例谥法解》、《目录》。卷首体例与前本同①,但注文间有删略,每半板十行,行十六至十七、八字,界长六寸一、二分,幅四寸一、二分,左右双边,《目录》末双边,筐中题‘安成郡彭寅翁刊于崇道精舍’。列传十三末又题‘时至元戊子安成彭寅翁新刊’。年表第二末题‘安成郡彭寅翁鼎新刊行’。《正义》序后有:□同、寅翁、翠峰彭氏三印,每卷有定房鼎印。卷一褾背题云:‘右本盖听松村庵老师藏书室中之至宝也。然明月夜光不独耀于随掌郢握,天下宝得为天下用之。是今斯本所以于归旃岳雅伯掌握也。深韬匮宝诸之可矣,寅闍翁谨识’。末有村庵印。考村庵名灵元,字希世,为细川胜元犹子,南禅寺听松院第四世,长享二年(1488)六月寂。寅闍名龙崇,东里建仁寺灵泉院僧也。此书及宋椠《汉书》出于妙心寺大龙院,乃知铁山和尚遗本也。铁山名宗钝,号默轩,又号懒斋。元和三年(1617)十月八日寂,见《延宝传灯录》。按:枫山官库亦藏元椠足本,卷末有‘至元戊子菖節吉州安福彭寅翁新刊于崇道精舍’木记。即与此同种,朝鲜国刊本及今行活字板,俱原此本。”

这段文字提到两个本子,一个是狩谷棭斋旧藏本(也就是“求古楼本”),当时存四十二册,缺三十一卷;另一个是今日的枫山文库本,全一百三十卷。二十世纪三十年代泷川资言先生著《史记会注考证》,提到了这两个本子和三条西实隆手抄本,总计三个本子。泷川资言先生又加按语说:“愚按:枫山文库本、求古楼本,今皆入宫内省图书寮。永正中三条西实隆手写彭本,一百三十卷,首一卷,四十三册,亦入图书寮。②”水泽利忠先生《史记会注考证校补》记载了日本所存的四种刻本和两个手抄本。他在《史记会注考证校补》第八卷中的长文《史记之文献学的研究》中对日本所藏《史记》彭寅翁本进行了介绍。在其文“第二章　史记古本标记　第一节　史记古本标记资料　(二)元板彭寅翁本及其抄本标记”中,对五种史记彭寅翁本加以

① 兴吉案:指明刊《史记》王延喆本,《经籍访古志》将彭寅翁本置于王延喆本之后著录。又下引文中“双边筐”,“筐”字是原文,未改动;又“列传十三末”,有误,当为“十二”。

② 《史记会注考证附校补》第2120页右下。

详细的介绍。其顺序是:①三条西实隆公手写彭寅翁本(三条本);②狩谷棭斋旧藏彭寅翁本(棭斋本);③枫山书库旧藏宫内厅书陵部藏彭寅翁本(枫山本);④伊佐早谦旧藏庆应大学图书馆藏彭寅翁本(伊佐早本);⑤建仁寺两足院梅仙和尚手写彭寅翁本(梅仙本)。另外,又提到了天理大学所藏崇兰馆旧藏彭寅翁本。至此日本所藏的彭寅翁本才完全为世人所了解。

由于水泽利忠先生对彭寅翁本的著录侧重于对其中的"校记资料(即古代日本学者在诸《史记》版本上的标识,包括批注、句读、评语等)",是以他的注意力集中在日本所藏《史记》彭寅翁本,对日本之外的彭寅翁本就没有介绍。如果说水泽利忠先生对《史记》的研究,是继承了日本战前中国学的传统的话,那么上个世纪的七八十年代,日本中国学的再次进入高潮,则进一步推动了日本学者对《史记》及其版本的研究。日本学者阿部隆一先生从 1970 年至 1974 年在台湾访寻汉籍的日本抄本、日本刊本及宋元版书籍,1976 年发表了《中国访书志》,此前阿部隆一先生已发表了有关此次调查的一系列文章,此书正是阿部隆一先生对这些成果的汇集。1983 年此书在其去世的当年,发行了增订版。在此书中,他著录了台湾中央图书馆所藏的两个《史记》彭寅翁本,对其版本形态有详细的记述。这是我们能见到的最早的台湾藏《史记》彭寅翁本的详细著录。

继阿部隆一先生之后,对彭寅翁本的著录集前人之大成者是日本学者尾崎康先生,他在《正史宋元版研究》中有详细的著录,记载现存世的 9 个版本,是目前最全的著录,其记载如下:

一百三十卷	四十册	宫内厅书陵部
存一百二十六卷(五卷抄配)	五十八册	同上
一百三十卷	七十册	天理图书馆,
存七十一卷,	二十八册	庆应义塾图书馆
一百三十卷(八卷明版配补)	十六册	中央图书馆
存二十七卷	十一册	同上
一百三十卷(六卷蒙古中统本配补本)	四十八册	北京图书馆

存七十七卷（十二卷影抄本配补）		
	二十四册	同上
存十六卷	七册	北京大学图书馆①

尾崎康先生的著录用现在一般的著录方法来表述则是:日本宫内厅书陵部藏《史记》一百三十卷日本枫山文库旧藏本(以下简称枫山本)、日本宫内厅书陵部藏《史记》一百二十六卷狩谷棭斋旧藏本(以下简称棭斋本)、日本天理大学图书馆藏《史记》一百三十卷(以下简称天理本)、日本庆应大学藏《史记》一百三十卷存七十一卷本(以下简称庆应本)、台北中央图书馆藏《史记》一百三十卷[中明刊本八卷配补]本(以下简称台北 130 卷本)、台北中央图书馆藏《史记》一百三十卷存二十七卷本(以下简称台北存 27 卷本)、中国国家图书馆藏《史记》一百三十卷[中蒙古刊中统二年段子成本六卷配补]本(以下简称国图 130 卷本)、中国国家图书馆藏《史记》一百三十卷存七十七卷本[中十二卷影抄本](以下简称国图存 77 卷本)、北京大学图书馆藏《史记》一百三十卷存十六卷本(以下简称北大存 16 卷本)。

另外,尾崎康先生在此书中对九个本子的装帧及版式有详细的记述。1994 年水泽利忠先生编《史记正义研究》这一大型《史记》专题索引,在其卷首有水泽利忠先生的文章"南化本《史记》和《史记正义》研究",其中在"史记古版本"中,他再次提及上述日本所藏的彭寅翁本的情况,而没有新的版本出现,由此也可说明,尾崎康先生对元刻《史记》彭寅翁本的著录,的确达到了目前学界研究的最高水平。

2. 中国学者对《史记》彭寅翁本的著录

作为较早的《史记》三家注本的黄善夫本和彭寅翁本,长期不为国内的学者所知。清乾隆四年(1739),清廷官刻武英殿校刊本,只能用明刻王延喆本及其他注本来补正其所据底本的缺失。《四库全书总目》的作者曾感慨道:"苟非震泽王氏刊本具存,无由知监本之妄删也。②"但

① 《正史宋元版研究》第 226 页。兴吉案:此段引文照原文原样式录入,未加改动。又"存七十七卷(十二卷影抄本配补)"中之"十二",原文有误,当为十一。

② 《四库全书总目》卷四五,史部,正史类一。

几乎在日本学者对《史记》彭寅翁本进行著录的同时，中国学者也注意到《史记》彭寅翁本的存在。清代藏书家张金吾（1787—1829）在《爱日精庐藏书志》中，著录了今日藏于中国国家图书馆的《史记》130卷（存77卷）彭寅翁本，其书卷8"史部·正史类"中说："史记残本七十六卷①元刊本。宋裴骃集解，唐司马贞索隐，张守义正义。本纪四至六，表一至四、七至十，书一至八，世家八至十二，列传二十九至七十。凡七十六卷。十二诸侯年表后有木印云'安成郡彭寅翁鼎新刊行'，不著年月。验其板式，盖元刊本也。旧本《史记》记载《正义》者绝少，此本有《正义》，差可贵也。"

在此后对国图存77卷本彭寅翁本的著录，频繁地出现在各种书目之中，但其内容则大致和《爱日精庐藏书志》相同，或者说此后的各种说法皆来自此书。《增订四库简明目录标注》"史记正义"条下注云"程荣伯有安成郡彭寅翁崇道精舍刊本。彭寅翁本有《正义》。张目云：验其板式，盖元刊本也，存七十六卷。程荣伯藏本，亦有钞补。"《朱修伯批注本简明四库目录》在"史部、正史""史记一百三十卷"条下亦云："有元本，十二诸侯年表后有'安成郡彭寅翁鼎新刊行'，不著年月。"莫友芝《郘亭知见传本书目》卷4"史部、正史"条下也有近乎同样的话："程荣伯有安成郡彭寅翁崇道精舍刊本。"又言："又元本史记集解索隐正义残本，十二诸侯年表后有木记云'安成郡彭寅翁鼎新刊行'，不著年月。验其板式，盖元刊也。上五种昭文张氏爱日精庐藏。"我认为：上述的彭寅翁本都是张氏旧藏的存77卷本，只是目前还不清楚程荣伯是何许人。此后张氏此本又为瞿氏铁琴铜剑楼收藏，《铁琴铜剑楼藏书目录》咸丰七年刻本中说："史记七十六卷元刊残本，裴骃集解、司马贞索隐、张守节正义，全书一百三十卷。今存本纪四至六，表一至四、七至十，书一至八，世家八至十二，列传二十九至七十。集解、索隐、正义合刻者始于宋淳熙时，是本一遵其旧，其十二诸侯年表后有墨图记曰：安成郡彭寅翁鼎新刊行。旧藏爱日精庐张氏。"叶德辉《书林清话》卷四在介绍"元私宅家塾刻书"条下，也说：

① 兴吉案："七十六"当为"六十六"，本书第三章对此问题有专门说明。

“安成郡彭寅翁崇道精舍。无年号刻史记集解索隐正义一百三十卷。见张志、瞿目、森志、杨谱。年表后有墨图记云:安成郡彭寅翁鼎新刊行。①”以上的各书目都说此本有76卷,皆有误,实当为66卷。贺次君先生在《史记书录》中认为当为77卷,也不完全正确,关于此点将在下一章中介绍此本的版本形态时详细说明。从上述的情况来看,比较其他各本的著录,存77卷彭寅翁本《史记》最早为国内的诸多书录所著录,也正由于此本为诸多藏书家著录和目睹,《史记》彭寅翁本才逐步为人们所认识,此后其他的彭寅翁本开始不断为人发现和注意。

中国在二十世纪的二三十年代对历史文化研究的进一步深入,使《史记》的版本研究也上升到一个新的水平。有两篇关于《史记》版本研究的杰出论文,即王重民先生的《史记板本和参考书》和赵澄先生的《史记板本考》。分别发表于1926年12月和1931年8月。这两篇论文已经初步摆脱了旧时“图书经眼录”的形式,采用新式的方法研究《史记》的版本,即意在通过诸版本的比较,力图寻找诸版本之间的关系及演变的规律。在这两篇论文中都提及了彭寅翁本。王重民先生《史记板本和参考书》文末的附言中指出:“《史记板本和参考书》发稿后,谒傅沅叔(增湘)先生于京寓,得知傅先生藏有北宋本《史记》,以景祐本为主,而补以彭寅翁诸本。②”王重民先生的记载有误,傅先生所藏《史记》版本中,并没有用北宋本和彭寅翁本合配的本子,所以王先生的这段话应当是误听误记。另外,尤为可惜的是,他在这篇论文的正文中,没有提及关于彭寅翁本的其他情况。赵澄先生在《史记板本考》中对彭寅翁本进行了较深入的研究,虽然赵澄先生此文因当时资料的局限,有许多不足,但他还是对彭寅翁本进行了较全面的分析,并第一次将其定名为“世初至元年彭寅翁崇道精舍刊本”③,用现在的表述就是“元世祖至元年间彭寅翁崇道精舍刊本”。他在引用了《铁琴铜剑楼藏书目录》、《四库简明目录》对国图130卷

① 《书林清话》第98页,1999年中华书局影印古籍出版社1957年版。

② 《图书馆学季刊》第一卷第4期1926年12月出版。

③ 《史学年报》第一卷第3期,1931年8月。兴吉案:照原文式样录入,未加改动。

存 77 卷本《史记》彭寅翁本的介绍之后，又引用了《经籍访古志》对此本的著录，指出："以上的记载，大致相同；可知是无问题的板本。且从《经籍访古志》看到此本是至元戊子年所刻。（元世祖改元曰至元。戊子是至元二十五年）此种板本，与宋绍兴本和明朝王、柯、陕诸本：均有相连属的历史；关系非常重要。"在国内学者中，赵澄先生可谓第一个发现彭寅翁本是元至元二十五年刊行的人，而且他初步地说明了彭寅翁本和其他版本的关系，有开创之功。

在解放以前，国内学者对彭寅翁本的著录，成绩最大者是傅增湘先生。他在三四十年代先后撰写和编成了《藏园群书题记》的《续集》、《初集》、《三集》[①]。1989 年傅先生的后人傅熹年先生将其合编为《藏园群书题记》。傅增湘先生在《藏园群书题记》卷二的"元彭寅翁本刊史记跋"中对当时国内著名藏书家所藏的彭寅翁本逐一地加以详细的介绍，共著录了其收藏、所见的五个彭寅翁本，即他自已收藏的 130 卷本（中 6 卷中统本配补）；存于其所收藏的宋荦旧藏百衲本史记中的 7 卷彭寅翁本；亲眼见到的常熟瞿氏存 77 卷本（傅先生记为 74 卷本，误），沈曾植手识存 27 卷本[②]；庐江刘惠之[③]配入别本数卷的彭寅翁本一部。据《藏园群书经眼录》、《藏园群书题记》的记载，可以看出傅先生发现彭寅翁本的大致时间及轨迹。1913 年或此前他见到了沈曾植处的存 27 卷本，在此之前他已见过铁琴铜剑楼存 77 卷本；1931 年他购入含有 7 卷彭寅翁本的宋荦旧藏百衲本

---

① 兴吉案：据傅熹年先生所撰《藏园群书题记整理说明》：傅增湘先生将 1935 年以前撰写的书籍题跋，以《藏园群书题记》为题，在天津《国闻周报》上发表；1935—1938 年间所撰题跋编成《藏园群书题记续集》六卷，自行排印。1943 年又将在《国闻周报》上发表过的题跋编成《初集藏园群书题记》八卷，自行排印。1944 年又编成《藏园群书题记三集》。

② 兴吉案：傅先生说：此本为沈曾植所收藏，且笼统地说此本有 30 馀卷。皆不准确，其具体说明见下文。

③ 兴吉案：即刘体乾，惠之其字，安徽庐江人，清末收藏家，为清代四川总督刘秉璋次子；其四弟刘体智，字晦之，亦为民国时期的著名藏书家，以收藏甲骨最为有名。

80卷;1938年他见到了刘体乾所藏彭寅翁本一部;1939年之前(或当在1937年),他购入今藏国图130卷本。傅先生的成就可以说是空前的。

今日北大所藏存16卷本是傅先生惟一未见到今日国内所藏的《史记》彭寅翁本,此本最早见于《木樨轩收藏旧本书目》子册"正史类",但著录极为简略,除了介绍了现存的16卷卷数外,只有"史记130卷,元彭寅翁本"数字。1985年北大出版社出版的《木樨轩藏书题记及书录》也有著录。又见于《北京大学图书馆古籍善本书目》。此本原为李盛铎旧藏,李氏1937年去世后,其藏书在此后数年归入北大图书馆,所以北大16卷彭寅翁本不见于北大三十年代张允亮先生编写的《国立北京大学图书馆善本书目》。

解放后,国内学界对彭寅翁本的研究还在继续。1957年4月出版的《史记研究的资料和论文索引》一书中,著录了国图存77卷本;1958年10月出版的贺次君先生《史记书录》也著录了国图存77卷本。他说:"此残卷(指77卷本)现存北京图书馆,为彭本在我国之仅有者。"仅从这句话而言,贺先生对彭寅翁本的著录似乎比傅先生的著录又退了一步。在《史记书录》出版一年后的1959年9月,中华书局出版了《北京图书馆善本书目》,其中著录了国图130卷、国图存77卷《史记》彭寅翁本。上个世纪的50年代《木樨轩收藏旧本书目》也在北大编成,并在北大内部使用。由此可见,贺次君先生的"我国之仅有者"的结论,即就当时而言也是过于武断了。

在贺次君先生发表《史记书录》之后,一直到上个世纪的八十年代,对于《史记》彭寅翁本的研究进展不大。1986年吴汝煜先生《史记论稿》"附录"中有《〈史记〉的流传及注本》和《〈史记〉版本略述》二文。据吴汝煜先生说:《〈史记〉的流传及注本》一文参考了陈直先生《汉晋人对〈史记〉的传播及其评价》一文;而《〈史记〉版本略述》的内容则多采自贺次君先生《史记书录》。《〈史记〉的流传及注本》中没有提及彭寅翁本;《〈史记〉版本略述》中介绍了彭寅翁本,其言曰:"《史记集解索隐正义》残卷。元至元二十五年(1288)安福彭寅翁崇道精舍刊本。此本史文与黄善夫本大致相同,但注文删削较多,亦有增改之处。现存北京图书馆。"①1987 年易孟醇先生《史记版本考索》中指出:"元代《史记》刻本,国内现存尚有约十部",但对彭寅翁本,只说有"至元二十五年彭寅翁崇道精舍的三家注合刊本残卷";易先生所说的彭寅翁本残卷应是指国图存 77 卷本,但他没有指出此本的具体收藏情况。同年安平秋先生的《〈史记〉版本述要》对国内现存彭寅翁本的情况,较之贺次君先生有所超越,不仅对此本的板式有比较详细的介绍,而且进一步介绍了 130 卷本(中 6 卷中统本配补)、国图存 77 卷本,扩大了人们对彭寅翁本的认识。1989 年杨燕起、俞樟华先生编写了《史记研究资料索引和论文、专著提要》几乎全文照录了《史记研究的资料和论文索引》对彭寅翁本的著录,著录有国图存 77 卷本、台北中央图书馆藏 130 卷本(中明刊本 8 卷配补)②。1991 年陈连庆先生《史记版本述略》中提到了彭寅翁本,但在版本方面介绍的更为简略,只有"略本系统,存世者以元安福彭寅翁本(至元二十五年,1288 年崇道精舍本)为最早,彭刻日本有足本,国内无全帙"③数语而已。以上数种对彭寅翁本的著录与研究,都记载了日本收藏彭寅翁本的情况,但都有错误,这些将在下文中指出。

上个世纪的八十年代之后,上海古籍出版社陆续出版了《中国古籍善本书目》,在此书"史部"中,对现存中国大陆的三部彭寅翁本进行了全面、准确的著录,即国图存 77 卷本、130 卷本(中 6 卷中统本配补)、北大存 16 卷本皆有著录。只是在著录北大存 16 卷本的现存卷的卷数上有错误,误把存世的"110 卷"著录为"111 卷"。另外,此书还著录了现存于陕西博物馆的明崇祯影抄彭寅翁本一部(存五十卷)。

2001 年张玉春先生在《〈史记〉版本研究》中著录了上述的国内现存的三部彭寅翁本,并指出:国图所藏的两部彭寅翁本"行格、字体

① 《史记论稿》第 297 页。兴吉案:日本学者池田英雄 1995 年出版的《史记学 50 年》中把"《史记》版本略述"一文误记作"史记版本史略",第 13 页。

② 《史记研究资料索引和论文、专著提要》第 6 页。

③ 兴吉案:此文收入 1991 年 12 月吉林文史出版社出版的《中国古代史研究——陈连庆教授学术论文集》,据此文后的附记,此文写成于 1985 年 10 月之前。

一致，是为同版所印"①。又指出：日本尚存多部彭寅翁本，著录了上面已说过的日本所藏的四部《史记》彭寅翁本。不过，张著亦有疏漏，即没有介绍现存于台湾中央图书馆的两部彭寅翁本，稍嫌不足。另外，他在此书中使用图版时，有两个错误，其一：他指出"图版二十九　北京图书馆藏元至元二十五年彭寅翁刊本"，他所显示的此半页，为史记卷一百三十"太史公自序第七十"的卷末半页，上有"至元戊子菖節吉州安福/彭寅翁新刊于崇道精舍"的木记。实际上，国图所藏130卷配6卷中统本、130卷存77卷本彭寅翁本中，都没有此半页。查对此半页中有日人批注的痕迹，经和枫山本对照，可知此半页实为日本宫内厅书陵部所藏枫山本的半页。其二："图版三十　北京图书馆藏明正德十二年廖凯刊本"，此半页10行，行21字，注双行21字，明显和廖凯本半页10行，行18字，注双行23字的版式不合。经查对，此半页实际上是中国国家图书馆藏130卷彭寅翁本《五帝本纪》第19页。

在台湾方面，1976年王民信先生所编《史记研究之资料与论文索引》中，著录了国图130卷存77卷本、中央图书馆藏130卷本(中8卷明刊本配补)、中央图书馆130卷存27卷本。1967年初版，1986年增订二版《国立中央图书馆善本书目》中，著录了上面已提到的中央图书馆藏130卷本、130卷存27卷本。以上为诸家著录《史记》版本之概况。

三、前代学者《史记》彭寅翁本著录之得失

元刻《史记》彭寅翁本作为珍稀宋元旧本中的一种，以其距今年代久远，早已成为公私藏书机构的秘宝。虽然此本被再发现披露而为学界所认知，然而能亲身接触此本的学者并不很多。是以早期接触过此本的学者对彭寅翁本的著录和记载，就成为《史记》研究者对此本进行了解的一个重要途径。然而这些早期著录的学者限于当时的学术水平和文献检索的局限，在他们的著录和记载中，难免会有各

① 《〈史记〉版本研究》第265页。

种各样的不足和失误，这些缺憾又为后来的学者所因袭，对《史记》版本研究产生了一些消极的影响。所以，笔者认为，对前辈学者著录彭寅翁本中的得失有必要作进一步的探讨。

1.《经籍访古志》著录《史记》彭寅翁本的失误及影响

日本编辑汉籍书目的历史非常久远，这恐怕和汉籍在日本的流布有着极大的关系。实际上，汉籍在传入日本的过程中，日本学者就开始注意编写汉籍书目。如日本古代编写的汉籍目录，今日可以见到的就有《将来书目》、《日本国见在书目》、《通宪入道书目》等。在十九世纪，日本的汉学达到了一个很高的水平，也出现了对古籍版本的专门研究著作，如《活版经籍考》①和《经籍访古志》。其中以《经籍访古志》的影响最为深远。《经籍访古志》是一部记录当时日本公私藏书机构藏书的汉籍书目，其中对所著录汉籍的卷数及版本、版式、收藏地点、书籍的流传过程、书籍所附题跋皆有比较详细的介绍。日本学者川濑一马先生对此书的形成有专门的研究，他著有《经籍访古志形成——关于初稿本形成前史的研究》，在 1957 年发表，此文比较详细地介绍了《经籍访古志》成书的过程②。据川濑先生的研究，《经籍访古志》的写作开始于日本文化 12 年(1815)以后，成稿于日本安政 2 年(1855)夏。其间三易其稿，参与编辑、撰稿者主要有涩江全善、森立之、堀川舟庵三人，还有小岛尚真参与其事，多纪元坚校阅书稿，海保元备通阅全稿参与讨论，海保元备又为此书作序。此书成书的过程前后历经 40 余年，且有多名日本学者参与其事，所以《经籍访古志》反映了日本江户时代中期考据学、校勘学的最高成果。《经籍访古志》是对《史记》彭寅翁本著录较早的一部重要著作，而且在早期对彭本的著录中，从上面所引用过的著录原文可以看出，其著录较之张金吾的《爱日精庐藏书志》更为详细，虽然张氏曾经拥有《史记》彭寅翁本残卷。然而，应当指出的是，《经籍访古志》中详尽而有偏差的描

① 兴吉案：吉田篁墩著，狩谷望之手抄并注，川濑一马解说并补正，1933 年日本书志学会影印本。

②《神田博士还历纪念书志学论集》第 13～24 页。

绘,反而模糊了元刻《史记》彭寅翁本的本来面目。

《经籍访古志》突出的错误是对彭寅翁本的行格、字数著录有失误。其文曰:狩谷棭斋旧藏本(求古楼本)"首有中统二年董浦《补史记序》、《集解序》、《索隐序》、《论例谥法解》、《目录》。卷首体例与前本同,但注文间有删略,每半板十行,行十六至十七、八字"。这里的著录明显有误,接触过《史记》彭寅翁本的人都知道,彭本《史记》的正文是每半页10行,行21字,注双行同。《经籍访古志》的作者涩江全善、森立之既然已经见过此本,为何还会出现这样的失误呢?笔者认为,问题出在《经籍访古志》的作者用"求古楼本"的版本形态来说明彭寅翁本的版本形态上。狩谷棭斋本的卷首是中统二年段子成本的董浦序,此序是二家注本《史记》元中统本的卷首页,半页10行,行16字,此序仅一页,其上没钤有"定房"鼎形印,表明此序被人误置于此本的卷首,实当在藤原定房①时代之后。森立之等人或许认为此序也是彭本所有之物,于是就以此页的行格情况来著录彭本。狩谷棭斋本在此序之后,是彭本原本的司马贞《补史记序》、裴骃《史记集解序》、《史记索隐序》、《史记正义论例谥法解》等,前三项皆为每半页9行,行18字。只有《史记正义论例谥法解》是10行21字。森立之等人大约是没有仔细翻阅彭本的正文,也没有见到枫山文库本,就综合此本卷首几个序的情况,得出了上述的结论。

由上述的著录,引起了后来学者的一系列推测。赵澄先生在《史记板本考》一文中,根据《经籍访古志》的著录,认为,既然彭寅翁本半页10行,17、18字,王延喆本、柯维熊本半页10行,行18字,则此数本当属一个版本系统,他进而理解《四库简明标注》中"安成郡彭寅翁本,昭文张氏谓验其板式似元刊本,殆王板、柯板及陕西板所自出欤"的话,还进一步推测说:"柯、王、陕,出于彭寅翁崇道精舍本的话,决是不错的。"赵先生以书目著录作为版本研究的基点,来研究古籍的

① 兴吉案:藤原定房(1274—1338),日本后醍醐天皇的重臣,求古楼本的原本各册中皆钤有"定房"鼎形印。这里所谓"求古楼本"是指狩谷棭斋时代的棭斋本;而不是指今日日本宫内厅书陵部所藏棭斋本,因为后者实际上在狩谷棭斋的旧藏的基础上还有一些配补,不全是狩谷棭斋的旧藏。

版本系统，本来立脚点就欠稳妥，加之引用错误的著录，就更加难以探究古籍版本的真正源流。五十年代贺次君先生著作《史记书录》，他根据《经籍访古志》中上述的记载而推测说："日本《经籍访古志》所记彭本每行大字十六至十七八字不等，与此本字数不同，或为日本仿刻，非原刊矣。①"贺先生据此进一步误将本来是《史记》彭寅翁本原刊本的狩谷棭斋本看作是日本翻刻的本子，可见《经籍访古志》的错误影响之深远。

2. 傅增湘著录《史记》彭寅翁本的得失

傅增湘先生在《藏园群书经眼录》中，在"《史记》一百三十卷，汉司马迁撰，刘宋裴骃集解，唐司马贞索隐，唐张守义正义，卷一百一十七至一百二十二蒙古中统二年段子成刊本"条下指出：此本为"元至元二十五年彭寅翁崇道精舍刊本"，又说："彭氏本流传亦稀，余平生所见常熟瞿氏有七十七卷本，即张氏爱日精庐旧藏。沈子培曾植藏二十馀卷，庐江刘惠之藏一部。配入别本数卷。"这里的记载有四个本子：即今日国图 130 卷本、国图存 77 卷本；另有一个存 27 卷本(兴吉案：此本今在台湾，在以后将进行细致的说明)；有一种卷数不详(刘体乾藏本)。在此书中，傅增湘指出：这四个本子是"元至元二十五年彭寅翁崇道精舍刊本"，但他没有说其理由。在以上的四个本子中，傅先生对其中三个本子，即国图 130 卷本、国图存 77 卷本和台北存 27 卷本，记述得很详细，但在三个本子中，都没有关于彭寅翁本刊刻时间的记载，具体而言，是这三个本子中没有反映彭寅翁本刊刻时间的二块木记，也就是在卷 72 末和卷 130 末的二块木记。《藏园群书经眼录》中所列举的二块木记，即目录末的木记"安成郡彭寅翁桀于崇道精舍(国图 130 卷本所有)"、卷 14 末的木记"安成郡彭寅翁鼎新刊行(国图存 77 卷本所有)"都不能说明彭寅翁本的刊刻时间。既然傅先生不能从当时他所见到的彭寅翁本中得出其刊刻时间，那么只有从历代书录中找答案。但是从上面列举的清末和民初的各种书录来看，没有一种指出彭寅翁本的刊刻时间。我进而认为：傅先生也没有

---

① 《史记书录》第 114 页，引文中的"此本"指国图存 77 卷本。

看过日本学者的《经籍访古志》,因为傅先生如果看过《经籍访古志》,那么必然知道日本还藏有两个彭寅翁本,而在他的著作中都没有提及日本的彭寅翁本。所以我认为,傅先生就彭寅翁本的刊刻时间从没有得出过结论。此时傅先生对于彭寅翁本的认识大致和傅先生相交甚密的张元济先生对彭寅翁本的认识一样;张先生在《校史随笔》"三家注刻本"条目中说:黄善夫本之外,"尚有安成郡彭寅翁刊本,亦三注俱全"。

在《藏园群书经眼录》中的彭寅翁本条目下,傅先生有标注曰"己卯","己卯"为1939年,似乎或是傅先生看到了赵澄先生的《史记板本考》后,得出上述的结论,但其实不然。在1989年编集出版的《藏园群书题记》中,汇集了原在民国时期分散出版的《初集》、《续集》、《三集》。在其"卷第二"中有"元彭寅翁本刊史记跋",其文曰:"此元大德彭寅翁刊本,半页十行,每行二十一字,注双行同,黑口,左右双栏,中缝记大小字数,在上下方不定。卷首标题小题在上,大题在下,注文《集解》、《索隐》、《正义》皆具。目录九行,大字,目录后有隶书木记二行。文曰:'安成郡彭寅翁桒于崇道精舍。'《十二诸侯年表》后有'安成郡彭寅翁鼎新刊行'木记二行,镌工精丽。板匡微小,是亦建本之佳者。钞写补入者为卷六《始皇本纪》,卷七《项羽本纪》,凡二卷。别刻补入者为列传五十七《司马相如传》至卷六十二《酷吏传》,凡六卷,系中统本,半页十四行,行二十五字。此本无《正义》。……己卯九月二十四日,藏园识。①"此题跋是傅先生在今藏国图130卷彭寅翁本之上所题,然而其中失误甚多。首先,此处傅先生把彭寅翁本说成是元大德年间刻本,就毫无根据;其次,此本"十二诸侯年表"卷末因为残破,没有木记;再次,说此本"钞写补入者为卷六《始皇本纪》,卷七《项羽本纪》,凡二卷",似乎是说此二卷皆为抄补,而实际上卷6、卷7中只有若干页的抄补,所以在"钞写补入"四字前加上"有"字,才更为清楚。而撇开上述的问题不说,傅先生对于彭寅翁本的刊刻时间也不如《藏园群书经眼录》那样,说得明确。所以我认为:《藏园群书经

① 《藏园群书题记》卷二,第70页。

眼录》所言不太可信，此书为傅先生之孙傅熹年先生所整理，当是他修改了傅先生原著的说法。傅熹年先生在《藏园群书经眼录整理说明》中，在介绍"整理工作"时说："五、整理时为划一体例，在力求保持原文的原则下，酌量做必要的技术性调整，大体有下面几种情况：1.（兴吉案：中略）。2. 原稿有的书名写得比较简略，有的卷数只记存卷，有的著者失记或称字和别号，整理时都尽力为补足全名全卷。"① 另外，我认为，国内学者对彭寅翁本的定名是利用了日本《经籍访古志》的记载。如三十年代赵澄先生是用《经籍访古志》中的资料来定名彭寅翁本。1959 年贺次君先生出版的《史记书录》中，贺次君先生把彭寅翁本定名为"元至元二十五年彭寅翁崇道精舍"的理由也是根据日本的《经籍访古志》；可见，傅先生虽然著录多种彭寅翁本，但是他如果没有见过《经籍访古志》的记载的话，他依然无法定名彭寅翁本。所以《藏园群书经眼录》中彭寅翁本的定名应是傅增湘先生的后人改定的。

傅先生著录彭寅翁本中的一个问题至今依然存在。这就是他所收藏的宋荦旧藏百衲本的下落问题。在《藏园群书经眼录》中"史记一百三十卷汉司马迁撰　刘宋裴骃集解　唐司马贞索隐　唐张守义正义　诸本合配，存八十卷"条下，傅先生著录了其收藏以宋元本合配的本子。又在《藏园群书题记》卷二有"题百衲本史记"，其文曰："此帙集宋元而成，其板刻凡六种。"计有淮南路转运司大字本 39 卷、宋黄善夫刊本 4 卷、中统本 4 卷、元彭寅翁本 7 卷、元大德九路本 26 卷，共 5 种 80 卷。据傅先生说：此合配本中"其四曰彭寅翁崇道本，七卷。半页十行，行二十一字，注双行同，黑口，双栏，版心上下记大小字数，左栏外记篇名。存本纪卷四，列传二十四至二十九②"。傅先生《藏园群书经眼录》还说："辛未三月初十，童廉之送阅，以一千四百元收之。"他又在给张元济先生的信中说："惟侍近得宋牧仲旧藏百衲本《史记》残帙八十卷。③"宋牧仲，即宋荦，清代藏书家。张元济先生在《尺牍》中说："宋牧仲藏百衲

① 《藏园群书经眼录》第 3 页。
② 《藏园群书题记》第 65 页，卷第二、史部一。
③ 《张元济傅增湘论书尺牍》第 271 页。

《史记》不见著录，兄于何处得之，此殆天锡纯嘏之政，可喜可贺。”从傅先生的记述皆合于彭寅翁本的特征来看，此处的七卷确属彭寅翁本无疑。这样，傅先生实际上在《藏园群书经眼录》中著录了五个彭寅翁本。查辛未为 1931 年，农历三月当在公历 4 月。傅先生之所藏后皆归入国图，以时下的调查，国图无此合配本，又傅氏藏书之善本除了大部归入国图之外，有一部分流入四川大学图书馆，还有一些善本辗转流入台湾，如傅氏所藏北宋刊《史记》景祐本；但《中国古籍善本书目》、《四川省高校图书馆古籍善本联合目录》及台湾方面的有关书目，找不到有关这 7 卷的彭寅翁本的记载。因此，此 7 卷的彭本下落不明。笔者认为，既然《史记》景祐本是中央研究院历史语言研究所 1946 年购入，而后转入台湾；同样含有 7 卷彭本的傅氏所藏百衲本也有可能还保存在私人收藏家或傅氏后人的手上。

3. 贺次君先生著录《史记》彭寅翁本的错误

据《史记研究的资料和论文索引》的前言：此书的“第一项‘版本’中的宋、元、明部分是贺次君先生编写的”。也就是说，实际上此书和《史记书录》中有关彭寅翁本的内容都出自贺次君先生之手，所以内容也就自然相同，都存在着一些错误。他引《经籍访古志》说：此本“首有中统二年《董浦序》、《补史记序》、《正义论例谥法解》、《目录》。《目录》末题‘安成郡彭寅翁刊于崇道精舍’，《列传》十二卷又题‘时至元戊子菖节，吉州安福彭寅翁鼎新刊于崇道精舍’木记”。又说：“今存者无《目录》及《穰侯列传》，故不见此两题识，而《十二诸侯年表》后有‘安成郡彭寅翁鼎新刊行’木记，与《经籍访古志》所记者同，而为《经籍访古志》所未见者。至元戊子，即元世祖二十五年。”由此可见，他的“史记集解索隐正义残卷元至元二十五年(一二八八)安福彭寅翁崇道精舍刊本”的结论来自对《经籍访古志》中资料的分析。但他引《经籍访古志》有明显的错误，即《列传》十二卷的木记“时至元戊子菖节，吉州安福彭寅翁鼎新刊于崇道精舍”这句话有误，《经籍访古志》原文为“时至元戊子安成彭寅翁新栞”。“至元戊子菖节吉州安福彭寅翁新刊于崇道精舍”的木记，实际上是《史记》彭寅翁本第 130 卷末的木记。《经籍访古志》中说：“枫山官库亦藏元椠足本，卷末有‘至元戊子菖节吉州安福彭寅翁新刊于崇道精舍’木记。”两相比较，可以看出，贺先生不仅把此木记放错了位置，而且对此木记的记载比原文多出个“鼎”字。

贺次君先生对日本藏彭寅翁本的记载也有误，其言曰：“日本宫内厅书陵部、庆应大学、大谷大学、天理大学皆有此书全帙。①”此后贺先生又作《史记书录》，其言曰：“日本宫内厅、庆应大学、大谷大学、天理大学皆有此本全帙。”几乎和上文相同，只是删去了“书陵部”三个字。他又说：“其枫山、三条钞本与铜活字本三种，俱据彭本钞印。②”贺次君先生的这两句话都是有些问题的，首先，除了“大谷大学”的记载，所谓其他三处有“此本全帙”是不对的，庆应大学藏《史记》彭寅翁本仅存 71 卷，不是全本。其次，“其枫山、三条钞本与铜活字本三种，俱据彭本钞印”的表述，也是不对的，关于这一点，水泽利忠先生在《史记之文献学的研究》中早已指出③。在上述两本书中，贺先生都没有说出上述这段话引自何书，然而贺次君先生的结论对后人著录《史记》版本影响极大，此后对《史记》版本的著录无不以此为依托。如 1976 年台湾学海出版社出版的《史记研究之资料与论文索引》在“史记集解索隐正义残卷，元前至元二十五年吉州安福彭寅翁崇道精舍刊本”条下，在介绍了国图所藏七十七卷本和台湾中央图书馆所藏的二十七卷本之后说：“日本宫内厅书陵部、庆应大学、大谷大学、天理大学皆有此书全帙。④”照录了《史记研究资料和论文索引》中贺次君先生的原文，也就延续了贺次君先生的错误。1987 年易孟醇先生发表的《史记版本考索》中，也照录了这句话，但没有指出是引自何书，易孟醇先生进而推测说：“寅翁，字鼎新，安成人。⑤”易先生把《史记》彭寅翁本中木记“安成郡彭寅翁鼎新刊行”中“鼎新”二

① 《史记研究资料和论文索引》第 4 页。
② 《史记书录》第 114 页。
③ 水泽利忠先生说：贺次君的错误是把“庆长古活字本”认为是铜活字本；又把枫山本看作是与彭寅翁本不同的版本。见《史记会注考证校补》第八册《史记之文献学的研究》第 139 页注 1。
④ 《史记研究之资料与论文索引》第 6 页。
⑤ 《出版工作》1987 年第 1、2、3 期。

字,理解为彭寅翁的字,也显得没有根据,当属推测。同年安平秋先生的《〈史记〉版本述要》中引用了《史记书录》,并注明是贺次君先生的观点①。1989 年兰州大学出版社出版的《史记研究资料索引和论文、专著提要》(杨燕起、俞樟华编)也照录了上述的原文,但也没有指出是引自何书。正因为如此,所以我认为对这个问题有必要做进一步深入的讨论。

我认为,贺次君先生的观点是受了泷川资言先生的《史记会注考证》和水泽利忠先生的《史记会注考证校补》中若干记载的影响而产生的误解。泷川资言先生在《史记会注考证》的卷末《史记总论》中的"史记钞本刊本"中,引用了《经籍访古志》对椒斋本(求古楼本)和枫山文库本的著录:"按:枫山文库亦藏足本,卷末有'至元戊子菖节吉州安福彭寅翁刊于崇道精舍'木记,即与此同种。朝鲜国刊本及今行活字板,俱原此本。"水泽利忠先生在《史记会注考证校补》各册卷首的"史记会注考证校补校雠资料一览"下"丙、史记板本,二、元板史记"中指出:"1. 静嘉堂文库藏中统二年(一二六一)刊集解索隐合刻本……[中统];2. 至元二十五年(一二九八)彭寅翁刊三注合刻本,宫内厅书陵部、庆应大学、天理大学、大谷大学各附属图书馆藏……[彭]。"这里水泽利忠先生的表述有误,即至元二十五年不是公元 1298 年,而是公元 1288 年;而且说大谷大学也藏有《史记》彭寅翁本,却没有指出具体的资料出处;用上述所引用的泷川资言、水泽利忠先生的话,和贺次君先生的话相比较,可以明显看出,贺次君先生的结论来自于对上述的两部著作中资料的概括。泷川资言先生的《史记会注考证》全 10 册于日本昭和 7 年至昭和 9 年(1932—1934)陆续出版,1955 年北京古籍刊行社影印出版了《史记会注考证》;水泽利忠先生《史记会注考证校补》的第一册在昭和 32 年(1957)3 月 30 日发行(第二册后无出版页,当与第一册同时发行;第三册在昭和 34 年 3 月 30 日发行)。《史记研究资料和论文索引》1957 年 4 月出版,贺次君先生

① 《古籍整理与研究》1987 年第 1 期,上海古籍出版社。

的《史记书录》在1958年10月初版发行。如从上述的时间上来看，贺次君先生写作《史记书录》时，完全能看到上述两人的著作。但在实际上，似乎他只看到了泷川资言的《史记会注考证》，而没有看到《史记会注考证校补》的原书。理由是：他在《史记书录》中对《史记会注考证》有详细的介绍，而对《史记会注考证校补》的介绍只是在"史记会注考证一百三十卷"条下有"日本昭和三十一年(一九五六)水泽利忠有《考证校补》，合原刊共为十五册，于原本文字之错脱刊正甚多，现已出二册"，这一极为简短的说明。在上述的说明中，贺先生也没有说明其资料的出处。这段文字不长，错误却有两处：其一为《史记会注考证校补》的第一、二册发行于1957年，而非1956年；其二为《史记会注考证校补》是单行本，各卷合计8册，1970年又出版了第9册，并没有和《史记会注考证》合为一书；所谓"合原刊共为15册"者，完全是贺次君先生的误解。另外，在《史记会注考证校补》第一册的正文之前，有"史记会注考证校补校雠资料一览"的标题，在"乙、史记古本　三、元板彭寅翁本史记校记"条下，水泽利忠先生已经明确地开列了六种日本所藏《史记》彭寅翁本，即四种刻本，两部手写本；如果贺先生见到了《史记会注考证校补》的原书，那么在他的《史记书录》中，就不会不提到这六部日本藏《史记》彭寅翁本。在《史记研究的资料和论文索引》中，我注意到其中有对"《史记会注考证校补汇报创刊号》"这本杂志的简要介绍，有"日本东京文理科大学汉文学教室内史记会注考证校补刊行会1956年"的文句。或许贺先生参与编写《史记研究的资料和论文索引》时，看到了其中有关《史记会注考证校补》的一些介绍，谈到了《史记会注考证校补》的将要出版和日本机构藏《史记》彭寅翁本的情况，由此导致了贺次君先生的一系列的错误。

除此之外，在《史记书录》中，还有一个小的错误，即在记载国图存77卷本中的抄补卷时，列出"曹参世家、曹相国世家"，后者显然应当是"萧相国世家"，这大概是贺先生的笔误，或是印刷错误。

4.《史记》彭寅翁本中的所谓"大谷大学藏本"问题

此问题的提起在水泽利忠先生，《史记会注考证校补》各册凡例[①]之后的“史记会注考证校补校雠资料一览”中，在“丙、史记板本”部分有“元板史记　至元二十五年(一二九八)彭寅翁刊三注合刻本，宫内厅书陵部、庆应大学、天理大学、大谷大学各附属图书馆藏……彭”的提法，这句话在第一、二、四、五册中各卷卷首的“本卷校雠资料略称”中也被多次使用，似乎水泽利忠先生在说：大谷大学也藏有彭寅翁本。我们注意到，水泽利忠先生在使用“史记板本”和“古本标记”时有着不同的表述，在说明“史记板本”时，上述的表述还在使用。但在说明“古本标记”时，则不使用上述的表述。即使在同样的各册凡例之后的“史记会注考证校补校雠资料一览”和以后出现的“本卷校雠资料略称”中，在“元板彭寅翁本史记校记”条下，总是列举具体的彭寅翁本版本，也不使用前面提到的表述；又如《史记会注考证校补》所列的《史记》诸版本的书影目录，即“史记会注考证校补图版目次”中只收录了六种“元板史记古本校记”；《史记之文献学的研究》中在“第二章　史记古板本标记　第一节　史记古板本标记资料　(二)元板彭寅翁本並びにその写本標記”项下再次提及了这六个本子，而且除了天理大学本之外，对其他五个本子都有详尽的介绍，但却没有提及大谷大学的收藏。又如在《史记之文献学的研究》中他说：“元版史記の標記も、彭寅翁本史記における夥しい標記が、楓山本の外に、慶応大学圖書館所蔵伊佐早謙旧蔵本、天理大学圖書館所蔵崇蘭館旧蔵本、彭寅翁本の寫本には、所謂三條本の外に、建仁寺両足院所蔵の梅仙和尚手寫本等、その他十種以上にのぼる慶長活字本の標記をも発見し、之を詳細に調査することがてきた。[②]”水泽利忠先生在《史记正义研究》中的《南化本〈史记〉和〈史记正义〉研究》一文中又再次提及上述的话题：“元版史記の標記も、彭寅翁本史記における夥しい標記が、楓山本の外に、慶応義塾圖書館所蔵伊佐早謙舊蔵本、天理大學圖書館所蔵崇蘭館舊蔵本、彭寅翁本の寫本には、所謂三條西実隆寫本、いわゆる三條本の外に建仁寺両

① 兴吉案：《史记会注考证校补》各册分批出版，是以每册卷首皆有“凡例”。
② 《史记会注考证校补》第八册《史记之文献学的研究》第86页。

足院所蔵の梅仙和尚手寫澤本等、その他十種以上にのぼる慶長及び寛永活字本の標記をも発見し、之を詳細に調査することがてきた。①”上下两句话的文字几乎一致，依然没有提及大谷大学的本子。区别对待的例子表明，如果“大谷本”是实在的话，那么“大谷本”上没有日本人的批注，这也就意味着“大谷本”必然是很晚才流入日本的，即在日本人批注《史记》的高潮之后，应在十七世纪之后，或者更晚。

如果说水泽利忠先生对“大谷本”的记载，只是笔误的话，那么阿部隆一先生也在《中国访书志》提及了“大谷本”，这样“大谷本”的问题，就是一个值得注意的问题了。阿部隆一先生在《中国访书志》中在介绍了台湾中央图书馆藏的两个彭寅翁本之后，他又说：彭寅翁本“同版有宫内厅书陵部（二部，其中一部有缺，森志著录）、庆应义塾图书馆（有缺）、天理图书馆、大谷大学图书馆、中国国家图书馆（二部，一部配蒙古中统刊本，一部为 77 卷本，张志、瞿目著录）藏本等，又有傅续记王记著录零本”②。就这段叙述来看，阿部隆一先生在实际上罗列了除北大藏 16 卷本的全部彭寅翁本。如果阿部隆一先生的记述无误的话，那么“大谷本”不仅存在，而且可能是个全本。

水泽利忠先生在《史记正义研究》中的《南化本〈史记〉和〈史记正义〉研究》一文中指出：彭寅翁本“在中国无足本，传存在日本的宫内厅书陵部（枫山文库旧藏、椒斋旧藏本）、天理图书馆（崇兰馆旧藏本）等处”③。从水泽利忠先生的语气来看，似乎他还认为：除了上述四个版本之外，还有其他的本子存在。尾崎康先生也说：彭寅翁本至少有九个本子传世。语气似乎也与此相近。据我的想法，“大谷大学有彭寅翁本藏本”的说法既然来自水泽利忠先生，那么只有两种可能性：其一，此本并不存在，是水泽利忠先生的误记，如果是误记，则可能有两种情况，一种情况是纯粹的误记，即水泽利忠先生的笔误，这

---

① 《史记正义研究》第 5 页。

② 《中国访书志》第 432 页。

③ 《史记正义研究》第 33 页。

种可能性不大，因为从《史记会注考证校补》的第 1 册到第 8 册，上述内容多次重复出现。特别是在他的《史记之文献学的研究》中，提到了一部日本学者大岛赘川、桃年父子的《史记》校勘之作——《史记考异》(日本安政二年[1855]完成)，在言及《史记考异》所使用的版本校勘资料时，列举了日本"幕府列侯"所收藏的《史记》抄本、刻本凡二十馀种，其中提到彭寅翁本时，依然保持了原来的说法："七、元版　彭寅翁本　枫山书库本　至元二十五年(西纪一二八八)安成郡彭寅翁刊(宫内厅图书寮　大谷大学　庆应大学　天理大学　各图书馆藏)。①"这里可以看出，水泽利忠已经改正了元至元二十五年是公元 1298 年的错误②，但其他仍如其旧。上述例子也表明，如果说是水泽利忠的误记，以日本学者治学的严谨，在《史记会注考证校补》之后的论文中，水泽利忠先生本人应有所纠正；其他日本学者也应有所指出。可惜，这一切我们都看不到。误记的另一种可能是水泽利忠先生考订不严所致，即把四种日藏彭寅翁本有重复计算的情况，即四种本子在流传中的重复著录。这个问题就值得研究，不过，以目前的情况而言，此种可能性也不大。彭寅翁本在日本有四个本子，宫内厅书陵部收藏两部，枫山本自德川时期就已是日本幕府的收藏；棭斋本，在泷川资言先生著《史记会注考证》时也已收入书陵部，故在水泽利忠先生著《史记会注考证校补》时，已不可能将这两部书重复著录。从阿部隆一在《中国访书志》中的记述，四个藏书机构、五个彭寅翁本分别著录来看，几乎不存在重复计算的可能。

其二是此本实际存在，但基于某种原因不便公开。另外，对现存世的九个彭寅翁本记述极为详尽的尾崎康先生在他的《正史宋元版研究》中，对"大谷本"没有著录，但也没有对水泽利忠、阿部隆一两位先生的说法加以否定。所以，我认为，所谓"大谷大学藏本"的问题似乎可以作为一件学术研究中的轶事，加以进一步的探讨。

---

① 在这里"枫山书库本"是指大岛父子著作《史记考异》时此书的收藏处；其后括号内的文字是现在的收藏地点。

② 兴吉案：在《史记之文献学的研究》中，这个年代的错误，还有未纠正者。

第三章
现存《史记》彭寅翁本的版本状况与内在关系

《史记》彭寅翁本存世的数量比较多,可以说是宋元《史记》刊本中一种版本存世数量最多的本子。对这样一种存世众多的重要版本,有必要对其存世的数量、版本形态及流传情况进行细致的调查,为《史记》研究,特别是为《史记》版本研究积累一些资料。本章就是从这个方面入手,做一些初步的工作。

一、现存彭寅翁本的诸版本形态、收藏地点及所存卷数和流传情况

1.《史记》彭寅翁本的基本特征

彭寅翁本现存各本在所存卷数、各册的排序上虽有所不同,但作为一个整体,其基本特征是明显的。这里以全本的枫山文库本为例,加以说明。

首先是彭寅翁本版本的确定,在彭寅翁本中《史记目录》的卷末有木记"安成郡彭寅翁/栞于崇道精舍",隶书双行各六字;在"十二诸侯年表"卷十四的卷末有木记"安成郡彭寅/翁鼎新刊行",双行各五字;在"穰侯列传第十二"卷七十二的卷末有木记"旹至元戊子安/成彭寅翁新栞",双行各六字;在"太史公自序第七十"卷一百三十的卷末有木记"至元戊子菖節吉/州安福　彭寅翁/新刊于崇道精舍",三行二十字。参见图版10～13。由此可知,彭寅翁本为元至元戊子(元世祖至元二十五年,公元1288年)刊行。在《史记正义序》的卷末刻有三个印章,一方印文为"□同①"连珠印;一方印文为"寅翁"的篆文

① 兴吉案:"□同"中"□"字,无法判读。

印;另有印文为“翠峰彭氏”的白文印。

版式上,彭寅翁本《史记》,上下相向双鱼尾,各页的大小字数,有的在上鱼尾上,有的在鱼尾下,不记刻工的名字。细黑口,左右双边;左栏外有书耳,题篇名;正文每半页 10 行,行 21 字,注双行,行 21 字。卷首《史记集解序》每半页 9 行,行 18 字,此后的《补史记序》、《史记索隐序》、《史记正义序》、《史记目录》皆如此。只有《史记正义论例谥法解》10 行 21 字。司马贞补作的《三皇本纪》也是每半页 10 行,行 21 字。

在文本的字体上,《史记》黄本和彭本中,主要在三家注中,都多使用俗体字,如“國”作“国”,“蓋”作“盖”等,但彭本较之黄本使用得更加频繁,而且用字的数量比较大,如“爾”作“尔”;“變”作“变”;“體”作“体”或“躰”;“聲”作“声”;还有“無”有时作“无”,“晉”有时作“晋”,“關”作“関”等情况。有意思的是,有时彭本在三家注的前一注文中用正字,而后一注文中用俗体字,或者反之;也有在同一句子中,前一处用正字,后一处用俗体字的情况,如卷 41 史文“則致貲巨萬(五,1753①)”下,《集解》“徐廣曰萬萬也”。彭本作“徐廣曰萬万也”。相连二字,竟有如此的处理方式,也是彭本的特色,总之彭本俗体字使用呈现着一种极不规律的特点,这也是黄本和彭本之间的差别所在。特别在一些卷中,集中出现。例如在《乐书》中的“礼”字,“禮”作“礼”的情况,黄本只有一二处,而彭本则反之,基本上都是“禮”作“礼”,只有七八处是作“禮”。彭本和黄本一致的地方是,在《史记》正文中比较少使用俗体字。

在缺笔方面,和其他元刻本一样,《史记》彭寅翁本的缺笔比较随意。有关宋讳,彭本时有缺笔,但也有在同一页,同一字缺笔和不缺笔同时存在的情况。贺次君先生说:“以彭寅翁本《史》文与黄善夫本对勘,两本大致相同,其中宋讳‘桓’、‘殷’、‘敬’、‘匡’等皆不缺笔。”②贺

---

① 兴吉案:括号中大写数字表示今本(中华书局本)册数,阿拉伯数字表示页码。以下皆同。

② 《史记书录》第 114 页。

先生的说法不太准确，据笔者的调查，彭本以上的宋讳，"匡"字缺笔，同黄本一致；宋讳"弘"字、"敬"字、"殷"字、"讓"字、"玄"字都不缺笔，而"桓"一般的情况下缺笔，但也有不缺笔的时候，此时一般和黄本相同。"貞"字大多数的情况不缺笔，偶尔缺笔时，和黄本一致。

2.《史记》彭寅翁本存世的版本

甲. 国内所藏的《史记》彭寅翁本：国内共有六个彭寅翁本《史记》，其中刻本五个，抄本一个；刻本在大陆有三个，在台湾有两个。在大陆的三个本子，分别藏在中国国家图书馆和北大图书馆。

(1) 大陆所藏的版本

① 傅增湘旧藏中国国家图书馆藏彭寅翁本

据《中国古籍善本书目》的记载："《史记》一百三十卷，汉司马迁撰，刘宋裴骃集解，唐司马贞索隐，唐张守义正义；元至元二十五年彭寅翁崇道精舍刻本，卷一百一十七至一百二十二配蒙古中统二年段子成刻本。"48 册。

总体而言，此本的残破、损缺程度比较严重，远远甚于目前见到的其他彭寅翁本，傅增湘先生在《藏园群书经眼录》中说："此本顺德李芍农先生文田旧藏，其孙棪携之北来，以虫伤水浥，决计舍去。余以千金获之，因属良工精心补缀，阅一年有半而始就。整洁明净，焕然改观矣。①"不过，从此本卷 130 末页的抄补页也有虫蛀的情况来看，此本早就有过修补，所以此本的残破恐怕要远远早于此时。在损缺方面，此本卷首即为《史记正义论例谥法解》，此后即为《史记目录》，《三家注》序《史记》的各家序文皆缺。司马贞补写的《三皇本纪》亦缺。此外，缺一页、半页的情况也比较多，而且多出现在卷末，其中又以空白页居多。如卷 12、卷 35、卷 59、卷 70、卷 75、卷 91、卷 105、卷 109 的末页皆缺半页。此本中间还有抄补页，如卷 6 第 38 页到卷末

① 《藏园群书经眼录》第 170～171 页。兴吉案：李文田(1834—1895)，字仲约，号芍农，广东顺德人，清咸丰九年(1859)进士，累官至礼部尚书。《清史稿》有传。其孙李棪(1910—1996)曾任香港中文大学教授。

为抄补;卷7第1～6页为抄补,半页10行,每行多为21字,也有行25、26字的(第5页);卷7第19页至卷末为抄补;卷49第15页(末页)为抄补,而且其中惟一的全行,只有20字。因为残破,此本在修补时,有补画已经残缺的边、界的情况,对残破的书口处所缺字数也有一些抄补。此本最重的残缺,可以说是彭寅翁本中木记的残缺。此本只有在《史记目录》卷末有双栏隶书木记"安成郡彭寅翁/栞于崇道精舍",而其他应有的三块,由于原书的残破,在此本中俱无法看到。卷14《十二诸侯年表》卷末缺一页,即没有木记"安成郡彭寅/翁鼎新刊行"页。又卷72的卷末的后半页残破,仅存2行,所以无法确认此页是否有木记。又卷130的卷末缺一页,为抄补页,故应有的木记也无法确认。由此可知,傅增湘先生所说"《目后》有隶书牌子二行,文曰:安成郡彭寅翁/栞于崇道精舍　《十二诸侯年表》后有牌子二行,文曰:安成郡彭寅/翁鼎新刊行"的话,实际上是综合了此本和国图存77卷本两个本子的特征。并不是专指国图的130卷本。查《藏园群书题记》"元刊彭寅翁本史记跋"中也有同样的记载,在前一章已经提到傅先生在这段文字中,错误甚多,所以不可以凭傅先生的题跋,认为当时的国图130卷本有卷14末的此块木记。

综上所述,国图130卷本虽号称一百三十卷,但破损过多,而且亦非全本,故难言是善本。

② 铁琴铜剑楼旧藏中国国家图书馆藏彭寅翁本

据《中国古籍善本书目》的记载:"《史记》一百三十卷,汉司马迁撰,刘宋裴骃集解,唐司马贞索隐,唐张守义正义;元至元二十五年彭寅翁崇道精舍刻本,卷二至三　四十六至四十七　五十一至五十四　六十六至六十七配瞿氏铁琴铜剑楼影元抄本。存七十七卷　二至六　十三至十六　十九至三十　三十八至四十二　四十六至四十七　五十至五十四　六十六至六十七　八十九至一百三十。"此本24册。《中国古籍善本书目》的记载有一个错误,即它所说的抄补卷51～54,实际应是卷50～54。《中国古籍善本书目》中的这个错误和《北京图书馆古籍善本书目》的记载相同,而后者出版在前,估计前者的错误当来自于后者。

此本在卷 2～3 的影抄之后，方才是原刊本，在卷 4 卷首的内页上，有题记云："不全史記　缺序目三卷　七卷之十二卷　十七卷之十八卷　卅一卷之卅七卷　四十一之八十八卷[①]。"又另行："廿四卷内缺第十九页　廿九卷缺尾。"其开始的前半页有题记曰："史记残本七十六卷/宋裴骃集解唐司马贞索隐张守义正义/存本纪四至六　表一至四　七至十　书一至八　世家八至十二　列传二十九至七十　凡七十六卷十二诸侯年表后有木记云安成郡彭/寅翁鼎新刊行不著年月验其板式盖元刊本也旧本中记载正义者绝少此本有正义差可贵也。"此题记中"元刊"的"刊"字曾被改为"印"；旁边又有小字题记云："南宋刊"字。因为此题记和《爱日精庐藏书志》卷 8"史部・正史类"中的记载完全一致，似乎可以推测此题记是张金吾所题写。据上面所记载的所存卷数统计，此本这时只有 66 卷，所以题记和《爱日精庐藏书志》所记的"七十六卷"中的"七"，当是"六"字，应当是笔误。傅增湘先生说："海虞瞿氏藏七十七卷。"[②]傅先生所见"七十七卷本"中显然包括了铁琴铜剑楼所抄补的十一卷。所以后来学者在说明《爱日精庐藏书志》的著录错误时，将"七十六卷"中的"六"字认为当是"七"的说法是错误的。

此书残破也较重，自《周本纪》以下，水浸的渍迹比较明显。缺页的情况也时有发生。如卷 16、卷 40、卷 67 的卷末缺半页、卷 30 的卷末缺一页(第 19 页)。此本所加藏书印较多，在"秦始皇本纪"的首页钤有"汲古阁"、"铁琴铜剑楼"印；还钤有其他一些收藏印，表明此本的流传较广。

贺次君先生说：此本"所云'七十六卷'者，盖并入此残卷中明人抄补之《夏本纪》、《殷本纪》、《田敬仲世家》、《孔子世家》、《曹参世家》、《曹相国世家》、《齐悼惠王世家》、《荆燕世家》、《楚元王世家》、《伍子胥列传》、《仲尼弟子列传》"[③]。贺先生说此本中的 11 卷抄补

---

① 兴吉案：原文如此，未加改动。

② 《藏园订补郘亭知见录传本书目》卷四、史部一，第 8 页。

③ 兴吉案：见《史记书录》第 113 页，此处的"《曹参世家》、《曹相国世家》"，大约是印刷错误，其中后者当为《萧相国世家》。

为明人所作,不知有何证据,而明显是有问题的。抄补卷 46、卷 50、卷 66 的首页钤有"瞿氏秘籍"印;卷 47、卷 54 卷末,有题记云:"凤起手校祥生补钞于铁琴铜剑畔",又钤有"凤起手校"印。由此可知此本的 11 卷抄补是由铁琴铜剑楼完成的。

为了澄清此本的抄补卷抄自何书的问题,笔者决定对这一问题进行考察。因为《史记》彭寅翁本各本之间在文本内容上,极难发现差异,所以笔者把注意力集中到各本版式的差异上。主要查对了国内所藏《史记》彭寅翁本中这 11 卷的版式情况,特别是查对卷末半页的行数情况。查台北存 27 卷本上述 11 卷的卷末的后半页,卷 46 卷末只有 4 行,卷 47 卷末只有 2 行,卷 50 全 10 行;卷 51 全 10 行,卷 52 全 10 行,卷 53 卷末只有 6 行,卷 54 卷末只有 6 行,卷 66 卷末全 10 行,卷 67 只有 1 行。上述的情况和国图存 77 卷本中 11 卷抄补的情况基本一致,仅仅国图存 77 卷本卷 67 缺卷末半页。再查国图 130 卷本,情况和台北存 27 卷本相同。查台北 130 卷本,上述各卷卷末不足 10 行者,台北 130 卷本皆残破,虽台北 130 卷这些卷末皆有描补,但不能确定其卷末的行数。据此我们认为,此 11 卷抄补来自于上述三个本子中的一个。

我们还注意到国图存 77 卷本中的抄补卷和台北存 27 卷本所存卷数刚好相合。我认为:既然是铁琴铜剑楼进行的抄补,其应抄自今日台北存 27 卷本。就直观而言,瞿氏所抄补的 11 卷,即卷 2～3、46～47、50～54、66～67,刚好是台北存 27 卷本中所有的;而且台北存 27 卷本除了这 11 卷之外的 16 卷,又刚好是国图存 77 卷本中都有的。就常理而言,瞿氏如果用其他本子来抄补,无论是用国图 130 卷本,还是用台北 130 卷本,都不应只抄补这 11 卷,似乎应该有更多的抄补。因此国图存 77 卷本中的 11 卷抄补是来自于台北存 27 卷本无疑。既然此 11 卷抄补为瞿氏所抄,那么民国时期的诸家书录中,著录此存 77 卷本为 76 卷的提法,都是错误的。因为 76 卷的提法,就意味着此本在张金吾收藏时已有 76 卷,即张氏拥有此本时已有了这 11 卷抄补。正如在前面已经说过的,其实,张氏收藏此本时,只有 66 卷,张氏题记误将"六十六"记为"七十六",后人又误认为"七十六”当为“七十七”，因而致误①。

此本的卷14卷末有“安成郡彭寅/翁鼎新刊行”双栏木记，此本也曾被人视为宋版。除了上述的题记中有“南宋刊”外，在卷26的首页钤有“虞山张商镜鉴定宋刊善本”印。此印又见卷28的末页、卷99卷末、卷106、卷110卷末、卷116卷末、卷129卷末等处。

③ 李盛铎旧藏北京大学藏彭寅翁本

《中国古籍善本书目》载：“《史记》一百三十卷，汉司马迁撰，刘宋裴骃集解，唐司马贞索隐，唐张守义正义；元至元二十五年彭寅翁崇道精舍刻本　存十六卷　十一至十四　四十八至四十九　五十八至六十　一百十一　百十三至一百十六　一百二十八至一百二十九。”这里的著录有误，现存十六卷“第一百十一卷”，据北大图书馆的卡片著录和《北京大学图书馆善本书目》的著录，应当为第一百一十卷，此书共七册一函，皆题为“元刻本”，也许是北大图书馆的著录过于简略所致。但据日本学者尾崎康先生的研究，认为此本就是彭寅翁本，他在《北京大学图书馆藏宋元版史部正史类解题》一文中指出：“此本卷14本当有一条木记，但实际上已被裁掉了。”尾崎康先生所说的木记是指此本卷14末页应有的“安成郡彭寅/翁鼎新刊行”双行各五字的木记。尾崎康先生的说法当来自于《木樨轩收藏题记及书录》卷二的记载，其文曰：“即彭寅翁本。《十二诸侯年表》后有木记截去，盖书估伪充宋刊也。”但上述的说法值得商榷，我在看过原书的胶片之后，觉得原书的版式完整，并没有挖补的迹象，而且如果旧书商想以此本来冒充宋本，也不必裁去北大存16卷本卷14末“安成郡彭寅/翁鼎新刊行”木记，上面已提到的国图存77卷本卷14卷末虽有“安成郡彭寅/翁鼎新刊行”的木记，依然被人们认为是宋本。此本来自李盛铎赠书。此书钤有“木犀轩/藏书”、“木斋/审定”、“李盛/铎印”、“李传/模印”、“麐嘉/阁印”、“北京大/学藏”印。从上述的收藏印来看，除了

① 兴吉案：瞿镛《铁琴铜剑楼藏书目录》咸丰七年(1857)刻本中称国图77卷本为“史记七十六卷元刊残本”，显然是有误，前面已经提到；而在2000年上海古籍出版社出版的《铁琴铜剑楼藏书目录》标点、校订本中则称国图77卷本为“史记六十六卷元刊残本”，笔者认为：这是对旧本进行校改后的结果。

“麐嘉/阁印”还要鉴定外,其他都是李盛铎先生的印章,由此可见,此书的流传不广。

另外,据《中国古籍善本书目》的记载,作为古抄本有明崇祯影抄元彭寅翁本,存五十卷,即存卷 41、49～58、61、63、65、67、70～72、74、82、84～86、88、90、93～104、119～130,现藏陕西博物馆。

(2) 台湾所藏《史记》彭寅翁本

① 台北中央图书馆藏《史记》130 卷[中 6 卷游明本、2 卷慎独斋本配补]本

据《台北中央图书馆善本书目》中的记载:“《史记》一百三十卷十六册,汉司马迁撰,刘宋裴骃集解,唐司马贞索隐,唐张守义正义;元前至元二十五年吉州安福彭寅翁刊本配补游明刊本,卷四至卷六、卷十八至卷二十二,凡八卷配补。”据尾崎康先生说:此书“卷 4～6、20～22 配明游明刊本,卷 18、19 配明正德 16 年慎独斋刊本①”。笔者查对了此本的复印件,认为尾崎康先生的说法是正确的,《国立中央图书馆善本书目》的著录有误。

在此本中反映《史记》彭寅翁本基本特征的四块双边木记皆有。钤有“陆氏\宗口”印。据笔者的调查,此本基本上保持完整,其中也有一些抄补页。如卷 27 第 10 页、卷 28 第 27 页、卷 33 第 6 页、第 8 页、卷 42 第 15 页的后半页(兴吉案:此页为卷末页,其后半页原书仅存 3 行,从第 4 行始为画补,第 4 行题大、小题)、卷 104 卷末半页。这些抄补页大约是此本的收藏者或书商抄补的,抄补时,并没有找到其他的彭寅翁本来参照抄录,而大致是用一般的三家注本加以填充。如卷 28 卷末 27 页,其前半页第 8 行题“封禅书〇史记卷之二十八”,完全与彭本的大、小题的做法不同。彭本在每卷的卷首第 1 行、卷末页都有大、小题,都是小题在上,大题在下。又如卷 33 第 6 页的抄补,其前页第 1 行,史记正文及注文有 24 字,而彭本其他本子都是标准的 21 字。又此页抄补,每行字数多少不一,从 20 字到 24 字不等。

---

① 《正史宋元版研究》第 229 页。阿部隆一先生在《中国访书志》中也是同样的观点。

又卷42的卷末半页抄补虽有如彭本的大小题，但和彭本依然不同，此本在第4行，而彭本在第5行。又卷104卷末半页抄补，所抄补的大、小题在后半页第6行，而彭本的此卷末的大、小题在后半页第10行。这些都表明抄补时，并无彭本参照，而是随意抄录他本，补足而已。此本也有相当的残破，主要体现在卷末半页上，许多页的后半页残缺，经后人的描补。

此本在史记正文开始之前的各序排列与其他本不同，首为司马贞《史记索隐序》、张守节《史记正义序》、司马贞《补史记序》、裴骃《史记集解序》、司马贞补《三皇本纪》、张守节《史记正义论例谥法解》及《史记目录》。

② 台北中央图书馆藏《史记》130卷[存27卷]本

据《台北中央图书馆善本书目》："《史记》一百三十卷十一册，汉司马迁撰，刘宋裴骃集解，唐司马贞索隐，唐张守义正义；元前至元二十五年吉州安福彭寅翁刊本，近人沈曾植手书题记；存卷二至六、卷四十六、卷四十七、卷五十至五十四、卷六十六、卷六十七、卷九十二至卷九十四、卷九十七至一百四、卷一百十一、卷一百十二。"据《国立中央图书馆善本题跋真迹》的记载：此书存二十七卷，十一册，此书"匡一八·二×一二 cm①"。傅增湘先生在《藏园群书经眼录》中著录有一种彭寅翁本，他说："史记集解索隐正义一百三十卷，汉司马迁撰，刘宋裴骃集解，唐司马贞索隐，唐张守义正义；存卷二至六、卷四十六、卷四十七、卷五十至五十四、卷六十六、卷六十七、卷九十二至卷九十四、卷九十七至一百四、卷一百十一、卷一百十二，计二十三卷，十一册。"指出：此书"是元刊本，十行二十一字，版心上记字数间有在下者。及'史卷几'。按：此书是沈子培曾植藏，号为宋刊，余告以实元彭寅翁崇道精舍合刊本。瞿氏藏有残本，余尝获见"。傅增湘先生在统计此书卷数时计算有误，二十三卷应为二十七卷。此本应当就是台湾中央图书馆所藏彭寅翁本的第二种。而傅氏的结论也有失误，即此本在当时也并非曾为沈曾植先生所收藏，沈氏只不过是见

① 《台北中央图书馆善本题跋真迹》第310页。

过此书而已。查此本的卷首有沈曾植先生手书题记曰:“宋板史记每半版十行,每行二十一字字大小数或记/于鱼尾上或记于鱼尾下亦有不记者纸色似建本/刻印俱精惜残阙不完仅十一本全书四分之下又无首册/无从考知为何氏所刻然固可存备考核价昂不能得怅然还之/。”此题跋又见于《台北中央图书馆善本题跋真迹》和《海日楼札丛》附《海日楼题跋》卷一“史记跋”。阿部隆一先生在《中国访书志》中也全文载有此题记,但指出其作者时产生了错误,他说:“首册贴附有曹植的手识,曰:‘(笔者注:略,如上文。)’”钤有“曹植”、“海日/楼”[阴刻]、“壱庵/长寿”[阴刻]、“植”、“宋本”[椭圆]、“莚圃/收藏”。阿部隆一先生把沈曾植的“曾植”印文误识为“曹植”,接着就把这个题记的作者定为“曹植”,所以致误。从沈氏的题记可以证明傅氏所著录的此彭寅翁本就是目前收藏在台湾的本子。

乙. 日本所藏的《史记》彭寅翁本:

据日本学者小泽贤二的研究,彭寅翁本是《史记》三家注本中最早流入日本的版本。他在《史记正义研究》文章“史记正义佚存订补[解说]”中指出:最早流入日本的《史记》三家注本不是南宋庆元年间(1195—1200)的黄善夫本,而是元至元二十五年(1288)刊行的彭寅翁本。彭寅翁本不仅传入日本时间比较早,而且在日本所藏的彭寅翁本《史记》较多,就目前的情况来看,日本至少有四部《史记》彭寅翁本的刻本,还有据刻本转抄的两部钞本。

① 枫山文库旧藏日本宫内厅书陵部藏彭寅翁本

此本为原日本幕府枫山文库旧藏,一百三十卷,四十册。据《图书寮典籍解题》说:此本边框高 19 cm,宽 12.5 cm。此书在每册的首页都钤有“秘阁图书之章”和“御府图书”的篆文印。彭寅翁本所有的四块木记在此本俱全。《经籍访古志》对此本有著录,言:“枫山官库亦藏元椠足本,卷末有‘戊子菖節吉州安福彭寅翁新刊于崇道精舍’木记,即与此同种。朝鲜国刊本及今行活字板,俱原此本。”

枫山本可以说是个全本,全书仅有十个缺页。缺《史记目录》第 8 页、《孝文本纪》卷 10 第 7 页、《汉兴以来诸侯年表》卷 17 第 23 页、《范雎蔡泽列传》卷 79 第 20 页、《扁鹊仓公列传》卷 105 第 27 页、《魏其武安侯列传》卷107第12页、《匈奴列传》卷110第22页、《淮南衡山列传》卷118第19页、《酷吏列传》卷122第4页，合计共9页，而且以上所缺各页都有日本人的抄补。笔者查对这些抄补页，发现此本的抄补内容和其他本子的《史记》彭寅翁本的内容，完全一致，这表明此本的抄补皆来自于同一本子的互相抄录。原书仅缺《高祖功臣侯者年表》卷18第27页。另外，枫山本还有乱页的情况，如《项羽本纪》卷7第23页误置于第22页之前。

此本流入日本的时间较早，《图书寮典籍解题》中说："第十七冊(世家第七)の終りに、'永享十二年二月十七日加點於惠峰含雪齋下了矣'と朱書されているから、わが室町時代の永享十二年(一四四〇)に加點されたものである。①"上述题记中的所谓"惠峰"是指日本京都东部的东福寺。尾崎康先生在《正史宋元版研究》中，也引用了上述的题记。不过，笔者在枫山本的全本复印件中，没有找到此题记。如果《图书寮典籍解题》、《正史宋元版研究》的记载无误的话，那么此本在公元1440年之前就已经流入日本，并由日本学者对此本进行了句点。

② 狩谷棭斋旧藏日本宫内厅书陵部藏彭寅翁本

此本原为狩谷棭斋的旧藏，现藏日本宫内厅书陵部，一百二十六卷，五十八册。狩谷棭斋(1775—1835)，名望之，字卿云，号棭斋，为江户时代的日本国学家②。其藏书楼的名字为"求古楼"，所以此本也被日本学者称为"求古楼本"。

棭斋本卷首各序的排序是"段子成本董浦序"、《补史记序》、《史记集解序》、《史记索隐序》、《史记正义序》、《史记正义论例谥法解》、《史记目录》。此书各处钤有"定房"鼎形印，49处；现存本各册首页钤有"宫内省图书印"。在《史记目录》之后，有日人识语云："右本盖

① 《图书寮典籍解题》第124页。

② 兴吉案：狩谷棭斋(1775—1835)，原名高桥真末，24岁后改名，晚年号"六汉老人"。日本的江户时期，日本的汉学与国学严重对峙，狩谷棭斋虽为国学家，但精通汉学。参见严绍璗先生《汉籍在日本的流布研究》第113页，川濑一马先生《活版经籍考解说并补正》第1页。

听松村庵老师藏书室中至宝也\然明月夜光、不独耀于随掌郢握、天下宝\当为天下用之、是今斯本之所以归于\梅岳雅伯掌握也、深韬匮宝诸之可矣　寅阇翁谨识。"《经籍访古志》云:"每卷有定房印","每卷"当是当时的提法,是指今日所说的每册,水泽利忠先生也说是每册。此本卷首有蒙古中统二年段子成本董浦序,但此序上并无鼎形印,而有日本宫内厅印,由此可知,此本在藤原英房收藏此本时,并无此序,此序当是后人所加。�醂斋本在此序后是司马贞《补史记序》,其首页有鼎形印,可见此本在藤原定房时期的卷首是《补史记序》。此已与《史记目录》中以《史记集解序》为卷首的情况不合,以此笔者推断,在藤原定房①时代,梅斋本的各序已经错乱,换言之,此本亦非原装帧,而多有变化。

如按《经籍访古志》的记述,此本在当时"现存四十二本,缺三十一卷",实际上只有 99 卷,而现在的梅斋本却有 126 卷。尾崎康先生指出:现在的梅斋本"存 126 卷(缺 64～67)同刊(卷 7～10、39 抄补)56 册　宫内厅书陵部藏"。又言:"除了 5 卷为抄补,4 卷现缺之外,卷 70、108 的尾页为抄补,卷 60 的尾页缺。第 36 册全缺。另外,卷 15、16、20～24、42、43、58～60、68、69、89～92、109、110、113～116、130 为同版补配。②"据此计算,有 25 卷为用同版的别本配补,但是尾崎康先生并没有说明这 25 卷的配补来自何处。另外,尾崎康先生的记述也有错误,在他开列的 25 卷配补中,没有列举卷 28,而在现存梅斋本中,实际上有两个卷 28,其中一个是"别册"中的卷 28,因为在其首页钤有鼎形印,表明它是梅斋本的原本,而另一个卷 28 则是配补;所以现存梅斋本中的配补不是 25 卷,而是 26 卷。

尾崎康先生介绍梅斋本,认为有 56 册。1960 年编辑的《图书寮典籍解题——汉籍篇》中记载与之相同。实际上现存梅斋本为 58 册,即另有"别册"二册。尾崎康先生和《图书寮典籍解题——汉籍篇》都没有介绍这两册的情况。水泽利忠先生在《史记之文献学的研

① 参见本书第二章第三节注。
② 《正史宋元版研究》第 228 页。

究》中介绍了“别册”的来历。1957年，在日本的旧书店——琳琅阁书店曾有“宋版二册”出现，水泽利忠先生在看了原书之后认为，从此书的版式的大小和封面装帧上看，有此书是元刻《史记》彭寅翁本的直感；因为在此书的首页下端有藤原定房的鼎形印，所以他认为，此书是从日本宫内厅书陵部所藏椶斋本中散出的本子；他说：“一冊は史記卷二十八封禪書第六、第二冊は史記卷八十九張耳陳余列傳第二十九及び史記卷九十二淮陰侯列傳第三十で；兩冊共書入れは全くないが，第一冊の末葉に‘此史記は南宋甯宗の皇帝の慶元版也，本朝後鳥羽天皇建久未末当る’とあり、書肆が宋版と判断した理由もことにあったのであろう①。”也就是说，他认为：这两册，一册为史记卷二十八封禅书第六；另一册是史记卷八十九张耳陈余列传第二十九及史记卷九十二淮阴侯列传第三十；共两册。此二册书上几乎无日本人的批注。他又说：现在这两册书已都被收入日本宫内厅书陵部，合入书陵部所藏的椶斋本中。在这里水泽利忠先生的记述稍有错误。此两册彭寅翁本的第一册为封禅书第六无误，在此卷的末页有日本人的批注曰：“此史記は南宋甯宗皇帝慶元版也，本朝後鳥羽天皇建久末ニ當ル”，从中可知上面所引水泽利忠先生的话是他把古日语翻译成了现代日语。上述两句话翻译成中文，是“此《史记》为宋宁宗皇帝庆元版，当本朝后鸟羽天皇建久(1190—1198)末年”。不过，别册的第二册不光只有卷89、92，另外还有卷91，在卷91首页钤有“定房”二字的鼎形印，可以断定此卷确是从椶斋本散出的原本，那么此二册就有4卷。此外，在此册的卷89上是有日本人的批注的，所以水泽先生说这两册中都没有日人的批注是不对的。也因为此二册“别册”中有日人的批注，就可以说，此二册在狩谷椶斋收藏椶斋本之前，就已经散失出去了。因为，目前学界普遍的看法是，《史记》诸本中的日人批注一般是在十七世纪末叶前后形成的。另外，此二册中的4卷，在椶斋本中已经有配补，也就是说这4卷实际上重复了。

---

① 《史记之文献学的研究》第114页。引文“建久未末”中的“未”字，应无，当是印刷错误。

所以把这 4 卷称之为“别册”是恰如其分的。

从上面的记述来看，目前椒斋本实际上有 130 卷(126 卷加上“别册”4 卷)，它由五部分组成，即枫山官库原有的椒斋本(95 卷)、抄补(5 卷)、以后补入的本子(同版配补 26 卷)、五十年代又发现的本子(“别册”4 卷)；所以椒斋本 130 卷除掉抄补 5 卷和重复本 4 卷外，实际上只有 121 卷。从目前的情况来看，椒斋本是由两部《史记》的残卷合并而成，只不过是以椒斋旧本为基础而已。这样，因为在椒斋本中有重复的 4 卷，即卷 28、89、91、92，也就是说在椒斋本中，包含了两种本子，而在庆应本中也有卷 89、91，这就排除了可能存在的用庆应本中这三卷配补椒斋本的可能性，我认为：这三个本子加上枫山本、天理本，那么可以想见，在日本至少有五部《史记》彭寅翁本流传过。

上面提到尾崎康先生在著录椒斋本时，他指出：此书有 25 卷(实为 26 卷)的配补，但他没有说明确认配补的理由，也没有说配补椒斋本的 25 卷(实为 26 卷)的出处。笔者查对了此书的复制件，认为尾崎康先生的根据是这样的：在椒斋本中，此书 58 册，除重复的 2 册外，每册的首页都有“宫内省图书印”的藏书印，全书共有 56 处；另外在此书的 49 处(包括重复的 2 册)刻有“定房”二字的鼎形印。此印也应当是加在旧时的各册首页，以此可知，此书在加此印记时至少曾有 49 册。今日的椒斋本只有部分还是原来的样子，其他大部分各册都重新改装过。也就说，在一册的首页上见钤有“定房”和“宫内省”两个印的，即是原书的原貌，反之则非是。那么一册卷首只钤有“宫内省”印的，册中各卷没有其他印的，必是配补；而一册中卷首钤有“定房”印，或首页虽没有钤“定房”印，而册中各卷卷首钤有“定房”印者，也必是原本。按照这个原则，笔者查对了尾崎康先生所开列的 25 卷，除了卷 28 被尾崎康先生误认为是椒斋原本外(实际上别册的卷 28 才是原本，那么配补应为 26 卷)，其他完全正确。这里的遗留问题是椒斋本的配补本从何而来。在这 26 卷配补本上，大部分有“宫内省图书印”的印章，表明有两种可能：①这些配补卷在日本流传比较晚，因为宫内省的设立是在明治维新之后。②此 26 卷曾经为枫山官库旧藏。日本学者大庭修先生认为:幕府时期,幕府将军的藏书是不加印章的[①]。但如果此26卷早就为枫山文库所藏,那么似乎《经籍访古志》中不会只用一句“枫山官库亦藏元椠足本(笔者注:指枫山本)”,而不提此残卷。无论如何,此残卷的由来,还值得我们进一步研究。

此外,还有一个小问题,就是椟斋本的5卷抄自何书的问题和抄补的时间。日藏《史记》彭寅翁本的四个版本是同版,而且流入日本的时间也应该相近。笔者将此5卷和枫山本进行了查对,认为此5卷是抄自彭寅翁本,其具体的版本应当是和枫山本同版的本子。

经过调查,此5卷抄补卷呈现着以下特征:其一,版式上,完全仿照彭寅翁本原本的式样,每半页10行,行21字,小字双行,行21字,左右双边,版心白口,相向双鱼尾。左框有书耳。其二,文字上,每一页的开始、结束文字,皆与彭本相合,甚至在版心鱼尾上、下的大、小字数也有抄写。因为是照抄,所以彭本的脱文,在抄补卷中也同缺失。如卷7史文“项王欲听之,历阳侯(一、325)”下,有《正义》“《括地志》云……《淮南子》云‘历阳之都,一夕而成湖’,汉帝时,历阳沦为历湖”。彭本在“汉”下空格,查枫山本、台北存27卷本、台北130卷本与此皆同,可见此处是彭本的误刻,而椟斋本中的抄补卷也依样空格。其三,字体上,此5卷抄补,可以说是影写,完全仿照彭本字体的风格,在彭本个别原刻字体有变化时,抄补者也随之变化。如卷7《项羽本纪》第5、6页的字体明显比前后页稍长而且精峻,而抄补卷中的此二页也照样抄写。其四,日人的影写极为细心,甚至原本版裂的情况也被仔细地保存下来。如卷8《高祖本纪》第14、15页,枫山本皆有版裂的情况,对比抄补卷,可以看出,原本中文字因版裂而一分为二的文字,抄补卷中也是同样的效果。与原本稍有不同者,抄补卷在于没有保留边框断裂的迹象。

综上所述,椟斋本中的抄补卷是按照日藏《史记》彭寅翁本中的一种抄配的,因为5卷抄补中没有批注,所以不能判断其到底抄自哪

① 大庭修著,徐世虹译:《江户时代日中秘话》第56页。

一个本子。不过，笔者认为，此抄补卷或许抄自枫山本，理由是，在枫山本卷10《孝文本纪》中缺第7页，此页枫山本是抄补页，而棭斋本此页是空白页，即有纸无字。在枫山本的此页上有日人的批注，且此页抄补的字体与彭本原本迥然不同，是纯粹的手写体，因此笔者认为，枫山本的抄补页必定较早；而棭斋本不补此页，大约认为枫山本既然已经缺失此页，自然不可以据他本而抄补之。所以，在此处棭斋本会有空白页。此5卷抄补卷惟一和彭本不同之处，在于抄补卷中无界。

关于此5卷抄补的时间，没有直接的资料说明，我们只能作一些推论。笔者认为，此5卷抄补是狩谷棭斋时期完成的。理由是此5卷抄补中没有日人的批注，因为如果此5卷抄补完成的较早，也应当和枫山本的抄补页一样有批注；从上面提到的抄补中空白页的情况，也是其晚出的一个佐证。不过，此5卷上有虫蛀的痕迹，可以认为此抄补也不会太晚。

③ 伊佐早谦旧藏庆应大学图书馆藏彭寅翁本

此本原为伊佐早谦旧藏本，现藏日本庆应大学图书馆，尾崎康先生说：此本“存71卷(卷1、5～12、18～21、25～27、29～32、44～46、49～60、75～91、108～116、119～127、130)同刊28册”①。水泽利忠指出：此本已非原装帧，内页有明显的修补，此本缺目录及其他等卷。又言：此本上钤有“林泉文库”、“伊佐早谦/古书之宝”印，又屡见“立岩藏书”的墨迹；伊佐早谦在日本大正九年(1920)自立岩氏处得到此本，而后加以修补②；又此本中日本学者的批注也比较多。

④ 崇兰馆旧藏日本天理大学图书馆藏彭寅翁本

该本原为崇兰馆旧藏本，现藏日本天理大学图书馆，一百三十卷，70册。此本的册数比枫山文库本多出30册，所以它的分册情况比较复杂。2002年5月安平秋先生赴日考察期间，曾亲自查阅过此本。据安先生的调查，此本《史记目录》和《史记》各序分装为两册，第1册为《史记目录》，目录末钤有“天理图书馆藏”长方朱印，又在“史

① 《正史宋元版研究》第229页。
② 《史记会注考证校补》第八册第117页。

记目录终"下有朱笔小字"此下有三皇本纪"的批注(兴吉案：由此观之，作批注时，"史记目录"和"三皇本纪"尚且相连)；第 2 册为各序，顺序为《史记正义序》、司马贞补作的《三皇本纪》、《补史记序》、《史记索隐序》、《史记集解序》、《史记正义论例谥法解》。此本原书也缺《高祖功臣侯者年表》卷 18 第 27 页。此本也是全本，四块木记皆在。尾崎康先生说："卷 5 第 11 页为抄补。"此本的内封，钤有"天理图书馆/昭和廿九年四月壹日"的椭圆印，由此可见天理图书馆收藏此本的时间并不长。

另外，日本还有两个有名的古抄本：梅仙和尚自笔本，日本建仁寺两足院藏；三条西实隆自笔本，全 43 册，一百三十卷，藏日本宫内厅书陵部。

3. 存世《史记》彭寅翁本的概况

从上面的介绍可以看出，在目前见到的各个《史记》本子中，枫山本是最全的本子，现存九种刻本中，枫山本一百三十卷俱在，仅有少量缺页，有 10 页，而且其中 9 页有日本学者的抄补，真正缺失的只有 1 页；另外现藏天理大学图书馆的崇兰馆旧藏本也是全本(据安平秋先生、尾崎康先生说)，可惜笔者无缘见到。而其他的本子都有数卷的缺残。如中国国家图书馆所藏彭寅翁本的第一种，据安先生在《〈史记〉版本述要》中指出："此本(指彭寅翁本)于国内流传亦稀，傅增湘先生曾有一部，其中卷一一七至一二二配以中统二年段子成本。"这里所说的傅增湘先生所藏的彭寅翁本就是指国家图书馆所藏彭寅翁本的是第一种，即国图 130 卷本，显然此本不是全本，缺了六卷，不过还可以说是比较全的本子。另一部比较全的是台湾中央图书馆所藏彭寅翁本的第一种，也是不全本，有八卷的配补。日本的狩谷棭斋旧藏本亦为不全本，缺四卷，此书存 126 卷，缺 64～67 卷，另外，卷 7～10、39 共五卷为抄补。此本实际上只有 121 卷。关于中国国家图书馆所藏的第二种彭寅翁本，安先生指出："中国国家图书馆有一残本，七十七卷，原为张金吾爱日精庐旧藏，后归瞿氏铁琴铜剑楼，现为国图藏书，此本名为七十七卷，但内中有十一卷为抄补，实乃六十六卷。"而其中的抄补是指瞿氏铁琴铜剑楼影抄，《中国古籍善本书目》记此抄补为十卷。至于台湾中央图书馆所藏的第二种彭寅翁本只有二十七卷,北大所藏的彭寅翁本只有十六卷,可以说都是比较残的本子了。

另外,在一些《史记》旧本中,也偶尔有散出的彭寅翁本的散页,《北京大学图书馆古籍善本书目》说:北大图书馆藏 130 卷本南宋前期建刊本(史记集解本)中卷 100 的第一、二页为彭寅翁本的配补。由此看来,随着我们对于《史记》版本研究的深入,对《史记》彭寅翁本收藏情况也许还会有更多的发现。

二、存世《史记》彭寅翁本之间的内在关系

彭寅翁本《史记》版本多达九个本子,虽然前人对彭本存世版本中有无复刻本的问题,没有人提出不同的看法,但并不能排除其可能性。因此,笔者以此为出发点,做一些粗略的研究。笔者认为,从种种情况来看,可以排除复刻本存在的可能。

就文本内容方面,笔者比较了北大存 16 卷本、枫山本、梂斋本、国图存 77 卷本、国图 130 卷本、台北 130 卷本的《货殖列传》,没有发现文本内容上的任何不一致的地方。另外,笔者在《史记》彭寅翁本中的枫山本和黄善夫本对校时,对彭本的特殊版式作了详细的调查,然后将这个调查结果和其他本子进行了核对,没有发现任何不一致的地方。特殊版式的例子如卷 4《周本纪》页 36 后第 1、2 行,注为 25 字。卷 8《高祖本纪》页 10 前第 3 行,从上边开始注文“里本汉濮阳县”六个字,本应作三格,每格二字,但两本作二格,填入六个字;卷 9《吕后本纪》卷末的《索隐述赞》中“支孽芟荑”一句,其中的“支”字,两本皆作“攴”;最明显的例子是,卷 12《孝武本纪》页 3 后 7 行第 14 字处,在双行注,原本只应刻入一个字的位置,却刻入“於我”两个字;卷 18《高祖功臣侯者年表》枫山本缺第 27 页,而梂斋本亦缺此页,不过,梂斋本有抄补;卷 84《屈原贾生列传》枫山本、梂斋本第 3、4 页的页码刻在一页上,即在此卷的第 2 和第 5 页之间,实际上只有一页。从异文上看,九个本子几乎是一致的,从各本中还没有找到这样更多的异文的例子,能发现的仅一二处而已。关于这些异文在

下文会有说明。

虽然如此,九种彭寅翁本中并不是没有差异,笔者认为,这种差异是因为各本印刷的时间不同,有先有后,其中不乏改版或修补,所以造成了各本之间的差异。

1. 九种存世彭寅翁本(刻本)之间的关系

笔者通过对现存《史记》彭寅翁本的调查,认为现存《史记》彭寅翁本大致可分为三个版本体系:即北大存 16 卷本体系、国图 130 卷本体系和枫山本体系。第一类:北大存 16 卷本体系,包括北大存 16 卷本、台北存 27 卷本;第二类:枫山本体系,包括日本的枫山本、棭斋本、庆应本、天理本,国图存 77 卷本,台北 130 卷本;第三类:国图 130 卷本体系,包括国图 130 卷本。

北大存 16 卷本和台北存 27 卷本划入一类,是因为两本在版式上几乎相同,文本内容上没有差异。台北存 27 卷本(沈曾植题记本),阿部隆一、尾崎康先生都认为:此本是较早的印本。这很有道理。台北存 27 卷本和北大 16 卷本之间没有相同的卷数,所以难以进行直接的同卷、同页的比较,但是从两本的版式来看,两本的基本特征完全一致,都有粗大的边框、清楚的笔画等特征,而且边框完整,无版裂的情况,因此将两本列入同一版本体系。

就目前的资料而言,直观上北大存 16 卷本应为最早的本子,我们用北大所藏 16 卷本和枫山本做比较,发现两者(也可以说是两个体系)之间板式的不同的特征比较明显。由此可见,两者为不同版。

首先是北大存 16 卷本和枫山本两个体系的板式明显不同:其一,就通书而言,北大存 16 卷本的边栏、界较之枫山本清晰,保存完整,几乎无破损;而枫山本则有多处的破损。如卷 11《孝景本纪》的末页后半页,枫山本左起三行的边栏已缺,其他中界线残破,而北大存 16 卷本则非常完整;其二,北大存 16 卷本的边栏较之枫山本明显地要粗,尤其以书耳处最为明显。在《陈涉世家》第 6、7 页的书耳"陈涉"二字右,枫山本有突起的粗边,而北大存 16 卷本没有;两者比较,北大存 16 卷本的边栏较粗,枫山本的边栏较细,而枫山本书耳处突起的粗边,大致宽度与北大存 16 卷本同位置的边栏宽度一致;其三,在各卷末页，两本的差别更加明显。卷末页的后半页，北大存16卷本多为仅刻有字数行，无字的地方保持为原版木，并不刻完整个版木(国图130卷本更明显)，也就是说北大存16卷本的卷末页的行数有全10行者，也有不足全10行者；而枫山本则不论有字、无字都刻完整个版木，也就是10行俱全。如卷48《陈涉世家》的卷末后半页，北大存16卷本与枫山本皆为无字页，北大存16卷本的板式，此页仅1行，其他为未刻的版木；而枫山本虽多残破，然有10行，此种情况在其下一卷《外戚世家》的卷末页后半页也存在，北大存16卷本只有4行，而枫山本有10行。

两个体系最明显的差别出现在卷47第8、9页。枫山本在史文"使仲由为季氏宰将堕三都(六、1916)"下，有《集解》"服虔曰三都■家之邑也"；又在史文"於是叔孙氏先堕郈"下，有《集解》作"杜预曰东平无■县东南郈乡亭"，其下有"《正义》曰：《括地志》云郈亭在郓■■县东三十二里"。上面标示的"■"就是在古代刻书中经常出现的"墨钉"或"墨等"。同时，棭斋本、台北130卷本和枫山本相同。查今本，上述四个字分别为"三、盐、州郓"。而在台北存27卷本则没有上述的墨钉，上述四字也是正常情况。另外在此卷第9页的中缝鱼尾上，台北存27卷本镌有大小字数，而枫山本、台北130卷本则没有。由此可见，北大存16卷本体系和枫山本体系之间差别比较明显。

其次，国图130卷本和北大存16卷本、枫山本在版式上也明显不同，所以把它单独列入一个体系。理由如下：《孝景本纪》卷末页的后半页，国图130卷本只刻了4行，而枫山本的此处虽有缺损，但依然可以看出是全10行，狩谷棭斋本此处亦残破，后半页仅存其半，即仅存4行，但可以看出，如果此页完整，当不止有4行。北大存16卷本也是全10行；又卷128《龟策列传》卷末页的后半页，国图130卷本只刻了4行，北大存16卷本和国图130卷本相同；而枫山本的此处是完整的全10行。国图130卷本几乎都是不足10行。此外，上面提到的墨钉问题，国图130卷本和台北存27卷本一致，无墨钉，中缝也和台北存27卷本一样。然而国图130卷本的各处边框，虽然比枫山本体系本子粗大，但有多处破残，远不如北大存 16 卷本、台北存 27 卷本的边框完整。在异文方面，如卷 47 第 9 页前 8 行史文“公斂处父(六、1916)”下《集解》“服虔曰成宰也”，枫山本、椿斋本、台北 130 卷本作“服虚”，台北存 27 卷本、国图 130 卷本作“服虔”。因此将国图 130 卷本单列入一类。以上情况参见附录图版 15～18。

2. 三个版本体系印刷时间的异同

《史记》彭寅翁本现存世的九个本子，既然可以分为三个体系，那么三个体系的印刷时间显然是不一样的。我认为，北大存 16 卷本和台北存 27 卷本是早印本，因其版面完整，而且笔画清晰，因而此两本早于其他本子。又因为两本间卷数上没有重复，两本有可能是原为一部书，后来才被分裂为二部。

枫山本体系包括的本子比较多，有日本藏的四个本子，即枫山本、椿斋本、天理本、庆应本；也包括国图存 77 卷本，台北 130 卷本。目前的调查，枫山本、椿斋本的卷末页的后半页可以说都是全 10 行，国图存 77 卷本、台北 130 卷本与之相同。从目前掌握的情况看，日本所藏的四个彭寅翁本大致是同版，因为四本的版式外貌特征是完全一致的，又比如四本中的三个本子在上面提到的墨钉问题上是一致的(庆应本无卷 47)，而且四本都没有卷 18 的第 27 页，因而说，四个本子应是在相同的时间印刷的，并不过分。估计这四个本子又是在同一时间流入日本的。这一点从这四个本子上都有大量的日本学者的批注中，可以得到证实。因为日藏《史记》诸版本中的批注大多数是在日本室町末期以后才形成的。在这个体系中，版裂、边框的残损比较严重，又有上述的修补过的迹象，所以，我认为，此体系是晚出的印本，因为晚出，故而存世的数量也就比较大。

我认为，枫山本体系中，就版本的装帧而言，枫山本是其典型。此本 40 册，保持了比较早的装帧形态。如枫山本的第二册开始于《五帝本纪》，而椿斋本则是开始于《三皇本纪》，我查对椿斋本的《五帝本纪》的首页，此页钤有“定房”鼎形印，表明在此本重装之前，椿斋本的第二册也开始于《五帝本纪》。如果按照彭寅翁本《史记目录》的排序，是把《三皇本纪》和《五帝本纪》同列入《史记》第一卷。但两书的《三皇本纪》首页都没有标卷数,"史记一"则标在《五帝本纪》的首页。另外,两部书中各序和《史记目录》的位置不同,枫山本的排序是《史记目录》、《史记集解序》、《补史记序》、《史记索隐序》、《史记正义序》、《史记正义论例谥法解》。我们注意到,这个排序和彭寅翁本中《史记目录》中的各序顺序完全一致,同时,也和南化本的《目录》及实际排序完全一致;我们认为这个以年代为序的顺序是彭寅翁本原有的正常排序,因为它不仅合于年代的先后,而且也和人们对三家注的理解习惯相一致。椟斋本的排序,《段子成本董浦序》、《补史记序》、《史记集解序》、《史记索隐序》、《史记正义序》、《史记正义论例谥法解》、《史记目录》的现状,则应是书卷经过修整后的状态。

国图 130 卷本在其版式主流方面和北大存 16 卷本、台北存 27 卷本一致,不过其版面已经有多处断裂,边框也是粗细不均,而且时有破残,因此,此本的印刷当在北大存 16 卷本之后,而又早于枫山本体系;北大存 16 卷本是最早的版本,也就是说系旧版,枫山本则是修改过的新版,枫山本的边栏及书耳以下边栏较细,是由于利用北大存 16 卷本版进行修版时,将原版边框切细的结果。至于说到每卷卷末的半页的行数,笔者认为,枫山本的卷末都是满 10 行者,是在北大存 16 卷本板木之上修版时,将其原空余的板木补刻为全 10 行所致。又上面提到的墨钉的情况,或许表明是枫山本体系本在修版时所致误,同样上面提到的"服虔"误为"服虚"的例子,也是因修版而致误的结果。

3. 存世的彭寅翁本抄本与刻本之间的关系

在存世的《史记》彭寅翁本中,还有三个古抄本值得我们注意,上面已经提到的日本所藏梅仙和尚自笔本和三条西实隆自笔本以及国内陕西博物馆藏崇祯抄本。这三个本子抄成的时间都比较早。三条西实隆自笔本(以下简称三条本)大约抄成于 1510—1532 年;梅仙和尚自笔本(以下简称梅仙本)抄成的时间不详,但梅仙和尚的生卒年是 1529—1608 年;陕西博物馆藏崇祯抄本(以下简称陕博本)则是明末崇祯年间(1628—1644)抄成。笔者认为,通过对这三个古抄本的研究,也会从另一个侧面促进对彭寅翁本刻本的研究。

三条本应当是依据枫山本而抄写的。据水泽利忠先生的调查①,三条本的第一册抄录的顺序是《史记目录》(省略了目录后的木记)、《史记集解序》、《补史记序》、《史记索隐序》、《史记正义序》、《史记正义论例谥法解》、《三皇本纪》(即《补史记》)。这个顺序在今日存世的《史记》彭寅翁本中,只有枫山本的第一册的顺序是这样的。枫山本也是以《三皇本纪》结束其第一册。三条本的首册末页的右下有细字"永正七年十一月晦于灯下终功了　四十九丁",日本永正七年是公元 1510 年,也就是说,第一册全部有 49 页,查枫山本第一册全册文字部分共 50 页,但我们知道,枫山本的《史记目录》中原缺第 8 页,现存此页为后人的抄补,如果去掉此页,则三条本和枫山本首册的页数刚好一样。从中或可推论,三条本的抄录在枫山本抄补《史记目录》第 8 页之前。或者说,抄录三条本时,枫山本还没有此页抄补。另外,在三条本的第三册《夏本纪》、《殷本纪》的末尾有"史计叁阡贰百玖拾玖字　注壹万壹千叁百玖十肆字　廿六丁"的抄录批注。我们知道彭寅翁本所有卷末都没有本卷的字数统计,而黄善夫本的卷末时有字数的统计。查枫山本,其"殷本纪第三"的卷末有日本学者的批注,是按黄善夫本《殷本纪》卷末所刻的统计数字在其上加注了字数。因此可以推断,三条本是据枫山本抄录的。尾崎康先生也提出类似的推测②。

笔者目前还没有见到梅仙本、陕博本的原本或相关的介绍资料,所以对此二本难以做进一步的介绍。不过,梅仙本中大量日本学者的批注,这一点可以从水泽利忠先生《史记会注考证校补》中找到许多梅仙本上的批注及梅仙本自身的版本情况。因为水泽先生在著作《史记会注考证校补》时,在他使用的二十多种《史记》版本中,梅仙本也是其中之一。

---

① 《史记之文献学的研究》第 101、102 页。

② 《正史宋元版研究》第 227 页。

第四章
《史记》彭寅翁本所据底本探究

笔者认为,研究传世古籍版本的底本问题,的确是个极为重要的问题,因为在一定意义上说,只有通过古籍版本的底本研究才能澄清传世古籍版本的源流,并以此为基础建立起传世古籍的版本系统,从而得以从中筛选出传世古籍的最佳版本,为学术研究提供基础服务。同时,探究传世古籍的底本也是个极难的问题。底本问题研究的难点在于要明确一种古籍的底本,首先要对一种古籍版本出现之前的版本系统有个准确的把握,才可能从中找到古籍翻刻时可能依据的本子;其次在对诸版本全面比勘的基础上明确结论;最后是通过古籍底本出现之后的后继版本加以佐证。笔者关于彭寅翁本所据底本的研究也力求从上述几个方面来入手。

一、前代学者对彭寅翁本所据底本问题的研究

就上面的记述而言,存世的《史记》彭寅翁本数量虽然不少,但自古以来皆为公私藏书机构的秘藏,学者极难见到。而且学界历来重视宋版图书,对作为元版《史记》彭寅翁本就有些重视不足。对彭寅翁本的底本问题也就更难进行深入的研究。如上面几章所提到的对彭寅翁本的著录和研究中,关于彭本的底本问题,都缺乏较明确的说法。

上个世纪的三十年代,赵澄先生著《史记板本考》,力求澄清《史记》诸版本的源流问题。他认为:叶德辉《书林清话》所记载的宋刻黄善夫本有问题,于是得出结论说"在至元以前的板本(即彭氏本)以前,绝没有看到记载详明的三家注合刻的板本;可见三种注合刻是从

彭氏开始的①”。赵澄先生的结论，就今日的研究看来，当然是过于武断的，但毕竟是他最早地提出了彭寅翁本的底本问题。在此之后的《史记》研究者，不断地对这个问题进行研究。五十年代贺次君先生在《史记书录》中说：“以彭寅翁本与黄善夫本对勘，两本大致相同，其中宋讳如‘桓’、‘殷’、‘敬’、‘匡’等皆不缺笔。是彭寅翁所据即南宋三家注本，而彭氏删节其注文耳。②”在这里，贺先生的表述，不太准确，彭寅翁本中的以上宋讳也时常有缺笔，此点在本书的前一章已有所说明。虽然贺先生并不认为彭寅翁本来源于黄善夫本，不过，在这里贺先生显然还是注意到了黄善夫本和彭寅翁本之间的相似之处，比之赵澄先生的看法又前进了一步。八十年代陈连庆先生在《史记板本述略》中说：“自三家注问世之后，历代流传有详本略本两个系统，属于详本系统的为黄善夫本。……略本系统，存世者以元安福彭寅翁本（至元二十五年，1288 年崇道精舍刊本）为最早，彭刻日本有足本，国内无全帙。③”陈先生只说明了两者之间的差别，但没有指出两者之间的关系。同时他也没有说明他所认为的详本体系和略本体系的概念及外延的内容。

二十世纪九十年代日本学者水泽利忠先生在《史记正义研究》中说：“黄善夫本刊行后约九十年，在元至元二十五年（一二八八）安福的彭寅翁，仿黄善夫本史记而起新版，此世之所谓彭寅翁本也。④”水泽先生的用语颇有些隐晦，他用了个“仿”字，指出了黄善夫本和彭寅翁本之间既有相似之处，又有着不同的微妙而密切关系。2001 年张玉春先生出版了《〈史记〉版本研究》一书。他在对两个本子进行了相当的比勘之后，得出了新的结论。他说：“由此可以证明彭寅翁本确是以黄善夫本为底本翻刻。”从而在《史记》版本研究中第一次明确地指出：彭寅翁本的底本是黄善夫本。同时，在解释彭寅翁本和黄善夫本之间的差异时，他认为：“彭寅翁本三家注文少于黄善夫本，既非删

① 《史记板本考》第 127 页。

② 《史记书录》第 114 页。

③ 《史记板本述略》，《中国古代史——陈连庆教授学术论集》第 977、979 页。

④ 《史记正义研究》第 33 页。

削，亦非脱落，而是彭寅翁所据黄善夫本个别篇卷残缺，以致与黄善夫本不符。”①

上述学者对彭寅翁本的底本问题，都进行了有益的探讨，有助于这一问题的解决。不过，他们的研究，特别对彭本和黄本的比勘研究都是局部的，所以其结论就缺乏强而有力的全面资料支持，是以笔者认为，对这个问题还有做进一步深入研究的必要。

二、彭寅翁本可能依据的宋元版本

对一种古籍版本的外在形态和内在内容的考察与研究，是明确古籍版本的版本系统的基本手段。所谓外在形态是指作为古籍版本的器物构成的诸多因素。具体是指古籍版本的器物构成中所包含的物质条件(纸张、印墨等)和技术条件(制版术等)。所谓内在内容是指作为古籍版本的文本构成的诸多因素。具体是指古籍版本的文本构成中所包含的文字编辑手段、理念(文本的来源选择及其改造)和文本结构处理(版式及其设计理念)。

古籍的刊行年代是古籍版本研究的研究基点，古籍的外在形态在明确古籍版本刊行年代这个基础特征时，所具有的作用是最基本的，也是最有决定性的，同时也是其他手段所无法替代的。古籍的外在形态在所涉及到古籍单体及其相关单体群(指同一年代、同一地域的刊行版本群)的具体、微观研究中，也是极为重要的基本资料。因此，古籍版本的研究必须首先强化对古籍版本外在形态的研究。

不过，我们必须承认，古籍外在形态所能显示给我们的信息，在我们进行大范围的、超越了古籍单体群的版本系统研究时，它所能提供给我们的资料，则不能满足我们的研究要求，因为它所提供的资料基本上是横向的。具体而言，它起到的是明确古籍版本所处年代特征的作用，是一个定点的标示。如果想进一步研究版本的传承关系，必须要有更多的纵向资料作为支持。因而笔者认为，研究古籍版本的相承关系，特别是直接的相承关系，主要还是从古籍的文本构成入

---

① 《〈史记〉版本研究》第 270、275 页。

手。即从上面提到的古籍的文字编辑手段及受其影响所造成的古籍文本文字差异，和文本结构理念及受其影响所形成的不同的版式、版式设计理念入手，同时结合古籍版本外在形态的研究，以纵、横两个方面的资料，从多个角度进行交叉研究，才能科学、准确地明确古籍版本的传承关系。

前面已经说过，元刻《史记》彭寅翁本刊行于元至元二十五年，即公元 1288 年。目前学界比较一致的认识，《史记》最早的刊刻是在北宋淳化年间，可惜这个本子没有传下来。目前存世最早的《史记》版本是北宋景祐年间的刊本。宋代《史记》版本众多，传世版本也多，从注家的角度来分，大致可为单"集解本"、二家注本两大类。而三家注本只有南宋黄善夫本一种。彭寅翁本虽然也是三家注本，而且除黄善夫本之外，现存世最早的《史记》三家注本只有彭寅翁本，但我们还是不能仅据此就认为，两者之间有必然的、直接的相承联系。因而对彭寅翁本所据底本的研究，还是应当从彭本出现之前的众多宋元版本中入手。

1. 彭寅翁本和单集解本、二家注本的关系

在文本文字方面，笔者将彭本和上述的版本进行过初步的调查，结果发现，存在着明显的差异。如卷 48 史文：周文"自言习兵阵，陈王与之将军印，西击秦(六，1954)"。彭本、黄本皆无其中的"秦"字，查 1955 年文学古籍刊行社影印《史记》单集解本，有"秦"字。水泽先生说："〇蜀庆彭凌游殿无秦字。①"水泽先生所说"蜀本"实际上是指民国 8 年(1919)刘承干翻刻南宋淮南西路转运司刊本。刘承干所藏南宋淮南西路转运司刊本实际是宋元明初递修本，刘氏收藏时，亦非全卷，只有 67 卷原刻，卷 48 为其一，其他是配补或抄配。张文虎说："秦字吴校增，于汉传合。②"张氏所说"吴校"是指吴春照校柯本。从上述的说明来看，彭本在此处和其他宋、元本有着明显的差异。又如卷 8 史文"是时秦将章邯从陈，别将司马𡰥将兵北定楚地

---

① 《史记会注考证附校补》第 1182 页左下。

② 《校刊史记集解索隐正义札记》第 455 页。

(二、352)”,其中的“𡰥”字,彭本、黄本作“尼”字,钱大昕说:“别将司马尼　耿本‘尼’作‘𡰥’,《曹参世家》同,案:《汉书》小颜注云:𡰥,古夷字。则耿本是也。①”钱氏所说“耿本”当指南宋刊《史记》二家注本的耿秉重修张杅本。张文虎说:“司马𡰥南宋本作‘𡰥’,《字类》引同,与《汉书》合。它本作‘𡰥’,作‘尼’,并误。”②彭本、黄本的“尼”的确是“𡰥”字之讹。此点梁玉绳在《史记志疑》卷六中有详细的说明③。上述的例子表明,彭本和单集解本、二家注本之间的差异,不是一般意义上所说的因刊刻以及在印刷中出现的偶然错误,它是关系比较疏远的版本体系中出现的不同文本内容的一种反映。

尽管笔者对彭本和黄本进行了全面的比勘,并注意到两本之间文本文字的极多相似之处,笔者依然认为,仅仅从文本、文字上来确定两个版本或几个版本之间有着相承关系的做法是极为危险的,因为某些文本文字的异同至多只可以证明两本或几本同属于一个大的版本系统,而不能证明古籍版本之间的直接相承关系。因此,笔者认为,在明确了两本同属于一个大的版本系统之后,最终决定两本直接相承关系的因素是两本版本形态的直接联系。

首先从版本形态上对彭寅翁本和上述的诸版本进行一些考察。《史记》版本的版式形态随着历代不断增加《史记》的注家而改变。从《史记集解》本到二家注本、三家注本所带来的变化,不仅使得二家注本、三家注本在文本内容上有变化,而且在外在形式,即版式上也有明显的变化。这里我们用几个例子加以说明。作为书籍每卷的卷首页的版式,是反映古籍版本特征的一个重要方面。从《史记集解》本开始,《史记》各版本每卷的卷首页第一行,都是小题在上、大题在下,或者是在卷首题下有注释的情况下,小题在第一行,大题在次行,大题下加注文④。二家注本在《史记集解》本基础上增加《索隐》,虽然

---

① 《考史拾遗》“三史拾遗”卷一,第 7 页。

② 《校刊史记集解索隐正义札记》第 90 页。

③ 《史记志疑》第 216 页。

④ 兴吉案:景祐本《史记》有时卷首不另起一页,但上述有关大小题的情况是同样的。如《史记集解序》后,不另起一页,而是直接接《五帝本纪》。

依旧保持了每卷卷首小题在上、大题在下的做法，但也有所变化，在卷首题下有《索隐》时，将《索隐》置于小题之下，大题置于次行。在卷首题下《集解》、《索隐》都有的情况下，大小题首行，《索隐》次行，《集解》第三行。《史记》版本中主流版本的大小题的处理方式，一直到明代北监本《史记》出现之前没有改变①。明北监本改变了宋以来《史记》版本的传统版式，改为大题在上、小题在下，此点为清代武英殿本《史记》所继承。但清同治九年(1870)张文虎等校刊金陵书局本《史记》，则又恢复了宋以来的传统，回到了小题在上、大题在下的版式。

作为《史记》三家注本的彭本和《史记》单集解本及二家注本之间的版式差异是显而易见的。在单集解本的《五帝本纪》中，在大题“史记一”下，有裴骃的按语“凡是徐氏义称徐姓名以别之/馀者悉是骃注解并集众义”。而在三家注本中，此句在小、大题的次行，也可以说此句依然在大题之后，作“裴骃曰凡是徐氏义称徐姓名以别之/馀者悉是骃注解并集众义”，《集解》下有《索隐》“司马贞《索隐》曰……”，再下是《正义》，不提张守节的姓名，只题“《正义》曰”。查毛晋刊《史记索隐》单行本，在《五帝本纪》首页次行“五帝本纪第一”下，有《索隐》，然其开头，并无“司马贞索隐曰”六字，因此可知，这类文字《史记》都是刊行者所加。

两相比较，三家注本较单集解本多“裴骃曰”三字，笔者认为，在此句中已经明确有“骃注解”的说明的情况下，在句首加“裴骃曰”三字，就文意而言，语义重复，是不通的。而三家注本之所以这样做，原

① 兴吉案：在宋元版《史记》中，只有《史记详节》与其他本子不同。它是大题在首行，作“东莱先生增入正义音注史记详节卷之一”，次行题“本纪”，三行题“五帝”。明刻《史记》中大题在上、小题在下的情况，笔者所见出现在明正德十六年(1521)慎独斋刊本中。其后是明隆庆年间(1567—1572)新安吴勉学刊本卷一的首页，第一行题“史记卷第一”，第二、三行有“汉太史令龙门司马迁撰”、“明后学新安吴勉学校”，第四行题“五帝本纪一”；明万历四年(1576)《史记评林》卷一首页，首行上题“史记评林卷之一”，下题“吴兴凌稚隆辑校”，次行低一格题“五帝本纪第一”。

因大致有两个方面:其一,在三家注本中,因为有三家注释,因而势必要在各家注释之前,加各家的标志以示区别,如《集解》前不加标志,在《索隐》前加"索隐曰",在《正义》前加"正义曰"。但在"史记一"后的裴骃的说明,如果将其作为一般的《集解》处理,就不应再加任何标志。但如果不加标示,作为整个《史记》正文的第一个注解,其下又有其他两家注释,而不能开宗明义地说明其出处,无论是从体例上,还是从利于读者阅读方面,自然不能接受这种处理方法。其二,三家注本在此处的处理方法来自于二家注本的处理方法。二家注本较之单集解本增加了《索隐》,也要特别注明。在《五帝本纪》的首页,南宋张杅刊本是这样处理的,首行小题在上,作"五帝本纪第一",其下是《索隐》,作"司马贞索隐曰……"。大题在第三行,作"史记一",其下是《集解》,作"裴骃曰……"。明刻二家注游明本的首行作"五帝本纪第一卷",其下作"史记一",次行,从第二格起是《索隐》,作"(司马贞索隐曰)"①,其下是《索隐》文字。再次行是《集解》,开头三字是"裴骃曰",而此下的文字与各本相同。游明本是元中统本的翻刻,故当与元刻中统本同。因此,我们认为,三家注本的处理方法是对二家注本的因袭,所不同者在于三家注本在《五帝本纪》的首页,是《集解》、《索隐》、《正义》的排序,而二家注本则是《索隐》、《集解》的排序。从这个例子可以明白地看出,彭本的版式虽然和二家注本有相承的关系,但是这种相承关系,就其设计理念而言,是截然不同的。《五帝本纪》首页的例子表明,二家注本注重《索隐》,所以把《索隐》置于最前②;而三家注本虽然以有《正义》见长,但它注重的是《集解》、《索隐》、《正义》的合理排序,目的是展示其三家注俱全的文本特征。

通过上面的叙述,不难发现,随着《史记》版本中注家的增加,版式也有相应的变化,而且《史记集解》本体系、二家注本体系都呈现着自己特有的版本版式。就版本形态而言,彭寅翁本和《史记》单集解本、

---

① 兴吉案:引文中括号为原刊本所有。

② 兴吉案:在此后《史记》正文下的注释中,二家注各本对《集解》、《索隐》还是采用《集解》在前、《索隐》在后的处理方式。

二家注本的版式的具体形态和设计理念，存在着明显的差异，因而认为彭本和上述版本之间有直接的继承关系，难以成立。

基于上述的研究结果，笔者把早于《史记》彭寅翁本的宋元刊《史记》的单集解本、二家注本，置于彭寅翁本底本问题的研究范围之外，而力求从其他《史记》版本，特别是三家注本中，探求彭寅翁本的来源，推断彭寅翁本的底本来自何方。

2.《史记》彭寅翁本和黄善夫本

《史记》的三家注本，起自何时，目前学界还没有定论。《四库全书总目》认为：《史记》三家注本开始于北宋元丰年间。近现代学者多不认同这个结论。贺次君先生在《史记书录》中说："然《史记》三家注合刻究起于何时何本，已不可知，以此本（笔者注：指黄善夫本）'老子'与'伯夷'同传而言，则自北宋末期始。①"张玉春先生在《〈史记〉版本研究》中指出："黄善夫本是三家注合刻之始。②"即认为黄善夫本是最早的三家注本。就目前的情况而言，黄善夫本的确是今日所能见到的最早的《史记》三家注合刻本。

彭寅翁本、黄善夫本和此前的《史记》版本的区别，是因为二本是三家注本，即在二家注基础上增加了《史记正义》，因而二本必须设计和单《集解》本、二家注本不同的版式。我们注意到，尽管彭本和黄本行格并不相同，但它们在版式的设计方面，反映在全书中，二本在版式的设计思路上表现了惊人的一致性。所谓版式设计思路，是指对制版中所遇见的反映整书结构性版式问题的处理方式。彭本和黄本在这个问题上，集中表现在对卷首大小题，对《索隐述赞》、《正义》的处理方式，以及《史记》正文的另起行等问题上。

关于卷首的大小题，彭本和黄本保持了旧版的传统，小题在上，大题在下，但在卷首《集解》、《索隐》、《正义》都有的情况下，其处理方式是，大小题在首行，次行起《集解》，其下接《索隐》，再下接《正义》，为区别三家注，在《集解》、《索隐》、《正义》之间加标志符"○"，同样在

① 《史记书录》第 96 页。

② 《〈史记〉版本研究》第 264 页。

彭本、黄本的各卷行文中，标志符“○”的作用也相同，是以在彭本、黄本中标志符“○”被简化为间隔符。如果我们将彭本、黄本和二家注本作比较，就会发现在二家注本中标志符“○”的作用有所不同。在二家注本中，标志符“○”不仅有间隔的作用，许多时候它起着提示符的作用。如在《史记》一段正文下，没有《集解》，而只有《索隐》时，二家注本也在“索隐曰”前加标志符“○”[①]，它无疑是起着提示读者的作用，而这种情况在三家注本中是没有的。

对《索隐述赞》的版式处理，也是彭本和黄本的特点之一。《史记》二家注本对《索隐述赞》的版式处理，在每卷末的《史记》正文之后，和清武英殿本一样，在“索隐述赞曰”下，《索隐述赞》中的文字四字一句，句与句并不空格。二家注本《史记》和清武英殿本的这种版式格式实际上是和《史记索隐》的单行本是一致的。《史记索隐》单行本，即明毛晋汲古阁本中，《索隐述赞》并非是如《史记》诸版本那样，将其附在每卷的卷末，而是在《史记索隐》全文后，又有《索隐述赞》一百三十篇，共二卷。每篇标题下，四字一句的《述赞》，句与句之间不空格，如正常行文。彭寅翁本的“索隐述赞曰”之下“述赞”文句，在卷末页要刻的字数不多，版面有富余的情况下，一般都是另起一行，每行的首句上空格，句与句、末句下各空格。每行的字数与空格则依据卷末页版面富余的情况，每行或作四句、三句、二句，首句上、句与句、末句下空格不一。黄本则呈现两种情况，其中一种和彭寅翁本一样，是将《索隐述赞》四字一句的结构分开处理。另外的一种情况是黄本和二家注本一样，在“索隐述赞曰”下接《索隐述赞》文字，不再另起一行。由此可见，两本在版式设计的思路上的共同之处是显而易见的。

作为三家注本，如何解决新增的《正义》，是一个突出的问题。在卷105《扁鹊仓公列传》的最后有一大段《正义》，此段正义与彭、黄本其他卷中的《正义》有所不同，即在这段《正义》中还有小注。彭本和

① 兴吉案：彭寅翁本之前的二家注本（包括杭州无索隐述赞本、蔡梦弼本、张杅本、耿秉本、中统本）中，只有蔡梦弼本不使用标志符“○”，《史记》正文下有《集解》和《索隐》两个注时，在“索隐曰”前空一格。

黄本对这段《正义》的处理是一致的，即《正义》正文采用和《史记》正文相同的大字，而此段中的小注，则是采用和其他卷中三家注相同的小字。另外，彭本、黄本在增入《正义》时，《正义》的位置也是相同的。卷 105 今本史文"其后扁鹊过虢。虢太子死(九、2788)"下，有《正义》："下云'色废脉乱'，故形静如死状也。"彭本、黄本在史文"血脉治也(九、2786)"下。今本的此条《正义》位置，是张文虎所移动。如此的例子很多，皆不一一列举。

其实，黄善夫本作为南宋的坊刻本，刊刻中产生的错误极多，前代学者已有察觉。关于此点，只要看一下张元济先生所著《百衲本二十四史校勘记——史记校勘记》就可以明白，黄善夫本是怎样一个本子了。此外，类似上述的例子在黄善夫刻《后汉书》中，也出现过。黄永年先生引用傅增湘先生在《藏园群书题记》中的观点指出：黄刻《后汉书》郭泰传末尾小注七十四字竟错为正文大字①。

从现存古籍的版式设计中，我们不难发现古人刻书常出现的规律。如通常是将一篇文章一贯到底，中间并不分段，也就是说，中间不另起一行。所谓古籍中的另起行问题，实际上是个分段问题。通过彭本和黄本的全面对校，发现两本在另起行的问题上是一致的。两本在这个问题上，只有一处不一致的地方，在此简要加以说明。此处的差异出现在黄善夫本卷 128 第 19 页，彭寅翁本同卷第 17 页中。史文"不霁横吉(十、3242)"处，黄本此句下接史文"命曰横吉安"，不另起行，此处黄本明显是个制版错误，因为黄本在接下来的部分，凡是"命曰"之上，都是另起行。彭本"不霁横吉(第 7 行)"之后，另起一行(第 8 行)，和黄本不同。但是彭本另起的第 8 行有 25 字，和彭本行 21 字的制版原则不合。仔细考察彭本的第 7 行、第 8 行，发现第 8 行中，上起 15 个字占了 11 个字的位置，其下的 10 字还是正常情况，占 10 字的位置，就一般的情况而言，这是发现了制版错误(一般是脱字)而改版所造成的结果；而第 7 行只有 17 个字，其下空 4 格。第 7、8 行合计字数 42 字，两行平均 21 字，刚好与彭本的制版原则相符。

① 《古籍版本学》(上册)第 117 页。又参见《藏园群书题记》卷二，第 78 页。

由此我们可以知道，彭本在此处的另起行，并不是最初的形态，其最初制版时，也和黄本一样，“不霁横吉”不另起行，下接“命曰横吉安”，此后才发现了黄本的错误，而进行改版，或改写，将“命曰横吉”4字挤入第8行，于是造成第8行25字的现状。

综上所述，就目前传世的《史记》三家注本而言，黄善夫本被认为是最早的版本，而彭寅翁本则是其后继版本，或者说第二种，两者之间目前还没有发现有中间版本。因此，研究彭寅翁本的底本问题，只有或者说只能以黄善夫本为基础。黄本和彭本都以最早存世的三家注本闻名于世，其所以闻名，在于其有《正义》；彭寅翁本刊行时，如果《史记正义》的单行本尚且存世，而且彭本利用过单行本《正义》，那么彭本中必然有比黄本多的《正义》存在。但我们通过彭本和黄本之间的全面对校发现，彭本中《正义》的内容，完全没有超越黄本，就《正义》的数量来说，彭本也没有比黄本增加一条。前代学者，在他们对传世《史记》诸刻本的互校中，都没有发现比黄善夫本更多的《正义》，泷川资言先生所发现的“《正义》佚文”，皆来自于日藏《史记》诸版本中的日人批注。是以日本学者小林贤二先生将现有的《正义》，分为“刻本正义”和“佚文正义”两种。所以，就目前的资料条件，研究彭本的底本问题，舍弃黄善夫本而寻求今已亡佚的单《正义》本，显得毫无意义。又因为上面提到，彭本和其他宋元本中的《集解》、《索隐》文字多有不同，所以笔者选择黄善夫本作为彭寅翁本底本的研究对象，这样做固然有取捷径的嫌疑，但笔者以为，这不失为一条正确的道路。

三、从文本文字形态上看《史记》彭寅翁本和黄善夫本的关系

我们通过将彭寅翁本和黄善夫本的全面对校，发现两者文本文字的处理方式上有着非常多的相似之处。那么我们所要研究的问题，就是要探索这些相似之处在多大程度上，反映了两者之间的直接承继关系；或者证明它们仅仅反映了二者的相似关系。笔者认为，通过上述的研究可以为澄清彭寅翁本底本问题，提供直接的证据。

1. 彭寅翁本和黄善夫本处理三家注体例问题上的关系

我们知道，在三家注本出现之前，《史记》刻本是以单《集解》本、

二家注本的形态流传的。在已有的《集解》、《索隐》之上加入了《正义》,《史记》开始从二家注本演变为三家注本。主流注家的形成,必然是对非主流注家的扬弃,结果是造成非主流注家的散失。正如裴骃的《集解》在吸纳了大量的两汉及魏晋的《史记》注家的同时,也造成了诸多《史记》注家著作的亡佚一样。《史记》三家注本的一个主要特征是在增加《正义》的同时,对《索隐》进行了大量的删节,在个别部分对《集解》也有一些删节,在这一点上,彭本和黄本惊人的一致。

彭本和黄本在文本文字的处理方式上,呈现着相同的思路。它主要表现在两个方面:第一个方面是彭本和黄本对三家注的整条的删脱(基本是《集解》和《索隐》)。第二个方面是彭本、黄本对三家注一个条目中部分内容的删节(以下简称删节)。

在第一个方面,笔者将《史记》彭寅翁本和黄善夫本及中华书局标点本(以下称今本)作了一个比较,将三家注今本有,而彭本与黄本没有的,归入彭本、黄本删脱三家注的范围,然后对这个范围内的删脱情况进行分析研究。就目前的统计,在三家注上,特别是整条的三家注,还没有发现彭本对黄本有任何的增加,反而我们发现,黄本删节三家注的地方,彭本也出现了缺失,这种情况在 130 卷中都存在。下面的表格,反映了彭本、黄本整条删脱三家注的基本情况。这里做进一步的说明。

表 1 彭本、黄本整条删脱三家注数量一览表

	本纪	表	书	世家	列传	合计
集　解	2	1	1	3	5	12
索　隐	17	47	6	12	145	227
正　义	0	0	1	0	1	2
合　计	19	48	8	15	151	241
卷平均	1.58	4.8	1	0.5	2.15	1.85

从上面的表格中,可以明白地看到,《索隐》删脱的最多。接下来,我们对《集解》、《索隐》、《正义》删脱的条目的具体情况作一些分析。

《正义》删脱的情况最少，只有两条，所以我们先从《正义》开始。众所周知，中华书局本的底本是金陵书局本，金陵书局本中的《正义》来自于明嘉靖三刻中王延喆本中的《正义》。而现在学界比较一致的意见是明刻王延喆本是南宋黄善夫本的翻刻本。由此可知，今本中的《正义》其本原，皆来自于南宋黄善夫本。那么，上表中今本多出的，在彭本、黄本中所没有的《正义》来自何处，值得我们的注意。

卷 27 史文“紫宫、房心、权衡、咸池、虚危(四、1350)”，在“咸池”下，彭本、黄本无《正义》“西宫也”三字。“紫宫、房心、权衡、咸池、虚危”是论述五星之位，所谓“中、东、南、西、北宫”，黄本缺“西宫也”，是缺一项，是当然的漏刻，而彭本也因袭致误。水泽先生说：“**正**　西宫也　○庆彭无此注三字　劄记王柯脱此三字。”[①]查张文虎之《札记》，如水泽先生所言。今本有此条，是因袭金陵书局本，而金陵书局本则应是借鉴了《史记评林》本。查《史记评林》本，有此条。从上述所引资料可以看出，“中、东、南、西、北宫”中，惟独漏掉了“西”。因此《史记评林》补此条并不要更多的文献支撑，或者说《史记评林》在此处的增补，是理校的结果。

今本卷 117 史文“拾九天而永逝”下，有《正义》“《太玄经》云：九天谓一为中天，二为羡天，三为从天，四为更天，五为晬天，六为廓天，七为减天，八为沈天，九为成天(九，3056)”。彭本、黄本无此《正义》。张文虎说：“拾九天《正义》王本脱。”[②]水泽先生说：“**正**　《太玄经》云至九为成天四十三字　○庆彭　无此注四十三字。”[③]查明刻《史记评林》、清刻武英殿本，此条不缺。张文虎说：王本缺此条。似乎是说柯本、秦藩本不缺。但张说不确。笔者查对，明刻秦藩本(包括嘉靖十三年本、二十九年重修本)、廖凯本、嘉靖九年南京国子监本皆无此条《正义》。作为现存世最早的三家注本黄本、彭本皆无此条《正义》，那么后来的柯维熊本、《史记评林》本以及武英殿本中此条《正

① 《史记会注考证附校补》第 780 页左上。
② 《校刊史记集解索隐正义札记》卷五，第 689 页。
③ 《史记会注考证附校补》第 1913 页左下。

义》来自何方，当然是个问题。虽然限于篇幅，我们对此不进行深入的探讨，但是从上述的介绍可以得到一个明确的信息，就是彭本和黄本之间存在着紧密的联系。

《集解》的删脱可以说是三家注本的一个特点，《史记集解》在南北朝时期产生，到宋代才进入刻本时代，传本转抄，出现各种异文在所难免，而且传抄中出现一些脱漏也是自然的现象。不过，进入刻本时代后，《集解》的文本内容相对稳定下来，没有大的变化。但是《集解》在各《史记》版本中的数量却是不一样的。《史记》刻本从《史记集解》单行本到二家注本、三家注本，《集解》的数量都有变化。其中以三家注本的变化最大。《史记》三家注本既然吸收了三个注家的著作，在将三注合入《史记》之时，在对各注家的注释大致相同内容的条目的处理上，显然有一个筛选的问题。我认为，筛选的原则大致有以下几点：首先是，尽可能地保留比较早的古注。其次是突出时尚的注家，不惜删节古注。在这个原则下，我们发现三家注本对《集解》有所删节。当然也不排除三家注本在最初选择底本时，原底本中的《集解》就有缺失，三家注本也就因袭了其中的缺失的情况。

在上面的表格中，提到了上述情况，下面就《本纪》、《表》、《书》、《世家》、《列传》中所表现出的具体问题加以说明。

在《本纪》部分有两处彭本、黄本整条删脱《集解》的例子。今本《史记》卷1史文“能和以孝，烝烝治，不至奸(一、21)”下，有《集解》：“孔安国曰：不至于奸恶。”其下又有《正义》：“烝，之升反，进也。言父顽，母嚚，弟傲，舜皆和以孝，进之于善，不至于奸恶也。”彭本、黄本无《正义》上的《集解》。简单的比较，就可以看出，《正义》中包括了《集解》的内容，彭本、黄本的删节当出于这个原因。同样是今本《史记》卷1史文“望于山川(一、24)”下，有《集解》：“徐广曰：名山大川。”其下又有《正义》：“望者，遥望而祭山川也。山川，五岳、四渎也。《尔雅》云：梁山，晋望也。”彭本、黄本无《正义》上的《集解》。相比较而言，徐广的注过于空泛，远不如《正义》细致，而且内容大致相同，所以彭本、黄本删节《集解》的做法完全可以理解。

在《表》部分，有一处彭本、黄本删脱《集解》的情况。《史记》卷 18 史文“使河如带，泰山如厉(三、877)”下，今本有《集解》：“应劭曰：封爵之誓，国家欲使功臣传祚无穷。带，衣带也；厉，砥石也。河当何时如衣带，山当何时如厉石，言如带厉，国乃绝耳。”彭本、黄本无上述的《集解》。水泽先生说：“应劭曰封爵之誓至国乃绝耳四十七字 ○ 庆彭凌无此注四十七字按凌本上栏有按应劭云云。[1]”张文虎说：“泰山如厉集解王、柯、凌‘若’作‘如’，并脱《集解》。[2]”由此可见，此处《集解》的脱漏，是从黄本开始的，或者说是纯粹的删节。不过，“使河如带，泰山如厉”一句，文意极为简单，即使没有应劭的注释，稍有古文知识的人也可以理解其中的语意，删节这句极为简单的注释，也是可以理解的事。

在《书》部分，有一处删节《集解》。《史记》卷 23 史文“前有错衡，所以养目也”下，今本有《集解》：“《诗》曰：约軧错衡，《毛传》云：错衡，文衡也(四，1162)。”彭本、黄本无此《集解》，而有“注见前”三字。从严格的意义上说，这里可以说是省略。但查彭本、黄本《史记》，并没有同样内容的《集解》，不过在此条《集解》之前，今本、黄本、彭本有《索隐》：“错鞻衡扼为文饰也。《诗》曰：约軧错衡，《毛传》云：错衡，文衡也(四，1158)。”由此我们可以理解彭本、黄本所说的“注见前”的意义所在。换言之，三家注本从未把三家注看作是单独的《史记》注释，而是将三家注作为整体注释来考虑。也许就三家注本的创造者而言，《集解》、《索隐》、《正义》都是《史记》的注释而已，三家注并没有多大的区别，其相同的内容自然也就在其取舍范围之内。从这个意义上说，彭本和黄本在态度上是一致的，至少从结果上看，两者是一致的。

我们在《世家》部分发现了三处彭本、黄本删节《集解》的情况。《史记》卷 37 史文“故晏子因陈桓子以纳政与邑，是以免于栾高之难(五，1457)”下，今本有《集解》“难在鲁昭公八年”。彭本、黄本皆缺。

---

① 《史记会注考证附校补》第 575 页右下。

② 《校刊史记集解索隐正义札记》卷二，第 188 页。

二本之所以缺，笔者认为，在此《集解》下有《正义》，其中的内容包括了《集解》的文字，今本其文曰："难，乃惮反。在鲁昭公八年。栾施、高强二氏作难，陈桓子和之乃解也。"彭本、黄本和今本相同，只是缺句首的第一字"难"字。又如卷40《楚世家》楚平王"六年，使太子建居城父，守边(五、1712)"下，今本《集解》："服虔曰：'城父，楚北邑也。'杜预曰：'襄城城父县。'"彭本、黄本中此条亦缺。而此条《集解》下有《正义》："父音甫。《括地志》云：城父故城在许州叶县东北四十五里，即杜预云襄城城父县也。又许州襄城县东四十里亦有父城故城一所，服虔云'城父，楚北境'，乃是父城之名，非建所守。杜预云(言)成父，又误也。《传》及郦元《水经注》云'楚大城城父，使太子建居之'，即《十三州志》云太子建所居城父，谓今亳州城父县也。按：今亳州见有城父县，是建所守者也。《地理志》云颍川有父城县，沛郡有城父县，此二名别耳。(五，1713)"从上面这一大段《正义》的详细说明中，我们对"城父"的了解已经足够，于是我们就可以理解三家注本删节《集解》的心情和原因。又如《赵世家》(五，1812)也有一处，和上述的情况一样，就不再重复引文。

在《列传》部分，彭本、黄本所缺失的《集解》有5条，其中2条是和《正义》文字相近(七，2135；九，3016)，而《正义》内容更加详尽。其他3条《集解》可以说是纯粹的删节或脱漏。笔者认为，《列传》部分所删节的与《正义》文字相近的2条《集解》的性质和上面的介绍一样，所以不再加以探究。接下来对其他3条进行说明。

上述所说3条中的第1条见卷92，史文：韩信"大破虏赵军，斩成武君泜水上(八，2616)"下，《集解》"徐广曰：泜音迟"。其下《索隐》："徐广音迟。刘氏音脂。"彭本、黄本在此处上述的《集解》、《索隐》皆缺失。张文虎说："泜水此下《集解》、《索隐》合刻本皆脱。①"水泽先生说："**集** 徐广音迟 ○[庆][彭][凌][殿] 无此注六字。**索** 徐广音迟刘氏音脂 ○[耿][中统] 无除广音迟四字 [庆][彭][凌][殿] 无此注六字。"②第2

① 《校刊史记集解索隐正义札记》卷五，第590页。
② 《史记会注考证附校补》第1625页左上，引文中"除广"当为"徐广"，属误排。

条，卷 105 史文“脉法曰：不平不鼓，形獘”下，《集解》“徐广曰：一作散（九，2802）”，指“獘”字，或作“散”字。彭本、黄本皆缺此条。水泽先生说：“**集**　徐广一作散　○庆彭凌殿　无此注六字。”①第 3 条，卷 117 史文“杭绝浮渚而涉流沙”下，《集解》：“《汉书音义》曰：杭，船也。绝，渡也。浮渚，流沙中渚也（十，3061）。”张文虎说：“流沙《集解》王、柯、凌本并脱。”②水泽先生说：“**集**　《汉书音义》曰至流沙中渚也十八字　○庆彭凌　无此注十八字。”③

由此可见，彭本、黄本在此处的缺失，是整个《史记》三家注本大系统的问题。于是我们就更容易理解张文虎所说的“《集解》、《索隐》合刻本皆脱”的意义。由此可以推知，明刻的“嘉靖三刻”中也无此 3 条《集解》④。因而，就版本系统而言，彭本与黄本是属于一个大的三家注本版本系统是毫无疑问的。

《索隐》的大量删脱是三家注本所特有的一种现象。三家注本既然增加新注家《正义》，同时也要兼顾保存最早的古注《集解》，于是对《索隐》进行删节也就在所难免。所以在彭本、黄本中有大量的《索隐》被删节。因为数量巨大，所以不能一一列举，这里采用举例和统计相结合的方法，加以说明。

如《史记》卷 16 史文：秦二世二年“十月（三，772）”下，今本有《集解》：“徐广曰岁在乙未。”《索隐》：“高祖至霸上，称元年。徐广云岁在乙未。”笔者起初查对彭本、黄本“十月”处，无上述的《集解》、《索隐》，于是认为彭本、黄本在此处有所脱漏。但笔者又注意到在彭本、黄本的“九月”栏中，有同上文的《集解》，认为或有误置。又注意到水泽先生说：“**集**　徐广曰岁在乙未　○景井蜀绍庆中统彭毛凌　此集解注七字移在七月　劄记　各本误入九月依索隐移正　**索**

① 《史记会注考证附校补》第 1744 页左下。
② 《校刊史记集解索隐正义札记》第 691 页。
③ 《史记会注考证附校补》第 1915 页右下。
④ 兴吉案：张文虎所指“合刻本”中包括王延喆本、凌稚隆本、柯维熊本、秦藩本。

高祖至霸上至岁在乙未 ○[庆][彭][凌][殿] 无此注十五字 [劄记]此索隐依单本增。”查张文虎《札记》,和水泽先生所说的一样。从上述的情况可以看出,彭本、黄本此处《集解》不缺,正因为《集解》不缺,而《集解》的内容和《索隐》相同,所以彭本、黄本删节了《索隐》。在彭本、黄本中,因为已有《集解》和《正义》的情况下,删节《索隐》的情况比较普遍。笔者对《本纪》部分整条删节三家注的情况作了一个统计,发现《本纪》部分共整条删节《索隐》17 条,其中和《正义》内容相同或相近者有 10 条;和《集解》内容相同或相近者有 3 条;和《集解》、《正义》内容有交叉,相同或相近者有 10 条;因已有《集解》而在应有《索隐》处题“索隐注同”者 3 处。从上述的介绍可以看出,彭本、黄本在遵循着相同的体例原则来解决三家注中重复内容的问题。

第二个方面,彭本和黄本对三家注的部分删节。沿着上一部分思路,笔者对今本有,而彭本、黄本没有的三家注部分删脱文字也作了一些探究。这里所说的“部分删脱”是指彭本、黄本和今本比较,在一段文字中有删脱的情况,删脱文字的数量界定在二字以上。界定在二字以上的原因,主要是因为一二字的删脱在古籍刊刻中经常出现,不可以用一二字的差异,来说明两个古籍版本之间的关系。而删脱在二字以上者,大多是真正意义上的删节,因而能比较客观地反映古籍版本间内在的关联,可以更真实地说明删节的真正目的。提出界定在二字以上的做法,是受到了安平秋先生类似做法的启发。安先生在《史记版本述要》中,统计彭寅翁本《周本纪》“删削”三家注说:“较大幅度删削即有七八十处之多,其中最少删去四字,最多者删去七十八字(删一二字者不计在内)。”笔者认为,安先生所说的“一二字者不计在内”的做法是比较科学的,这样既可以避免对本不属于删节范围的错误判断,又可以从总体上把握研究资料的准确性。

卷 53 史文“秦御史监郡者与从事,常辨之(六、2014)”下,有《集解》:“张晏曰:何与共事修辨明,何素有方略也。苏林曰:辟何与从事也。秦时无刺史,以御史监郡。”其下有《索隐》“按:何与御史从事常辨明,言称职也。故张晏曰:‘何与共事修辨明,何素有方略’是也”。

彭本、黄本无《索隐》中“故张晏曰:‘何与共事修辨明,何素有方略’是也”一句。水泽先生说:“**索**|耿|庆|中统|彭|游|凌|殿|　无此注十八字。”①卷83史文“众人不知,则为一身(八、2460)”下,有《索隐》:“言众人不识鲍焦之意,焦以耻居浊世而避之,非是自为一身而忧死。事见《庄子》也。”彭本、黄本无“事见《庄子》也”五字。水泽先生说:“**索**|衲|耿|庆|彭|游|凌|殿|　无此注五字。②”卷84史文“伤怀永哀兮,汩徂南土(八,2487)”下,今本有《集解》:“王逸曰‘汩,行貌’。”《索隐》:“王师叔曰:汩,行貌也。《方言》曰:谓疾行也。”彭本、黄本无《索隐》中“王师叔曰:汩,行貌也”一句。水泽先生说:“**索**|衲|耿|庆|彭|游|凌|殿|　无此注八字。③”卷86史文“未有所定也。奈何以见陵之怨,欲批其逆鳞哉(八、2528)”下,有《集解》:“批音白结反。”《索隐》:“白结反。批谓触击之。”以上的例子表明,彭本、黄本的删脱部分三家注的文字,从一定的意义上是属于整个大的版本系统的共同行为,严格的意义上说,彭本、黄本此处的脱失,是对本系统《史记》祖本的因袭。换言之,此种的删脱属于《史记》二家注本、三家注本共有的文本特征。

虽然对彭本、黄本删脱三家注的情况进行研究,并不能证明彭本和黄本之间的直接关系。但是,两本同样地比今本有许多缺失,同时两本缺失的内容又相同,则表明两本之间存在着某种潜在的关联,因此,笔者在这里把这个问题提出来,就多出的三家注的具体条目进行探讨,是想说明彭本和黄本首先同属于一个大的《史记》版本系统,然后再寻找两本之间直接的相承关系。

2. 从所谓“异文”问题看彭本和黄本的版本归属系统

这里所说的“异文”是指彭本和黄本在《史记》正文及三家注的文字表述上,和三家注系统外的版本的差别,笔者认为,所谓“异文”的

① 《史记会注考证附校补》第1218页右上。
② 《史记会注考证附校补》第1522页右上。
③ 《史记会注考证附校补》第1537页左下。

形成,大致来自于两个方面:其一来自于黄善夫本、彭寅翁本的自身系统,即黄本依据的底本所在的版本系统。由于对此问题的研究,必然涉及黄善夫本的形成和底本问题,已经不属于我们所针对的《史记》彭寅翁本专题研究的范围,因此,在这里不作进一步的扩展研究。其二是黄本改动底本或脱漏及其他原因所造成的版本文字变异,而彭寅翁本加以因袭的。此部分是我们所要研究的重点。

首先所谓"异文"反映在《史记》正文方面,大致可以分为以下几个方面。第一个方面反映在《史记》正文的脱字上,即黄本的漏刻、误刻而彭本因袭的情况。黄本和彭本这样的民间刻本,普遍存在着校勘不密、漏刻、误刻较多的缺点,学界已经多有指出。但我们也注意到,两本对《史记》正文还是比较重视的,因而相对于三家注注文的诸多漏刻,《史记》正文漏刻、误刻的数量要少许多,是以这些例子就更有典型意义。

卷 40 史文"乃告于秦曰(五、1728)"中,"秦"字,黄本、彭本作"齐"字,百衲本改之。卷 49 史文:武帝"当小市西入里(六、1981)",彭本、黄本作"当少帝西入里",张元济先生影印黄善夫本,即百衲本《史记》将"少帝"改为"小市"。卷 52 今本史文"齐遂举兵西攻吕国之济南(六、2002)",彭本、黄本作"齐南",百衲本改之。卷 106 今本史文:汉景帝问袁盎"今吴楚反,于公如何? 对曰:不足忧也,今破矣(九、2830)"。黄本无"对曰"二字,彭本有"曰"无"对"字,可是笔者仔细考察彭本,发现彭本"如曰不足忧"五字,挤在四字格中。可以推断,彭本原本据黄本,完成后,方才认为,脱"对曰"二字,不当,故改版加入"曰"字。卷 117 史文"亦幸有三足乌为之使(九、3060)","亦"字,彭本、黄本作"赤"。

第二个方面是反映在三家注的"异文"上。首先,彭本、黄本和今本及其他版本的文字差异比较明显。今本《史记》卷 4(一、116):引《史记正义》"孤竹故城在平州卢龙县南十二里,殷时诸侯孤竹国也,姓墨胎氏"。彭寅翁本引《正义》只有:"《正义》曰:姓点氏"六个字。而黄善夫本和彭寅翁本一致,作:"姓点氏也。"卷 47 卷首大小题后,有《正义》,其中今本有"自天子王侯(六、1905)"中,

“子”字，彭本、黄本作“下”字。水泽先生说：“**正** 自天子王侯 ○子 庆 彭 凌 下。”[①]卷86史文“荆轲既至燕，爱燕之狗屠及善击筑者高渐离(八、2528)”下，今本有《索隐》：“筑似琴，有弦，用竹击之，取以为名。渐音如字，王义音(之)哉廉反。”“王义音(之)哉廉反”六字，彭本、黄本作“王义音子廉反”。涵芬楼影印百衲本，改“王义”为“正义”，是一大失误。水泽先生说：“**索** 王义音之哉廉反 衲 耿 庆 彭 游 无之字而有哉字作子 凌 殿 无此注七字。”[②]

其次黄本继承前本或黄本刊行中造成的异文，而彭本与之相同。卷4史文“其母有邰氏女，姓姜(一、111)”下，有《正义》“周弃外家”，彭本无“周”字，而“弃”字，彭本、黄本皆作“棄”。卷48史文“陈轸、邵滑(六、1962)”下，今本有《正义》“邵作昭”。彭本、黄本作“邵正义作昭”。卷49史文“景帝尝体不安(六、1976)”，彭本、黄本“尝”字作“常”字，水泽先生说：“**尝** 庆 彭 凌 常。”[③]卷106史文“比至城阳，兵十余万，破城阳中尉军(九、2832)”，此段文字中的两处“城阳”，彭本、黄本分别作“阳城、荡城”。卷117史文“窃闻长卿好之，愿以自娱(九、3000)”，其中的“以”字，彭本、黄本作“目”。卷117史文“于是玄猨素雌(九、3030)”，“猨”字，彭本、黄本作“猿”。

三家注中彭本因袭黄本误刻、漏刻的情况就更多，这里我们仅举一个例子简要说明。卷2史文“其贡漆丝，其篚织文(一、54)”下，今本《集解》：孔安国曰：“地宜漆林，又宜桑蚕。”黄本作“地亘漆林，又宜蚕”，“亘”字是“宜”字的误刻，黄本又脱“桑”字；彭本与黄本同。

再次是黄本多《正义》，而彭本也多。卷27史文“黄，比参左肩(四、1325)”，“比参”下有《正义》：“参色林反，下同。”卷49史文“窦皇后亲早卒，葬观津(六、1973)”下，彭本、黄本有《正义》：“《括地志》云：窦少君墓在冀州武邑县东南三十七里。”今本此条《正义》在史文“弟

① 《史记会注考证附校补》第1166页右下。
② 《史记会注考证附校补》第1564页右上。
③ 《史记会注考证附校补》第1196页右下。

曰窦广国,字少君"(六、1973)下。

再有,彭本、黄本"多"《索隐》。卷48卷首今本有《索隐》:"按:胜立数月而死,无后,亦称'系家'者,以其所遣王侯将相竟灭秦,以其首事也(六、1949)。"其下彭本、黄本还有《索隐》39字,云:"然时因扰攘,起自匹夫,假托妖祥,一朝称楚,历年不永,勋业蔑如,继之齐鲁,曾何等级,可降为列传。"水泽先生说:单《索隐》本、金陵书局本无此39字。水泽先生的说法不准确。查毛晋汲古阁刻单《索隐》本,此处的《索隐》实际上不缺,只不过单《索隐》本没有把此条《索隐》放在卷48的大小题之后,而是放在单《索隐》本的卷30中。经笔者查对,黄本、彭本较今本的"多"《索隐》,还是现在卷5、卷7、卷9、卷61、卷117、卷123等多处。这些《索隐》在单《索隐》本中都在卷30。查《史记》的二家注本对此类《索隐》的处理和黄本、彭本一致。由此可知,彭本和黄本较之今本所"多"出的《索隐》,实际上是张文虎金陵书局本的删节所致,不过通过上述的说明,还是反映出彭本与黄本之间的关联以及二本与二家注本系统的内在联系。由于对此类情况的探究,已经属于本研究专题之外的范围,因此在这里对这类问题暂时不作研究。

综合上述的论说,我们认为,彭本和黄本之间的关系是极为密切的,首先两本应属于一个大的版本系统,其次,两本之间存在着直接的相承关系。

四、从版本形态的具体问题看《史记》彭寅翁本和黄善夫本的关系

据笔者的考察,彭寅翁本和黄善夫本在其主要部分的版式方面一致的地方非常多。主要表现在以下几个方面:

1. 两本主体结构方面的一致性

彭本和黄本的一致性表现在一些重要部分的版式设计上。如《史记目录》中,黄善夫本和彭寅翁本的每半页皆为9行,都是18页。目录卷末后页最后一行文字,黄善夫本作"史记目录",彭寅翁本作"史记目录终";两个本子的《史记目录》全文,除这个"终"字和木记外,完全一致。其中要指出的是:列传目录中,"刺客"、"循吏"、"儒林"、"酷吏"、"游侠"、"佞幸"、"滑稽"、"日者"、"货殖"等字,两个本子

都是小字。

在《表》部分,黄善夫本和彭寅翁本几乎一致。前面已经提到过,彭寅翁本的行格与黄善夫本并不相同,彭寅翁本是每半页10行,行21字,注双行21字;黄善夫本则是每半页10行,行18字,注双行23字。这样,除了十表之外的《史记》各卷,两个本子的页码自然不会一致。而在十表中,彭寅翁本和黄善夫本的页码却是极为明显的惊人一致。卷13《三代世表》第一至卷22《汉兴以来将相名臣年表》第十的十表,两个本子各卷的页码完全相同,分别为10页、61页、38页、30页、37页、74页、20页、27页、24页、21页。我认为,之所以出现这种情况,是因为在"十表"中,两个本子文字之外的表格部分,设计格式完全相同。卷22《汉兴以来将相名臣年表》第十,两个本子完全一致,不仅同为21页,而且文字部分都结束在第21页后页的第4行,卷末的大小题皆在此页的第10行。出现这种情况的原因,是因为"十表"部分两个本子文字不多,而主要是表格,两个本子板式上的一致,造成页码的一致。此外,在《表》部分,黄本对《索隐》有所改动,与今本相比,脱文较多,而此点和彭本也是完全一致。

列传部分的突出一致的地方是《老子列传》的位置,张玉春先生论定黄善夫本系统是以《老子伯夷列传》为列传第一①,颇有见地。彭寅翁本的《老子伯夷列传第一》此卷首页的前页和黄善夫本格式相同,仅多一字。黄本、彭本对以《老子伯夷列传第一》的问题,并有一个说明,很有意思,其文曰:"监本老子与伯夷同传第一庄子与韩非同传第三\《索隐》本伯夷传第一老子庄子韩非同传第三\《正义》本老子庄子伯夷居列传之首。"这里的"监本"显然是指宋代国子监刊刻《史记》。清人张文虎虽然没有见到过彭本、黄本,但他还是注意到了这个问题,他在《校刊史记集解索隐正义札记》卷五中指出:"王、柯本题'老子伯夷列传第一',别行注云:'《正义》本老子庄子伯夷居列传之首。《正义》曰:老子、庄子,开元二十三年奉敕升为列传首,处夷、齐上。然汉武帝之时,佛教未兴,道教已设,道则禁恶,咸致正理。制御

① 《〈史记〉版本研究》第255页。

邪人,未有佛教可导,故列老庄于申、韩之上。今既佛道齐妙,兴法乖流,理居列传之首也。今依《正义》本。'凌本亦有此注,而无末五字,盖《正义》止'老子'以下至'首也'七十九字,首尾皆合刻者语。王、柯本皆依《正义》次序,以老子居列传首。凌本虽亦用宋人合刻本,而不依其次,故删去末五字。其余各本无《正义》,悉依史公旧次。《索隐》本成书在《正义》前,未奉开元敕改,更无论矣。今校刊本亦依凌本之次,并删去此条。恐读《正义》者以为不备,故附列于此。'乖流'二字于文义不谐,'乖'疑'乘'字之讹。又王、柯、凌本又一条云'监本老子与伯夷同传,第一;庄子与韩非同传,第三'。盖亦合刻者所记。"

张文虎的结论实际上来自于乾隆四年武英殿版《史记》卷 61 中的"史记考证",其文曰:"监本有小注云:《索隐》本伯夷传第一,老子、庄子、韩非同传第三。《索隐》云:'二人教迹全乖,不宜同传,先贤已有成说。今则不可依循,宜令老子、尹喜、庄周同为传,其韩非可居商君传末。'《正义》本老子庄子伯夷居列传之首。《正义》曰:'老子、庄子,开元二十三年奉敕升为列传首,处夷、齐上。然汉武帝之时,佛教未兴,道教已设,道则禁恶,咸致正理。制御邪人,未有佛教可导,故列老庄于申、韩之上。今既佛道齐妙,兴法乖流,理居列传之首也。'盖唐崇老教,谬取老子居传首,而与伯夷合为一卷,甚为无谓。夫奔义激世,莫先伯夷,而老庄法意流为申韩,太史公叙述自有深意,岂宜妄为轩轾?今以伯夷传居首为一卷,次以管晏为一卷。次以老庄申韩为一卷,以复太史公之旧云。臣照按:升老子于伯夷之上,诚为开元时谬见,而张守节韪之,良可嗤笑。明监本改依太史公之旧,是矣,但不著改之者之名,不知语出何人。今若仍刊卷首,后人读之,转生迷惑,是以删去。其小司马妄议史公老子、韩非同传,欲加改窜,殊属无谓,亦并删焉,而著之于此。"

查明刻《史记》北监本,和殿本《考证》所引文字完全相同,再以此和黄本、彭本比较,文句完全一致,特别是张文虎所指出的"乖流"二字。由此可见,清本以前的三家注本的这些文字皆来自于黄本。明北监本虽然改变了早期三家注本体系中《伯夷老子列传》的编次,将

《伯夷列传》放在《列传》之首，但还是保留了此处《正义》、《索隐》。所以我认为，彭本在《老子伯夷列传》的编次问题上和黄本的一致，表明了三家注本早期版本系统的共有特征，因此笔者将其作为彭本以黄本为底本的一个重要证据。

2. 两本的一致性在制版时致误方面的表现

我们知道，以旧本为底本翻刻古籍，即使是整体版式方面进行较大的调整，但因为翻刻中的头绪众多，并不可能凡事都从头做起，是以涉及到一些具体细节则会和所据底本有惊人的相似，特别是在旧版制版时出现的一些误刻，在新版中因为因袭也会存在类似的错误。

在彭本和黄本误刻的表现中，以间隔符“○”的情况比较典型。所谓间隔符“○”是彭本和黄本中，放在三家注的各注之间，用以区别《集解》、《索隐》、《正义》的内容，一般应该在“《索隐》曰”或“《正义》曰”之前。不过，古时刻板经常会有错误，所以，在应该有间隔符“○”的时候，由于书手或刻工的失误，会有遗忘的情况；或者是出于制版的需要，省略此符号的情况，也时有发生。笔者对各卷中出现的这些情况作了一些统计，在《史记》彭寅翁本一百三十卷中共有 25 处“○”的脱漏，而其中有 24 处是彭本、黄本所共有的。

反之，在不该有间隔符“○”的时候，因为同样的理由，也会有它的存在。如彭、黄本卷 10 史文“群臣请处王严道、邛都(二、426)”下，有《正义》“邛，其恭反。《括地志》云：‘严道今为县，即邛州所理县也。县有蛮夷曰道，故曰严道。邛都县本邛都国，汉为县，今嶲州也。’《西南夷传》云‘滇池以北君长以十数，邛都最大’是也。按：群臣请处淮南王长蜀之严道，不尔，更远邛都西有邛僰山也。○邛僰山在雅州荣经县界。荣经，武德年间置，本秦严道地。《华阳国志》云：“邛筰山故邛人、筰人界也。山岩峭峻，曲回九折乃至，上下有凝冰。按即王尊登者也。今从九折西南行至嶲州，山多雨少晴，俗呼名为漏天。”此条中彭、黄本和今本内容一致，只是比今本多“○”符号，这是明显的错误，此符号在彭、黄本中为区别各注，此条全为《正义》的内容，并没有其他二家注的内容，当为黄本误刻，彭本就因袭黄本的错误。在卷 10

史文"其秋,有星茀于东井(二、477)"下,有《集解》"韦昭曰:秦分野也。后卫太子兵乱。茀音佩"。彭本、黄本在"茀音佩"前多标志符"○"。另外,在明刻王延喆本中,此处的情况和彭本、黄本一致,由此可见,三本的关系是何等的密切。

彭本因对黄本的因袭而造成错误,在下面的一些例子中表现得最为明显。《世家》部分有一突出的例证,即黄善夫本卷61《吴太伯世家》中,在页2前第6行,黄善夫本原本脱漏史记正文一行18字,三十年代张元济先生影印黄善夫本时,增补第6行的18字。此点水泽利忠先生在《史记会注考证校补》中,以"图版一二四、图版一二五"对照的形式已经指出其异同。彭寅翁本在卷30页前第6行第3字以下,也脱这18字。张玉春先生在《〈史记〉版本研究》中也指出:"二本脱此十八字。①"我认为:出现这一切的原因,是彭寅翁本在以黄善夫本为底本刻版时,没有注意到底本脱漏了18字,就依照黄善夫本制版而致误。参见图版19~21。

在《列传》部分,卷117史文"蟒邛邛,蹷距虚(九、3009)"下,《集解》中有"邛邛似马而色背"。黄本此处文字作"邛邛似马而而色背",明显衍"而",今本为是。彭本此句文字与今本同,但彭本中在"马"与"而"之间空一格。笔者以为,此当是彭本发现黄本的衍文,而后挖去所造成的结果。见图版22~23。

黄本卷128第27页后半页第3、4行与第6、7行重复(张元济先生涵芬楼百衲本24史影印本中已将此页的7、8行删去,而且将7、8行之后内容提前填充入这两行),内容是"此横吉上柱足肣内自举外自垂以卜病者,卜日不死,其一日乃死(十、3250)"。而在彭本卷128第24页后半页此段两行文字之后,有两行无字的空白行,可以说这是彭本翻刻黄本的有力证据。即彭本虽然发现了黄本这两行的重复,并将重复的内容删去,但却没有办法将后面的内容向前提,以补足空出的部分。笔者推测,或许是彭本在翻刻之初,并没有发现黄本的重复之处,而在全本刊刻完成后,才发现,所以只有挖去此两行,从

① 《〈史记〉版本研究》第269页。

而造成了这两行空白行。又查明刻王延喆本、廖凯本、秦藩本,和黄本相同,而柯维熊本无此二行重复文字,已校改。又明万历二十四年南京国子监本则和彭本相同,即有二行空白。

黄本卷 129 页 11 后第 3 行《正义》:“此言大江以南,豫章、长沙二郡南楚南楚之地耳(十、3268)”,此处明显衍“南楚”二字。彭本同卷页 10 后 6 行“豫章、长沙二郡”下空二格,之后接“南楚之地耳”。情况当与上述的情况一样是删改所造成的。

从上面所说的情况来看,彭本和黄本的关系的确极为紧密,换言之,如果彭本不是以黄本作为底本,就不会有这么多的版式的相同之处。因此,笔者认为,彭本的底本是黄善夫本。

五、关于彭寅翁本和黄善夫本不同之处的解释

尽管从上面的记述可以明显地发现,彭寅翁本和黄善夫本之间的关系极为密切,并论证了彭寅翁本所依据的底本是黄善夫本,但笔者认为,还是有必要对两个本子之间存在的差异进行说明和研究,只有这样才能进一步推进对彭寅翁本底本问题和《史记》版本体系的研究,同时也为古籍版本的底本研究问题探索一些经验。通过笔者将彭本和黄本的校勘,发现两本之间的差异极少,而其中真正可以称得上差异者,就是以下所要说明的两处。

目前发现的黄善夫本和彭寅翁本之间最大的差异,在于彭本中,没有司马贞的《史记索隐后序》。从彭寅翁本中各本的查对中发现,枫山本、梾斋本、天理本、庆应本、国图 130 卷本、台北 130 卷本都没有此序,因此可以认为,彭寅翁本中没有《史记索隐后序》。而在黄善夫本中有此序。如果说彭本的底本是黄本,那么在彭本的《史记索隐后序》的缺失,可能是两种情况造成的,其一是所据底本不全,这种情况的可能性比较大。查今日日本汲古书院影印《史记》黄善夫本及国图藏 69 卷黄善夫本,在《史记》130 卷的全卷末,有司马贞《史记索隐后序》。汲古书院影印黄善夫本完全是按原本的现存原状影印,所以我们认为,这里的《史记索隐后序》是黄善夫本原本的原有状态。我们也注意到张元济先生影印百衲本二十四

史《史记》中,《史记索隐后序》在《史记》卷首中《史记索隐序》之后,这显然是张元济先生改动了原本的结果。查毛氏《史记索隐》单行本,其《史记索隐后序》也在全卷末,就是最好的证明。既然《史记索隐后序》是在黄本全卷末,我们知道,存世古籍中,全卷之首和全卷之末都是最容易因损害而丢失的所在。是以,或许彭本据黄本翻刻时,所据底本排在全卷末的《史记索隐后序》亦缺,彭本也因之无法刊印此序。

其二,彭本删节了《史记索隐后序》,这种可能性也存在。就《史记索隐序》和《史记索隐后序》的内容而言,两者的确有许多相似之处。如两者都可以分成三个部分,首先是介绍《史记》其书,其次为介绍历代《史记》注家,再次为介绍司马贞自己写作《史记索隐》的目的。不仅文体结构相似,而且语句相似者也很多。如两文的文末,《史记索隐序》有“凡三十卷,号为《史记索隐》”。《史记索隐后序》有“凡为三十卷,号曰《史记索隐》云”。或许就因为两者的内容大致相同,因而彭本删节了《史记索隐后序》。而在《史记》的刊行史中,删节各注家的重要部分的例子也还是有的。如二家注本中的绍兴杭州本,其中虽有《索隐》,却删节了《索隐述赞》,这里说删节不如说是舍弃了《索隐述赞》,更加合适。我们考察明末毛氏汲古阁《史记索隐》单行本,不难发现,《史记索隐》单行本并不是如二家注本、三家注本那样将《索隐述赞》置于各卷之末,而是将《索隐述赞》和《三皇本纪》单为二卷,置于全书的最后①。因此,绍兴杭州本并没有将《索隐述赞》分散至《史记》各卷之末,而是舍弃《索隐述赞》不用,也有其道理。或许出于同样的道理,彭寅翁本舍弃了黄本全卷末的《史记索隐后序》。

当然,《史记》各版本中《史记索隐后序》的有与无的问题,是属于对《史记索隐》研究的范围,应将其列入一个专门问题进行研究,这也是笔者今后努力的方向。

---

① 查毛氏汲古阁《史记索隐》,无《史记索隐序》,只有《史记索隐后序》,或可推断,所谓《史记索隐序》、《史记索隐后序》的名称,当是后来者所加。

第二个明显差异在《五帝本纪》中，今本史文“获宝鼎，迎日推筴①(一、6)”下，有三家注，彭本作：“《集解》曰：晋灼曰：‘策，数也，迎者，数之也。’○瓒曰：‘日月朔望未来而推之，故曰迎日也。’○《索隐》曰：案：《封禅书》曰：‘昔黄帝得宝鼎神策’，下文云‘于是迎日推策也’，则是神策者，乃神蓍也。黄帝得蓍遂因以推算历数，于是逆知节气与日辰之将来而推之，故曰推策迎日也。○《正义》曰：筴音策。迎者，逆也。黄帝受神策，命大挠造甲子，命容成造历是也。”黄本作：“《集解》曰：晋灼曰：‘策，数也，迎，数之也。’瓒曰：‘日月朔望未来而推之，故曰迎日。’○《索隐》曰：《封禅书》曰：‘黄帝得宝鼎神策’，下云‘于是推策迎日’，则神策者，神蓍也。黄帝得蓍以推算历数，于是逆知节气日辰之将来，故曰推策迎日也。○《正义》曰：筴音策。迎，逆也。黄帝受神筴，大挠造甲子，容成造历是也。”此段文字中黄本和今本几乎一致，只是少了“大挠”前的“命”字。而阴影的文字都是黄本和今本所没有或不同的。

从上面所引的两段文字，可以看出，两本之间在此处三段三家注的差异比较突出，显然在《集解》、《索隐》、《正义》中，彭本比黄本都多几个字。然而我们仔细考察这些增加的字，不难发现，其中的关联词占了大部分，其余的是对原文的一些补充，并没有从大的方面改变文意，至多不过是使文意更加通顺而已。当然，彭本所增的几个字，也不是彭寅翁本刊行者想当然地增补，而是有其版本的来源。水泽利忠先生说：“**索** 则神策者神蓍也黄帝得蓍以推算历数 ○彭韩嵯 则是神策者，乃神蓍也。黄帝得蓍遂因以推算历数 中统游 则是神策者，神蓍也。黄帝得神蓍遂因以推算历数 南化——黄帝得神蓍遂因以——**索** 于是逆知节气日辰之将来 ○中统彭游韩嵯 于是乃逆知节气与日辰之将来而推之游本无此三字 **正** 迎逆

① 兴吉案：彭本、黄本“筴”皆作“策”，水泽先生说：“迎日推筴 ○凌金陵同 各本筴字作策。”

也 ○彭韩嵯 迎者逆也 正 命大挠造甲子容成造历 庆凌 大上容上命字并无 殿金陵 容上无命字。①"由此可见,彭本在此处文本文字上和黄本的差异,应当是彭本在有所依据的情况下,对原底本所进行的校改,或者说是增补的结果,就文意而言,完全没有改变原文的语义,因此,此处的差异,不是属于所据《史记》不同系统版本所造成的差异。故不能据此处的差异就得出结论说,彭寅翁本的底本不是黄善夫本。

① 《史记会注考证附校补》第20页右上。

第五章 《史记》彭寅翁本增删三家注考辨

在《史记》三家注本体系中，彭寅翁本是对三家注有着较大改动的版本之一，彭本的这些改动，也就是人们常说的彭寅翁本对三家注的大幅删节。也正因为彭寅翁本对三家注删节的数量巨大，所以人们对其删节情况难以进行一个量化的分析，从而就难以对其删节的目的、特点及其性质，进行一个全面的、深入的介绍和说明，由此导致不能准确地评价彭寅翁本在整个《史记》版本系统中的地位，进而造成对这一珍贵版本难以进行全面、科学利用的局面。笔者有鉴于此，以南宋刊《史记》黄善夫本和元刻《史记》彭寅翁本进行全面的比勘，力求对彭寅翁本的增删情况进行比较准确的数字统计，得出相关的结论。本章所说的彭寅翁本增删三家注只是相对于黄善夫本而言，至于说到黄本对三家注也有不同程度的增删，而彭本也多和黄本一致的情况，因在上一章里已经有过讨论，这里就不重复论述。

一、彭寅翁本删节三家注说法的起源

从顾炎武到清代修四库全书的馆臣，及至近人张元济先生，对明刻南北监本删削《史记》三家注的行为，一直有所批评，同时人们也怀疑在明监本之前，还有其他的《史记》版本存在着同样的情况，即明监本的删削是依据祖本所致。彭寅翁本久不见诸家书录，而它再一次出现，增加了人们推测的空间，从而产生了种种推测。如《四库简明目录标注》中说："至安成郡彭寅翁本，昭文张氏谓验其板式似元刊本；殆王板，柯板，陕西板所自出欤。①"

① 《增订四库简明目录标注》第 190 页。

把彭寅翁本看作是明代《史记》诸版本的祖本；赵澄先生则进一步肯定了这种说法。当然，赵澄先生当时并没有亲身接触过元刻《史记》彭寅翁本。

对彭寅翁本删削三家注这个观点进行全面阐发者是贺次君先生。贺次君先生是国内学者最早利用彭寅翁本原书，对彭寅翁本进行全面研究者。据《史记书录》的说法，贺先生利用的是国图存 77 卷本，即铁琴铜剑楼旧藏本。他利用其中的《本纪》三卷和黄善夫本（实际上是张元济先生影印的 24 史百衲本）进行了校勘。他的结论是："彭本虽具集解、索隐、正义三注，而删削太多。"又言："合刻本之删简三家注者，首见彭氏此刻，明南、北监所刻史记共有四种，三家注均不全，清人耿文光《万卷精华楼藏书记》说：'即就彭本删削，非明人始为之'，或是也。明南监冯梦桢本除此本所删简外，于《集解》、《索隐》淘除更多，即以《周本纪》而论，彭本所未删之《集解》、《索隐》又被删去三十余条。①"所以贺次君先生的结论是"由于此本旧注删削过多，校勘者皆忽视之，但其所存颇少错脱，足可据以订砭他本之讹漏②"。在此之后的学者，诚如前面所介绍的，在对彭寅翁本的著录上一直是以贺次君先生的结论为依据，因此，在彭寅翁本删节三家注的问题上基本和贺次君先生的意见是一致的。诚如张玉春先生指出"张元济先生曾论及监本大删三家注，人或谓彭寅翁本实为此风之滥觞，其后几乎众口一辞：彭寅翁删削三家注③"。不过，此结论的最早提出者是贺次君先生。

笔者认为，贺次君先生的结论值得商榷。在前面已经说过，贺次君先生作《史记书录》时，他所见的彭寅翁本为国图 130 卷存 77 卷本，这是个残本。在国图存 77 卷本中，其本纪部分现存只有 5 卷，即卷 2 至卷 6，这其中卷 2、卷 3 又为铁琴铜剑楼的影抄本，所以，贺先生所能利用者只有卷 4、5、6，即《周本纪》、《秦本纪》、《秦始皇本

① 《史记书录》第 117 页。兴吉案：查《万卷精华楼藏书记》，未见"彭本删削"之句。

② 《史记书录》第 119 页。

③ 《〈史记〉版本研究》第 271 页。

纪》。本来在十二本纪中,《史记》卷7《项羽本纪》也是彭寅翁本删节的重点,可惜,此卷在国图77卷本中缺失,所以,贺次君先生无从利用。另外,在《书》、《世家》、《列传》部分的三家注,彭本较黄本也有一些脱漏,贺先生也没有提到,所以就一定程度来说,贺先生在占有资料方面已显不足。我注意到在《史记书录》中,贺次君先生所举的彭寅翁本删节三家注的例子,全部来自《周本纪》,同时,贺先生自己也说:自己是用彭寅翁本的《本纪》三卷和南宋刊黄善夫本(实际上是涵芬楼影印本)作了对校。这样以《周本纪》中得出的结论和三卷本纪的校勘结果,来概括彭寅翁本的12篇本纪以及彭寅翁本全篇,单单就他的论据而言,就不是特别充分,必然要带有更多推论的性质。关于此点,张玉春先生在《〈史记〉版本研究》中已经指出,这里就不做更多的说明了。

在贺次君先生作《史记书录》之后,国内学者对彭寅翁本的研究一直是进展不大。贺次君先生的结论也就一直没有受到质疑。这种情况一直到2001年张玉春先生出版了《〈史记〉版本研究》之后,才有所改变。在此书中,他提出了和贺次君先生完全不同的观点。他说:"彭寅翁本三家注文少于黄善夫本,既非删削,亦非脱落,而是彭寅翁所据黄善夫本个别篇卷残缺,以致与黄善夫本不符。彭寅翁本是继黄善夫本后第一部《史记》三家注本,但因其流传不广,又因其注文不全,后世未有翻刻。人或谓自彭寅翁本之后,产生了《史记》三家注合刻的简本系统,明南、北监本即其余绪。之所以有这种看法,亦是蔽于彭寅翁本删削三家注之说所致。①"所谓《史记》简本系统的说法,此处正文中张氏没有明言,但他在该书的注释中有所说明,实际上他是指陈连庆先生在《史记板本述略》中的观点。的确,陈先生的观点没有更多的版本对校基础上的资料支持,因而他所说的简本系统也未必真的存在,然而他的观点还是可以给我们以启发,使我们在从事《史记》版本系统研究中,更注意到在历代刊刻《史记》时,确实存在着对《史记》正文及三家注进行文本处理,或者说是改动的情况,如元刻本《史记详节》及后来的评林类《史记》等。尤其在明代有大量的选本

---

① 《〈史记〉版本研究》第275页。

《史记》存在，如《荆川先生精选批点史记》、《史记综芬评林》、《史记奇抄》等，如果我们强化对这些选本的研究，也许能从更多的角度来看《史记》的刊行历史，从而获得更多的研究资料，进一步拓展《史记》版本的研究范围。

因此，对彭寅翁本增删《史记》正文及三家注的研究，在一定意义上而言，也是对《史记》刊行史的研究，从而更有力地支持我们对《史记》正文及三家注演变过程的研究。

二、彭寅翁本增删三家注的基本情况

彭寅翁本增删三家注问题包括两个方面：第一个方面是删节问题，第二个方面是增补问题。笔者通过对彭寅翁本和黄善夫本的全面对校，对彭寅翁本增删三家注问题有了一个初步的认识，并以此为基点对彭寅翁本增删三家注的概况加以说明。

1. 彭寅翁本删节三家注的数量统计

彭寅翁本增删三家注问题中，删节是其主要方面。通过两本的对校，我们发现，《史记》彭寅翁本中的《本纪》、《表》、《书》、《世家》、《列传》各部分中出现的删节三家注的情况表现的并不平衡，其中以《本纪》、《世家》部分表现突出。

在本纪部分，彭寅翁本对三家注的删节，早已引起《史记》版本研究者的注意。上面已提到贺次君先生最早注意到了这个问题，而其观点的依据主要来自他对彭寅翁本《周本纪》部分的调查和研究。在此基础上，安平秋先生在《〈史记〉版本述要》中进一步对彭本删节三家注问题进行了初步的数据性的研究，他指出："以《周本纪》为例，较大幅度删削即有七八十处之多，其中最少删去四字，最多删去七八十字(删一二字者不计在内)。"虽然安平秋先生的统计还不十分精确，而且统计范围只限于《周本纪》，但是他的这些想法，的确能给后人的研究以极大的启发，因为他的这种力求通过数据说明问题的研究方法，较之贺次君先生在《史记书录》中只是列举事例的做法，有着极大的直观性，有更大的说服力，也便于后来的研究者利用其研究成果。笔者也准备按照安平秋先生的做法，对彭本《本纪》部分删节三家注的情况，做一些初步的统计。

彭寅翁本《史记》十二本纪中，有着明显的删节特征的是《周本纪》、《秦本纪》、《秦始皇本纪》、《项羽本纪》。其他本纪只能说是有一些文本上的出入。我把彭寅翁本和黄善夫本的十二本纪中的删增情况，制成下面两个表格，以期反映其实在的情况。

表 2　彭本十二本纪删节处、字数表①

删字处及字数		卷1	卷2	卷3	卷4	卷5	卷6	卷7	卷8	卷9	卷10	卷11	卷12
正义	删一字者	5	2	2	16	25	21	6	2				3
	删二字	1		2	6	4	6						
	删二字以上	1			68	81	92	15					1
	删整条				38	86	82	3					
	删字处小计	7	2	6	128	196	201	24	2				4
	删字数统计	10	2	6	2 453	4 325	3 452	192	2				12
索隐	删一字者	4	1	2	5	1	12	1	1	1	1		
	删二字	1		1	2	2	3						
	删二字以上	2			6	5	24	6					
	删整条				6	8	17	3					1
	删字处小计	7	1	4	19	16	56	10	1	1	1		1
	删字数统计	22	1	4	266	264	684	157	1				27

① 关于此表的说明：此表是根据彭寅翁本中的枫山文库本和 1995—1998 年日本汲古书院据日本民俗博物馆所藏南宋刊《史记》黄善夫本影印本之间的比勘结果统计而成。表中的“脱字处”表示彭本删节或脱漏的地方；这里要说明的是，在上述的统计中，笔者采取了这样的统计方式，即如果在三家注的一条中，有不相连的文句存在着 3 处删节或脱漏，则删字处按 3 处计算，而不按 1 条统计。另外，此表之所以把删字处分成“删一字、删二字、删二字以上、删整条”，是因为笔者在研究中发现，“删一字”者多数为删助词；“删二字”者多数为删词组：“删二字以上”者多数为删节句子的部分结构或整句。此外，笔者所要指出的是，此表的删节统计只包括黄本有，而彭本删节的三家注，黄本和彭本之间的差异，笔者做异文处理，不计入此表。

（续表）

删字处及字数		卷1	卷2	卷3	卷4	卷5	卷6	卷7	卷8	卷9	卷10	卷11	卷12
集解	删一字	1	1	4	7	3	7	4					
	删二字	1	1	1	1		1						
	删二字以上						5						
	删整条				1	3	5	1					
	删字处小计	1	2	5	9	6	18	5	1				
	删字数统计	1	3	6	32	160	202	14	1				
删字处合计		16	5	12	156	218	275	39	3	1	1		5
删字数量合计		37	6	16	2 753	4 749	4 350	363	3	1	1		42

在《表》部分，彭寅翁本和黄善夫本几乎是一致的，没有多大的差异，共有4处脱文，其中《索隐》3处共7字，《集解》1处1字。因为数量这样少，应当称之为“脱漏”。

《书》部分，也有一些删节，笔者的统计，总计有40处，其中大多为脱漏一二字的地方。40处中有6处是脱漏《正义》，是整条的删节。

《世家》部分，也是彭寅翁本删节三家注较为集中的部分。而学界对此问题一直没有研究的成果。据笔者的统计，30卷世家中，有10处三家注整条删节，其中《集解》1条，《索隐》2条，《正义》7条。总计删节处有152处。

《列传》部分，全部70卷的列传中，删节的数量不是很大，总计148处，其中整条删节者12处，包括《集解》3条，《索隐》3条，《正义》6条。

表3 彭本各部分相对于黄本所删字数统计表

	本纪		表		书		世家		列传		合计	
	删字处	删字数	删字处	删字数	删字处	删字数	删字处	删字数	删字处	删字数	删字处	删字数
集 解	47	420	1	1	4	4	28	38	16	43	96	506
索 隐	116	1 429	3	7	9	9	48	89	66	107	242	1 632

（续表）

	本纪		表		书		世家		列传		合计	
	删字处	删字数	删字处	删字数	删字处	删字数	删字处	删字数	删字处	删字数	删字处	删字数
正　义	568	10 454	0	0	26	234	77	298	55	111	726	11 097
合　计	731	12 303	4	8	39	247	153	425	137	261	1 064	13 235
卷平均	60.91	1 025.3	0.4	0.8	4.88	30.88	5.1	14.17	1.95	3.73	8.18	101.8

从上面的统计可以看出，彭寅翁本其他部分对三家注的删节，远不如本纪部分多，也可以说《周本纪》及《本纪》的例子只是个极端的例子，就彭寅翁本整体而言，并不具有普遍的意义。

2. 彭寅翁本增补三家注的情况统计

笔者通过彭本和黄本的对校发现，元刻《史记》彭寅翁本对三家注几乎没有增补，因为在对校中，我们没有发现任何一处彭本对三家注的整条增补，所以，彭本对三家注的增补，主要表现为“增字”。值得我们注意的是，和彭本对三家注的删节所呈现的情况有所不同，彭本在原底本的基础上，增字的数量不仅不大，而且在《史记》的《本纪》、《表》、《书》、《世家》、《列传》各部分的数量分布，也大致和删节三家注的总体情况相一致，《本纪》比较多一些。但是总体而言，各部分增字情况较之删节情况要表现得均衡些，没有如删节那样大起大落的情况。

表 4　彭本相对于黄本所增字数表

	本纪		表		书		世家		列传		合计	
	增字处	增字数	增字处	增字数	增字处	增字数	增字处	增字数	增字处	增字数	增字处	增字数
集　解	18	23	2	2	5	5	9	17	12	24	46	71
索　隐	19	26	1	1	3	3	7	12	25	28	55	70
正　义	39	50	0	0	9	10	6	7	26	28	80	95
合　计	76	99	3	3	17	18	22	36	63	80	181	236
卷平均	6.33	8.25	0.3	0.3	2.13	2.25	0.73	1.2	0.9	1.14	1.39	1.82

从上表中,可以看出彭本在《表》的部分增字最少,不过,只要对《史记》三家注的分布情况稍有一些了解,就会知道,十《表》部分,三家注的数量原本就是不大的。因而,此部分的情况不应当和《史记》其他部分的情况放在一起作比较。

因为在《本纪》部分的增字相对于其他部分要多一些,所以笔者根据统计,将"本纪"部分的增字情况列表如下:

表 5 《本纪》部分彭本三家注增字表

	增字处及字数	卷1	卷2	卷3	卷4	卷5	卷6	卷7	卷8	卷9	卷10	卷11	卷12
正义	增一字	3	1			1	15	14				1	1
	增二字				1		1						
	增二字以上							1					
	增整条												
	增字处小计	3	1		1	1	16	15				1	1
	增字数量统计	3	1		1	1	17	24				1	1
索隐	增一字	6	1	1	2	1	1	1	2				
	增二字	1											
	增二字以上	1						2					
	增整条												
	增字处小计	8	1	1	2	1	1	3	2				
	增字数量统计	11	1	1	2	1	1	7	2				
集解	增一字	1	1	1	2	3	3	1	2	2		1	
	增二字												
	增二字以上			1									
	增整条												
	增字处小计	1	1	1	2	3	3	1	2	2		1	
	增字数量统计	1	1	6	2	3	3	1	2	2		1	
增字处总计		12	3	3	5	5	20	19	4	2		2	1
增字数量总计		15	3	7	6	5	21	32	4	2		2	1

通过上面的一些表格,可以清楚地看出彭寅翁本增字的情况。彭本对三家注的增补,《本纪》部分增字处有 76 处,有 99 字。与上面表格提到的删节数字相比较,不仅总字数微不足道,而且就每一处增字而言,平均不足 2 字,可以想见这些增字对三家注文句意义影响不大。就具体情况而言,彭寅翁本所增加者,多是助词,又以“也”字最多。如卷 4 增字处 5 处,其中“也”字就占 2 处;卷 5 增字处 5 处,“也”字 1 处;卷 6 增字处 20 处,“也”字 3 处;卷 7 增字处 19 处,“也”字 8 处;卷 8 增字处 4 处,“也”字占 3 处;卷 9 增字处 2 处,1 处为“也”字。彭本较之黄本,增字最多的地方出现在卷 7,史文“刘贾军从寿春并行,屠城父(一、332)”下,有《正义》“父音甫。寿州寿春县也。城父,亳州县也。屠谓多刑杀也。刘贾入围寿州,引兵过淮北,屠杀亳州、城父,而东北至垓下”。彭本在“垓下”下较之黄本、今本多“与大司马周殷等围项羽”10 字,这是彭本增字最多者。彭本为何在此处增字?的确令人费解,但是我们从此处文意上看,此处虽然增加了 10 个字,但并没有改变整段《正义》的意思。此外,笔者对彭本和黄本的《本纪》部分进行了细致的比勘后发现,彭本三家注被整条地删节,量虽然很大,但却没有整条增加的情况。由此可见,彭本对三家注的增字多是枝节性的增加,对三家注的整体内容不构成太大的影响。

通过对彭本删节三家注的具体数量的分析,我们会发现,彭寅翁本对三家注在大量删节的表象之下,实际上对底本只是进行了技术性的处理,总体而言,是保持了旧本的基本形态。换言之,彭本对底本除了在局部有一些文字删节外,遵循还是其主要特征。又如《世家》部分,总删节处 153 处,其中删节一字以上者 84 处,这中间脱句尾“也”字的有 67 处。因此这样的删节称之为“脱漏”,更为合适。我们知道,“也”的词义在古汉语中,意义比较单纯,只是起到句尾判断词的作用,因而在古文献的翻刻中,“也”字的脱漏是非常普遍的现象,它的脱漏一般也不会改变整个语句的意义。

三、对彭寅翁本删节三家注问题的基本看法

对彭寅翁本删节三家注问题,学界多年来一直有研究,也有不同

的看法，其所欠缺者，在于两个方面：其一是前面已经提到的没有对彭寅翁本与黄善夫本进行全本的校勘，故不能作量化的分析，进而全面认识彭本删节三家注的特点、性质。其二是没有从《史记》刊行史的角度出发，来看待《史记》刊行中出现的删节三家注问题。而是就彭本的删节，来议论删节，其立论就难免会出现一些偏颇。

1. 关于彭寅翁本删节三家注性质的商榷

前面已经提到，张玉春先生认为：彭寅翁本所据的底本是黄善夫本，而在彭寅翁本中出现删节三家注的情况，是彭寅翁本所据底本不全所致。张先生的这个说法本身在立论上似乎就存在着自相矛盾的地方，即他首先承认黄善夫本是第一个《史记》三家注本，彭寅翁本是据黄善夫本而来；接着他又说：彭寅翁本所据黄善夫本不全，彭寅翁本又用其他本子来补充，导致两个本子之间的差异。前后两个说法在立论上有些矛盾。如果承认黄善夫本是三家注本的第一个，彭寅翁本是第二个，那么在两本之间，就不存在第三个三家注本。如果承认彭寅翁本的确用了其他本子来补充所据底本的缺损，则表明在当时除黄善夫本之外，还有其他的三家注本子，那么势必会有彭寅翁本不是第二个三家注本的推论。此外，他说：彭寅翁本用其他的本子来补充底本的缺损；但是他并没能指出，彭寅翁本是用什么本子来补充的，这样在立论上也就缺乏强有力的论据，因而我认为，对张先生的这个结论还有必要做进一步的研究。

我认为，彭寅翁本是以黄善夫本为底本，而且是对黄善夫本进行了删节的。在前面已经提到，彭本在总体上对底本采取的是遵循的态度，基于此点，就彭本总体而言，彭本对底本的处理以技术性的改动为主，没有太多的创新性，因而呈现在我们面前的彭本对底本的删节形态，完全是一种机械式文本处理后的自然形态。

彭寅翁本的删节呈明显的规律性，并不是漫无目的的删节。其规律性首先表现在对三家注重复内容的删节上。《史记》版本在其发展史中，对三家注中的相同或相近部分进行改动，乃至于删节是常见的现象。黄本就对三家注中重复的内容进行了删削。这些内容同样也是彭本删节的主要内容。比如卷 7 史文：宋义救赵，行至安阳不进,"饮酒高会(一、305)",黄本、今本有《集解》"韦昭曰:皆召尊爵,故云高"。《索隐》"韦昭曰:'皆召高爵者,故曰高会'。服虔云大会是也"。而彭本删去《索隐》中加横线文字,显然是因为《集解》、《索隐》内容重复的缘故。黄本、今本(一、253)卷6:《索隐》"谓南方之人,其性陆梁,故曰陆梁"。《正义》"岭南人多处山陆,其性强梁,故曰陆梁"。此处《索隐》、《正义》皆有注释,《正义》解释更为明白,故彭寅翁本删去整条《索隐》。我认为,彭本的这种处理方式实际上是仿照黄本的,在下面列传部分我们还要介绍类似的情况,即在《正义》和《索隐》内容一样或接近时,黄本一般是删去《索隐》,而保留《正义》,彭本也是如此。黄本、彭本既是三家注本,以别于从前的单《集解》本、二家注本,其突出《正义》的做法,就不难理解。

其次表现在对三家注中数字的删节。在《本纪》部分,其规律性表现在对《正义》的删节,特别是对《正义》所引的《括地志》的内容删节最多,而其中又以对《括地志》所注明的城邑相对位置的"里数"删节最多。这其中又包括两种情况,一种是单单删去地名后的里数,如卷6史文"十四年,攻赵军于平阳,取宜安(一、232)"下,有《正义》"《括地志》云:宜安故城在常山稿城县西南二十五里也"。彭本删去"二十五里也"五字。彭本对里数的删去,也有偶及里数前的方位词的情况,如卷4史文"周公乃祓斋,自为质,欲代武王,武王有瘳。后而崩(一、131)"下,有《正义》"《括地志》云:武王墓在雍州万年县西南二十八里毕原上也"。彭本删去"西南二十八里"六字。不过,这种情况比单单只删去里数的情况要少。另一种情况是包含里数的整句的删节。在卷4《周本纪》删脱二字以上(包括二字,不包括整条删除者,以下同)之处74处,其中包含里数者25处,占总数的33.8%;卷5《秦本纪》删脱二字以上(同前)之处91处,其中包含里数者40处,占总数的40.04%;卷6《秦始皇本纪》删脱二字以上(同前)之处97处,其中包含里数者33处,占总数的34.1%。在这三本纪中"里数"的《正义》大部分被删节,保留量很少,其规律性极为明显。如《周本纪》中包含"里数"的文字有30处,被删节了25处,未删者5处;《秦本纪》包含"里数"的文字有41处,被删节了40处,未删者1处;《秦始皇本纪》包含“里数”的文字有33处，被删节了31处，未删者2处；《项羽本纪》包含“里数”的文字有33处，被删节了7处，未删者26处。在卷7《项羽本纪》中，在今本第309页之后，没有了删节包含“里数”《正义》的情况，上述所说删节7处，都是在第309页之前，而与之相对应的是，在相当于今本《项羽本纪》第309页后的三家注删节的数量也明显减少。经过查对发现，另外，在十二本纪中，除了卷4、5、6、7外，其他卷的本纪，则没有删去里数的情况。这一点也和《本纪》部分删节三家注的数量分布规律相一致。

再次，删节有着明显的选择性。彭寅翁本在删节黄善夫本时，在技术处理上是很费了一些工夫的，而不是随机性的。主要的特征是删节后的彭寅翁本中的三家注文句完全通顺。而找不到一处文意不通的句子。比如卷6史文：秦始皇南巡“浮江，至湘山祠”（一、248）下，黄善夫本有《正义》“《括地志》云：‘黄陵庙在岳州湘阴县北五十七里，舜二妃之神。二妃冢在湘阴北一百六十里青草山上。盛弘之《荆州记》云：青草湖南有青草山，湖因山名焉。《列女传》：云舜陟方，死于苍梧。二妃死于江湘之间，因葬焉。’按：湘山者，乃青草山。山近湘水，庙在山南，故言湘山祠”。而彭寅翁本有《正义》“《括地志》云：‘黄陵庙在岳州湘阴县，舜二妃之神。盛弘之《荆州记》云：青草湖南有青草山，湖因山名焉。’按：湘山者，乃青草山。山近湘水，庙在山南，故言湘山祠也”。两相比较，彭寅翁本较黄本删去了不相连的3处文字，共43字，增加1字，但文意依然通顺。又如卷6史文：秦始皇“三十一年十二月，更名曰腊月（一、251）”下，黄本有《索隐》“《广雅》曰：夏曰‘清祀’，殷曰‘嘉平’，周曰‘大蜡’，亦曰‘腊’，秦更曰‘嘉平’。盖应歌谣之词而改从殷号也。道书茅濛字初成，今此云‘茅濛初成者’为神仙之道，其意失也。盖由裴氏所引不明，或后人增益‘濛’字，遂令七言之词有衍尔”。此句彭寅翁本有《索隐》，作“《广雅》曰：夏曰‘清祀’，殷曰‘嘉平’，周曰‘大蜡’，亦曰‘腊’，秦改周腊而从殷之号”，彭寅翁本删去65字，将这65字用一句“秦改周腊而从殷之号”来概括。我认为大概是彭本嫌原注过长，缩略言之也。因此，对于上述彭寅翁本所采用的删节，似乎把它们说成是“改写”三家注，比较合适。比较典型的例子是卷25《律书》中的情况。卷25“太史公曰(四、1253)”中史文“十母、十二子”,今本《正义》注“十母”说:“十干,甲乙丙丁戊己庚辛壬癸”;黄本作“甲乙丙丁戊己庚辛壬癸”;彭本作“十干”。今本《正义》注“十二子”说:“十二支,子丑寅卯辰巳午未申酉戌亥”;黄本作“子丑寅卯辰巳午未申酉戌亥”;彭本作“十二支”。同样,上述的例子应属于改写的情况,但其目的则显然是为了减少文字,以节约版木的空间。

因为彭寅翁本删节三家注的情况集中表现在《本纪》部分的四卷中,因而容易造成彭本所据底本不全,而用其他本子来补充的印象。但是我认为,如果是底本不全,或是底本有残缺,而用其他本子配补,那么就只会出现两种情况:其一,会出现因配补本与原底本的版本系统不同,造成一些异文以及三家注的增加或缺失;如同后面还要介绍的明刻王延喆本翻刻黄善夫本时,所出现的底本不全而用其他本子补充的情况。如果我们接受这样的观点,即我们承认,彭寅翁本在翻刻黄善夫本时,采用了其他本子作为补充。也就是说我们首先必须假设有一个补充本存在。那么这个补充本是什么?就是一个问题。就目前的学界研究来看,还没有发现黄本和彭本之间存在第三个三家注本子。因此,第三本的存在实际上是一种假设。其二,残缺的底本只会造成在彭本中出现大量语句不全或文义不通的句子。如在制版方面,在将原底本文字和补充本文字衔接时,会有出现一些衍文,也如同王本翻刻黄本时所出现的情况。据笔者通过对彭本和黄本的全130卷的对校以及对彭本中此类问题的认真查对,没有发现上述的两种情况。笔者认为,如果不能找到填补底本不足的补充本,就认为彭本所据底本有缺失,并以此来否认彭本删节三家注的事实,似乎难以自圆其说。

又次,彭寅翁本的删节,就集中在《本纪》四卷之中,而这几卷从文本、异文上,依然呈现的是彭寅翁本以黄善夫本为底本的特征。如卷4史文“号为周子南君(一、171)”下,有《正义》“《括地志》云:‘周承休城一名梁雀坞……乃封姬嘉三千户,地方三十里,为周子南君,以奉周祀。元帝初元五年,嘉孙延年进爵为承休侯’,在此城也”。其中

"元帝初元五年"彭本、黄本皆作"元鼎三年";"孙延年"三字,彭本、黄本作"弟昭"二字。水泽先生说:"元帝初元五年嘉孙延年 〇 帝 庆凌殿 鼎 庆凌殿 孙延年三字作弟昭二字。"[1]水泽先生的说明有所疏漏,实际上彭寅翁本和黄本、凌本、日本古活字本、殿本也相同。卷 4 史文"其母有邰氏女,曰姜原(一、111)"。《正义》"……《说文》云:邰,炎帝之后,姜姓,封邰,周弃外家"。彭本、日本古活字本无"周"字,而"弃"字,彭本、黄本皆作"棄"。查彭本、黄本《周本纪》中,除此之外,《史记》正文及《索隐》中的"弃"字,都作"弃",作"棄"字的,只有《周本纪》中的两条《正义》,因此,如果彭本《周本纪》的底本不是依据黄善夫本,则此卷所依据的底本只有两种可能,其一来自于《史记正义》单行本;其二来自于当时可能存在的其他《史记》三家注本。如果上述的这两种情况中的任何一种情况出现,那么都必然会有一种结果,即彭本会有比黄本多的《正义》存在,可惜,我们没有发现这样的例子。因而笔者认为,这两种可能也只是可能而已。

从两本的版式上看,两者的因袭关系更为明显。卷 4 卷末的《索隐述赞》中,彭本、黄本都是"索隐述赞曰"单独为一行,《索隐述赞》的文字,四字一句,共 20 句,分为三句一行,共七行。卷 5 卷末的《索隐述赞》中,彭本、黄本都是"索隐述赞曰"单独为一行,《索隐述赞》的内容,四字一句,共 20 句,分为三句一行,共八行。而彭本则和黄本完全一样。

此外,笔者还查对了在卷 6 彭本、黄本另起行的情况,发现完全一致。从秦始皇元年(一、224)到三十七年(一、260),又秦二世元年(一、266)到三年,每一年彭本、黄本都另起一行,此后自"太史公曰"上(一、276)另起一行。又"右秦襄公至二世(一、290)"另起一行。张文虎说:"右秦襄公依王本提行,毛同。"[2]又今本同卷史文"十七年十月十五日乙丑曰",彭本、黄本皆作"乙丑日"。卷 6 卷末的《索隐述赞》中,

---

① 《史记会注考证附校补》第 118 页左下。

② 《校刊史记集解索隐正义札记》卷一,第 79 页。

卷6卷末的《索隐述赞》，黄本的《索隐述赞》文字全部在卷末的最后半页上，《索隐述赞》不单独为一行，而黄本是《索隐述赞》下接《索隐述赞》内容，20句，共七行。黄本之所以这样做，是因为在黄本卷末最后页的后半页10行，《索隐述赞》占了七行，其后是题本卷大、小字的字数占了二行，又本卷的大、小题又占了一行。如果“索隐述赞曰”单独占一行，就势必要压缩其他的文字，于版式不利。而彭本不然，彭本“索隐述赞曰”单独为一行，《索隐述赞》的文字，四字一句，共20句，分为三句一行，共八行，其最后半页在结束了《索隐述赞》文字之后，到第10行的大、小题之间还有四行的空余。所以彭本可以将“索隐述赞曰”单独列为一行。

卷7今本史文“于是项王乃与东渡乌江(一、336)”下，有《正义》：“《括地志》云：乌江亭即和州乌江县是也。晋初为县。《注水经》云江水又北，左得黄津口，《汉书》所谓乌江亭长檥船以待项羽，即此也。”此段文字中，“注水经”三字，彭本、黄本作“江水经”；“檥”字，彭本、黄本作“艤”字。只是“船”字，彭本作“舡”字。水泽先生说：“**正**　注水经云江水又北得黄津口　○注　彭凌韩嵯　江。”①水泽先生的记载有疏漏。张元济先生说：“江水经云　注　殿本修。”②表明今日的百衲本《史记》中，已经把“江”字，改为“注”字。卷7卷末的《索隐述赞》中，黄本全部在卷末的最后半页上，因而和卷6的处理方式完全一样。彭本、黄本都是“索隐述赞曰”不单独为一行，下接《索隐述赞》的文字，四字一句，共20句，分为三句一行，共七行。黄本不将“索隐述赞曰”单列一行的原因和卷6的情况一样。而彭本的卷末后页还有空余，完全和黄本一致，显然是因袭所致。

因此，笔者认为，上述的情况绝对不应当是偶尔的巧合，而是因袭造成的结果。如果彭本所据底本不全而另以他本加以补充，则上述情况也理应随之而变化。

---

① 《史记会注考证附校补》第230页右上。

② 《百衲本二十四史校勘记——史记校勘记》第45页。

2. 彭寅翁本对三家注删节的历史成因分析

如何看待彭寅翁本对三家注的删节问题，是一个关系到如何评价彭寅翁本的价值及正确估价它在《史记》版本体系中的地位的问题。笔者认为，要解决这一问题，就首先必须对《史记》彭寅翁本的刊刻目的有一个清楚的认识。日本学者尾崎康先生在论及南宋刊《史记》黄善夫本的刊刻时指出："毋庸赘言此本的最大特征是在《集解》、《索隐》之上增加了《正义》，就现存本而言，大概是基于追求利润的目的所刊行者。①"我认为，尾崎康先生的观点是正确的。三家注本《史记》的出现，恐怕就是基于书贾求利的目的。在前一章中，对彭本和黄本删节三家注已经有过说明，表明彭寅翁本在刊行时，在黄本的基础上，应该是为了压缩成本，对三家注作了进一步的删节。

由于北宋承袭五代的做法，曾禁止民间刊行"正经正史"，所以最初的《史记》刻本，也就是《史记集解》本多是由官方刊行的。此后，随着宋代文化事业的发展，特别是科举制度的兴起，使得刻书业开始逐步产业化。从事印刷史研究的学者指出："由于科举制度的确立，使得读书人对教科书(经典)和参考书(各种类书及应试用书)的需要更加迫切，这就使得出版事业有商业化的可能，引起一些人愿意在出版方面投资而逐渐促进出版业的发展。②"我们注意到，进入南宋之后，较之北宋，南宋的刻书业有所变化。宋代刻本的三大系统，即官刻本、家刻本、坊刻本三大系统开始形成，而且南宋的官刻和北宋不同，主要以地方刻书为主，而民间刻书更加发达，同时，民间不得刊刻"正经正史"的时代已经过去。我认为，出于适应市场的要求，民间刊刻《史记》开始流行，而且力求出新，这就是把一些在当时比较流行的《史记》注家和《史记》正文一起刊刻，南宋刊《史记》二家注本共四种，即南宋杭州刊本(又称无述赞本)、南宋乾道七年(1171)建安蔡梦弼刊本、南宋淳熙三年(1176)张杅桐川郡斋刊本、南宋淳熙八年(1181)澄江耿秉据张杅本重修本。杭州本刊行者不明，蔡、耿二人皆无有官

① 《正史宋元版研究》第 221 页。

② 《中国书史简编》，刘国钧著，郑如斯订补，第 65 页。

职的记载;有官职者只有张杅一人,为桐川郡守。国图藏《史记》二家注耿秉本卷首有序云:"淳熙丙申,郡守张介仲刊《太史公书》于郡斋。"此处说,张杅刻书于郡斋,所谓"郡斋"指郡守的府第,而不是以官署或学校作为指称。我认为,在张杅本的刊行中,以官员身份家刻的成分更重一些。由此,我们可以认定《史记》的民间刻书家最早把当时社会认为是"奇书[①]"的《史记》注家刻入新刊行的《史记》版本中,而最早形成了《史记》的二家注本。同样的理由,南宋庆元年间,黄善夫把《正义》也与《史记》正文及其他有名的注家合刻,最终形成了《史记》的三家注本。

考察《史记》版本体系的发展史,我认为,自北宋后,官刻本在注家的引入上是落后于民间刻书的。《史记》二家注本是以民间开创,又以民间为主。三家注本也是一样,南宋黄善夫本开其风气,元代彭寅翁本加以继承。在明代则呈发扬光大的情形,明官刻本的南北监本四个本子都是三家注本,但它们中最早的嘉靖九年南监本出现之前,已经有了三个三家注本,即廖凯本、柯维熊本、王延喆本,无一不是民间刻本。

民间刻书之所以能领风气之先,在于其有较大的自由度,以适应社会、市场的需要,故能突破常规,大胆引入新的注家,二家注本、三家注本的形成,无一不是在这种大胆创新中出现的。然而与之相对应者,与自由度相伴着的是一定的随意性。这种随意性必然带来在刻书中,对底本进行一些刊行者认为合理的改动也就在所难免。接下来的例子,虽然不是很典型,但也许在一定程度上,能说明一些问题。

在宋元《史记》版本中,彭寅翁本、黄善夫本以其有《史记正义》而独树一帜,因而和其他《史记》注本相区别,可以说它们是真正意义上

① 张杅在其书卷首目录后跋文中说:"惟小司马氏用新意撰《索隐》,所得为多,至有不可解者,引援开释明白。每恨其书单行,于批阅殊未便。比得蜀本,并与其本书集而刊之,意欲垂模与南方学者,共未暇也。"认为小司马的《索隐》有新意。董浦在蒙古中统二年(1261)段子成刊本的序中说:"《史记索隐》,近代号为奇书。"

的《史记》三家注本①。但并不能以此就认为,《正义》仅保存在彭本和黄本这样的三家注本中,实际上在当时含有《史记正义》的《史记》注本也亦然存在,虽然此类本子中仅有极少量的《正义》存在。现存世的《东莱先生增入正义音注史记详节》(以下称《史记详节》)就是其中的代表。所谓东莱先生是吕祖谦,此书即宋吕祖谦增入正义音注史记详节。吕祖谦生于南宋高宗绍兴七年(1137),卒于孝宗淳熙八年(1181)。此本在中国国家图书馆、台北故宫博物院和日本宫内厅书陵部皆有收藏。笔者所见为日本宫内厅书陵部藏本的复印件。此本缺原序的前几页,所以不能知道原序的作者,也就难以推断其成书年代。日本人称此书为宋版《史记》,似有不确之处。笔者查对了此本的缺笔情况,认为此本中有关宋讳的缺笔呈不规律的状态,合乎元板的版式特征,因而认为它是元版,国图对其收藏的《史记详节》的卡片著录也认为是元版。阿部隆一先生也认为台北故宫博物院本是元刊②。此书对《史记》的正文、《集解》、《索隐》都有相当的删节,而增加《正义》及宋人的注释。当然,所增加的《正义》的数量实际上并不多,和黄善夫本、彭寅翁本相比,相差甚远。但此本犹以"增入正义音注"相标榜,可见《正义》在当时有一定的号召力。另外,笔者还查对了此本中所增加的《正义》,没有发现比黄善夫本多的内容,应当认为,此本中的《正义》也来自黄善夫本体系。

有意思的是,《史记详节》选择三家注的形式,也是剪裁式的。如卷1所载史文"黄收纯衣(一、16)"下,今本有《集解》:"徐广曰:纯,一作'纣③'。骃案:《太古冠冕图》云'夏名冕曰收'。《礼记》曰'野夫黄冠'。郑玄曰'纯衣,士之祭服'。"《史记详节》有此条《集解》,但简化为:"骃案:《太古冠冕图》云'夏名冕曰收'。郑玄曰'纯衣,士之祭

① 笔者认为,三家注本的概念应当是,凡是只包含三家注而没有其他注家的《史记》版本,就是《史记》三家注本;当然,这样划分的结果就把《史记评林》排除在外。《史记评林》所包含注家甚多,所以,称之为"集注本"更为合适。

② 《中国访书志》第245页,阿部先生认为:台北故宫博物院本中,多有元末明初的补刻,又有明刊本配补。

③ 兴吉案:此字彭本、黄本作"绞"。

服’。”又如史文“作什器于寿丘(一、32)”下,今本有《索隐》:“什器,什,数也。盖人家常用之器非一,故以十为数,犹今云‘什物’也。寿丘,地名,黄帝生处。”《史记详节》简化为“什器,家常用之器不一”。此处《史记详节》还有误刻,将“家”字误为“象”字,将“非”字改为“不”字。再如史文“于是乃使百工营求之野,得说于傅险中(一、102)”下,今本有《正义》:“《[括]地(理)志》云:傅险即傅说版筑之处,所隐之处窟名圣人窟,在今陕州河北县北七里,即虞国虢国之界。又有傅说祠。《注水经》云沙涧水北出虞山,东南径傅岩,历傅说隐室前,俗名圣人窟。”《史记详节》剪切为:“傅险即傅说版筑之处,名圣人窟,今陕州河北县北七里。”由此可见,此类书籍在处理三家注时,是根据需要按自己的选择方式和原则,来剪切《史记》正文和三家注,而不是机械地照录底本文字。

四、彭寅翁本删节三家注问题研究

彭寅翁本对三家注进行了删节,其所删节的内容是什么?这是我们所关注的问题。在前一章,我们已经从探索彭本和黄本关系的角度,做过一些探讨。接下来,为了便于对彭本的删节问题作进一步的探讨,我们把彭本删节三家注的情况分为《本纪》部分、其他部分两块加以分析研究。

1. 删节的重点《周本纪》、《秦本纪》、《秦始皇本纪》、《项羽本纪》研究

首先我们回顾一下在本纪部分,彭寅翁本删节三家注的情况。从前面所列的表格中,可以清楚地看出在本纪中,这四卷被删节的三家注无论是删字的数量,还是被删节、改动之处都是最大的;在卷4、5、6、7这四卷中,以卷5删节字数最多,达到4 749字;以卷6删节处数最多,达到275处。

基于上述的分析,笔者对《本纪》四个删节最多的篇目,即《周本纪》、《秦本纪》、《秦始皇本纪》、《项羽本纪》做一个分析。为了保证研究有一定的准确性、科学性,笔者制定以下几个选取资料的原则。其一是按在《本纪》部分三家注中各注家被删节的数量多少为研究顺

序,先《正义》,后《索隐》,最后是《集解》。其二为了保障对此问题的研究不是例举式的,确保研究资料的采集接近于自然的随机状态,从而保证研究成果的准确性,笔者决定采用这样一种方法作为尝试,即从上述四卷《本纪》中,提取各卷最初被删节的《正义》5 处、《索隐》3 处、《集解》3 处进行分析。所谓“最初”是指以被删节的三家注出现顺序为选择条件,选取删节资料中包括整条删节和节删两种情况。其三,选择资料是使用被删节二字以上的三家注条目,因为二字或二字以下的删节,有时实际上是古籍刊刻中常有的脱漏,不应当作为研究删节问题的资料。

首先我们研究彭本删节《正义》的情况。卷 4《周本纪》中,史文“周后稷,名弃(一、111)”下,有《正义》“因太王所居周原,因号曰周。《地理志》云:右扶风美阳县岐山在西北中水乡,周太王所邑。《括地志》云:故周城一名美阳城,在雍州武功县西北二十五里,即太王城也”。彭本中无加横线的“二十五里”四字,原因在前面已提到,不再重复说明。史文“因名曰弃(一、111)”下,《正义》:“《古史考》云:‘弃,帝喾之胄,其父亦不著’,与此文稍异也。”彭本删节此整条《正义》。兴吉案:此条《正义》和史文“姜原为帝喾元妃”下《索隐》内容相近,彼处的《索隐》云:“谯周以为‘弃,帝喾之胄,其父亦不著’,与此纪异也。”应当是因三家注彼此之间重复,而加以删节。又史文“封弃于邰(一、112)”下,今本、黄本有《集解》:“徐广曰:今斄乡在扶风”。《索隐》:“即《诗·生民》曰:‘有邰家室’是也。邰即斄,古今字异耳。”《正义》:“《括地志》云:‘故斄城一名武功城,在雍州武功县西南二十二里,古邰国,后稷所封也。有后稷及姜嫄祠。’毛苌云:‘邰,姜嫄国也,后稷所生。尧见天因邰而生后稷,故因封于邰也。’”在此处,彭本只保留了《集解》,而删去了《索隐》、《正义》。此处的删节似乎没有什么道理,不过,笔者认为,上古地名本来就难以明确其具体的地点,《集解》既然已经说明其在“扶风”,其具体所在也就没有必要详究。因而彭本删去之。又史文“后稷卒,子不窋立(一、112)”下,今本、黄本有《索隐》:“《帝王世纪》云:‘后稷纳姞氏,生不窋’,而谯周按《国语》云:‘世后稷,以服事虞、夏’,言世稷官,是失其代数也。若以不窋亲弃之子,至文王千余岁唯十四代,实亦不合事情。"又有《正义》:"《括地志》云:'不窋故城在庆州弘化县南三里。即不窋在戎狄所居之城也。'《毛诗疏》云:虞及夏、殷共有千二百岁。每世在位皆八十年,乃可充其数耳。命之短长,古今一也,而使十五世君在位皆八十许载,子必将老始生,不近人情之甚。以理而推,实难据信也。"彭本删去《正义》中加横线文字。笔者认为,"《毛诗疏》云"及以下文字纯属评论性的文字,且上文《索隐》中对此问题已经有了相同内容的讨论,当属重复内容,删去这些文字,也有一定的道理。史文"公刘卒,子庆节立,国于豳(一、112)"下,今本、黄本有《集解》"徐广曰:新平漆县之东北有豳亭"。《索隐》"豳即邠也,古今字异耳"。《正义》"《括地志》云:豳州新平县即汉漆县,《诗》豳国,公刘所邑之地也"。彭本删去整条《正义》。此条中《正义》和《集解》、《索隐》的内容明显重复,或许彭本以此删去《正义》。

卷5《秦本纪》中,史文:"自太戊以下,中衍之后,遂世有功(一、174)"下有《正义》,彭本删去整条《正义》"谓费昌及仲衍"。按:此注是为注"中衍",而《正义》注为二人,当是误记。笔者认为,此处《正义》的注释不当,是彭本删节的原因。史文"其玄孙曰中潏(一、174)",今本有《正义》:"中音仲。潏音决。宋衷注《世本》云:仲滑生飞廉。"彭本删节加横线数字。查此句上有《集解》:"潏,徐广曰:一作'滑'。"《正义》此句内容实际上和《集解》内容以及此处的史文"中潏""生蜚廉"重复。史文"是时蜚廉为纣石北方(一、174)"下,有《集解》:"徐广曰:皇甫谧云作石椁于北方。"《索隐》:"'石'下无字,则不成文,意亦无所见,必是《史记》本脱。皇甫谧尚得其说。徐虽引之,而竟不云是脱何字,专质之甚也。"《正义》:"为,於伪反。刘伯庄云:'霍太山,纣都之北也。霍太山在晋州霍邑县。'按:在卫州朝歌之西方也。"兴吉案:此处《索隐》所辨证实与《集解》内容一致,无辨证之必要;《正义》所注实际上是注下文"霍太山",而"霍太山"在此下有《集解》(一、175,注4)说明。彭本或因此删去《集解》下整条《索隐》、《正义》。史文"是为宅皋狼(一、175)"下,有《正义》:"《地理志》云西河郡皋狼县也。按:孟增居皋狼而生衡父。"彭本删节加横线数字。按:《正义》中有关地理方面的资料皆引自《括地志》,故《正义》中有“地理志”的,多是旧本所误。查今本《汉书·地理志》无“西河郡皋狼县”的记载;又查史文有“孟增幸于周成王,是为宅皋狼。皋狼而生衡父”的文字,对照所删《正义》,可以知道:《正义》解“宅”为“居”,又解“皋狼”为地名。未见得是正解。或许以此彭本删去之。史文“西巡狩,乐而忘归(一、175)”下,今本、黄本有《正义》:“《括地志》云:‘昆仑山在肃州酒泉县南八十里。《十六国春秋》云前凉张骏酒泉守马岌上言,酒泉南山即昆仑之丘也,周穆王见西王母,乐而忘归,即谓此山。有石室王母堂,珠玑镂饰,焕若神宫。’按:肃州在京西北二千九百六十里,即小昆仑也,非河源出处者。”彭本删去整条《正义》。按:此条实注《集解》中郭璞的话,与《史记》正文没有关系。因为《史记》正文只是说:周穆王“西巡狩”,并没有说到过“昆仑”。

卷 6《秦始皇本纪》中,史文“庄襄王为秦质子于赵(一、223)”下,有《正义》“质音致。国强欲待弱之来相事,故遣子及贵臣为质,如上音。国弱惧其侵伐,令子及贵臣往为质,音直实反。又二国敌亦为交质,音致。《左传》云周郑交质,王子狐为质于郑,郑公子忽为质于周是也”。笔者认为,“质子”的概念并不是特别难解的概念,张守节的议论并无新意。故彭本整条删节之。史文“及生,名为政,姓赵氏(一、223)”下,有《集解》“徐广曰:一作‘正’。宋忠云:以正月旦生,故名正”。《索隐》“系本作‘政’,又生于赵,故曰赵政。一曰秦与赵同祖,以赵城为荣,故姓赵氏”。《正义》“正音政,‘周正建子’之‘正’也。始皇以正月旦生于赵,因为政,后以始皇讳,故音征”。彭本删去《正义》中加横线文字。笔者认为,《正义》之上的《集解》、《索隐》已经把秦王嬴政姓赵名政的理由,解说得比较充分。彭本只保留对“政”字的音注及理由的做法,不无道理。史文“蒙骜、王齮(一、223)”下,有《正义》“齮,鱼绮反。刘伯庄云音绮。后同”。彭本删去加横线文字。删去重复及浅显的音注是黄本、彭本中常有的做法。史文“麃公等为将军(一、233)”下,《正义》“麃,彼苗反,盖秦之县邑。大夫称公,若楚制”。彭本删去《正义》“反”字以下文字。史文“二年,麃公将卒攻卷(一、234)”下,有《正义》“将,子匠反。卒,子必反。卷,丘员反”。彭本只保留了"卷，丘员反"数字。此处的理由同上。

卷7《项羽本纪》中，史文"闻陈婴已下东阳(一、298)"下，有《正义》："《括地志》：东阳故城在楚州盱眙县东七十里，秦东阳县城也，在淮水南。"史文"项梁乃引兵入薛(一、299)"下有《正义》："《括地志》云：故薛城古薛侯国也，在徐州滕县界，黄帝之所封。《左传》曰定公元年薛宰云'薛之祖奚仲居薛，为夏车正'，后为孟尝君田文封邑也。"史文"引兵攻亢父(一、301)"下，有《正义》："亢音刚，又苦浪反。父音甫。《括地志》云：亢父故城在兖州任城县南五十一里。"史文"与齐田荣、司马龙且军救东阿(一、301)"下，有《正义》："《括地志》云：东阿故城在济州东阿县西南二十五里，汉东阿县城，秦时齐之阿也。"史文"项梁使沛公及项羽别攻城阳(一、302)"下，有《正义》："《括地志》云：'濮州雷泽县，本汉城阳，在州东九十一里。'《地理志》云城阳属济阴郡，古郕伯国，姬姓之国。《史记》周武王封季弟载于郕，其后迁于城之阳，故曰城阳。"彭本删节了以上各条中的加横线文字。从这些删节文字的性质来看，除了里数的删节外，再就是对具体注释引文的删节。从中可见彭本删节内容的指向。

其次，我们讨论一下彭本对《索隐》的删节情况。卷4《周本纪》史文：姜原生后稷，"弃之隘巷"(一、111)下，有《索隐》："已下皆《诗·大雅·生民》篇所云：'诞寘之隘巷，牛羊腓字之；诞寘之平林，会伐平林；诞寘之寒冰，鸟覆翼之'，是其事也。"彭本删去"所云"以下加横线32字。笔者认为，《索隐》已明确指出史文资料来源于《诗经》的篇章，则具体引文就显得不是很重要了。史文"封弃于邰(一、112)"下，有《集解》"徐广曰：今斄乡在扶风"。《索隐》"即《诗·生民》曰'有邰家室'是也。邰即斄，古今字异耳"。《正义》"《括地志》云'故斄城一名武功城，在雍州武功县西南二十二里，古邰国，后稷所封也。有后稷及姜嫄祠'。毛苌云：邰，姜嫄国也，后稷所生。尧见天因邰而生后稷，故因封于邰也"。有彭本删去整条《索隐》、《正义》，上面已有说明。史文"差弗卒，子毁隃立(一、114)"下，有《集解》"音逾。《世本》作榆"。《索隐》"系本作伪榆"。彭本、黄本中此处《索隐》中"系本"作"世本"；《集解》和《索隐》内容相同，故删去。

卷5《秦本纪》中，史文“其赐尔皂游(一、173)”下，有《索隐》“游音旒。谓赐以皂色旌旆之旒，色与玄玉色副，言其大功成也。然其事亦当有所出”。彭本删去加横线文字。笔者认为，彭本所删文字是属于评论性的文字，又其文意与下文重复。史文“尔后嗣将大出(一、173)”下，有《索隐》“出犹生也。言尔后嗣繁昌，将大生出子孙也。故《左传》亦云晋公子姬出也”。彭本删去加横线文字。笔者认为，所删文句是《索隐》的例证文字。史文“或在夷狄(一、174)”下，删去整条《索隐》“殷纣时费仲，即昌之后也”。查《史记》正文及三家注中，并无“费仲”其人的事迹，故司马贞所指何事，难以理解。

卷6《秦始皇本纪》中，史文“燕、虚、长平(一、224)”下，有《集解》“徐广曰：‘一作千。’骃案：《地理志》汝南有长平县也”。《索隐》“二邑名。《春秋》桓十二年‘会于虚’，又《战国策》曰‘拔燕酸枣、虚、桃人’，桃人亦魏邑，虚地今阙，盖与诸县相近。按：今东郡燕县东三十里有故桃城，则亦非远”。彭本删去《索隐》中加横线文字。史文“军吏皆斩死，迁其民于临洮(一、225)”下，有《索隐》“临洮在陇西”。《正义》“临洮水，故名临洮。洮州在陇右，去京千五百五十一里。言屯留之民被成蟜略众共反，故迁之于临洮郡也”。彭本删去整条《索隐》及《正义》中加横线文字。史文“卒屯留、蒲鶮反，戮其尸(一、225)”下，有《集解》“徐广曰：鶮，一作鷊。屯留，蒲鷊，皆地名也。壁于此地时，士卒死者皆戮其尸”。《索隐》“高诱云屯留；上党之县名。谓成蟜为将军而反。秦兵击之，而蟜壁于屯留而死。屯留、蒲鶮二邑之反卒虽死，犹皆戮其尸。鶮，古鹤字”。彭本删去整条《索隐》。查此条《索隐》内容，和其上的《集解》大致相同，不同者是对“屯留”地名的看法。

卷7《项羽本纪》中，史文“闻陈婴已下东阳(一、298)”下，《集解》“晋灼曰：东阳县本属临淮郡，汉明帝分属下邳，后复分属广陵”。《索隐》“下音如字。按：以兵威伏之曰下，胡嫁反。彼自归伏曰下，如字读。他皆放此。东阳，县名，属广陵也”。彭本删去《索隐》加横线文字。史文“夫搏牛之虻不可以破虮虱(一、305)”下，有《集解》“如淳曰：用力多而不可以破虮虱，犹言欲以大力伐秦而不可以救赵也”。《索隐》“张晏云：‘搏音博。’韦昭云‘虻大在外，虱小在内’。故颜师古言‘以手击牛之背，可以杀其上虻，而不能破其内虱，喻方欲灭秦，不可与章邯即战也’。邹氏搏音附。今按：言虻之搏牛，本不拟破其上之虮虱，以言志在大不在小也”。彭本删去加横线文字。史文“饮酒高会(一、305)”，《集解》“韦昭曰：皆召尊爵，故云高”。《索隐》“韦昭曰：皆召高爵者，故曰高会。服虔云大会是也”。彭本删去《索隐》中加横线文字。

最后我们讨论一下彭本对《集解》的删节。卷4《周本纪》中删节《集解》二字以上者，只有一处，史文“所弃妖子(一、147)”下，有《集解》：“徐广曰：妖，一作‘夭’。夭，幼少也。”彭本删去。此处彭本删去此条《集解》的理由，颇为难解。水泽先生说：彭本无此注①。那么其他各本当有此注。可见彭本此条《集解》的删节是彭本特有的。其因既然不可解，笔者认为，不可以强自为解。

卷5《秦本纪》史文“遣兵伐荡社(一、181)”下，有《集解》“徐广曰：荡音汤。社，一作杜”。《索隐》“西戎之君号曰亳王，盖成汤之胤。其邑曰荡社。徐广云一作‘汤杜’，言汤邑在杜县之界，故曰汤杜也”。《正义》“《括地志》云：‘雍州三原县有汤陵。又有汤台，在始平县西北八里。’按：其国盖在三原始平之界矣”。此处彭本删去整条《集解》、《正义》。对比此处的三家注，应当承认《索隐》文字大致可以包括其他二家注文内容。史文“而卒车裂以徇秦国(一、205)”下，有《集解》“《汉书》曰：商君为法于秦，战斩一首赐爵一级，欲为官者五十石。其爵名：一为公士，二上造，三簪褭，四不更，五大夫，六官大夫，七公大夫，八公乘，九五大夫，十左庶长，十一右庶长，十二左更，十三中更，十四右更，十五少上造，十六大上造，十七驷车庶长，十八大庶长，十九关内侯，二十彻侯”。彭本删去此条《集解》。笔者认为，《汉书》不是难见的书籍，而《集解》引《汉书》以商鞅为秦制定法令来注“而卒车裂以徇秦国”一句，体例上失当。史文“八月，武王死(一、209)”下，《集解》“《皇览》曰‘秦武王冢在扶风安陵县西北，毕陌中大冢是也’。人以为周文王冢，非也。周文王冢在杜中”。《正义》“《括地

① 《史记会注考证附校补》第112页右上。

志》云:秦悼武王陵在雍州咸阳县西北十五里也”。彭本删去整条《集解》、《正义》。

卷6《秦始皇本纪》史文“与之山阳地(一、227)”下,《集解》徐广曰:“河,一作‘汾’。”史文“筑甬道(一、241)”下,《集解》“应劭曰:筑垣墙如街巷”。史文“殄熄暴悖(一、262)”下,《集解》“徐广曰:音息”。史文“乃详以义立我(一、275)”下,《集解》“详音羊”。上述数句文意、音读浅显,其有与无,似乎无关大局。

卷7《项羽本纪》中删节三家注二字以上者也只有一处。史文“诸侯军无不人人惴恐(一、307)”下,《集解》“《汉书音义》曰:惴音章瑞反”。彭本中对三家注中的音注,删节的情况也比较多,此处的删节大致也应是遵循了这个原则。

2. 彭寅翁本其他部分删节三家注研究

在上一部分已经提到,《本纪》部分是彭寅翁本对三家注的删节的重点,而在《本纪》部分之外,在《表》、《书》、《世家》、《列传》等其他部分也有相当程度的删节,那么这些删节的性质和作用是什么,有必要作进一步的研究。因为这几部分彭本删节的数量不大,因此在下文中,笔者将全部整条的三家注删节者,开列在下面,作一些简要的剖析。

《书》部分,卷26史文“朕能任衣冠(四、1243)”下,彭本删去整条《正义》“朕音而禁反”。卷26史文“四月也,律中中吕(四、1246)”下,彭本删去《正义》“中音仲。《白虎通》云‘言阳气将极中充大也’,故复申言之也”。卷26史文“北至于参(四、1247)”,彭本删去整条《正义》:“音所林反”。卷26史文“即天地二十八宿(四、1253)”下,彭本删去《正义》:“宿音息袖反,又音肃。谓东方角、亢、氐、房、心、尾、箕,南方井、鬼、柳、星、张、翼、轸,西方奎、娄、胃、昴、毕、觜、参,北方斗、牛、女、虚、危、室、壁,凡二十八宿一百二十八宿星也。”上述四条,其中有三条音注,而其字并非难解的字,第4条“天地二十八宿”及音注皆非难解的名词和字音,彭本的删节之因或源于此。

卷27史文“四始者,候之日(四、1340)”下,彭本删去《正义》:“谓正月旦岁之始,时之始,日之始,月之始,故云‘四始’。言以四时之日候岁吉凶也。"卷 27 史文"欲终日有云,有风,有日(四、1340)"下,彭本删去《正义》:"正月旦,欲其终一日有风有日,则一岁之中五谷丰熟,无灾害也。"彭本此二处的删节令人费解。

《世家》部分,卷 33 史文"十一年,伐纣,至牧野(五、1515)"下,彭本删去《正义》"卫州即牧野之地,东北去朝歌七十三里"。卷 33 史文"我先王亦永有所依归(五、1517)"下,彭本删去《正义》"坠,直类反"。卷 33 史文"其在高宗(五、1521)",删去《正义》"武丁也"。卷 33 史文"武公与长子括,少子戏(五、1527)"下,删去《正义》"许义反,又音许宜反,后同"。卷 33 史文"初,惠公适夫人无子(五、1529)"下,删去《正义》"适音的"。卷 34 史文"惠侯卒,子鳌侯立(五、1551)"下,删去《正义》"鳌音傹"。卷 34 史文"因约六国,为从长(五、1554)"下,删去《正义》"从,足从反。长,丁丈反"。卷 38 史文"王偃立四十七年,齐湣王与魏、楚伐宋,杀王偃,遂灭宋而三分其地(五、1632)"下,删去《集解》"年表云偃立四十三年"。卷 53 史文"李斯之分过(五、2019)"下,删去《索隐》"按:上文李斯归恶而自予,是分过"。卷 53 史文"录录未有奇节(五、2020)"下,删去《索隐》"录音禄"。笔者认为,以上所删节者大多是因为注释浅显,并无特别难解的字词。

《列传》部分,卷 61 史文"其文辞不少概见,何哉(七、2122)"下,删去《正义》"概,古代反"。卷 63 史文"宗子注(七、2142)"下,删去《正义》"之树反"。卷 65 史文"齐使者如梁(七、2162)"下,删去《正义》"今汴州"。卷 66 史文"伍胥贯弓(七、2172)"下,删去《集解》"贯,乌还反"。卷 66 史文"强谏,沮(七、2180)"下,删去《集解》"自吕反"。卷 79 史文"譬如木之有蠹也(七、2410)",删去《正义》"音妒,柱虫"。卷 80 史文"乐瑕公教乐臣公(七、2436)"下,删去《索隐》"本亦作'巨公'也"。卷 105 史文"此病疽(九、2798)"下,删去《集解》"七如反"。卷 110 史文"于是高帝令士皆持满傅(九、2894)"下,删去《索隐》"音附"。卷 124 史文"已诺必诚,不爱其躯,赴士之阸困(十、3181)"下,删去《索隐》"上音厄"。卷 126 史文"原三老(十、3211)"下,删去《正义》"亭三老"。列传部分删节的内容和《世家》部分一样,删节的原因,可能是三家注的内容过于简单。

比较《本纪》部分，彭寅翁本的其他部分对三家注的删节数量不大，除本纪外的118卷中，无论是从删节条、处的总数量上，还是从删节字的总数量上，都无法和《本纪》部分相提并论。虽则如此，笔者认为，彭本对三家注的所谓删节的原则，并没有改变，而是保持了一贯性。

第六章 日藏《史记》彭寅翁本中的日人批注剖析

《史记》自进入刻本时代以来,版本极多。现存世的三家注版本中,除南宋刊黄善夫本之外,彭寅翁本是最早的版本,因而受到人们的重视。可惜《史记》彭寅翁本在国内也没有全本,仅存的两部全本现保存在日本。笔者得到北大古文献研究中心和安平秋老师的帮助,得以使用枫山本和椟斋本的复印件。从而使笔者有可能利用这两个本子对日藏《史记》彭寅翁本中存在的日人批注问题进行研究。

笔者注意到,在这两个版本的天头、地脚或板框中,有日本学者的大量批注,其数量很大,涉猎内容非常广泛。我认为对其深入地进行研究,可以从一个侧面揭示彭寅翁本的底本、源流,同时对于研究《史记》版本在日本的流传,也有相当的意义。日本学者批注中许多的内容是就彭寅翁本中的问题而发,就其实质而言,这些批注是自《史记》传入日本以来,日本学者对《史记》的研究成果的一部分,特别是体现了对《史记》版本研究的成果。另外,从这些批注中挖掘出的"《史记正义》佚文",也对我们进一步研究三家注的演变都有积极的意义。在这里我谈一下自己的一些看法。

一、日本学者关于日藏《史记》诸版本中日人批注问题的研究

国内所藏《史记》版本中,虽然也有一些学者的批注,也就是我们所常说的所谓名家批注本,但这种情况和日藏《史记》版本中存在着的大量的日本学者批注的情况相比,不仅数量上有差异,而且批注的性质也不同。中国本上的批注多是一二个学者所为,而日本本则是众多学者的研究成果之汇集,所以,其中所包含的内容很早就引起了

学者的注意。

1.《史记》版本和日本学者的《史记》研究

《史记》刻本传入日本是比较早的，因此《史记》版本中有名的本子在日本皆有收藏，其中不乏珍本、善本。据笔者的初步统计，贺次君先生《史记书录》中共收入了 64 种《史记》版本，在日本各公私藏书机构中收藏者有 56 种，其中南宋刊《史记》朱中奉本为海内外孤本。虽然说在近代之后，日本用各种手段从中国获得了大量的《史记》珍稀版本，包括上面提到的朱中奉本，但是我们要指出的是，在近代之前，大量的《史记》版本已经在日本广泛流传，而且日本学者对《史记》及其版本已经有了比较深入的研究。

在《史记》的宋元版本中，彭寅翁本和黄善夫本都是较早流入日本的《史记》本子，日本学者小泽贤二先生认为，最早流入日本的《史记》三家注本不是南宋庆元年间(1195—1200)的黄善夫本，而是元至元二十五年(1288)刊行的彭寅翁本。日本僧人桃源瑞仙(1430—1489)用元中统本(中统二年[1261]刊刻，为集解、索隐二家注本)为底本做研究时，利用元彭寅翁《史记三家注》本对二家注本给予补充。由此可见，在十六世纪之前，元刻《史记》的两个重要本子，即三家注本的彭寅翁本、二家注本的段子成本已经流入日本。南宋刊《史记》黄善夫本在中国本土早已失传，现在作为惟一存世的全本保存在日本历史民俗博物馆。此本因其曾为日本南化和尚旧藏，所以日本学者称之为南化本。人们一向认为此本是在明末的日本侵朝战争时，作为日军的战利品，从朝鲜带到日本的。水泽利忠先生经过研究认为，此本传入日本早于此时，指出：至少在 16 世纪初期，此本已经归入五山学僧手中，甚至有可能在日本镰仓时代(1180—1333)的初期就传入日本①。诸多《史记》古本的传入，推动了日本的《史记》研究。

《史记》自传入日本之后，一直为日本学者所重视，对《史记》进行研究者也代有其人。自日本的平安时代(794—1192)以来，研究《史记》的学者取得了相当的成果。但是《史记》对于日本学者而言，依然

① 《史记会注考证校补》第八册第 88 页。

是一部外国的历史著作。虽然此后不同时期,日本学者《史记》研究也有相当的著作问世,但其刊行于世,则和日本刊行《史记》的情况一样,出现较晚。日本刊行《史记》是直至接近日本的近代,即接近进入江户时代之时,才有庆长(1596—1614)活字本问世。同样,日本学者《史记》研究著作的公开刊行也比较晚,有名的《桃源史记抄》到了日本宽永年间(1624—1643)才有活字本在日本社会中流行,在此之前,都是以抄本的形式流传。另外有名的《幻云史记抄》、《英房史记抄》一直没有刊行,至今只存旧抄本①。正因为研究性著作的难以刊行,日本学者对《史记》研究的成果也只能以在《史记》诸版本中的批注中得以体现,用这种批注的方式在学者中辗转流传,所以说,日藏《史记》诸版本中的批注,可以说是日本学者对《史记》研究成果的一种特殊的保存方式。作为题外的话,这种方式为日本学者所喜爱,从日本翻刻《史记评林》的情况中,略见一斑。据水泽利忠先生的研究,从日本宽永十三年(1636 年,即在明万历四年[1576]《史记评林》刊行 60 年后)到日本明治十六年(1883)的不足 250 年之间,冠以"新刊"、"校正"、"增补"字样的《史记评林》竟有十四版之多②。因此,我认为,日藏《史记》诸版本中的日本学者的批注,集中地反映了日本古代学者对《史记》的研究成果,不对这些批注进行深入而细致的研究,就不能充分地利用古人的研究成果,推动我们的《史记》研究。

诸多日本古代学者的《史记》研究成果,在日本的江户中期得到全面的总结,形成两部有名的《史记》研究著作,即《博士家史记异字》、《史记考异》。编撰者是当时日本加贺藩③的儒学者大岛贽川、

---

① 见《史记研究的资料和论文索引》第 8 页,《史记会注考证校补》第八册第 265、287、326 页。

② 《史记正义研究》第 35 页。据笔者的调查统计,从日本宽永十三年到日本明治三十二年共有 19 个《史记评林》的翻刻本,其详细情况请参见本书末所附《史记版本存世目录》。

③ 兴吉案:加贺藩,日本江户时代大名前田氏的领地,在今天日本石川县南部。以下资料引自水泽先生《史记之文献学的研究》的相关记载。

大岛桃年父子。大岛赘川(1762—1838),名维直,字无害,号赘川。曾进入江户的学校昌平黉,学习经学,后来受加贺藩的赏识,招回加贺,从任助教到主持学政。大岛桃年(1794—1853)为赘川的长子,袭其父的俸禄,继承家学。日本文化年间(1804—1817),加贺藩欲校刻中国的二十一史,赘川曾任史局总裁,其间赘川涉猎公私所藏史书,为刻书作准备,编成《博士家史记异字》,但校刻未成,史局即告关闭。此后加贺藩又有意欲校刻《四书汇纂》、《钦定四经》,桃年参与了其中的工作。所谓"父之失史,子之得经"。此后,桃年继承父业,校勘日本幕府及各诸侯所藏二十余种《史记》版本中文字的异同,编成《史记考异》十四册。

《史记考异》采用日本宽永十三年(1636)八尾助左卫门刊《史记评林》本作为自己的工作底本,与其他版本互相对校。此外,《史记考异》中还使用了《群书治要》、元版《通志》、赵翼《廿二史札记》、清武英殿本中的《史记考证》、钱大昕《廿二史考异》、王鸣盛《十七史商榷》等书籍作为参考,帮助校勘。

据水泽利忠先生的调查,《史记考异》所使用互校的《史记》版本如下:

一、永正本,幕府枫山文库藏　永正年间逍遥院三条西实隆公亲写

二、古本　枫山文库藏

上二本通称古本,宫内厅图书寮现藏

三、宋　绍兴本　飞鸟家藏(武田长兵卫现藏)

四、宋庆元本　米泽藩侯藏(米泽上杉氏现藏)

上二本张文虎史记札记未记

五、宋版　零本　狩谷棭斋旧藏本　(东京大学东洋文化研究所现藏)

六、宋版　索隐本　佐伯侯旧藏本　(现藏者不明)

七、元版　彭寅翁本　枫山文库本　元至元二十五年(西历一二八八)安成郡彭寅翁刊(宫内厅图书寮　大谷大学　庆应大学　天理大学　各图书馆藏)

八、元版　中统本　佐伯侯藏本(现藏者不明　静嘉堂文库藏同种本)

九、朝鲜本　(现藏者不明　静嘉堂文库　东京教育大学藏同种本)

十、北雍版廿一史本　(尊经阁文库　静嘉堂文库藏　东京教育大学图书馆藏)

十一、南雍本　昌平黉书库本　(静嘉堂文库　京都大学人文科学研究所图书馆　大谷大学　大仓山文化科学图书馆藏　东京教育大学图书馆藏)

十二、王震泽本　明王赘刻翻宋本　(静嘉堂文库　京都大学人文科学研究所藏)

十三、游大升校本(现藏者不明　内阁文库同种本)

十四、余有丁校本　东睿书库(现藏者不明　内阁文库同种本)

十五、嵯峨本　昌平黉书库本(内阁文库本　东京大学　天理大学　东洋文库　大东急纪念文库藏)

十六、汲古阁本　(毛氏十七史本)

十七、毛晋刻索隐单行本

十八、康熙本　昌平黉书库本　以北雍本重修

十九、乾隆本　萨摩侯藏廿四史本

二十、十七史详节(尊经阁藏本　宫内厅书陵部同种本)①

大岛桃年逝世后二年,即日本安政二年(1855),《史记考异》完成。这部《史记》版本校勘的专门著作,大致和中国学者钱泰吉(1791—1863)的《史记校勘记》同时问世,但其所用以互校的《史记》版本则远远超过后者。清同治五年(1866)金陵书局刊行《史记》,同治九年(1870)完成。张文虎参与《史记》的校勘工作,著成《校刊史记集解索隐正义札记》五卷,其时间也晚于《史记考异》十多年。张文虎所用来校勘《史记》的旧本有十七种,也少于《史记考异》,而且张氏所

---

① 兴吉案:此段文字引自《史记会注考证校补》第八册《史记之文献学的研究》第137～138页。对其中的《史记》版本名称、内容也保留其原貌,没有改动。

据诸本中，没有宋元版的三家注本，只有明刻的“嘉靖三刻”，就资料而言，也不够完备。然而所遗憾者，《史记考异》一直没有刊行，所以它的影响远不如张氏《札记》。不过，从上面的介绍来看，日本学者利用《史记》彭寅翁本的确早于国内的学者。

2. 日藏《史记》诸版本中日人批注的发现和研究

日藏《史记》诸版本中的批注，水泽利忠先生做过专门的研究，他注意了南化本、日藏四部彭寅翁本及其日本抄本，以及日本刊行的庆长活字本中存在的日人批注，并对其进行了详细的调查。

据水泽利忠先生的研究，在南化本中，可以判明的批注为幻云的批注，它的批注占了批注总量的大部分。《幻云史记抄》的作者是寿桂，字月舟、幻云，又称中孚道人。日本宽正元年(1460)生于京都，卒于天文二年(1533)。南化本也是幻云的旧藏。因此在南化本中有大量的幻云批注，就不是太难以理解的事情。水泽利忠认为：此本的批注大致可分为幻云时代以前的批注和幻云时代的批注两类。

水泽先生对在日本收藏的四部元刻《史记》彭寅翁本有比较详尽的介绍，特别是对其中的枫山本、棭斋本及其中的日人批注有深入的调查。他还对《史记》彭寅翁本的两个日本钞本，即三条本和梅仙本的形成及特点加以说明。

纵观日藏《史记》诸版本中日人批注的内容，给人突出的印象是内容极为丰富，也极为庞杂。所以后人从中也获得了许多重要的资料。这其中有突出成就者当推泷川资言先生和水泽利忠先生二人。

泷川资言先生所著《史记会注考证》的最大成绩就在于他发现了大量的《史记正义》佚文，虽然目前学界对这些佚文还有一些怀疑，有着不同的看法，但其发现的意义依然存在。众所周知，泷川资言先生的“《史记正义》佚文”来自于日藏《史记》诸版本中的日人批注。而日藏《史记》彭寅翁本中也含有大量的日人批注，自然也是他所搜集的对象之一。

水泽利忠先生的《史记会注考证校补》是一部对现存世主要《史记》的文本异同进行全面比勘研究的重要著作，这是前人从未做过的一件巨大而有益的工作。在这部著作中，通过对日本所藏《史记》诸版本进行的全面比勘,水泽利忠先生不仅指出了《史记》各版本之间文本的差异,而且他还注意对日藏《史记》诸版本中的日人批注情况,并比照记录文本差异的方式进行记载,从而为《史记》版本的研究提供了更广泛的基础研究资料。伴随着《史记》版本比勘的过程,水泽利忠先生对日藏《史记》诸版本中存在的日人批注问题也初步地进行了研究。

上面提到,水泽利忠先生对载有批注的日藏《史记》诸版本,进行了详细的调查。实际上,如果说泷川资言先生注意到了若干日藏《史记》版本中的批注,并从其中发现了"《史记正义》佚文"的话,那么在此基础上,水泽利忠先生则进一步发现最早日藏《史记》诸版本中普遍存在着批注,就发现此点,并进一步对此进行研究而言,水泽利忠先生可谓第一人。他在《史记之文献学的研究》中已经指出:"それらの標記の内容は、大別すると、異字に関するもの即ち校勘学的資料と語句の解釈或いは論評等注釈に関する資料の二種類に分類できる。[①]"他认为:这些批注的内容,大致可以分成与文本异文相关的校勘学资料,还有与解释语句以及评论性注释相关的资料两种。此后他通过对南化本的流转过程进行研究,对在南化本中批注的五种人进行了说明。他还对南化本的批注进行了大致的分类:"(1)说明文字的异同,(2)说明字音,(3)训字意,(4)解释。[②]"水泽利忠先生在《史记之文献学的研究》中对日藏《史记》彭寅翁本的六个本子中有比较详细的说明,特别是版本形态及流传情况,也指出了其中的批注问题。但他没有就《史记》彭寅翁本中日人批注的具体情况展开说明。也许他认为,南化本中批注的规律也适用于彭寅翁本吧。水泽利忠先生还力图找出日藏《史记》诸版本中日人批注之间的关系。

继水泽先生之后,日本学者小泽贤二先生对日藏《史记》诸版本中日人批注的源流有进一步的探讨,他认为:泷川先生所辑《史记正义》佚文来自上述日本旧藏《史记》的古刻本上日本学者的批注,其祖

① 《史记之文献学的研究》第86页。
② 《史记正义研究》第93～97页。

本是栴室本(心华和尚善本),所谓栴室本(版本不明),此本中集中了日本平安以来的诸家博士的“师说”,桃源瑞仙曾见到过,但未能全部抄录。桃源瑞仙的抄录本也在1467年(日本应仁之乱)后从惠山转卖出去。但在此前,在彭寅翁本(狩谷棭斋本)上已题有从栴室本上转抄的批注;所以小泽先生认为:栴室本在当时既被称为天下善本,狩谷棭斋本之外的栴室本或其转抄本极有可能存在。在此后的各本上的批注皆是栴室本的系统。即各本的批注皆是延续平安以来的诸家博士的“师说”。

二、日人批注的形式与内容

在自己使用的书中做一些批注,是古今学者通常的习惯,所以我们会从许多现存古书中看到前人的批注。同样在日藏《史记》诸版本中,不仅彭寅翁本中有大量的批注,其他本子中也大量存在。批注主要在天头,也有少部分在版框中和地脚,也有另页加注的情况。据我的看法,日藏《史记》诸版本的批注和一般古书中批注的不同之处在于,它们主要采用过录的方式,即古籍中常见的后人抄录前人名家的批注。而且其突出的特征是,进行批注的不是一两个人,而是许多人,因为批注经许多人之手,因而批注的数量不仅大,而且各自的侧重点并不一致。确切地说,我们所见到的日人批注客观上是一种对前人《史记》研究成果的汇总,而这一结果又是在一个自然的过程中形成的。日藏《史记》彭寅翁本中日人批注,在枫山文库本、狩谷棭斋本中,日人批注在《史记》各卷中并不平衡,有时多些,有时少些,出现这种情况的原因,我认为,这和日本学者的《史记》研究及一个本子的流传过程有极大的关系。比如在《表》的部分几乎没有日人的批注,而在《本纪》和《列传》部分则集中了大量的批注。又各本中批注的数量也有所不同。

以笔者的看法,在日藏《史记》诸版本中,日本学者都有批注,而且相互之间有继承性,日本学者认为是一个体系,有它的道理。日本学者在不同的版本上标注同样的内容,呈现着一种前后继承、不断扩展的过程。

日人的批注，水泽利忠先生称之为“校记”，明确地说明了其用途。的确，日人的批注以校记为主。其他则属于日本学者对于《史记》的研究。这里我把日人批注大致按这两类进行分析。

1. 作为对彭寅翁本的校记而存在的日人批注

校记的称呼，恰如其分地反映了日人批注的性质。从中我们能清楚地发现日本学者对彭寅翁本的版本研究，是比较系统的研究，并注意到了《史记》各个版本的文本差异。据日本学者的研究，彭寅翁本是三家注本中最早流入日本的版本。日人多用它来校对其他《史记》版本。但就彭寅翁本本身而言，也有许多缺点，前人早有说明。《〈史记〉版本述要》中指出：“此本正文与黄善夫本大致相同，讹误处较南化本多，但也有可正南化本错误之处。”以下分两种情况做进一步的分析。

首先，校记是对《史记》三家注的补充。《史记》三家注原本独立成篇，而后才逐步与《史记》正文合为一体。三家注合入《史记》的过程，就是一个选择、删节的过程。因而《史记》三家注的合刻本对原有的三家注都有删节，所以造成旧有三家注的散失。三家注本中彭寅翁本对三家注的删削比较突出。此问题在前面已有说明。前文已经提到在“十二本纪”中，比较黄善夫本，三家注整条，彭寅翁本就脱失了 253 条。另外脱字处有 731 处之多。日本学者注意到了彭本的此种缺失，于是在将其缺失的内容在日藏《史记》彭寅翁各本中加以批注；如枫山文库本《周本纪》中，批补被删节三家注 29 处，其中整条《集解》1 处；《索隐》3 处，其中整条 2 处，节删 1 处；《正义》25 处，其中整条 15 处。《秦本纪》中，日人批注三家注 28 处，其中批补整条《集解》3 处；批补整条《索隐》3 处；批补《正义》20 处，其中整条《正义》13 处。《秦始皇本纪》中，批补三家注 51 处，批补整条《集解》3 处；批补《索隐》12 处，整条 11 处；批补《正义》36 处，整条 26 处。《项羽本纪》中，批补三家注 6 处，其中《索隐》整条 1 处；《正义》5 处，其中整条 2 处。狩谷棭斋本中，《本纪》部分批补三家注的数量较少，《周本纪》中，批补三家注 6 处，其中《集解》、《索隐》各 1 处；《正义》4 处，皆为整条批补。《秦本纪》中，批补三家注 2 条，皆为《集解》。《秦始皇本纪》

中,批补三家注 6 处,其中整条《集解》1 处;《索隐》3 处,其中整条 2 处,节删 1 处;《正义》2 处,其中整条 1 处。《项羽本纪》中,没有批补被删节三家注的情况。

如果把上述的说明和前几章中彭本删节三家注的表格做一个对比,我们会发现,批补的数量远远不及删节的数量。由此可见,日人的批注并没有将彭寅翁本脱失的三家注全部补齐,只是补充了一部分,而且在日藏四部彭寅翁本批注的三家注补注的数量,也并不一致。所以出现这种情况,笔者认为,二本中的日人批注显然不是来自于直接的《史记》校勘成果,即批注者并没有亲身作《史记》校勘的工作,而是利用了前人已有的研究成果。

因为日人批注在多数情况下是过录,所以同一个批注在不同的本子上经常会有差异。如今本卷 1 史文"东至于海,登丸山(一、6)"下,有《正义》:"……守节案:《地志》唯有凡山,盖凡山、丸山是一山耳。……"黄本、彭本此句作"守节《括地志》唯有凡山,盖凡山、丸山是一山耳",显然有误。枫山本日人批注云:"守節二字未詳,疑下有按字。"而棭斋本日人批注云:"守節二字未詳,疑可有案字。"日人批注中的疑问不无道理。此处《正义》在《史记评林》、清武英殿本、金陵书局本中都作"守节按《地志》",今本是对前本的因袭。然上文《地志》其实应为《地理志》,查《汉书・地理志》其中的确只有"凡山"的记载。日人虽有批注,但也没有进一步考订,只是照录了前人的疑问。

其次,是日本学者对《史记》诸版本文本的校勘结果。日人批注中对彭寅翁本的误刻多有订正。一般用"××本乍(作)×"或"×乍(作)×"两种形式,但其内容极为庞杂,用"××本乍(作)×"批注者,显然有明确的版本依据。下面简要加以说明。

如卷 3 史文"言足以饰非(一、105)"上,枫山本中日人批注云:"言足以饰非本乍饰是非之端。"水泽先生说:英房《史记抄》、《群书治要》中"言足以饰非"五字作"是非之端"四字;罗振玉影印高山寺藏唐写本《殷本纪》卷三中"言足以饰非"作"餝是非之端"①。张文虎说:

① 《史记会注考证附校补》第 72 页左下。兴吉案:《玉篇・食部》:"餝,同饰,俗。"

“《治要》引作‘饰是非之端’，疑是《集解》误入正文。①”又如卷4史文“武王渡河，中流，白鱼跃入王舟中(一、120)”下，《集解》中有“言殷之兵众与周之象也”，彭本作“周之家也”。枫山本日人批注云：“‘周之家’本乍‘象也’。”此处的日人批注是针对彭本的失误，其实彭本的失误来自于南化本。卷4史文“时序其德，遵脩其绪(一、135)”，“脩”字，枫山本作“修”，日人在此字下批注云“本乍循”。泷川先生有《考证》说：“《国语》遵作纂、古钞、枫、三、南本脩作循、愚按、脩字与下文复作循为长。②”水泽先生说：南化本、枫山本、棭斋本、三条本、梅仙本、尾阳文库本、中韩本、中彭本中皆有批“循”字的日人批注；他又说：“按高山寺藏古钞本脩字不作循泷本考证非。③”卷7史文“今战能胜(一、308)”，彭本作“今纵能胜”，日人在板框中在“纵”下批注云：“本乍戦”，南化本及他本作“戦”。由此可见，日人是用“××本乍(作)×”的方式批注的，其版本依据比较明确，是日本学者进行《史记》诸版本校勘的成果。

而以“×乍(作)×”批注者，情况比较复杂。日人批注可能出于各种理由。有一些显然并无版本的依据，如卷122史文“奸吏并侵渔(十、3140)”，“渔”字上，枫山本日人批注云“漁乍薄”，水泽先生说：南化本、枫山本、三条本中有此条批注④。可见此处的批注并无版本依据。又如卷122史文“客有让周曰：君为天子决平(十、3153)”，枫山本日人批注云“子乍下”。水泽先生说：南化本、枫山本、三条本中有此条批注⑤。其实，此处的一字之差，意义完全不同，以笔者的私见，作“天下”较之作“天子”，似乎更合司马迁的本义，文意也更通顺。其相近的笔法在《史记》的其他部分也有出现，卷56《陈丞相世家》：“里中社，平为宰，分肉食甚均。父老曰：‘善，陈孺子之为宰！’平曰：‘嗟乎，使平得宰天下，亦如是肉矣！’(六、2052)”司马迁此处用“天

① 《校刊史记集解索隐正义札记》第30页。
② 《史记会注考证附校补》第85页左下。
③ 《史记会注考证附校补》第108页左下。
④ 《史记会注考证附校补》第1974页右上。
⑤ 《史记会注考证附校补》第1971页左上。

下"二字,充分地反映了陈平的思想抱负,即治理全社会的信念。同样,所谓"客"所说的话,当与陈平所指同义,即杜周身为廷尉,当为"天下",即全社会考虑。如果用"天子"二字,则是为君主排忧解难,和上述的意义明显不同。由此观之,日人批注可能并没有版本的依据,然而或许其接受了前人对此句话的解释,作了这句批注,就其思想内容而言,可谓正确无误。

用"×乍(作)×"批注者,也有一些有着版本的依据。如卷123史文:大夏"其兵弱,畏战。善贾市(十、3164)"。"市"字,彭本作"氏",枫山本日人批注云"氏作市"。水泽先生说:"市　蔡 庆 中统 彭 氏",他又说:南化本、枫山本、三条本有此批注[1]。张文虎说:"善贾市蔡、王本误作氏。"[2]可见此条批注来自于其他版本体系的校勘成果。在日人批注中,也有一些是理校的结果,如卷109史文:李广"杀首虏多(九、2887)",彭本、南化本"首"作"百"字,枫山本批注云"百乍首"。"首虏"一词在《史记》中多次使用,日人批注当以此为依据。

彭寅翁本所据底本黄善夫本本身就有许多讹误,而彭寅翁本自身在制版时,脱漏尤多,所以,日人批注以此类最多。除了上述的两种主要的形式之外,日人批注还有其他一些方式。如"×当乍×"的方式,主要针对原本明显错误的订正上。如卷7史文"将军何不还兵与诸侯为从(一、308)"下,有《索隐》,今本有"关东地形纵长"一句,其中"地"字,彭本作"也",南化本同。枫山本批注云:"也當乍地。"

针对彭本可能存在的脱字情况,日人批注一般用"×乍(作)ナ"的方式,并在脱字下加小圆号"。"来标示。如卷111史文"剽姚校尉去病斩首虏二千二十八级,及相国、当户(九、2928)"处,在"及"字处,南化本有批注云"其";枫山本有批注云"其本ナ"。指出此处当有"其"字为正确。卷111史文:张骞"从大将军,……因前使绝国功,封骞博望侯(九、2929)"。在"封"字处,枫山本批注云:"爲本ナ。"意在

---

① 《史记会注考证附校补》第1988页右下。

② 《校刊史记集解索隐正义札记》第712页。

指出,此处以有“为”字为通顺。在枫山本每一卷中都有类似的情况。

还有在天头、地脚或板框中批单字的情况,一般是指史文或三家注的缺字。此部分最为混乱。其中有些可以看出其版本的依据,但也有许多极难看出其版本的依据。实际上此部分的批注就其性质而言,已经不能称之为“校记”,因为其中大量包含着日本学者对《史记》文意的理解,应将之列入《史记》注释的范围。卷 109 史文“而大军行水草少,其势不屯行(九、2874)”,南化本、枫山本眉批云:“将。”指“大军”当为“大将军”。其实,并无版本依据。因为南化本有批注云“《漢書》作大軍”。

2. 日人批注与日本学者对《史记》及彭寅翁本的研究

《史记》传入日本之后,日本学者对《史记》的研究,也就随之开始。在彭寅翁本中的日人批注,正是这些研究成果的撮取。这些成果又分以下几种情况。

首先,在彭寅翁本的日人批注中,冠以所谓“师说曰”者,引用量很大。这部分批注是历代日本学者对《史记》的研究成果,也就是自日本平安时期以来日本诸家博士的“师说”。这部分的内容也极为广泛,包括了对《史记》的文本差异,对《史记》的评论。因为在下一部分还要专门讨论这个问题,这里就不多加说明。

其次,日本人引用其他资料的批注,如引用《汉书》及颜师古注、《资治通鉴》及其他书籍等。表明了日本学者在继承三家注利用《汉书》及注释研究《史记》方面的成就。卷 108 史文“始约虏入马邑城,兵与单于接,而臣击其辎重,可得利(九、2862)”,彭本、南化本无“城兵与单于接而”七字。南化本批注云:“城以下七字本無,《漢書》、《通鉴》有此七字。”枫山本批注云:“七字本無,《通鉴》有之。”

再次,是日本学者对《史记》文意的理解。《史记》以距今年代久远,许多字词对中国学者尚属难解,当然对于日本人来说就更难以理解。如卷 109 史文“自是之后,李氏名败,而陇西之士居门下者皆用为耻焉(九、2878)”。“门下”二字,南化本、枫山本批注云:“門下臺省之門”,此批注为日人对“门下”的解释,其实有误。西汉时的所谓“门下”,还是弟子或食客的含义。而“台省”则是东汉才有的称呼,指尚书治事之地为中台，在禁省之中，故称台省。进一步将台省一词明确化，是唐代的事。所以日本学者以自己熟悉的唐代故事来解释汉代制度，难免有误。为了帮助读者理解汉文，在日人批注中，常常会有一些增加的单字，将《史记》原文通俗化。如卷108史文"于是单于入长城武州塞（九、2862）"，在"于是"处，日人批注云："時"，大约是认为"于是"作"于是时"，文意才通顺。又见卷110史文"后秦灭六国，而始皇帝使蒙恬将十万之众北击胡（九、2886）"，在"始皇"、"蒙恬"处，枫山本有批注云："秦"、"数"。如果按日人批注，此句当为"秦始皇帝使蒙恬数将十万之众北击胡"。在表面上看，似乎是批注者认为的彭寅翁本有脱漏，其实如果没有这些字，原文的文意也还是通顺的；所以我认为这些批注属于日人对《史记》的理解，在日人认为难以理解的地方，加以说明，也许是日本学者力图为读者提供便利的一种独特思路。

另外，日本学者在阅读汉籍时，都是采用在文中添加假名助词，以帮助阅读的方式。即所谓"汉文和读"的"ヲコト點"标示法。为避免此标示和批注在汉字旁的注音（日人称之为"傍训"）相混淆，"ヲコト點"用朱笔标示；墨笔傍训假名。此种方法大约开始于日本室町时代末期，到日本江户时代初期还有人在使用。在彭寅翁本中的日人批注也保存了这种方式；此外，日本学者还特别注意对《史记》中单字的注释，这里面有注义、注音，注义中包括用汉文解释字意，也有用假名的注义，注音中包括用反切注音，还有以日文假名的注音。卷117史文"径陖赴险，越壑厉水（九、3034）"，"陖"字，枫山本日人批注云"陖乍陵サカシキ"，"サカシキ"在日语中是陡坡的意思，以此注明原文。

还有就是日人在一些段落上加小标题。用以说明该段大意，不过，这类内容很少。

除了上述的内容之外，值得我们注意的还有，在日藏《史记》彭寅翁本上的日人批注中，还有一些今日已经亡佚的《史记》古注。如邹诞生《史记音》、刘伯庄《史记音义》、陆善经的《史记注》等。在枫山本、棭斋本中，他们的注文大多是以"邹曰"、"刘曰"、"陆曰"的形式为日人所批注。数量还是比较大的。关于此问题,水泽先生在《史记之文献学的研究》中有专门的分析研究,这里笔者就不作更多的说明。

以此观之,日人的批注,多类似于学者们的读书札记,所以其内容极为庞杂、丰富;当然日人批注中也不乏主观臆断的成分,这也是值得我们注意的情况。尽管如此,日人批注中所反映出的诸多问题,如句读、音训以及对《史记》的评论等问题,还是可以给我们许多启示的。

三、日人批注的资料来源研究

日藏《史记》诸版本中的日人批注,以其数量巨大,内容丰富,涉猎庞杂,来源众多,体系混乱而著称。多年以来,除水泽利忠先生著作《史记会注考证校补》对此问题展开专门研究之外,很少有学者涉猎这个研究领域。所以出现这种情况,大概是因为此问题的研究资料难以找到,而且这个问题所涉及的范围又过于宽泛所致。然而此问题的研究具有重要的意义,因为通过对此问题的深入研究,不仅会推进《史记》古本(即古抄本)的研究,而且会对整个的《史记》研究史产生影响。笔者限于自己的能力及文章的篇幅,这里只选择其中两个最重要的方面,即《汉书》及颜注、博士家"师说",加以论说。

1.《汉书》及颜注

比《史记》晚的《汉书》自其问世以来,一直是被作为理解《史记》的重要参考书而使用的。在《史记集解》出现之前的《史记》各注家已经开始使用《汉书》来注释《史记》,《史记》三家注中《索隐》、《正义》都有利用《汉书》注解或校勘《史记》的情况。因此,日人批注中有许多引证《汉书》就不是一件特别的事情。

日人批注中引证《汉书》大致可分为两个方面。其一为校勘,其二为注释。在校勘方面,引证《汉书》者极多。如卷 106 今本有史文作"吴有豫章铜山,濞则招致天下亡命(益)[盗]铸钱(九、2922)"。彭本、南化本、殿本皆作"益铸钱"。枫山本批注云:"益作盗";南化本批注云:"益作盗ヌスミ漢書。""ヌスミ"是"盗"字的日语发音。张文虎说:"益铸钱《杂志》云'益'字误,《文选·吴都赋》注、《芜城赋》注引并作'盗',《汉书》同。①"水泽先生也说:"〇益南化、枫、�醂、三盗"②,即南化本、枫山本、梍斋本、三条本中有如此的批注。可以看出,上述的结果是日本学者将《史记》和《汉书》对校的成果,而且结论是正确的。又如同卷今本史文:刘濞"岁时存问茂材,赏赐闾里(九、2823)"。彭本、南化本作"实赐闾里"。枫山本批注云:"實作賞";南化本作"實作賞漢書"。同卷今本史文:晁错"数上书说孝文帝,文帝宽,不忍罚,以此吴日益横(九、2824)"。枫山本标示"吴"字,又眉批云:"王",表示"吴"下应有"王"字;南化本眉批云:"王漢書。"又如同卷史文:刘濞发信给诸侯,指责汉景帝说:"绝先帝之功臣,进任奸宄(九、2828)。"枫山本批注云:"宄作人。"南化本批注云:"宄音軌,在外爲奸,在内爲宄。"水泽先生说:"〇宄枫、梍、三人。"③查《汉书》作"绝先帝功臣,进任奸人"。可见,枫山本、梍斋本、三条本中的此条批注来自于《汉书》。又如卷57史文今本作"击盗巴军,破之(六、2067)"。水泽先生说:"〇三盗巴作益已,志疑汉传作益已。"查梁玉绳说:"击盗巴军附案:'盗巴'《汉》传作'益己',如淳曰:'章邯将。'《汉书评林》云:二字笔画相似,未辨孰是。④"前面已经提到,三条本大约抄于1510—1532年。梁玉绳是清代乾隆时的贡生,大致和钱大昕同时。所以梁玉绳著《史记志疑》远远晚于三条本的抄成时间。因此,我们认为,三条本的此条批注的资料来自《汉书》本身,而非《史记志疑》。日人用《汉书》和《史记》作对比研究的例子,以此最为典型。卷7史文"(田)荣与彭越将军印,令反梁地(一、320)"下,枫山本日人批注云:"自是以下《漢書》在二年。"《史记》记

---

① 《校刊史记集解索隐正义札记》卷五,第638页。

② 《史记会注考证附校补》上海古籍出版社版第1757页左上。又字下加横线的字"南化、枫、梍、三"表示"南化本、枫山本、梍斋本、三条本"中有如上文的批注,在《校补》中,水泽先生用在圆角的方框里的版本名,表示各版本中的日人批注。笔者无法制作圆角的方框,故以横线代替。下同。

③ 《史记会注考证附校补》第1758页右下。

④ 《史记志疑》卷二六,中华书局本第1172页。

彭越反梁地事,在“汉之元年四月”之后,日人批注显然是指《史记》、《汉书》的差异。

日人批注引证《汉书》颜师古注,来补充说明。卷 91 史文“故曰楚兵不足恃也(八、2600)”,枫山本在其上有批注云:“师古曰不足者言易也/集徐云言其已困不足/自疲苦也彼爲文通。”查今本《汉书》有注:“师古曰:不足者,言易也。罢读作疲(七、1885)。”此句史文下,今本、枫山本都有《集解》、《索隐》,说明也非常详细,其文曰:《集解》“徐广曰:恃一作罢。言其已困,不足复苦也”;《索隐》“案:《汉书》作罢,音皮”。又如卷 7 史文“今欲举大事,将非其人,不可。我倚名族,亡秦必矣(一、298)”上,有日人批注云:“师古曰:言以不才之人爲将,不可求勝也。”查今本《汉书》(七、1798)和此批注完全一样。卷 7 史文“襄城坚守不下。已拔,皆阬之(一、300)”上,有日人批注云:“师古曰:陷之於阬,盡殺。”查今本《汉书》的颜师古注与此相同,只是比批注多一“之”字。分析此条的作用,笔者认为,是日人综合各说,比较研究的结果。笔者对枫山本卷 7《项羽本纪》中的日人批注作了一个统计,共有引用颜注者 28 处,其中有一部分是节引。在此 28 处中,还有 1 处,今本《汉书》所无的“师古曰”,在卷 7 史文“不如因其机而遂取之(一、331)”下,日人在板框中批注云:机字“本乍幾《漢書》乍幾鄭/氏曰謂幾×也/师古曰幾危也”①。今本《汉书》既无此注,或许此注来自于《汉书》旧本。

2. 日本的博士师说

自《史记》在南北朝时期传入日本以来,日本的学者对《史记》也有一个从熟悉到研究的过程。伴随着这一过程,日本学者开始了独立的《史记》研究,而所谓“师说”就是这些研究成果的反映。

首先,是诸家博士对《史记》正文的句读。就阅读古籍而言,最基础的工作是句读,也就是我们常说的断句。正确的句读,不仅有利于书籍的阅读,而且更有利于理解古籍的文意。这一点对中国、日本学者都是一样的。从这个意义上说,古籍句读也是学者研究成果的结

① 兴吉案:上文所引日人批注中“×”,为原字不清晰,或是“敵”字。

晶。在日人批注中,句读是有相当的数量,而且批注往往是列举不同的句读,强调各家句读的差异。卷1史文"南抚交阯、北发,西戎、析枝、渠廋、氐、羌(一、43)"。"北发"下,有《索隐》曰"一句",意思是"北发"后应断句。椟斋本中日人在此句上批注云"北發西戎旧点如此/恐非欤"。日人此处的意思也许是认为,"北发"当为"北伐",如此则与上文"南抚"相对。笔者也认为,如此则文意更加通顺。不过,笔者查对《史记会注考证校补》,没有发现"发"作"伐"的本子,所以,可以认为日人的批注是一种推测。卷3史文"予乃大罚殛女,毋予怨(一、97)"上,枫山本有日人批注云:"集注説女字绝句/賀师説殛字绝句。"①卷6史文"发北山石椁,乃写蜀、荆地材皆至。关中计宫三百,关外四百余(一、256)"上,枫山本批注云"至関中/良家巨家至関字/絶句/員説中字絶句"。

其次,对《史记》正文及三家注的难解字词的解释,包括音注、意注。卷4史文"盖王瑞自太王兴(一、119)"的"瑞"字旁,枫山本批注云:"本乍端师说瑞異也即万民皈於歧下。"卷6史文"王翦谢老便归。新郑反。昌平君徙于郢(一、233)",此句中"君"字,彭本、南化本作"军"。枫山本板框中批云:"君ィ。"这里的日文假名"ィ"是"为"的意思。此句上日人批注云:"师説音次无君字文势/不安陸云新鄭本韓地昌/平楚公族昌平君也入臣/秦郢故楚都爲白起所/拔。"卷6史文"惠被诸产,久并来田(一、252)"上,日人批注云:"师説乍分字正本/去声乍久字又难安也。"

再次,是对历史人物和事件的补充说明。卷8史文"故临江王欢为项羽叛汉(二、380)"上,枫山本日人批注云:"师説爲共敖之子也。"卷10史文"与王兴居去来亦赦之(二、427)"上,枫山本日人批注云:"師説云謂興居也/来×来降也于漢也/师古曰雖与興居/共反今棄之去而/来降者亦赦。②"查今本《汉书》,此段中的"颜注(一、120)"和日人批注一致。然史文下有《集解》与颜注相近者,知日人

① 兴吉案:日人批注中多用俗体字,引文依原样抄录,不加改动。下同。
② 兴吉案:此段中的"×"字不清,当为"看"字。

之过录也。

卷5史文:孝公十二年,“并诸小乡聚,集为大县,县一令。四十一县(一、203)”上,枫山本的板框中日人批注云:“三ィ。”卷10史文“匄以告朕(二、422)”上,彭本、南化本中“匄”字作“白”字,日人批注云:“师説乍匄字誤也/白字爲正《漢書集義》曰著明也。”

再有,是针对《史记》所载史事、人物以及《史记》笔法的评论文字。此类的文字也比较多,来源也极为复杂,这里也不加更多的说明。

四、彭寅翁本中的日人批注与《史记正义》的关系

这里所探讨日人批注和《史记正义》之间的关系,主要是指三个方面的问题,其一是彭寅翁本所删节的《正义》在日人批注中的批补情况;其二是彭寅翁本中的日人批注和学界通常所说的“《正义》佚文”的关系;其三是彭本日人批注中所反映的“《正义》佚文”的内容研究。

1. 从彭寅翁本看日人对《正义》的增补

由于彭寅翁本删节了大量的三家注,特别是《正义》,因而在彭寅翁本的四个日藏版本中都有大量的有关《正义》批注,特别是在《本纪》部分。本部分就是针对这一问题,进行初步的统计、研究,目的是从一个侧面了解日本学者在《史记》彭寅翁本中的批注规律,以期于对日本学者的《史记》版本研究有更深的认识。

在�斋本中,卷4有4条整条批补的《正义》,而卷5则1处也没有。卷6有2处,卷7梭斋本为抄补卷,没有批注。在枫山本中,批补被删三家注的情况比较突出,而《正义》则首当其冲。

无论是在梭斋本还是在枫山本中,日人批补的整条被删《正义》的文字之前,都有“正義曰”三字。另外,批补的“《正义》佚文”前也有此三字。所以,将它们和其他内容的批注区别开来,并不困难。但是批补被节删的《正义》前都没有“正義曰”,因而和其他的批注混杂在一起,如果没有已知的彭本删节《正义》的资料,想找到批补的《正义》则有一定难度。

表6　枫山本批补《正义》数量与彭本删节《正义》数量对比表

	卷4		卷5		卷6		卷7	
批补数量	整条	节删	整条	节删	整条	节删	整条	节删
	15	10	13	7	26	12	3	2
批补合计	25		20		38		5	
彭本删节数量	128		196		201		24	

从上面的表格中，我们可以看出，枫山本中日人批补的《正义》和彭本所删去的《正义》之间有着很大的差距。仅据此点，我们就可以认为，无论是棭斋本还是枫山本中批补的《正义》都是从其他著作中抄录而来，这些日人的批补并不是直接版本校勘的结果。如史文“从死者百七十七人，秦之良臣子舆氏三人（一、194）”下，有《正义》“毛苌云：良，善也，三善臣也。《左传》云：子车氏之三子。杜预云：子车，秦大夫也”。彭本删去加横线文字，日人批补之。紧接此句，史文“名曰奄息、仲行、针虎，亦在从死之中（一、194）”下，有《正义》“行音胡郎反。针音其廉反。应劭云：秦穆公与群臣饮酒酣，公曰‘生共此乐，死共此哀’。于是奄息、仲行、针虎许诺。及公薨，皆从死。《黄鸟》诗所为作也。杜预云：‘以人葬为殉也。’《括地志》云：三良冢在岐州雍县一里故城内”。彭本删去此段《正义》中加横线的文字，日人批补之；但在上述两句史文之上，史文“三十九年，缪公卒，葬雍（一、194）”下，有《正义》“《庙记》云：‘橐泉宫，秦孝公造。祈年观，德公起。盖在雍州城内’。《括地志》云：秦穆公冢在岐州雍县东南二里”。彭本删去加横线文字，而枫山本中却没有日人批注。如果日人有过版本对校的过程，那么势必会发现彭本此条也有缺失。史文“秦却于河外（一、220）”下，今本有《正义》“蒙骜被五国兵败，遂解而却至于河外。河外，陕、华二州也”。彭本删节加横线文字，而在“河外，陕、华二州也”之前，有“郄音却”三字。此三字之前又无“正义曰”。日人大约认为，此处彭本缺失《正义》，于是眉批此条《正义》全文。史文“项羽军彭城西，沛公军砀（一、303）”下，今本有《正义》，作“《括地志》云：宋州砀山县，本汉砀县也，在宋州东百五十里”。彭本作“《括地志》云：宋州砀山县是也”。枫山本中日人批注“本汉砀县也在宋州

东"9 字。我们认为,如果日人的批注者做过版本的对校,那么就应当把此句《正义》全文补全,而不会脱掉"百五十里"4 字。

同样,椶斋本中批补《正义》的数量如此之小,明显是受到了所依据资料的限制。在上述的 4 卷中,椶斋本中批注"《正义》佚文"的数量远远多于枫山本,就是一个明显的证明。因而,我们认为,椶斋本和枫山本中所批补的《正义》,只是日人摘录其他书籍的资料,而不是日人批补者的直接研究成果。

2. 彭寅翁本批注中的"《正义》佚文"问题

对《史记》彭寅翁本的日人批注中的"《正义》佚文"问题,在水泽利忠先生之后,日本学者小泽贤二的研究比较透彻。他在《史记正义佚存订补》"解说"中,对《史记正义》佚文的来源进行了深入的探讨,提出了与前人不同的观点。以下引用他的一些观点。

所谓"《史记正义》佚文"当然是指泷川资言先生所著《史记会注考证》中所引的"《史记正义》佚文"。在作《史记会注考证》之前,泷川资言作《史记正义佚存》两卷,然此书未刊行,只在《史记会注考证》的卷末"史记总论"中"史记正义佚存"条下加以说明。称:"偶缮东北大学所藏庆长宽永活字版《史记》。狩野亨吉旧藏,盖依元彭寅翁本。上栏标记《正义》一千二三百条。皆三注本所无。但缺十表。其后又得《桃源史记抄》僧桃源、名瑞仙、又号竹处万庵蕉雨亦庵春雨村僧、永享九年(1437)生于近江、宽正(1460—1465)中作梅岑轩于相国寺居之、应仁(1467—1468)中、避乱江州饭高山下、依京极氏小仓将监、延德元年(1489)寂、年五十七、东京帝国大学藏其原稿、馆长云、获诸相国寺、卷首有《汉文史记源流考》一卷、其余皆国文、与今时讲义录相似、大正(1912—1925)震灾失之、近藤守重云宽永三年(1626)阴山立佐印刷发行、余未见其书、米泽文库足立学校皆藏其零本、皆合缀《幻云抄》、《幻云抄》幻云名寿桂、亦五山僧徒、后于桃源、《博士家史记异字》或题《天朝传本史记说》、前田侯爵藏、说详后章、所载《正义》略与此合。……余于是知大学本标记之所由,欣喜不能措,手录以为二卷,题曰:《史记正义佚存》。①"

---

① 《史记会注考证附校补》上海古籍出版社版第 2124～2125 页(《史记会注考证》昭和排印本第 10 册《史记总论》原页码第 148～149 页)。兴吉案:依原文录入,但文中小注原文为双行,又公元纪年、书名号为笔者所加。又泷川先生关于桃源的生年记载有误,据水泽先生说:桃源生于日本永享二年(1430)。见《史记之文献学的研究》第 284 页。

《史记正义佚存》为稿本，没有刊行，在泷川资言先生去世后，稿本散失，长泽规矩也先生在日本的旧书市购得其下卷，后归水泽利忠先生；其上卷 1991 年才在泷川的旧宅发现，《史记正义佚存》得以成为全本。今日《史记正义》的佚文，据张衍田先生的统计：《史记会注考证》1418 条；《史记会注考证校补》227 条，合计 1 645 条。《史记会注考证校补》所收 227 条中，已在《史记正义佚存》中收录者 108 条(《史记会注考证》未收)。据小泽的统计：《史记正义佚存》和《史记会注考证》共收 1 533 条，而上述的《史记会注考证》和《史记会注考证校补》合计 1 644 条，加上小泽先生收集的 22 条，总计 1 666 条①。

关于泷川的"《史记正义》佚文"的出处，小泽贤二先生指出：中国学者认为：泷川先生的"佚文"是录自日本的古钞本、古刻本《史记》中的《正义》，这些《正义》又来自在中国已亡佚，而在日本曾存在过的《史记正义》的单行本，即有可能有过唐代从中国流入日本的《史记正义》的古钞本。他认为：在日本，这种《史记正义》古钞本的单行本并不存在。实际上上述的观点是中国学者对泷川的"《史记正义》佚文"的误解。他在论证此观点时举出的最有力证据是：日本南北朝时期南朝的滕原英房(1292—1348 年以后殁)的《英房史记抄》中，据水泽利忠先生的研究，滕原英房正文以旧钞本为蓝本，注文以彭寅翁三家注本，在引用日本平安朝以来诸博士的"师说"的同时，发表自己的见解。其间的"师说"颇多对《索隐》的评说，而没有针对《正义》发表的议论。以此小泽先生认为：在平安朝任何形式的《正义》都不存在。在此文中，小泽先生提出了两个有意思的提法：即"刻文正义"和"佚文正义"，"刻文正义"是指三家注本出现之后的《正义》，"佚文正义"则单指日本古抄、古刻本上批注中的《正义》。他还说：在日本最早发现的《史记正义》佚文，是日本僧人桃源瑞仙(1430—1489)《桃源史记抄》中的 3 条；小泽先生认为：泷川先生所辑《史记正义》佚文来自上述日本旧藏《史记》的古刻本上日本学者的批注，其祖本是梅室本(心华和尚善本)，所谓梅室本(版本不明)，此本中集中了日本平安以来

① 《史记正义研究》，小泽先生文章《史记正义佚存订补》，第 777 页。

的诸家博士的“师说”,桃源瑞仙曾见到过,但未能全部抄录。桃源瑞仙的抄录本也在公元 1467 年(日本应仁之乱)后从惠山转卖出去。但在此前,在彭寅翁本(狩谷棭斋本)上已题有从栴室本上转抄的批注;所以小泽认为:栴室本在当时既被称为天下善本,狩谷棭斋本之外的栴室本或其转抄本极有可能存在。在此后的各本上的批注皆是栴室本的系统。即各本的批注皆是延续平安以来的诸家博士的“师说”。小泽认为:在日本不曾有过《史记正义》单行本(即指《正义》唐代抄本和以后可能有的《史记正义》单刻本),即使有,也是来自较晚的时期。这些批注的内容可能来自于在中国明代之后兴起的古文辑录运动中得到的《史记正义》佚文。即中国明代学者辑录的《史记正义》佚文的刊行本,或未刊行本流入日本,成为日本诸《史记》藏本上批注及各类“史记抄”中《史记正义》佚文的来源①。

笔者认为,小泽先生的《史记正义》单行本在日本不曾存在的结论尚有些道理,然而他认为日本的《史记正义》佚文来自中国明代学者所汇集的《史记正义》佚文,则显得过于有想象力。明代的古文运动兴起于明代中晚期。而且在中国的古书辑录书目中“《史记正义》佚文”之类的书籍也从没有出现过。其假设可谓大胆。

水泽先生在《史记会注考证校补》中认为,日本曾有《正义》单行本流传,他在《史记之文献学的研究》中对此问题有详细的论说。此后在《史记正义研究》中,他又重申了这个观点②。

3. 彭寅翁本中日人批注的《史记正义》佚文研究

就客观的情况而言,对《史记正义》佚文的研究,必须从对日藏《史记》诸版本的调查和研究开始,因为就目前的研究成果而言,日藏《史记》诸版本中的日人批注是《史记正义》佚文的源头。目前,笔者见到了两种日藏《史记》彭寅翁本的复印件,即枫山文库本、狩谷棭斋本的复印件,根据此二资料,笔者做了一些粗略的调查,力求从一个

① 《史记正义研究》中小泽先生文章《史记正义佚存订补》第 768～770 页。

② 《史记正义研究》中水泽先生文章《南化本〈史记〉和〈史记正义〉研究》第 25～39 页。

局部对《史记正义》佚文问题，做一些初步的分析。

在《本纪》部分，狩谷棭斋本批注中的《正义》佚文多于枫山本很多，原因可能是因为棭斋本长期流传在日本民间，日本的许多学者接触过此本，因此，在棭斋本中有更多的批注，反之，枫山本长期以来，保存在日本的官方图书机构，因而其中的批注较少。在棭斋本的《五帝本纪》中，有 10 条“佚文”，而枫山本一条也没有。在棭斋本中的“佚文”里，有 1 条音注，5 条注字义，1 条注异文，1 条注史文出处，1 条注典故。注音中，如史文“遂禽杀蚩尤(一、3)”上，日人批注云：“髀《正義》曰白米反。”此处的《正义》实际上是注此段史文下的《集解》中的“肩髀冢”。在注字义方面，卷 1 史文“幼而徇齐(一、1)”上，日人批注云：“《正義》曰幼謂七歲已下時也。”史文“而鬼神山川封禅与为多焉(一、6)”上，日人批注云“《正義》曰与猶比也”。在此处史文下，有《索隐》云“与犹许也”，又云“言万国同和。而鬼神山川封禅祭祀之事，自古以来帝皇之中，推许黄帝以为多”。此处《索隐》“与”作“推许”解释，有些过于迂回。而《正义》所解较之《索隐》为近史文本义。《国语·周语下》“夫礼之立成者为饫，昭明大节而已，少典与焉”，韦昭注曰“与，类也”。也和《正义》所解相近。不过，个别《正义》过于浅显，有些可疑。如史文“莫不砥属(一、12)”上，日人批注云“《正义》曰砥磨石也取其平也”。史文“鸟兽毹毛(一、17)”上，有日人批注云“《正义》曰：冬時其民因鳥獸生毹毳細毛之時，當服精綿絮褚衣温之服，以禦冬寒也。褚，音竹吕反”。此句也是可疑的句子。这里且不说此《正义》解释史文的迂回，仅就《正义》中有自己注自己的情况，就可以判断，此《正义》中的“褚，音竹吕反”一句，绝不是《正义》原文，而可能是后人注释《正义》的文字，误入《正义》本文。

《史记正义》佚文问题是一个极为复杂的问题。关于其来源就是个难解之谜。因为其来源不明，所以其真伪问题长期以来，一直是学术界争论的焦点。在中国学者中，以否定“《正义》佚文”者居多；而日本学者则反之。以笔者个人的看法，我们固然不能接受贺次君先生的“《正义》佚文”中“绝大部分都不能算是《正义》

佚文"①的观点，但是我们必须承认，泷川先生所发现的"《正义》佚文"中，的确存在着许多应不属于《正义》佚文的内容。由于"《正义》佚文"的来源过于复杂，仅从文献形成的角度对"《正义》佚文"展开研究，似乎难以达到澄清其真伪的目的。因此，笔者认为，对"《正义》佚文"作全面的综合比较研究，才有可能在这个问题上取得突破，而对"《正义》佚文"研究是否能取得突破的关键，又取决于学界对《史记正义》研究水平的高低。

目前，在《史记正义》的文献资料整理方面，日本学者做了大量的工作，走到了中国学者的前面。其突出的成果就是水泽利忠先生编《史记正义研究》一书。此书实际上是一部关于《史记正义》的大型索引，其中不仅包括了《正义》所出现的书名、人名、地名、专有名词及《正义》注音、注字义的分类索引，而且有水泽利忠、小林贤二两位先生介绍《史记正义》及"《正义》佚文"研究的两篇重要文章。同时，此书中还编成《正义》佚文的专题索引，也就是把"《正义》佚文"的出处，即将每条"《正义》佚文"作为批注在日藏《史记》各版本中所在何本的情况详尽记录。读者使用此书，就比翻阅《史记会注考证校补》来得便利，其内容在经过增订之后，较之张衍田先生从《史记会注考证校补》中辑出的《史记正义佚文辑校》丰富、翔实。因此，笔者认为，在此基础上，对《史记正义》及"《正义》佚文"问题展开全面研究的时代已经到来。

五、对日人批注进行研究的学术价值

日本学者在研究《史记》的过程中，也较早地注意到校订《史记》诸版本的文字异同，这些校订的成果从彭寅翁本中的校记上得以充分的反映。在对校中，我们可以发现，日本学者使用了不同的《史记》版本。由此我认为文本性的批注的主要来源是现存于日本或旧藏日本的《史记》诸版本。另外，批注的来源是历代日本学者研究《史记》的成果摘录，其中包括"师说"，也包括摘取的其他学者的观点。这样

① 《日本〈史记会注考证〉增补〈史记正义〉的真伪问题》，《文史》第十四辑第35页。

就涉及到了日人批注的来源问题。

1. 对日本学者的《史记》版本研究的再认识

日人的批注在彭寅翁本的各个版本中，表现不一。就其一般规律而言，《本纪》、《世家》、《列传》中所作批注较多，而《表》、《书》部分中批注较少。这也是其他《史记》版本中的普遍现象。鉴于批注中针对《史记》文本的批注占大多数的情况，我认为，日本学者比较早地注意到了《史记》各版本的差异，在批注时，显然日本学者使用了大量的版本资料，并将其校勘成果融入批注之中。

首先我们对彭本中的日人校记和南化本的关系作一番考察。日人在南化本中的校记(或者说称之为批注)比较特殊。《本纪》部分，南化本的三家注脱漏不多，所以日人的批注不多。而《列传》部分的批注数量则远远大于枫山本。

卷 4 史文"因名曰弃(一、111)"下，彭本删去整条《正义》："《古史考》云：'弃，帝喾之胄，其父亦不著'，与此文稍异也。"枫山本上日人批注之。但其中的"弃"字，作"棄"字，查南化本《周本纪》，"弃"字作"棄"字，只有两处，都是《正义》中的文字。显然枫山本的批注资料的来源是南化本。

其次，从日人批注中，我们可以看出日本学者使用《史记》版本的情况。如卷 117 史文"杭绝浮渚而涉流沙"下，《集解》："《汉书音义》曰：杭，船也。绝，渡也。浮渚，流沙中渚也(十，3061)。"枫山本上有日人批注。南化本批注云："～小板有之。"所谓"小板"一般是指《史记》版本中，半页行数超过 10 行或更多的本子，就《史记》版本而言，在进入明代之后的《史记》三家注本没有超过 10 行的，所以所谓小板应指宋元版《史记》。

如卷 109 史文"大将军青亦阴受上诫，以为李广老，数奇(十、2874)"下，有《索隐》，今本作"音朔，小颜音所具反"。南化本作"音所"，彭本缺"音所"二字，批注云："音所，小颜。一本注云，数字，小颜音。"查今本《汉书》作"师古曰：……数音所角反，奇音居宜反"。和上文不同，大概是日人所见旧本与今本有所不同的缘故。

从以上举例中我们可以看出，日本学者比较早地注意到了《史记》诸版本之间的差异，而且有意识地利用不同的《史记》版本，进行相互的比勘，笔者认为，对日人批注进行考察，研究其存在状况及发展轨迹，在某种程度上，已经超越了《史记》版本研究的范围，把我们的研究视野引向了更广泛的文献研究的领域。

2. 彭寅翁本中的日人批注和其他《史记》版本中批注的关系

前文已经提到，在日本旧藏《史记》诸版本中，批注普遍存在。这些批注之间的关系，实际上反映了日本学者对《史记》版本研究成果的继承和发展。就日人批注的《史记》版本而言，大致有四类，其一是南宋刊《史记》黄善夫本；其二是元刻《史记》彭寅翁本；其三是日本古活字本；其四是日本刊《史记评林》。

黄善夫本是目前所存世的最早的三家注本，前面已经提到，南化本的流入日本，比彭寅翁本要晚一些，但因为南化本的三家注较彭本为多，所以黄善夫本更为日本学者所重视，成为日本学者对《史记》进行比勘研究的主要基础版本。因而两者之间的关系比较密切。

在黄善夫本许多卷的卷末页有此卷《史记》正文字数和三家注字数的统计，而彭寅翁本则完全没有，但在彭寅翁本《殷本纪》卷末有日本人批注补记的字数统计，数字和黄善夫本一致，表明日人的确使用过黄善夫本增补彭寅翁本。彭寅翁本对《史记》三家注删节不少，所以彭寅翁本每卷的《史记》正文和三家注的字数自然和黄善夫本不一致。那么可以说此处的日人批注，为了过录前人的成果，甚至不顾及二本的实际情况。

就枫山本而言，一些部分的批注，显然晚于南化本(日本学者有时也称之为庆应本)。如《匈奴列传》中，南化本中日人批注的数量远远多于枫山本。在枫山本中有批注 54 处，其中只有两处音注是南化本所没有的，而南化本中所批注的许多内容，为彭本所无，虽然仅凭此点，我们还不能断定枫山本的批注来自南化本，但此点至少表明枫山本的批注来自于南化本相近系统的批注，换言之，枫山本中的批注较晚。我们知道，枫山本流入日本之后，即纳入日本将军幕府，因而它和其他的彭本不同，其使用对象基本上限定在官方学者的范围。这一点和南化本不同，南化本更多的时间是在日本的民间流动，因此我们认为南化本中批注较多，和此点有关。枫山本中日人的批注，多是对《史记》彭寅翁本文本的批注，而涉及《史记》的评论性文字不多。

南化本和枫山本比较，南化本更注意批注版本的资料来源。如“其明年秋，匈奴二万骑入汉，杀辽西太守(九、2906)”，南化本“守”作“子”，日人批注曰：“子一作守，《漢書》”；彭本和今本相同，故无批注。又如“其明年春，汉复遣大将军卫青……，乃再出定襄数百里击匈奴(九、2907)”，“乃”字，南化本日人眉批曰“乃漢作仍，师古曰：仍頻也”。此处的“汉”字，因为其后有“师古曰”，显然是指《汉书》。而枫山本“乃”字上，有批注曰“乃作仍”。这样一来也就无法了解彭本批注的资料来源。再如，“单于之遁走，其兵往往与汉兵相乱而随单于(九、2910)”，“兵”字，南化本眉批曰“兵本作軍，《漢書》”。彭本、南化本皆有一些错字，或是难解的字词，这是日人批注的重点。但在表现形式上，彭本较之南化本更为简略，表述上也似乎更加明确。如孝文帝二年，遗匈奴书中有“各保其首领而终天年(九、2902)”一句，“年”字，彭本、南化本皆作“命”字，南化本旁批曰“年”，又脚注曰“一作天年”；枫山本眉批只有“命作年”三字。在南化本中，凡是有异文的字，南化本都用“×本乍(作)×”，如任敞出使匈奴，被匈奴扣留，《史记》原文作“留之不遣”，南化本眉批曰“遣本乍(作)归”；而枫山本也有此注，但没有“本”字。我考察了两个本子《匈奴列传》的全文，发现凡是南化本的批注作“××本乍(作)×”的地方，枫山本都作“×乍(作)×”，比南化本少“本”字。这虽然是一字之差，但用意有所不同，据笔者的考察，彭本《匈奴列传》中的日人批注显然出于一人之手，而南化本则完全不同，系出于多人之手。换言之，枫山本上的批注则可以说是一种过录。

第七章
彭寅翁本在《史记》版本研究中的地位

从目前的学界研究而言，自黄善夫本再次被国内学者所认识之后，《史记》三家注本体系的研究已经取得了重大的突破，经过国内学者不懈的努力，基本摸清了以南宋刊黄善夫本为中心的三家注本版本体系的整体轮廓。不过，学界对于彭寅翁本的研究还稍显不足，在张玉春先生提出彭寅翁本的底本是黄善夫本的观点之后，目前还没有见到学界对彭寅翁本较深入的专题性研究，导致对彭寅翁本及其相关版本问题更是缺乏较深入的探究。由于此本对三家注多有删节，是以尚未引起足够的重视。贺次君先生说："由于此本旧注删削过甚，校勘者皆忽视之。①"张玉春先生说："彭寅翁本是继黄善夫本后第一部《史记》三家注本，但因其流传不广，又因其注文不全，后世未有翻刻。②"对此没有人提出异议。笔者认为，如果上述情况属实的话，那么在整个《史记》的版本系统中，彭寅翁本就完全失掉了其存在的意义。而对于元刻《史记》彭寅翁本这样一个重要版本而言，对其后继版本的研究，不仅是关系到彭寅翁本在整个《史记》版本体系中的地位，同时也关系到进一步理清《史记》三家注本的版本系统，关系到澄清彭寅翁本的流传过程等诸多问题，基于这种认识，笔者认为，对《史记》彭寅翁本的相关版本及其在《史记》研究中的地位还有必要作进一步深入的探讨。

在整个《史记》三家注本体系中，彭寅翁本所处的承上启下的地

① 《史记书录》第118页。

② 《〈史记〉版本研究》第275页。

位是显而易见的。如果说黄善夫本的再发现,至少就目前发现的《史记》版本中,找到了《史记》三家注本的最早的源头的话;那么学界对彭寅翁本的再认识,则是对《史记》三家注本体系的进一步完备。

一、《史记》彭寅翁本的校勘成就

《史记》彭寅翁本对底本的校勘成就是我们应注意的问题。据笔者的统计,张元济先生所校订的《百衲本史记》(据黄善夫本影印)卷1《五帝本纪》,共修改了20处,其中其修改结果和彭寅翁本一致的有15处,5处彭寅翁本和原黄善夫本相同。又如卷2《夏本纪》共修改了20处,其中其修改结果和彭寅翁本一致的有12处,7处彭寅翁本和原黄善夫本相同。又如卷3《殷本纪》,共修改了10处,其中其修改结果和彭寅翁本一致的有1处,5处彭寅翁本和原黄善夫本相同,还有4处做其他的处理。又如卷4《周本纪》,《百衲本史记》修改了37处,其中24处的校改结果和彭寅翁本一致;6处彭寅翁本缺失,6处和黄善夫原本相同,1处彭寅翁本做其他的处理。又如卷5《秦本纪》,共修改了34处,其中修改结果和彭寅翁本一致的有14处,有13处彭寅翁本缺失,5处彭寅翁本和原黄善夫本相同,还有1处彭寅翁本和修改后的百衲本相近。这表明,彭寅翁本在刊行时还是做过一定的校勘工作的,也纠正了原底本的一些错误。

具体的例子还有许多。如彭本卷117《司马相如列传》"子虚赋"中"扶輿猗靡"句,句下《集解》亦作"輿",而今本作"扶輿猗靡",显然是不对的。此处"輿"当为"輿";今本在此处史文之下所引的"集解"中,"輿"作"輿",亦误。其文曰:"郭璞曰:淮南所謂'曾折摩地,扶輿猗委'也。"而其下的《正义》则说:"輿音余。猗,于绮反。谓郑女曼姬侍从王者,扶其车輿而猗靡。"前后注之间的差异,表明这里有问题。据水泽利忠先生《史记会注考证校补》在此条下说:"輿 [南化] [景] [蜀] [凌] [殿] 輿 集解輿字亦同 [札记] 柯凌作輿。"在这里,水泽利忠先生的记录有误。笔者查南化本(即水泽利忠先生等人影印黄善夫本)及张元济先生所影印的《百衲本史记》,此句皆作"扶輿猗靡"。《集解》中也作"輿"。又查今本(中华书局影印清嘉庆十四年

[1809]胡克家刻本)《文选》"子虚赋",也作"輿"。泷川资言先生《史记会注考证》中此句与今本同,泷川先生所据底本为金陵书局本,所以与今本相合;但他在"考证"中说:"扶輿、《正義》本作扶輿、輿《汉书》、《文选》文合。"由此可见,今本之来源是金陵书局本,而金陵书局本虽号称择善而从,张文虎在《札记》中也已指出:"柯、凌作輿",但在金陵本中沿袭旧误,实为不当。而彭本虽以黄本为底本,但对其错误也时有纠正,其校勘成绩值得肯定。我们在本文的绪论已经提到,清代校刊《史记》武英殿本中的成就,我们不妨做个假设,如果当时清当局以国家机构的力量找到彭寅翁本,那么其成就也许会更大一些。

二、彭寅翁本与后来的《史记》版本

笔者认为,一个版本在整个版本体系中的重要地位的突出表现就是指一个版本与其前后的版本的刊行有密切的关联。这种关联就版本意义上说,大致有三个方面:其一是一个版本对其祖本的优点之继承与缺点之改良;其二是一个版本作为后世的刊行底本而存在;其三是一个版本在后世《史记》刊行中起校勘本或补充本的作用。笔者经过研究认为,彭寅翁本在《史记》三家注本体系及《史记》版本体系中,的确包含了上述三个方面的内容,即它处于一个我们常说的承上启下的地位。关于彭寅翁本对前本的继承,我们在上面已经说了许多,接下来笔者主要探讨彭寅翁本作为较早的三家注本,对后世《史记》版本的影响。

1. 现存《史记》版本的刊刻和彭寅翁本的关系

在 1936 年张元济先生影印南宋刊《史记》黄善夫本之前,国内学者对黄善夫本缺乏亲身的接触,从而无法了解黄善夫本和明代"嘉靖三刻"之间的关系,也就无法澄清《史记》三家注本的版本体系。同样,《史记》彭寅翁本在解放前流传不广,学者对它的误解,特别是对其版本特点的误解较多。在对彭寅翁本稍有所了解的情况下,学者又曾经一度把彭寅翁本看作是最早的《史记》三家注本,进而认为它是明代"嘉靖三刻"的底本。这些观点在上面的论述中已经有所说明。当然,上述的这些观点只是在没有进行版本对勘之下的一些推测而已。那么,《史记》彭寅翁本是否和“嘉靖三刻”有关系?笔者认为,这必须在彭寅翁本和“嘉靖三刻”之间作相当的版本校勘才能澄清其关系。

就目前的史记学界的一般认识,“嘉靖三刻”是南宋黄善夫本的翻刻本或复刻本。因此,彭寅翁本应当和“嘉靖三刻”没有太多直接的联系。但是我们认为,“嘉靖三刻”在刊刻中,其所据底本或可能有缺失,而其中的缺失必依据他本补足。我认为:彭寅翁本作为较早的三家注本,应当是上述刊刻中最佳的候补版本,也可能起到过补充本的作用。

笔者认为,“嘉靖三刻”中的《史记》王延喆本的确和元刻《史记》彭寅翁本,有一些关联。张元济先生在《涉园序跋集录》“史记”条下指出:“震泽王本亦不尽与黄本同,其所遗佚,不少概见。”张元济先生又举例说:“如《周本纪》‘虏褒姒,尽取周赂而去’句下,有《正义》曰:‘按《汲冢书》,晋咸和五年汲郡汲县发魏襄王冢,得古书册七十五卷’二十六字。《孝武本纪》‘其北治大池,渐台’句下,有‘颜师古云:渐,浸也。台在池中,为水所浸,故曰渐台。按:王莽死此台也。’《律书》,‘律中仲吕’句下,有‘中音仲。《白虎通》云“言阳气将极中,充,大也”,故复申言之也’①二十二字。‘北至于参’句下,有‘音所林反’四字。‘即天地二十八宿’句下,有‘宿音息袖反,又音肃。谓东方角、亢、氐、房、心、尾、箕,南方井、鬼、柳、星、张、翼、轸,西方奎、娄、胃、昴、毕、觜、参,北方斗、牛、女、虚、危、室、壁,凡二十八宿一百二十八宿星也’五十八字。‘十母’句下,有‘十干:甲、乙、丙、丁、戊、己、庚、辛、壬、癸’②十字。‘十二子’句下,有‘十二支:子、丑、寅、卯、辰、巳、午、未、申、酉、戌、亥’③十二字。《甘茂列传》,‘自殽塞及至鬼谷’句下,有‘三殽在洛州永宁县西北’十字。《信陵君列传》,‘赵王田猎耳,

① 兴吉案:《涉园序跋集录》排印本将“申”误排为“中”字。

② 兴吉案:张先生所录有误,汲古书院影印黄善夫本、涵芬楼影印百衲本在此句中都没有“十干”二字。

③ 兴吉案:同上二本中,此句中都没有“十二子”三字。水泽利忠在《史记会注考证校补》中也有说明。

非为寇也'句下,有'为,于伪反'四字。《范雎列传》,'譬如木之有蠹也'句下,有'音妒,石柱虫'[1]此皆建安黄本之所有,而震泽王本之所无。[2]"张元济先生列举了上述10条黄本有,而王本无的例子。值得注意的是,此10条全部为《正义》,其中《律书》中的4条及《范雎列传》中的1条,彭本也脱漏。此外,关于王本和黄本之间存在的差异,主要指脱漏,傅增湘先生在《藏园群书题记》中,贺次君先生在《史记书录》中都列举了一些具体的例证。

张玉春先生在《〈史记〉版本研究》中,对王延喆本相对于黄善夫本的脱文问题,进行了专门的研究。他指出:王本中有一些"补刻页","之所以有这种少量的补刻页,应如钱泰吉所说:'旧本不能无缺',很可能是王延喆所据底本该页残损而无法覆刻,而另行雕刻[3]"。笔者认为,即使是补刻,也当有所依据的底本,而三家注本中,彭寅翁本应当是最有可能引用的底本。

根据上述诸位学者所提供的线索,笔者开始对王本所缺的《正义》及"补刻页"进行考察,发现了以下的情况。首先是卷4《周本纪》第24页(一、144～146),自史文"十四年,厉王死于彘"到史文"阴迫而不能蒸"下《集解》"……使不能升"止,是黄善夫本和王延喆本的《周本纪》第24页的文字内容。然而将王本和黄本对校,发现王本有缺文。黄本史文"虢文公谏曰(一、145)"下,有《正义》"《括地志》云:虢故城在岐州陈苍县东南十里。又云:千亩原在晋州岳阳县北九十里也"。王本此《正义》作"《括地志》云:虢故城在岐州陈仓县东西。又云:千亩原在晋州岳阳县北",比黄本少"十里"、"九十里也"6字。史文"三十九年,战于千亩(一、145)"下,黄本有《索隐》"地名也,在西河介休县(一、144)"。王本无其中的"也"字。史文"仲山甫谏曰"下,黄本有《正义》"括地志云:汉樊县城在兖州瑕丘县西南三十五里"。王本无"三十五里"。又史文"幽王二年,西周三川皆震(一、

① 兴吉案:《涉园序跋集录》排印本将"柱"误排为"桂"字。

② 《涉园序跋集录》第38页。

③ 《〈史记〉版本研究》第300页。

146)”下,有《正义》,其中有“按”字,王本作“桉”字。如此多的差异,表明王本的此页文字显然不是来自黄善夫本。而笔者将此页和彭寅翁本对校,发现以上数处王本的异文和脱文刚好和彭本相同。可以认为,此页文字内容就是来自于彭本。

在王本卷4第27页中,也有同样的情况发生。史文自“王以虢石父为卿”到史文“许田,天子之用事太山田也”下《正义》“有鲁城(一、149～150)”止是王本卷4第27页的文字内容。合计558字。史文“申侯怒,与缯(一、149)”下,黄本有《索隐》“缯,国名,夏同姓”。《正义》“自陵反。《国语》云:缯,姒姓,夏禹后。《括地志》云:缯县在沂州承县,古侯国,禹后”。王本无加横线的整条《索隐》及加横线的《正义》中文字。又在《正义》中“自陵反”前,王本多“缯”。史文“遂杀幽王骊山下(一、149)”下,黄本有《索隐》“在新丰县南,故骊戎国也。旧音黎。徐广音力知反”。《正义》“《括地志》云:骊山在新丰县南十六里。《土地记》云骊山即蓝田山。按:骊山之阳即蓝田山”。王本《索隐》中“在新丰县南”前多“骊”字,“新丰县南”前多“雍州”二字;无《索隐》后的整条《正义》。史文“平王立,东迁于雒邑(一、149)”下,黄本有《正义》“即王城也。平王以前号东都,至敬王以后及战国为西周也”。王本无《正义》中最后的“也”字。史文“天子之用事太山田也(一、150)”。黄本有《索隐》“……此云‘许田天子用事太山田’,误”。《正义》“……《括地志》云:‘许田在许州许昌县南四十里,有鲁城,周公庙在城中。祊田在沂州费县东南’。按:宛,郑大夫”。王本自“鲁城”下已经是第28页,不过,因为上一页的最后一字为“城”字,因而其第28页的第一个字“城”字,显然是衍文。王本上文《索隐》中“误”字下多“矣”;《正义》中“许州”前多“在”字。又无《正义》中的“四十里”三字。以上情况与彭寅翁本完全相同。因而可以认定,此页的文字也来自于彭本。

出现这样的情况,应当如张玉春先生所说:王本中一部分是黄善夫本的覆刻页,“另一部分字体明显异于前类,字体呆板,甚而结构松散,每行字数亦不一贯,知其为另版雕刻,是为补刻页。[1]”张玉春先

① 《〈史记〉版本研究》第300页。

生所说的"字体结构松散"就是这样一个情况。王本卷4第24页中的版式和王本的正常版式不同。王本翻刻自黄善夫本,应当是每行大字18,小字23。但查对王本,笔者发现,第24页的情况不同,其大多数行还是大字18字,小字23的比例,但其后页的最后两行与正常情况出入较大,如后页第9行大字11,小字7,7个小字占了6个大字的位置,字体必然显得松散;第10行大字9,小字9,大小字每字所占的纵向位置几乎一样,其宽松可想而知。同样,王本第27页更为突出。其后页最后4行中皆为小字,合计157字,因为小字是双行,所以每行文字数量应当是157÷8,即每行只有19.63字,远远少于每行23字的正常版式。

导致如此状况的原因,笔者认为,这并不是王本的刊行者粗心大意所致,而是另有原因,或者说是不得已而为之。笔者为此查对了彭寅翁本、黄善夫本及王延喆本的相关部分,发现彭本卷4史文自"王以虢石父为卿"到史文"许田,天子之用事太山田也"下《正义》"有鲁城"止一段文字和王本卷4第27页的文字,都是558字,一字不差。而黄本史文自"王以虢石父为卿"到史文"许田,天子之用事太山田也"下《正义》"有鲁城"止,是黄本的第27页。笔者统计了黄本此页的字数,发现此页有610字,则黄本相对于彭本多52字①。王本据彭本补刻第27页,一页之中,总计20行,竟然黄本少52字,为了保证和下一页正常的文字相接,除了将字距拉大,应当说没有其他的方法。同样理由,在王本第27页后页第10行竟然有小字双行中,左行21字,右行20字的情况。大约是同样出于不使字体过于疏松的目的,王本的刊刻者还采取了相关的措施,这就是缩小版的框高,王本卷4第27页书口处框高19.6 cm,而第26页书口处框高20.2 cm,第28页书口处框高20.3 cm。可以看出,第27页和前后页之间的框高差异,已经是肉眼可以分辨的差距。笔者认为,王本卷4第24页的情况与第27页也是一样的。限于篇幅,就不一一加以说明。通过上

① 兴吉案:统计彭本相对于黄本的增字3字与删字55字,增删相抵结果是彭本比黄本少52字。

面的说明也可以看出，王本刊行者在刊刻王本时，遭遇了所据底本缺页，不得已的情况下想用他本补刻，而他本(指彭寅翁本)也有缺失，万般无奈，草草刊行的尴尬处境。

接下来，我们讨论一下王本《律书》和彭寅翁本的关系。上面已经提到，《律书》中"太史公曰"在黄本卷25第12页，《史记》正文"天地二十八宿"句下，有《正义》五十八字。而明刻王延喆本缺此页，为补刻页，所以缺此条《正义》。张文虎说："二十八宿正义王本脱。"[①]和彭寅翁本相同。此外，王本此页关于"十母"、"十二子"两条《正义》皆与彭本相同。在得到了上述的结果之后，笔者对王本和彭寅翁本中的《律书》部分作全卷的比较。结果发现，两本一致的地方很多。在版式上，王本此卷首页大小题为一行，与彭本相同，而黄本为二行，小题第一行，大题次行。王本卷末的《史记述赞》"史记述赞曰"单独为一行，另起一行后《述赞》文字三句一行，和彭本相同；而黄本此卷末的《史记述赞》"史记述赞曰"下，不另起行，下接《述赞》文字。在文本文字方面，在史文"南越、朝鲜(四、1242)"下，有《正义》，今本作"潮仙二音……"。黄本、殿本与今本同。而彭本、王本作"朝音潮、鲜音仙"。在史文"宜及士民乐用(四、1242)"中的"乐"下，王本、彭本下有小字注"音洛"二字，因为注上无"索隐曰"、"正义曰"，按三家注本的通例，此二字应该理解为《集解》。然而黄本无此注，又查1955年文学古籍刊行社影印宋本也无此二字注，故以此推断，此二字注是彭本所加，而王本因袭。又如史文"朕能任衣冠(四、1442)"下，今本、黄本、殿本有《正义》"朕音而禁反"；王本、彭本皆无。又史文"律中中吕(四、1246)"下，黄本有《正义》"中音仲。《白虎通》云'言阳气将极中充大也'，故复申言之也"。彭本、王本无此条。史文"西至于注(四、1246)"下，有《索隐》"音丁救反。注，咮也。《天官书》云'柳为鸟咮'，则注，柳星也"。彭本、王本在"《天官书》"下多"中"字。史文"北至于参(四、1247)"下，黄本有《正义》"音所林反"，彭本、王本皆无此条。另外王本在《律书》中还有几个脱字，与黄本异，而与彭本同

---

① 《校刊史记集解索隐正义札记》卷三，第308页。

的情况，这里就不多加介绍。根据上述的情况，可以认为王本的《律书》是根据彭本加以配补刊刻的。

2. 日本翻刻的《史记》和《史记》彭寅翁本

日本翻刻佛典以外的汉籍，开始于14世纪，此后逐步发展。在这中间对史部书籍的翻刻也有发展。长泽规矩也先生在论及日本的翻刻时说："到室町末叶为止刊行的汉籍外典，现可统计者如下：经部 15部 20版 21种；史部 5部 7版 8部；子部 12部 12版 13种；集部 40部 54版 55种。①"从中可以发现，史籍虽不多，但也有五部。《史记》作为一部有名的史书，极有可能包含在其中，但长泽先生在这里说的稍微有些含糊，即上文所说的"室町末叶"，是指日本室町幕府(1338—1573)统治末期，在日本历史中实际上是指日本的"战国时代(1467—1590)末期"。在这里，他所说的翻刻可能是指日本庆长古活字本，因为庆长年间是指公元1596—1614年，二者已经是非常接近。

日本庆长古活字本是日本现存世的最早的《史记》刊本。笔者据《史记会注考证校补》中所附图版及水泽先生在此书中对这些版本的介绍，对日本古活字本的情况有所认识。水泽先生在上述著作中，对日本现存世的三种古活字本，即八行有界本、八行无界本、九行无界本，都用了"日本庆长(1596—1614)古活字传嵯峨本"的提法。即他认为，这三个本子都是日本庆长年间刊行的。其他的一些日本学者的提法与此有所不同。小泽贤二先生把八行无界本称为"元和、宽永间无界本"；九行无界本称为"宽永、正保间刊九行无界本"。水泽先生在后来的著作中也表示接受他的观点②。接下来我们综合日本学者的观点，介绍一下日本古活字本的简要情况。所谓日本古活字本有三种。

其一，史记一百三十卷日本古活字版庆长(1596—1614)八行有

---

① 《我国翻刻汉籍考》，见《神田博士还历纪念书志学论集》第7页。

② 《史记正义研究》第34页。小泽观点见同书小泽先生文章《史记正义佚存订补》。

界活字本(传嵯峨本)。半页8行17字,注双行17字,有界,黑口,四周双边,双花鱼尾,上鱼尾下题“史记纪一”,下题本卷页码。但十表9行,有界。

其二,史记一百三十卷日本元和、宽永间(1615—1643)八行无界活字本。半页8行17字,注双行17字,无界,黑口,四周双边,双花鱼尾,上鱼尾下题“史记纪一”,下题本卷页码。但十表9行,有界。

其三,史记一百三十卷日本宽永、正保间(1624—1647)刊九行无界活字本。半页9行17字,注双行17字,无界,黑口,四周双边,双花鱼尾,上鱼尾下题“史记纪一”,下题本卷页码。但十表9行,有界。

日本学者对日本古活字本《史记》命名问题的争论,实际上关系到这三个本子的刊刻时间问题。在相当长的时间里,关于此三本的刊刻时间,日本学者中说法不一。日本江户时代的日本国学家狩谷棭斋在《活版经籍考》中批注说:“《史记》活字,余所见者,有三种。世传角仓素庵所刻有界行者最古,未知其然否。”川濑一马先生在对此段文字进行解释时说:“一马云、《史记》的古活字本在三种以上,至少有四种。其中如棭斋所言,传角仓素庵所刊一本感觉应为最早。林鹅峰称素庵所刻为嵯峨本,拙著《嵯峨本图考》中也有考辨。该本成篑堂文库藏本识语及其他,可以证明至少在庆长十一年此本已被刊行。①”

日本学者对所谓嵯峨本的认识,极不一致,也就造成了对其中《史记》版本刊刻时间的不同说法。所谓“嵯峨”是指日本京都盆地的西北部,那里曾有日本嵯峨天皇的离宫,也有一些日本贵族的别墅,和大量的寺院。所以所谓“嵯峨本”是指在嵯峨刊行的书籍,但在实际使用中,日本学者却有着许多的不同观点。大致有两个说法,其一是嵯峨本包括角仓本和光悦本,即角仓素庵刊本和本阿弥光悦刊本。其二是嵯峨本就是角仓本。植村长三郎在《书志学辞典》中说:“嵯峨

① 《活版经籍考》中《活版经籍考解说并补正》第5页。

本一名角仓本,又被称为光悦本。角仓素庵制版者多达二十余种数百卷以上。[1]"日本学者中山久四郎、龙肃在《世界印刷通史》第1卷"日本篇"中和上述的观点一致。日本学者和田万吉先生(1865—1934)认为嵯峨本就是角仓本。关于角仓素庵和嵯峨本的关系,他说:嵯峨本为居住在洛西嵯峨的富豪角仓与一光昌(号素庵,字玄之,亦号苏庵)所刊,其为光悦的壮志所感动,从庆长中叶到宽永年间刊行了大量的假名书籍(宽永九年六月殁、年六十三)。此人也是靠土木建筑业起家(帮助其父了以),不仅趣味广泛,精通诸艺,特别是习学光悦的书法,有很高的水平。因受幕府奖励学问的鼓舞,以自己所写的字制成活字,与光悦相比,刊行了更多的实用书籍。其主要刊行物如下:

伊势物语　二册
伊势物语肖闻抄　三册
徒然草　二册
平家物语　十二册
保元物语　三册
平治物语　三册
源氏物语　五十四册
古今和歌集　三册
撰集抄　十二册[2]。

和田先生在介绍了日本文禄年间(1592—1595)在日本活字本印刷开始兴起的情况后,列举了日本庆长、元和年间(1596—1623)刊行的书籍,他说"除此之外,好像还有《史记》、《汉书》等大部头书籍若干部"[3]。从上面的引文及其所列举书目中,可以看出,和田先生是不认同角仓素庵刊刻《史记》的。

---

① 《书志学辞典》第195页。
② 《日本书志学概说》第264～265页。兴吉案:日本宽永九年即公元1632年。小秋元段先生说:角川素庵"本姓吉田氏,通称与一,讳玄之",参见《嵯峨本〈史记〉的版本考察》。
③ 《日本书志学概说》第260页。

因为此三本的刊刻年代不可详考，所以日本学者对此也没有明确的说法。因而在提及上述的这些日本古活字本时，水泽先生曾经用过“日本庆长(1596—1614)古活字传嵯峨本”的提法。其中的“传”字，显然包含了并不能确认的意义在内。川濑一马先生的著作《嵯峨本图考》，笔者未能有机会见到，所以对他所说的四种《史记》古活字本究竟是哪四种，无法说明。但我们从他在这里的表述中，可以看出，他对这些日本古活字本的刊行时间，也没有把握说清楚。水泽先生也根据和川濑一马先生同样的材料，认为此类活字本的刊行下限为日本庆长十一年(1606)。在《史记之文献学的研究》中，水泽先生据成篑堂旧藏，《主妇之友》御茶水图书馆藏八行有界本中的批注为依据。在此本的第二册末尾(即卷 32 的末尾)有题记云：“庆长十一丁未秋八月、以东福善惠轩之本、新加朱墨倭点者也。①”小林贤二先生在《史记正义研究》中把八行有界本列为最早的刊行本，笔者也没有见到他们的论说根据，笔者推测，二位先生的依据当来自三种日本古活字本中日本学者批注中所题写时间的资料，但这种确定版本刊刻时间的方法是不可靠的。阿部隆一先生曾对台北国立中央图书馆藏日本刊《史记》古活字本(有 2 种，3 部，即八行有界本 1 部，九行无界本 2 部)进行了考察，他在介绍九行无界本中的第 2 部时指出：此本卷 32 的末尾有题记云“庆长十一丁未秋八月以东福善惠轩之本新加朱墨倭点者也”②。笔者认为，如果单单依靠此条题记就得出九行无界本也是庆长十一年以前刊行的结论，那就出现了一个疑问，即九行本和八行本到底哪一个是最早刊刻的。因为上面我们已经提到，日藏《史记》诸版本中日人的批注，本来就存在着一个互相转抄的情况，也就是说，晚出的版本上的批注也经常照抄较早刊行版本中的批注。上述情况的出现正是这种转抄所造成的结果。因而笔者认为，川濑一马、水泽利忠二位先生的观点

① 《史记会注考证校补》第八册《史记之文献学的研究》第 122 页。

② 《增订中国访书记》第 181 页。又阿部隆一先生认为：九行无界本刊行于庆长、元和年间，见上书第 177 页。

还值得进一步商榷。①

笔者认为，根据上述的记载来考察，九行无界活字本当为此系列中最早的本子。理由如下：三种日本古活字本的《表》部分，版式是一样的，都是九行有界。刊刻《史记》，恐怕最难以处理的就是对《史记》中"十表"的处理，纵观《史记》的诸家版本，虽然每半页的行数从八行到十四行不同，但是《表》部分的格式却大致相同。既然三种日本古活字本的《表》部分都是九行、有界，我们就可以做这样一个假设，如果八行本刊行在前，似乎它没有必要把《表》部分专门设计成九行，这样做显然在刊刻体例上会出现不一致；反之，九行本在前，八行本在刊行时，就可以借用九行本的《表》部分，而无须重新设计《表》的格式。据此，笔者认为，九行本当刊刻在前。

国内学者对日本古活字本的认识，似乎以傅增湘先生为最早。他在《藏园群书经眼录》卷三中说："史记集解索隐正义一百三十卷日本古活字本，八行十七字，注双行同。每卷大题在下，《索隐》已列入注中，是亦非从北宋本出矣。然《列传》首老子伯夷同为第一，与余藏北宋本同，或从宋代别刻耶！竢再考之。(丁卯九月十日地安门外冷摊收得，九十六元)"丁卯即 1927 年。此后在对《史记正义》佚文的研究中，国内学者也开始注意到了日本刊刻的古活字本。贺次君先生说："今考狩野本乃我国元朝至元二十五年(1298)安福彭寅翁崇道精舍刊本的翻版。彭本在日本流传最广，日本的钞本如梅仙和尚自笔建仁寺两足院本、英房钞本、桃源钞本、幻云钞本，古本如天理大学图书馆藏崇兰馆旧本、庆长古嵯峨八行本、成篑堂文库八行无界本、成篑堂文库八行有界本、庆长十一年校记八行本、尾阳文库庆长古活字本、森立之旧藏大东急纪念文库庆长活字本、成青州古活字九行无界本等，无一不祖于元彭寅翁刊本，且各本眉端及栏外都有标

① 兴吉案：在修改本书稿时，得见日本学者小秋元段先生论文《嵯峨本〈史记〉的版本考察》，他说：日本古活字本(他认为这些古活字本就是嵯峨本，即角川素庵刊行本)的第一种本(即八行有界本)的刊行时间有三种说法，即庆长四年、庆长九年左右、庆长十一年以前三说。

注的《正义》。①”贺先生的资料当来源于水泽利忠先生的《史记会注考证校补》，但贺先生没有作进一步的研究，就把彭本原本（天理大学图书馆藏崇兰馆旧本）和彭本的全抄本（梅仙和尚自笔建仁寺两足院本）、节抄本（英房钞本、桃源钞本、幻云钞本）以及后来的活字本相提并论，因而这里的表述可以说是极不准确，其中推测的成分很大。但贺先生的观点对当时的学界还是有影响的。1985 年程金造先生出版了《史记管窥》，他在《史记会注考证新增正义之管见》一文的注释中说：“寅翁本，在日本较为通行。日本传本，如梅仙和尚自笔建仁寺两足院本，崇兰馆旧藏天理大学图书馆藏本，庆长古活字传嵯峨八行本，庆长八行有界本等等，均从彭本出。②”在二位先生的论著中，都没有说明其所依据的资料根据。笔者推测二位先生的观点当取材于《经籍访古志》，在《经籍访古志》中有“枫山官库亦藏元椠足本，卷末有‘至元戊子菖節吉州安福彭寅翁新刊于崇道精舍’木记。即与此同种，朝鲜国刊本及今行活字板，俱原此本”的提法。尽管贺先生和程先生的介绍并不完全正确，但受到二位前辈学者的启发，循着二位前辈学者的提示，笔者决定对日本古活字本和彭寅翁本的关系做一些考察。

日本刊刻的《史记》版本，在国内保存的数量并不多，笔者据《中国馆藏和刻本汉籍书目》的记载，作了一个统计：国内收藏的和刻本《史记》总计有 22 种，而其中《史记评林》类的版本有 12 种，《史记论文》3 种，题日本活字本者 4 部。其中北大、辽宁、大连藏本题为“日本古活字本”，国图藏本题为“日本铜活字本”③。辽宁、大连藏本无缘得见，而笔者有幸得见北大藏本的原件。现据这个本子对日本古活字本进行一些介绍。

北大藏日本古活字本在《北京大学图书馆藏古籍善本书目》中有著录，但是比较简略，只是说：“史记百三十卷（存卷一至六十九　卷

---

① 《日本〈史记会注考证〉增补〈史记正义〉的真伪问题》，《文史》第十四辑，第 34 页。又文中“(1298)”当为(1288)。

② 《史记管窥》第 216 页注 1。

③ 《中国馆藏和刻本汉籍书目》第 112～113 页。笔者后又得见此本的缩微胶片，在进行比勘之后，认为此本和北大本是同版，都是八行无界本。

七十四至一百三十)汉司马迁撰　刘宋裴骃集解　唐司马贞索隐　唐张守节正义　日本古活字本(有抄配)　四十九册。"笔者用水泽先生《史记会注考证校补》中"日本庆长(1596—1614)古活字传嵯峨本八行无界本"的三幅图版①,和北大所藏日本古活字本进行了对照,认为北大藏本是属于上述的日本古活字八行无界本(以下简称北大古活字本)。

此本的板框纵横 22.2 × 17.6 cm。各册的书背题"共五十"三字,可见原本应为 50 册,此本缺卷 70～73,故今存 49 册。此本卷首各序的排序是《史记索隐序》、《史记索隐后序》、《史记正义序》、《补史记序》、《史记集解序》、《史记正义论例谥法解》、《史记目录》。各卷卷首钤有方形朱印"濯斋",或在天头,或在页下。北大藏日本古活字本第一册《史记目录》卷末,衬页有抄录的凌稚隆《史记评林》凡例、李光缙的《史记评林》序的部分内容,在衬页的最边有题记云:"宝历癸酉胧月念七句校　贞源。"可知此题记是日人所题。宝历癸酉即日本宝历三年,清乾隆十八年(1753);卷 3《殷本纪》卷末衬页有题记"良达藏"三字。此本显然是日本学者的旧藏,又此本中原有日人的句读、日文假名音注、批注,而竟为后人分别用白、黄、灰等涂料所掩盖,因为在所涂之处又有日人常有的所谓"汉文和读"的标示,所以可以认定在其上出现的新的断句,当系日人所为。目前此本中,只能见到汉文的批注,而在板框里的日文的假名音注、注释大都被涂料掩住,只在天头、页下还残存着一些朱笔的汉文批注。不过,即使如此,由于此本中一些地方所加涂料已经脱落,所以我们还是可以从中看出,较旧的批注是朱笔批点。由于绝大多数的日人批注都被涂盖,因而对其内容难以作全面的考察。仅从一些脱落之处,可以看出,其中有日文音注,有批补原本缺文的情况。从零星见到的一些材料,可以看出,此本和日本所藏的庆长本有关联。在此本的卷 7 大小题下,有批注云:"大板作项羽本纪。"据水泽先生说:日本东北大学藏本的卷 7 此处也有此句批语②。或可以推知,此本原有的

① 见《史记会注考证校补》第一册图版三三、图版三四;第 2 册图版七六。
② 《史记会注考证校补》第八册第 121 页。

日人批注和现藏于日本各机构的庆长本中的批注当属同一个系列。然而此本“作”字作“作”，而不作“乍”，显然和枫山本、梭斋本中，日人批注中的“作”字皆用“乍”字的情况不同，应属于较晚的批注；其他各处批注中的“作”字，也和上述的情况大致相同，由此可见，诸多批注虽和日藏版本中的旧批注同属于同一系列，但明显要晚于前者。

此本在日本的藏本，水泽先生列举了其中有日人批注者（称之为《史记》标记）有 3 种①。分别为和学讲谈所旧藏内阁文库藏本，2 册。第 1 册，《三皇本纪》、卷 1 至卷 3；第 2 册卷 60 至卷 69。成篑堂文库旧藏《妇女之友》杂志社御茶水图书馆藏本，29 册。高木家旧藏天理大学图书馆藏本，50 册，卷 25、26、38、43、61、62 缺，为据八尾评林本的抄配。另外有大东急纪念文库藏本，50 册，无批注。据小秋元段先生的调查，此本在日本有比较多的收藏。包括京都大学图书馆藏本，50 册；内阁文库藏本，50 册；大东急纪念文库藏本，50 册；东京大学东洋文化研究所藏本，51 册（卷 6、7 抄补）；成篑堂文库藏本，29 册；庆应义塾大学图书馆藏本，30 册（卷 25、26、58～60 配八行有界本）；成篑堂文库藏本，15 册（存卷 2～4、7～12、18～22、27～30、37～42、54～60、102～130）；内阁文库藏本，2 册（存卷 1～3、61～69）；内阁文库藏本，1 册（存卷 93～96）；静嘉堂文库藏本，2 册（存卷 16、17、74～78）；庆应义塾大学图书馆藏本，1 册（存卷 97～101）；天理图书馆藏本，50 册（卷 25、26、38、43、61、62 抄补）②。

经过查对，笔者认为，北大古活字本的底本就是彭寅翁本。就此可以证明《经籍访古志》中所说的“朝鲜国刊本及今行活字板，俱原此本”的话，是有一定的根据的。另外，日本学者朝仓龟三认为，嵯峨本中《史记》是朝鲜本的覆刻本③。笔者没有能找到朝仓龟三先生著作

① 《史记会注考证校补》第八册第 124～126 页。兴吉案：笔者在《北大藏日本古活字本〈史记〉研究》（《中国典籍与文化》2004 年第 4 期）一文中说：日本尚有此本 6 部，系引用资料有误。特此更正。

② 见《嵯峨本〈史记〉的版本考察》。小秋元段先生在文中说：他未目验天理图书馆藏本。

③ 《书志学辞典》第 196 页。《史记会注考证校补》第八册第 121 页。

原文,所以不能对其资料来源及立论展开讨论,但笔者推测,这个观点大约还是《经籍访古志》观点的因袭。水泽利忠先生也有类似的说法,认为大岛赘川《史记考异》中所引的“韩本”是据彭寅翁本覆刻;而日本庆长本的底本是“韩本”①。但水泽先生既没有说明“韩本”的下落,也没有三本存在接承关系的理由。关于朝仓龟三先生的观点,在其他的日本学者的相关著作中都没有见到其他更多的说明,可见此说还不是公认的定说,只是朝仓龟三先生的一家之言,影响不大。

在版式方面,日本古活字本《史记》(包括八行有界本、八行无界本、九行无界本)都和彭寅翁本《史记》比较接近。如卷1《五帝本纪》首页在首行大小题的次行,是《集解》、《索隐》、《正义》,我们注意到,在《集解》、《索隐》文字之后的《正义》另起一行,在三家注本体系中,只有彭寅翁本采用这样的版式设计,南宋刊黄善夫本、明刻廖凯本、嘉靖三刻、明刻南北监本、凌稚隆本、清刻武英殿本、清刻金陵书局本都与此不同。它们的版式是《集解》、《索隐》之后接《正义》,并不另起一行。又《史记目录》中,北大古活字本的版式基本上和彭寅翁本一致,只是北大古活字本在《史记目录》中,在一些人物传卷下增加了《汉书》中这些人物传的相应卷数。

与彭本、黄本一样,北大古活字本也用标志符“〇”来区别《集解》、《索隐》、《正义》,和彭本、黄本稍有不同的是,北大古活字本因为是活字版,所用标志符“〇”比彭本、黄本大许多。笔者经过查对,发现彭本版式方面的错误,北大古活字本也有因袭,如卷129史文“及

① 兴吉案:水泽先生在说明《英房史记抄》的底本时,引用了其中的文字加以论证,他说:“‘其色赤其聲魂云’の下の集解注‘武王卒父業’(同本纪)彭寅翁本に合す。”他又对此句加注释说:“彭寅翁本のほぼ忠実なる覆刻本として、大島贄川の‘史記考異’に引く朝鮮に於ける‘韓本’と、それをほぼ忠実に覆刻したと思われる我が国に於ける慶長(一五九六—一六一四)古活字本、即ち‘伝嵯峨本’、もちらんこの英房抄引の三家注に合するが、いずれも、英房の卒年後(一三四八以降)になされたものと推定されるから、ここでは、それらを除外して考ぇる。”见《史记会注考证校补》第八册第275、283页。

秦文、德、缪居雍，隙陇蜀之货物而多贾(十、3261)”中“隙”字下，有《集解》、《索隐》、《正义》。彭本在《正义》“雍，县。岐州雍县也”之前和其上的《索隐》文字之间没有标志符“○”。而北大古活字本和彭本一致。如果说只有一处的相同，或许是偶然，那么在卷130还有一处同样的情况。卷130史文“采椽不刮(十、3291)”下，《索隐》“韦昭云：采椽，栎榱也”和《正义》“采取为椽，不刮削也”之间，彭本和北大古活字本都没有标志符“○”。另外，在不应该有标志符“○”的地方，彭本和北大古活字本都有标志符“○”。卷130史文“名家苛察缴绕(十、3291)”下，有《集解》，彭本、北大古活字本作“《集解》曰：服虔曰：缴音近叫呼，谓烦也。○如淳曰：缴绕犹缠绕，不通大体也”。查对《史记》其他各本，可知此处只有《集解》，而没有其他注家。因此，可以认为“如淳曰”前的“○”，黄本无，而明显是彭本的误刻，而北大古活字本因袭彭本所以致误。上述的例子应当说明北大古活字本的底本就是彭寅翁本。

在文本文字方面，笔者将北大古活字本和彭寅翁本进行了查对，重点对校了《本纪》中的《周本纪》、《秦本纪》、《秦始皇本纪》、《项羽本纪》四卷和《列传》中的《货殖列传》、《太史公自序》，合计六卷，而两本之间的一致则更出乎笔者的预料。前面已经提到，彭寅翁本《本纪》部分中的卷4、5、6、7是删节三家注最多的部分，笔者查对的结果，发现两本对三家注的删节情况完全相同。而在《货殖列传》、《太史公自序》二卷中，虽然没有删节三家注的情况，但在异文方面，两本之间的相同者极多。如卷129史文“枣栗千石者三之(十、3275)”下，有《正义》“谓三千石也”。其中的“三”字，彭本、北大古活字本皆作“之”字。又如史文“沃野，下有蹲鸱(十、3277)”下，有《正义》“汶山郡都安县有大芋如蹲鸱也”，其中的“都”字，彭本、北大古活字本皆作“郡”字。此外，彭本与黄本相同的异文，北大古活字本也和彭本、黄本一致。在北大古活字本的卷130中，大致的情况和卷129相同，此处就不重复说明了。

笔者认为，既然北大古活字本在三家注方面有大量缺失，而且这样多的缺失刚好和彭本一致，因此，两个本子之间的关系也就不言自明了,否则就完全不能解释这种翻刻本才会有的现象。于是我们的结论是北大古活字本是据彭本排印的。同样,日本其他的两个古活字本也应当是据彭寅翁本排印的,因为据笔者的考察发现,日本三个古活字本的《五帝本纪》的首页版式是一样的,而前面已经说过,这个版式设计在《史记》诸版本中,只有彭寅翁本才有这样的版式设计。当然,由于笔者还没有校勘过其他两个古活字本,所以目前还不可以下更明确的结论。

作为题外的话,笔者还想说一说北大古活字本所反映出的一些问题。在上一章中,我们提到了在《史记》诸版本中的日人批注问题,而且提到了在日本各机构收藏的日本庆长活字本中,有大量日人批注。笔者由于受到古籍善本借阅的困难和个人时间关系的制约,未能对北大古活字本和枫山文库本进行全 130 卷的校勘,只是完成了本纪中卷 4、5、6、7 和卷 129、130,合计 6 卷的校勘任务,另外还有一些零星的调查。即使如此,笔者仍然认为,北大古活字本的版本意义是不可以轻视的。此本的重要性在于它是以元刻《史记》彭寅翁本为底本,从而扩大了《史记》三家注本的范围,以及得以建立以彭寅翁本为中心的《史记》版本系统。此外,它的重要意义还在于此本中间也有大量的日人批注。而经过查对,笔者发现此本中的日人批注和日藏《史记》诸版本中的日人批注同属于一个系统。在此本中以所谓“师说”和“《史记正义》佚文”为代表的批注,表现得最为突出。如卷 126 史文“辄乙其处(十、3205)”上,日人批注云:“乙其処/师説曰/或説乙字絶也/旧説乙表/識也。”又卷 126 史文“曾氏之义(十、3220)”下,有《集解》:“曾,一作庄。”日人批注云:“师説曰、曽作莊、謂莊周。”在北大古活字本中,对“《史记正义》佚文”的批注,也比较多。笔者经过查对,在《本纪》部分的卷 4、5、6、7 中发现有关“《史记正义》佚文”的批注;在《列传》部分,也有大量的批注。如卷 110 有批注“《正义》佚文”注释史文“喋喋(十、2900)”《史记正义佚文辑校》中收录卷 125 的 7 条“佚文”,在北大古活字本卷 125 中全部有。另外,笔者统计,北大活字本卷 126 中批注有 11 条“佚文”,卷 127 有 7 条“佚文”。此本除了有上述的批注外,还有一般日藏《史记》诸版本中常见的内容,如引用《幻云史记抄》、《通鉴》胡三省注、陆善经的注释等。如此种种,表明北大古活字本中所存在的日人批注同属于一个大的日人批注系统。在相当长的时期内,国内学者对日藏《史记》诸版本中日人批注研究不足,进而对日本学者泷川资言先生发现的"《史记正义》佚文"不能有更深入的探究,造成这种情况的根本原因就是没有第一手的资料。也就是说,国内学者很难亲身接触到日藏《史记》版本,因而造成了这种局面。而现在,北大古活字本的存在,则打破了上述的僵局,为这个问题的研究提供了第一手的实物资料,从而为全方位地研究日人批注问题创造了条件。笔者认为,这是北大古活字本存在的另一个意义。

3. 朝鲜翻刻的《史记》和《史记》彭寅翁本

目前笔者所知道的学界所谓"朝鲜本"的《史记》版本,大致都是由《史记评林》演变来的本子。在韩国汉城大学奎章阁有两部朝鲜刊行的活字本《史记评林》,两部刻本《史记评林》。据汉城大学编《奎章阁图书韩国本综合目录》:其一,40 册(残本)。活字版(出版年未详),四周双边,半页 10 行,行 19 字,注双行。版心上下花鱼尾。其二,1 册,存卷 79 至 83(残本)。活字版(出版年未详),四周单边,半页 10 行,行 19 字,注双行。版心上下内向花鱼尾。

据日本宫内厅书陵部编《图书寮典籍解题——汉籍编》说"〈朝鲜版〉 史记评林一三〇卷首一卷　明凌稚隆撰　清　嘉庆版　三三册"[①]。笔者又据《史记会注考证校补》中所附日本宫内厅所藏本的图版[②],与《奎章阁书目》中的记载进行对比后认为,汉城大学所藏朝鲜本《史记评林》的第一种(即四周双边者)和日本宫内厅书陵部所藏本为同种。无论笔者的结论是否正确,上述的朝鲜本因为是《评林》本,而《评林》本的最早刊本凌氏万历四年本的底本是"嘉靖三刻"之一的柯维熊本,学界目前的普遍看法是柯本来源于黄善夫本,这样《评林》本的三家注比较完整,因而上述的朝鲜本和彭寅翁本应当没

① 《图书寮典籍解题——汉籍编》第 127 页。
② 《史记会注考证校补》第 2 册图版八八。

有直接的承继关系。

上面提到,日本学者朝仓龟三先生提出了日本庆长古活字本的底本是朝鲜本的观点。从目前的研究来看,如果朝仓龟三先生的结论有依据的话,那么此朝鲜本的底本也就应是彭寅翁本。只是目前笔者无缘见到此朝鲜本,也没有见到国内外学者对朝仓龟三先生的观点展开研究的论著,因此笔者无法对朝仓龟三先生所说的此种朝鲜本加以更多的说明,也就无法从事对比性的研究。

不过,近年来,国外学者对此问题的研究明显在加强,而且呈现着取得突破的态势。水泽利忠先生在论及朝鲜刊行的《史记》三家注本时指出:"关于朝鲜的古活字本,夙以覆刻明万历凌稚隆《史记评林》的本子(刊行年代不明)为著名。然而和作为此本不同版的《史记》三家注本的确存在,1991 年庆应义塾大学图书馆获得此本,据现在小泽氏的调查,此本有永乐二十年的跋文,而且在板框外等处有以《史记正义》佚文为首的本邦近世初期所作的批注。想来此版是以元刊彭寅翁本为蓝本吧,因为在调查进行中,不便明言。此外,下面提到的日本古活字本有可能以该书为蓝本,尚待后究。①"不过,水泽先生发表此文已有数年之久,我们还没有见到关于此问题的结论,我们也只有翘首以待了。

如果藤原英房、朝仓龟三、水泽利忠等前辈学者所提到的"韩本"就是此朝鲜本,那么无疑会极大地推动《史记》版本的研究,特别是《史记》版本的海外翻刻的研究。换言之,可以以此为基点,建立一个彭寅翁本为祖本的《史记》版本体系。

---

① 《史记正义研究》第 34 页。兴吉案:此本当是小泽所说的庆应义塾大学图书馆藏"朝鲜永乐 20 年(1422)刊古活字《史记》[非评林]"本,见同书第 773 页小泽文章《史记正义佚存订补》。

馀论:
《史记》版本研究中有待解决的问题

本书是针对《史记》彭寅翁本的专题研究。笔者认为,这个专题研究应和整个《史记》版本研究相结合。在对《史记》彭寅翁本的研究过程中,笔者也遇到了一些在《史记》版本研究中还有待进一步加以探究的问题。限于笔者的能力和学识,对这些问题笔者在本书没有能展开讨论,但这些问题是比较重要的,也是笔者努力的方向,现在这里提出来,向同道们求教。

1.《史记》版本系统的进一步研究

在二十世纪的一百年间,以《〈史记〉版本研究》一书的出版为一个阶段,学界历经数代人的努力,对《史记》版本系统的研究,结出了丰硕的果实,大框架的《史记》版本系统已经成型,接下来的任务是对《史记》版本进行更深入的研究。比如说相对于宋元版,对明版及明以后的版本的研究还存在着许多不足。下面仅列举几个主要问题加以说明。

首先是明监本《史记》的来源问题。明监本《史记》共有四个版本,而且明监本《史记》的版本一直保存到清代,多次递修重印,是以明监本《史记》的明印本、清递修本存世较多,而且以明监本《史记》为底本,又演变出清代官刻本——武英殿本《史记》,因而明监本《史记》在整个《史记》版本系统中有着重要的地位。

然而多年来,对明监本的来源及其四个本子之间的关系的研究,还不是很深入。诸多著作在涉及此问题时,多是语焉不详。只有近年张玉春先生在《〈史记〉版本研究》中涉及较多,他指出:"南监张邦奇本是以元大德九年刊二家注本合《正义》注文而成。在合刻过程中，因所据底本不善，三家注文，尤其是《正义》注文多有脱落。至万历三年余有丁始有意删削三家注，斥余氏妄删三家注，可谓不诬。及至万历二十四年冯梦祯本、二十六年北监刘应秋本，不仅不曾删削三家注，而且恢复了被余有丁妄删的注文，但终因无缘得见黄善夫本，没能达到恢复三家注原貌的目的。①”然而，此说有些可疑。南监本第一种张邦奇本刊行于嘉靖九年(1530)，而在此仅十数年前，即有正德十二年(1517)廖凯本问世，嘉靖六年(1527)刊成的柯维熊本、王延喆本。此时即使找不到黄善夫本、彭寅翁本，而与之相近的本子，张邦奇如何能视而不见？反而用二家注的大德本加上久已不传的单正义本，另起新的版本？另外，张玉春先生还推测，在《元西湖书院重整书目》中有《史记正义》的记载，他认为：“西湖书院藏有一部《史记正义》，入明后，此书亦应存明南监，张邦奇等或即以此本注文刻入大德本。此本今不存，具体情况已不可考。②”以张玉春先生的意思，此《史记正义》当为单行本的《正义》，如真是如此，则南监本就不是删节《史记》三家注本的问题，而是删节单行本《正义》的问题。或者说，张邦奇等即有《正义》全本，却没有形成一个完全的三家注本，于理不合。因此，关于对明监本的来源及其四个本子之间的关系的研究，还缺乏一个更清晰、具体的数据统计性的综合研究，所以笔者认为这依然是一个值得进一步探讨的问题。

其次，国内学者对明代《史记评林》本的研究存在着严重的不足。从嘉靖十六年(1537)《史记题评》、万历四年《史记评林》刊行后，这种加入大量诸家评论的《史记》，风行一时，据笔者统计有 12 种之多；因此，笔者认为，在明代实际上有一种“评林类”《史记》存在。此类《史记》或有三家注，或无三家注，有的甚至是选本。无论怎样，这些本子中都有明人的诸多论说，反映了明人对《史记》的研究成就及见解。从这些观点中，我们不仅会了解到明人对《史记》研究的角度和方法，以强化我们的研究，而且从中也可以进一步探索明代《史记》研究和

---

① 《〈史记〉版本研究》第 334 页。

② 《〈史记〉版本研究》第 327 页。

明代学术的关系。从现存明刊《史记》的版本来看,“评林类”《史记》的典范《史记评林》,在明代就有四五个增修本,另外,其他“评林类”《史记》也多达十多种,也表明明人对“评林类”《史记》的喜爱和社会需求的增加。从一定意义上说,《史记评林》这一近乎《史记》通俗本的出现和不断演变,是明代学术繁荣之下,学术观点延展到社会生活的一种现象。反观进入清代之后,“评林类”《史记》几乎消失,更加凸现明清学术风格的差异。是以“评林类”《史记》在《史记》研究史中及在明代学术史研究中都有重要的地位。

由于《史记评林》版本近乎通俗本的地位,加之此类版本对《史记》三家注皆有相当的删略,是以国内学者大多忽视它的存在,从而导致中国学者对《史记评林》的研究,一直处于比较低的水平。只有贺次君先生在《史记书录》中,提出过《史记评林》来源于明嘉靖三刻之一的柯维熊本的观点。此后,中国学者对这个观点也没有进一步的讨论。相反,日本学者对《史记评林》的研究走在了国内学者的前面。1984 年日本学者山城喜宪在日本庆应大学《斯道文库论集》第 20 辑上发表了《史记评林诸版本志稿》,就现存世的包括递修本、后印本在内的 51 种《史记评林》本进行了调查的同时,还对《史记评林》各本之间的异同及相互关系发表了自己的意见。

其三,强化对清代武英殿本及其后续版本的研究。清乾隆四年(1739)开始刊行的官刻《二十一史》,即通称的“武英殿本二十一史”中,《史记》是最早刊行的。武英殿本《史记》,因为是官刻,在清代及后来影响极大。首先,此本首创了将对所采底本的部分改动,以“考证”形式附于《史记》各卷卷末,这实际上相当于在此之后才有的“校勘记”。其中的相当内容是明清两代学者《史记》版本研究成果的体现。此后,刊行《史记》一般注意到“校勘记”的作用,当与此有关。如张文虎《校刊史记集解索隐正义札记》,刘光蕡《史记校勘记》。其次,武英殿本在清代有多个翻刻本,在清末至民国时期,据笔者的统计,至少有 13 个石印本,流传极广。可以说在今日的通行本——中华书局本出现之前,武英殿本,特别是武英殿本的石印本在学界及当时的社会中是最通行的本子。对于这样一个极为重要的版本,目前学界的研究还存在着不足。首先是对武英殿本的来源还有进一步探究的必要。前文已经提到,武英殿本来自于明北监本,在此基础上校勘而成武英殿本。其校改底本的情况,在该本的"史记考证"中虽也有一些说明,但就总体而言,还不够详细。目前学界对此问题尚没有专题性的研究,因而武英殿本《史记》如何校改底本的细微情况,还不能全面地予以揭示,这种状况,势必会对充分地利用殿本,带来一些负面的影响。

2. 关于《史记》三家注的研究

笔者认为,关于《史记》三家注的研究,首先应集中在对《史记》三家注的形成及其衍变的问题上。自宋代,《史记》正文和三家注合刻的形制出现之后,三家注合刻本《史记》这一新的体裁,逐步排斥其他的《史记》注家形态,成为《史记》的主流版本。我们知道,今日我们看到的《史记》三家注在"三家注本"出现之前,在相当长的时期内,它们是各自独立存在的。换言之,如果比较今日"三家注本"中的"三家注"和原本单独成篇时的"三家注",我们就会注意到,两者之间无论是在体例,还是在内容上,都有一些差异。这些差异不仅仅是一般古籍文献流传中会出现的"异文"问题,而且是涉及中国古代文化思想、学术思想的变化及中国古代印刷术变迁的问题。因为三家注本《史记》中的"三家注"可以说是个三家注的"选本",而这个"选本"是在历史的长河中形成的。《史记》的诸多注家在其流变中,不断筛选、淘汰,而只有《集解》、《索隐》、《正义》保留下来。同时,作为三家注中的任何一注,在注本《史记》从一家注本到二家注本,又到三家注本的过程中,也经历了一个变化的过程。如果说每一种《史记》注本对三家注的文本都有增删、取舍的话,那么在每一次对三家注的文本内容的增删、取舍的背后,体现的则是删定文本的学者对于各注家所具意义的理解,以及对各注家所具学术价值的认同。因为今本三家注的内容是一个后来学者的人工"选本",而且这一过程是一个自然的选择过程。是以用今本三家注本的三家注文本内容,来评说原本三家注所各自具有的体例特征、思想走向,显然是不准确的。因此如果要进一步研究三家注本来具有的特征,就必须复原三家注各自的原貌。当然,复原三家注的原貌,并不是我们的最后目的,我们的目的是通过发掘三家注,通过每一个版本所反映出的每一步变化过程,来探索古人注释文献的方法和思想,从而揭示中国古代学术及其思想与文献研究之间的关系。可喜的是,2004 年 6 月北京大学古典文献学专业博士研究生应三玉先生在安平秋教授的指导下,完成了题为《〈史记〉三家注研究》的博士论文,对《史记》三家注进行了专题性的深入研究。笔者也期待应三玉先生的这一成果能够早日出版,使更多学者了解其成果,从而推进《史记》三家注的研究。

其次是强化对《史记正义》及其佚文问题的研究。就目前的学界对《史记正义》的研究而言,今存世的《史记正义》皆来自于南宋黄善夫本系统中的《史记正义》。自上个世纪的三十年代泷川资言著作《史记会注考证》,提出了"《史记正义》佚文"问题之后,数十年来学界对这个问题一直有很多争论。对"《史记正义》佚文"的真伪问题则是其核心所在,也是学者争论的焦点。这个问题已经争论了近八十年,至今还是一个未解决的问题。

我认为,研究所谓"《史记正义》佚文"问题的关键在于必须澄清《史记正义》佚文的来源。而国内学者对此点一直比较模糊。在《史记会注考证》出版之后,国内学者对这个问题有了一定认识的同时,也有一些不正确的认识。一些著名的《史记》研究者,如鲁实先、贺次君、程金造、张衍田等先生或认为此为伪作,或认为其出自已经不传世的单《史记正义》本①。这个问题直至近日还有学者对此不太明

① 兴吉案:赵生群先生在《〈史记〉文献学丛稿》之《从〈史记〉佚文考定司马迁生年》一文中说:从《玉海》中找到 50 条不见于今本的《史记正义》,并指出:其中个别条目已见于《史记会注考证》。他在此文中,列举了不见于《史记会注考证》的 5 条。认为:"王应麟所用的是《史记正义》单行本,所以能征引更多的《正义》注文。"笔者认为,无论今人还是先代学者都力求从现存世古籍中,找到更多的不见于今本的《正义》,以证明在三家注合刻本——黄善夫本问世后《史记正义》单行本还长期存在。笔者也并不认为这样的工作是无益的工作,但笔者同时认为,既然此项研究目前收效甚微,难以有所突破,故而寻找《史记正义》单行本的研究是一个值得商榷的研究方向。笔者赞同程金造先生的说法,他说:"如果在千有余年下之今日,求其完璧如张氏《正义》之编,那是永不可能,而且无大必要。"(《史记管窥》第 216 页)

了。如孙文泱先生在其网上发表《正史参考文献目录(第1部分上)》中说:"《史记正义》(清谭师吉辑)抄本,此书据王本《史记》摘出,并博考他书所引,为之补漏订误。光绪初年,稿本归苏州艺海堂书肆,见叶廷琯《吹网录》。日本人作《会注考证》时所云得旧抄本《史记正义》,疑即此书。"多是推测的话。

实际上我们目前所说的"《史记正义》佚文",是泷川资言先生在日本所藏《史记》诸版本(有刻本,也有抄本)中发现的。确切地说这些《史记正义》佚文的保存在日本学者的上述版本的批注中。为表明其与今日存世的《史记正义》的差别,日本学者将保存在《史记》各刻本的《史记正义》称为"刻本正义",而将保存在日藏《史记》各本中日人批注里的《史记正义》佚文则称为"佚文正义"。清楚了这个问题之后,笔者以为,对《史记正义》佚文真伪的研究不应是对《史记正义》佚文研究的重点,关键的问题是要强化对《史记正义》佚文的载体——日本所藏《史记》诸版本中日本学者批注的研究,对包含《正义》及不包含《正义》的批注展开全面的研究,通过探究对不同版本中批注的对比考察,通过对相同内容的批注之间关系的探讨,从宏观和微观两个方面解决日本学者批注的种类、目的及资料来源等问题,以求澄清《史记正义》佚文之谜。

再次是深入对《史记索隐》问题的研究。今存世的《史记》单索隐本,仅有明末汲古阁毛晋刻本,我们发现,此本中的《索隐》与传统的三家注本中的《索隐》有很大的差异。近人程金造先生对单《史记索隐》本,或称之为毛本《史记索隐》著有专文,指出:把毛本《史记索隐》和黄善夫本《史记》中的《索隐》相比较,则毛本《史记索隐》中的《索隐》有以下三种现象,"(甲)黄本具有而毛本完全脱落者";"(乙)毛本《索隐》讹误窜错者";"(丙)毛本《索隐》混乱裴氏《集解》者"。从中可见,毛本《史记索隐》存在的问题不少。笔者认为,对《史记索隐》的进一步研究应集中于以下两个方面:其一是进一步深入探究《史记》单索隐本的来源。在贺次君、程金造、张玉春先生作过研究的基础上,还应全面、系统地加以发掘。其二是注意《史记》二家注和三家注中的《索隐》变化,对历代《史记》校勘者、刊行者在"索隐"的取舍中所表现的体例及原则有一个清楚的认识,从而准确了解三家注的各自特点和相互关系。

笔者认为,单纯力求复原司马贞《史记索隐》旧貌的努力,单就学术研究方法而言,不免失于琐碎,但通过这个工作,得以发现、找到更多的《史记索隐》资料,澄清《史记索隐》的内在体例,亦不失为一种学术贡献。在此,笔者引用程金造先生的一段话,表达一下我的心情,程金造先生说:“然而《史记》之书,其传播之广,读者之多,仅次于六书。如果有《史记》爱好之士,想把三家注解彻底整理,使之归之有条。那在小司马《索隐》方面,可以按毛本《索隐》的卷帙规模,本其标字列注之形式,参照黄、王、中统诸本,补增脱略,订其讹文,分划《集解》与《索隐》的界限,改变其前后次序之颠倒。如此则小司马《索隐》三十卷的原书,可以复归完整。则不但是太史公之功臣,也足以为小司马的诤友了。①”程先生已成古人,而实现先生的遗志,正是作为我等后学义不容辞的责任。

3. 对海外版《史记》的调查及其流布的研究

《史记》作为中国的文学和历史名著,它随着中国文化的输出而传播到世界各地。这其中以东亚地区接受最早,而又以日本、朝鲜在《史记》研究与刊行方面最有成就。

在《史记》传播中,随着海外对《史记》需求量的增加,日本、朝鲜也相继出现了其自行刊刻的版本。前面已经提到目前已知的最早的海外刊本是永乐二十年朝鲜刻本。此本是《史记》三家注本,1991 年为日本庆应义塾大学图书馆所获得。如果上述的说明属实的话,那么可以说在《史记》版本系统中又发现了一个新的版本。此外在明代的《史记评林》刊行后,在朝鲜也有多次的翻刻。而目前还没有见到学界针对朝鲜刊行《史记》版本的专题性研究。在日本,不仅《史记评林》有大量的翻刻,有 19 个版本之多;而且日本在十六世纪末以后还出现了三种三家注活字本,十九世纪还有翻刻《史记》黄善夫本的一

① 程金造先生的观点皆见其论文集《史记管窥》中《汲古阁单本史记索隐之来源和价值》,陕西人民出版社 1985 年版。

些卷，如日本嘉永二年(1849)丹波元坚存诚药室影刻黄善夫本《扁鹊仓公列传》一卷，并附堀川济撰写的《影宋本扁鹊仓公列传考异》一卷、《扁鹊传备考》一卷一起发行。此外日本还大量翻刻了《史记论文》及《史记》的一些选本。进入二十世纪之后，日本还出现了大量的《史记》现代日本语译本。因此笔者认为，进一步强化对以日、朝为代表的海外刊《史记》版本的研究，不仅是不断开拓《史记》版本著录范围的需要，也是近而吸收海外《史记》研究成果的必然，因而此项研究应是《史记》版本研究的一个新课题。

附录一：
参考书目及相关论文

本目录中著录日本刊行书籍的名称完全保留了原书的形式，书名后有括号者为日本刊行的书籍，括号中的文字为中文译名。论文部分的著录也和上述情况相同。

一、《史记》版本研究的书目索引类著作

1. (清)纪昀《四库全书总目》，中华书局影印本1983年版

2. (清)张金吾《爱日精庐藏书志》，《清人书目题跋丛刊四》，中华书局影印本

3. (清)邵懿辰《增订四库简明目录标注》，中华书局1959年版

4. (清)瞿镛《铁琴铜剑楼藏书目录》，咸丰七年(1857)刻本；又上海古籍出版社2000年版瞿果行标点、瞿凤起覆校排印本

5. (清)耿文光《万卷精华楼藏书记》，黑龙江人民出版社1992年版

6. 涩江全善、森立之《經籍訪古志》(《经籍访古志》)，1885年排印本

7. 历史研究所第一、二所《史记研究的资料和论文索引》，科学出版社1957年版

8. 《北京图书馆善本书目》，中华书局1959年版

9. 《圖書寮典籍解題—漢籍編》(《图书寮典籍解题——汉籍编》)，日本宫内厅书陵部1960年版

10. 范希曾《书目答问补正》，中华书局1963年影印民国本

11. 王民信《史记研究之资料与论文索引》，学海出版社1976年版

12. 王重民《中国善本书提要》,上海古籍出版社 1983 年版

13. 傅增湘《藏园群书经眼录》,中华书局 1983 年版

14.《木樨轩藏书题记及书录》,李盛铎撰,张玉范整理,北京大学出版社 1985 年版

15.《中央图书馆善本书目》,中央图书馆 1986 年增订二版

16. 北京图书馆《北京图书馆古籍善本书目》,书目文献出版社 1987 年版

17. 傅增湘《藏园群书题记》,上海古籍出版社 1989 年版

18. 杨燕起、俞樟华《史记研究资料索引和论文、专著提要》,兰州大学出版社 1989 年版

19.《藏园订补郘亭知见录传本书目》,莫友芝撰,傅增湘订补,中华书局 1993 年版

20. 汉城大学奎章阁《奎章阁图书韩国本综合目录》,保景文化社 1994 年版

21. 杜信孚、漆身起《江西历代刻书》,江西人民出版社 1994 年版

22. 王宝平《中国馆藏和刻本汉籍书目》,杭州大学出版社 1995 年版

23. 潘国允、赵坤娟《蒙元版刻综录》,内蒙古大学出版社 1996 年版

24.《嘉业堂藏书志》,缪荃孙等撰,吴格整理点校,复旦大学出版社 1997 年版

25.《北京大学图书馆藏古籍善本书目》,北京大学图书馆编,北京大学出版社 1999 年版

26. 沈津《美国哈佛大学哈佛燕京图书馆中文善本书志》,上海辞书出版社 1999 年版

27. 朱学勤《朱修伯批本四库简明目录》,北京图书馆 2001 年版

二、《史记》版本研究的相关著作

1. (清)梁玉绳《史记志疑》,中华书局 1981 年版

2. (清)钱大昕《考史拾遗》,商务印书馆 1958 年版

3. (清)张文虎《校刊史记集解索隐正义札记》，中华书局1977年版

4. 泷川龟太郎《史記會注考證》(《史记会注考证》)，日本东方文化学院日本昭和7年至9年(1932—1934)排印本

5. 吉田篁墩《活版經籍考》(《活版经籍考》)附川濑一马《活版經籍考解說並補正》(《活版经籍考解说并补正》)，日本书志学会日本昭和8年(1933)影印本

6. 植村长三郎《書誌學辭典》(《书志学辞典》)，教育图书株式会社日本昭和17年(1942)版

7. 和田万吉《日本書志學概說》(《日本书志学概说》)，(东京)有光社日本昭和19年(1944)版

8. 水泽利忠《史記會注考證校補》(《史记会注考证校补》)，史记会注考证校补刊行会，第1册～第8册1957—1961年发行，第9册1970年发行

9. 张元济《涉园序跋集录》，古典文学社1957年版

10. 贺次君《史记书录》，商务印书馆1958年版

11. 大庭脩《江戸時代の日中秘話》，(《江户时代的日中秘话》)，日本东方书店1980年版

12.《中央图书馆善本题跋真迹》，中央图书馆1982年版

13. 阿部隆一《增訂中国訪書志》，(《增订中国访书志》)日本汲古书院1983年出版

14. 张元济、傅增湘《张元济傅增湘论书尺牍》，商务印书馆1983年版

15. 程金造《史记管窥》，陕西人民出版社1985年版

16. 黄永年《古籍版本学》，陕西师范大学古籍研究所1985年油印本

17. 张衍田《史记正义佚文辑校》，北京大学出版社1985年版

18.《史记会注考证附校补》，上海古籍出版社1986年版

19. 尾崎康《正史宋元板の研究》(《正史宋元版研究》)，日本汲古书院1989年版

20. 张元济《校史随笔》,商务印书馆 1990 年影印 1938 年版

21. 严绍璗《汉籍在日本的流布研究》,江苏古籍出版社 1992 年版

22. 水泽利忠《史記正義の研究》(《史记正义研究》),日本汲古书院 1995 年版

23. 池田英雄《史記学 50 年—日中《史記》研究の動向》(《史记学 50 年—日中〈史记〉研究动态》),日本明德印刷出版社 1996 年版

24. 张元济《百衲本二十四史校勘记——史记校勘记》,商务印书馆 1997 年版

25. 沈曾植《海日楼札丛》附《海日楼题跋》,辽宁教育出版社 1998 年版

26. 叶德辉《书林清话》,1999 年中华书局影印古籍出版社 1957 年版

27. 赵生群《〈史记〉文献学丛稿》,江苏古籍出版社 2000 年版

28. 张玉春《〈史记〉版本研究》,商务印书馆 2001 年版

三、相关论文

1. 王重民《史记板本和参考书》,《图书馆学季刊》第一卷第 4 期,1926 年 12 月

2. 赵澄《史记板本考》,《史学年报》第一卷第 3 期,1931 年 8 月

3. 长泽规矩也《わが國における漢籍の翻刻につぃて》,(《我国翻刻汉籍考》),见《神田博士還曆紀念書誌學論集》(《神田博士还历纪念书志学论集》),神田博士还历纪念会 1957 年版

4. 川濑一马《經籍訪古志の成立—特に初稿本につぃて以前—》(《经籍访古志的形成——关于初稿本形成前史的研究》),见《神田博士還曆紀念書誌學論集》(《神田博士还历纪念书志学论集》),神田博士还历纪念会 1957 年版

5. 张秀民《南宋刻书地域考》,《中国书史参考资料》1980 年 10 月武汉大学图书馆学系编

6. 贺次君《日本〈史记会注考证〉增补〈史记正义〉的真伪问题》,

《文史》第十四辑，中华书局 1982 年 7 月版

7. 山城喜宪《史記評林諸版本志稿》(《史记评林诸版本志稿》)，《斯道文庫論集》(《斯道文库论集》)第 20 辑，日本庆应大学 1984 年版

8. 吴汝煜《〈史记〉版本略述》，《史记论稿》"附录"，江苏教育出版社 1986 年版

9. 安平秋《〈史记〉版本述要》，《古籍整理与研究》1987 年第 1 期

10. 易孟醇《史记版本考索》，《出版工作》1987 年第 1、2、3 期

11. 陈连庆《史记板本述略》，《中国古代史——陈连庆教授学术论集》，吉林文史出版社 1991 年版

12. 尾崎康《北京大学图书馆藏宋元版正史类解题》，《中国典籍与文化论丛》第一辑，中华书局 1993 年版

13. 小秋元段《嵯峨本〈史記〉の書誌的考察》(《嵯峨本〈史记〉的版本考察》)，《法政大学文学部紀要》(《法政大学文学部纪要》)第 49 号，2003 年版

附录二：
《史记》版本存世目录

此目录旨在著录版本的名称、现存卷数、收藏地点，并简要说明版本形态和特征[①]，间及宋元旧版的流传情况。此目录中，凡笔者所见者不出注；见于各图书馆自编目录，或通过网上可从“书目查询”中查知者不出注。凡引自其他书目，笔者又未见者出注，说明见于何种目录或何种研究成果。中间有笔者对引用文字的改动，因篇幅所限，不能一一说明。为区别行文中两类说明的性质，笔者将注明资料来源者用方括号标示，一般说明则用圆括号标示。本着古详近略的原则，对宋元以前的每一部存世版本，均作单独的说明。对明本及以后的版本则相对从略，且用小字来注明收藏地点。

此目录采用贺次君先生《史记书录》的收书标准，凡是包含《史记》正文全文的书籍皆收入此目录（残本除外），节选本、研究性著作不收入。对于国内的排印本，只注明册数、出版时间、出版社及所据底本。对翻刻本，如翻刻本与原版基本相同，板式几乎不变，则在原版下附录；对影印本，如影印本系据原版影印，板式不变，则在原版下附录；如果翻刻本、影印本改变了原板式，则单独列出，并尽可能地说明其板式变化。因为排印本中都存在着一定程度的改动，所以一般作为单独的版本列出。收录在《十七史》、《二十一史》等丛书中的《史记》明、清刻本，在说明收藏地点时，将收藏此类丛书全卷（或稍有残缺）的机构，与只收藏丛书零种《史记》的机构分开著录，用合刻、分刻分别注明。民国后出版的排印、影印本，不注明藏书地点。

---

① 各本版式皆以卷一“五帝本纪”之首页为例，残本除外。

本目录大致分为两个部分,一是古写本、刻本部分;一是影印本、排印本部分。排列次序仿贺次君先生的体例,每部分以朝代划分,以"集解"、"集解索隐"、"集解索隐正义"为序,个别白文本、题评本等单独分列,随年代划分,同一类书籍则按刊行年代为序。此目录以著录刻本为主,考虑到版本之间的流变及影响,故也涉及重要的抄本,如四库本及其他民间抄本等。又建国后影印民国时期版本者,一般也单独列出,以期更清楚地反映建国以后出版《史记》的情况。

1. **史记集解**张丞相列传残卷六朝抄本,1918 年罗振玉辑《古写本史记残卷》影印本

   卷高 35.8 cm,黄麻纸,行 14～16 字不等;注双行。藏日本滋贺县石山寺。

2. **史记集解**郦生陆贾列传一卷六朝抄本,1918 年罗振玉辑《古写本史记残卷》影印本

   卷高 35.8 cm,黄麻纸,行 14～17 字不等;注双行。藏日本滋贺县石山寺。以上二本皆无全行的史注,故不能确定其字数。

3. **史记集解**燕召公世家残卷敦煌唐抄卷子本,1938 年《敦煌秘籍留真》,又 1947 年《敦煌秘籍留真新编》影印本

   卷高 21 cm,绢质,四周单边,行间有界,行 16、17 字不等,注双行。缺卷首及卷尾,仅保存自史文"作甘棠之诗"到"武公十九年"之间的文字。藏法国国家图书馆。

4. **史记集解**管蔡世家残卷敦煌唐抄卷子本,1938 年《敦煌秘籍留真》影印本,又 1947 年《敦煌秘籍留真新编》影印本

   卷高 21 cm,绢质,四周单边,行间有界,行 15～17 字不等,注双行。缺卷首及卷尾,仅保存自史文"蔡侯怒嫁其弟"到"曹遂绝祀"之间的文字。藏法国国家图书馆。

5. **史记集解**伯夷列传残卷敦煌唐抄卷子本,1938 年《敦煌秘籍留真》,又 1947 年《敦煌秘籍留真新编》影印本。

   卷高 21 cm,绢质。四周单边,行间有界。行 15～19 字不等,注双行。缺卷首,仅保存自史文"太史公曰余登箕山"到卷尾的文字。藏法国国家图书馆。以上三种敦煌抄本中,皆无全行的史注,故不能确定其字数。

6. **史记集解**夏本纪一卷唐抄本

卷高 27.8 cm,界高 23.5 cm。四周单边,行间有界。缺卷首及卷尾,行 15～17 字不等,注双行 22～23 字不等。日本高山寺旧藏,现藏日本东洋文库。

7. **史记集解**殷本纪一卷唐抄卷子本,1894 年罗振玉辑《吉石盦丛书》第四集影印本

卷高 29.5 cm,界高 22.9 cm。四周单边,行间有界。行 15～16 字,注双行 21～23 字不等。藏日本高山寺。

水泽利忠先生说:罗氏影印此本时将日本学者在原本上所加的批注删去,故影印本和原本间有些出入。陈连庆先生认为此本是最早的二家注本。

8. **史记集解**周本纪一卷唐抄卷子本

卷高 28.1 cm,界高 23.6 cm。四周单边,行间有界。行 13～14 字不等,注双行 21～23 字不等。藏日本高山寺。

9. **史记集解**秦本纪一卷唐抄卷子本

卷高 28.5 cm,界高 24.5 cm。四周单边,行间有界。行 15～17 字不等,注双行 22～23 字不等。高山寺旧藏,现藏日本东洋文库。水泽利忠先生认为此本是日本天养二年(1145)抄本。

10. **史记集解**高祖本纪一卷唐抄卷子本

卷高 27.1 cm,界高 23.3 cm。天地单边,行间无界。行 15～16 字不等,注双行 25～27 字不等。藏日本宫内厅书陵部。

11. **史记集解**河渠书残卷唐抄卷子本,1918 年罗振玉辑《古写本史记残卷》影印本

行 17～19 字不等,注双行 24～25 字不等。藏日本神田文库。

12. **史记集解**残卷北宋景祐间刊本

半页 10 行,行 19 字;注双行 25、26 字不等。白口,左右双边。单鱼尾。

(1) 130 卷,其中 15 卷配补:卷一〇一～一〇五配南宋黄善夫本;卷五、六、四八～五五配元大德饶州路刊本,其他为原刻。藏台湾中央研究院历史语言研究所。

(2) 南宋前期刊元、明递修,126卷:缺卷一一三～一一六,卷一二三抄补,藏台湾中央图书馆[张]。

(3) 40卷(其中有明刻配补页):卷七～十七,卷三〇～三八,七七～八九,一二三～一三〇。清内阁大库旧藏,现藏国图[张]。

(4) 40卷(其中有明刻配补页):卷十五,卷三三～三七,卷四八～六〇,七九～八三,八五～九六,一二七～一百三〇。傅增湘双鉴楼旧藏,现藏国图[张]。

13. **史记集解**一百三十卷北宋景祐间刊,明弘治三年(1490)补刊本

半页10行,行19字;注双行25、26字不等。白口,左右双边。单鱼尾。鱼尾下题"史记纪一",首目录、三皇本纪、五帝本纪、秦本纪为明弘治三年补刻,版式同前,惟四周双边,细黑口。鱼尾上题"弘治三年",版心下题"监生××"。

此本为涵芬楼旧藏,现藏国图[贺]。

14. **史记索隐**三十卷唐河内司马贞撰,明崇祯十四年(1641)毛氏汲古阁覆北宋大字本,清光绪十九年(1893)广雅书局翻刻本

半页14行,行27字;注双行36、37字～40字不等。白口,左右双边。单鱼尾,各卷首页版心鱼尾下镌有"汲古阁"及"毛氏正本"。此本体例同《经典释文》,只标所注字句,不载全文。

吉大　东北师大[以上吉林]　溆浦[湖南]　2部,中科院　2部,人大　2部,北大　3部,国图　北师大　3部,中山大学　杭大　2部,清华(日)京都大学人文研究所　(日)东洋文库　(日)关西大学　(日)一桥大学

广雅书局翻刻本:(日)东北大学　(日)奈良大学　(日)2部,九州大学　(日)东洋文库　(日)立命馆大学

15. **史记集解**残卷南宋绍兴元年(1131)杭州刊本

半页14行,行27～29字不等;注双行31～34字不等。白口,左右双边。仅存14卷:卷二三～三〇、一二〇～一二二、一二八～一三〇。3册。藏国图。

16. **史记集解**一百三十卷南宋绍兴间(1131—1162)刊本,1955年文学古籍刊行社影印本

(1) 南宋覆刻北宋。半页14行,行24～27字不等;注双行34～39字不等。白口,左右双边,版心上记第几册本纪几。此本无目录,130卷中有明、清人抄配6卷。30册。此本原为传是楼旧藏,后归瞿氏铁琴铜剑楼,现藏国图[贺]。

(2) 北宋刊北宋修补,半页14行,行24～27字不等;注双行32～39字不等。白口,左右双边。69卷:卷三一～三九、四四～六〇、八一～一〇一、一〇九～一三〇。11册。内藤湖南旧藏,现藏日本大阪杏雨书屋[尾]。

17. **史记集解**一百三十卷南宋绍兴十年(1140)邵武朱中奉刊本

本纪和列传第一,半页12行,行22、23字;表、书、世家、列传第二～第七〇,半页13行,行24～29字,注双行同。白口,时有细黑口,四周双边。目录末页有"昭武东乡朱中奉宅/刊行校勘即无讹舛/绍兴庚申八月朔记"24字三行木记。14册。内藤湖南旧藏,现藏日本大阪杏雨书屋。

18. **史记集解**一百三十卷南宋绍兴中(1131—1162)淮南西路转运司刊本

半页9行,行16字;注双行20～23、24字不等。细黑口,左右双边。版心上记本页大小字数,亦有不记者。

(1) 130卷,其中原刻67卷:卷一～一〇、一三、一四、二一、二四、三一、三二、三四、三五、四〇～五五、六八～七一、七九～九六、一〇〇～一〇三、一〇六～一一〇、一一四、一一五;其他配南宋蜀刻大字本18卷:卷一一、一二、二六、二七、三三、九七～九九、一〇四、一〇五、一一一～一一三、一一八～一二一;配元大德本1卷:卷二十三;配明抄本5卷:卷五六～六〇;配清抄本39卷:卷一五～二〇、二五、二八～三〇、三六～三九、六一～六七、七二～七八、一一六、一一七、一二二～一三〇。66册。吴兴刘氏嘉业堂旧藏,现藏国图。

(2) 130卷,40册。南海潘氏宝礼堂旧藏,现藏国图[尾]。

(3) 30卷:卷五、六、八～一二、一六、一七、三四～四〇、四八～五四、五六、九九、一〇〇、一〇七～一一〇。17册,其中题跋 1 册。藏上海[尾]。

19. **史记集解**残卷南宋绍兴十四年(1144)蜀刻大字本

每半页 9 行,行 16 字;注双行 20 字。版心白口,细鱼尾,左右双边。存 18 卷:卷一一、一二、二六、二七、三三、九七～九九、一〇四、一〇五、一一一～一一三、一一八～一二一。此 18 卷,只是作为配补本,保存于原吴兴刘氏嘉业堂旧藏淮南路转运司刊本中。参见本目录第 18 条。

20. **史记集解索隐**残卷南宋孝宗时(1163—1189)杭州刊本

半页 12 行,行 24～25 字不等;注双行 24～25 字不等。白口,左右双边。版心上记本页大小字数,隔水下题"史记七"三字,下记本卷页码,再下为刻工姓名。

仅存 10 卷:卷七～九,卷一二四～一三〇。此本的原本已不知下落,仅以影印本、影刻本保存在《百衲本史记》中,参见本目录第 26 条。

21. **史记集解索隐**残卷南宋乾道七年(1171)建谿蔡梦弼刊本

半页 12 行,行 21～22 字;注双行 28 字,白口,左右双边。版心双鱼尾,下鱼尾下记页码。

(1) 130 卷,卷四三配清光绪元年杨宝彝影宋抄本。30 册。

(2) 130 卷:卷七～九、一二四配宋淳熙三年张杅桐川郡斋八年耿秉重修本。另 94 卷配其他两宋本,故实存原本 16 卷。24 册。

(3) 92 卷,其中原本 86 卷:卷一～七、一三、一四、二三～四〇、五五～六八、七四～一〇〇、一〇二～一〇九、一一一、一一八、一一九、一二四～一三〇。又耿秉重修本配补 4 卷:卷一二〇～一二三;卷一〇一、一一〇配清抄本。26 册。以上三种皆藏国图。

22. **史记集解索隐**残卷南宋淳熙三年(1176)张杅桐川郡斋本

半页 12 行,行 25 字;注双行 25 字。白口,左右双边。版心单鱼尾下题"史记一"三字,其下记刻工姓名。存 63 卷(实存 60 卷),20 册,存卷一～一八、四四～八八。其中卷一一、一二、六〇有目无书。藏国图。

23. **史记集解索隐**一百三十卷南宋淳熙八年(1181)澄江耿秉重修桐川郡斋本

版式同上。

(1) 130卷,24册。藏国图。

(2) 元递修,99卷:卷八～一五、一八～二六、二八～三〇、三八～一一六。24册。藏日本静嘉堂文库[尾]。

24. **史记集解**残卷南宋绍熙间(1190—1194)杭州刊本

半页14行,行28字。白口,左右双边,版心记大小字数,中题"史表四"三字,下为页码。1卷:卷一六;又配明抄补卷一七、一八。1册。藏国图。

25. **史记集解索隐正义**一百三十卷南宋庆元二年(1196)建安黄善夫刊本;1996—1998年日本汲古书院古典研究会丛书本,此本据日本历史民俗博物馆藏本缩小影印,为原本的66%

半页10行,行18字;注双行23字。细黑口,左右双边。版心双鱼尾,上鱼尾下记"史记五帝纪一"等,每页末行框外有书耳。尾崎康先生认为此本是南宋绍熙间刊本。

(1) 130卷,有抄补页。90册。藏日本历史民俗博物馆。

(2) 69卷:存卷一、四～一二、一九～二一、二三～三〇、三九～六七、七三～九〇、一三〇。28册。藏国图。

(3) 残本,存卷八之第1至23页,藏上海。

26. **百衲本史记**一百三十卷清刘燕庭集宋本《史记》残卷,民国三年(1914)贵池刘世珩玉海堂影刻本,商务印书馆涵芬楼清宣统元年(1909)影印湮阳陶氏百衲本

此本由四个本子拼配而成,其一为集解本,即南宋绍兴初翻北宋本(即1955年文学古籍刊行社影印本之底本)75卷,半页14行;其二为北宋景祐监本19卷,半页10行;其三为集解索隐本10卷,参见本目录第20条;其四为南宋乾道七年(1171)建谿蔡梦弼刊本26卷。

原本已不知去向。今仅存影刻本、影印本。

27. **史记集解**一百三十卷吴兴刘承幹嘉业堂民国八年(1919)年翻刻南宋淮南西路转运司刊本

每半页9行,行16字;注双行21字。细黑口,左右双边。单双鱼

尾,牌记题“已未孟春吴兴刘氏嘉业堂景宋蜀大字本”。32册。

28. **史记集解索隐**一百三十卷蒙古中统二年(1261)平阳段子成刊本

半页14行,行25字;注双行25字。四周双边,版心白口。同向双鱼尾,上鱼尾下题“史记一”,下鱼尾下题本卷页码。左边框外有书耳,题篇目。

(1) 原刻8卷:卷二三~三〇。藏台湾中央图书馆。

(2) 元刊明修,130卷。明修版版心小黑口,藏台湾中央研究院历史语言研究所。

(3) 元刊明修,130卷。其中卷三〇~四三配明刊本,20册,藏国图。

(4) 元刊明修,130卷。其中卷二〇配清抄本,卷二一、二二配明嘉靖四年汪谅刊本。40册,藏国图[以上尾]。

(5) 92卷:卷六~三六、四九~七八、八七~一三〇。皕宋楼旧藏,现藏日本静嘉堂文库[张]。

(6) 元刊明修残本,藏中国历史博物馆[中善]。

(7) 元刊明修残本,藏上海[中善]。

(8) 元刊明修本,重庆[中善]。

29. **史记集解索隐正义**一百三十卷元至元二十五年(1288)安福彭寅翁崇道精舍刊本,1995年上海古籍出版社《续修四库全书》影印国图130卷本(配中统二年本6卷),2002年北京线装书局影印日本枫山文库本

半页10行,行21字;注双行21字。相对双鱼尾,细黑口。字数或题于上鱼尾上,或题于下鱼尾下。

(1) 130卷,其中配蒙古中统二年段子成刻本6卷:卷一一七~一二二。48册。藏国图。

(2) 77卷:卷二~六、一三~一六、一九~三〇、三八~四二、四六~四七、五〇~五四、六六~六七、八九~一三〇;其中卷二~三、四六~四七、五一~五四、六六~六七配瞿氏铁琴铜剑楼影元抄本。24册。藏国图。

(3) 16卷:卷一一~一四、四八~四九、五八~六〇、一一〇、一一三~一一六、一二八~一二九。7册。藏北大。

(4) 130卷,其中卷四~六、二〇~二二配明游明刊本,卷一八、

一九配明正德十六年刘洪刊本。16 册。藏台湾中央图书馆。

(5) 27 卷:卷二～六、四六、四七、五〇～五四、六六、六七、九二～九四、九七～一〇四、一一一、一一二。11 册。藏台湾中央图书馆。

(6) 130 卷,有抄补。40 册。枫山文库旧藏,现藏日本宫内厅书陵部。

(7) 130 卷(缺卷六四～六七):卷七～一〇、三九抄补,又二八、八九、九一～九二为重复本。另外,卷一五、一六、二〇～二四、二八、四二、四三、五八～六〇、六八、六九、八九～九二、一〇九、一一〇、一一三～一一六、一三〇为同版补配。58 册。狩谷棭斋旧藏,现藏日本宫内厅书陵部。

(8) 71 卷:卷一、五～一二、一八～二一、二五～二七、二九～三二、四四～四六、四九～六〇、七五～九一、一〇八～一一六、一一九～一二七、一三〇。28 册。伊佐早谦旧藏,现藏庆应大学图书馆。

(9) 130 卷,70 册。崇兰馆旧藏,现藏天理大学图书馆。

以上为刻本。

(10) 明崇祯影抄元彭寅翁本,存 50 卷,藏陕西博物馆[中善]。

(11) 梅仙和尚抄本,藏日本建仁寺两足院[水泽]。

(12) 130 卷,43 册,三条西实隆抄本,藏日本宫内厅书陵部[水泽]。

30. **史记集解索隐**残卷元大德十年(1306)饶州路儒学刻本

每半页 10 行,行 22 字;注双行 22 字。细黑口,四周双边。三鱼尾,版心上记刊刻此卷的本路学名,鱼尾下题"史记几"。

(1) 15 卷:卷五、四八、四九、五六、六一～七一。3 册。藏国图。

(2) 3 卷:卷二三、二五、二六。1 册。藏国图。

31. **史记集解索隐**一百三十卷明天顺七年(1463)丰城游明刊本

半页 14 行,行 25 字;注双行 25 字。黑口,四周双边。同向双花鱼尾,版心记本页大小字数,左边框外无书耳。此本据蒙古中统二年(1261)平阳段子成刊本翻刻。

国图　16卷:卷三～一八,李盛铎旧藏,现藏北大[安]　台湾中央　哈佛燕京　上海　卷八六、八七　配抄本,杭大　日本内阁文库[哈佛燕京]

32. **史记集解索隐**一百三十卷明正德九年(1514)建阳慎独斋刊本

每半页10行,行20字;注双行20字。白口,四周双边。同向双鱼尾,版心上题“史记卷一”,鱼尾下题“五帝本纪”又鱼尾下记本卷页码。

山东[中善]　缺卷三一～三三,台湾故宫　(日)存95卷,东洋文库　(日)京都府

33. **史记集解**一百三十卷明正德十年(1515)江西白鹿洞书院刊本

每半页10行,行19字;注双行19字。白口,四周双边。版心鱼尾下题“史记几”三字,下记字数。

国图　卷三一～三六配清抄本,北大　上海[以上中善]　台湾中央[张]

34. **史记集解索隐正义**一百三十卷明正德十二年(1517)廖铠刊本

半页10行,行18字;注双行23、24字。细黑口,四周双边。相对双鱼尾,版心上方记每册页码总号,中记“史记几”或“传几”,下记本卷页码。

上海[中善]　国图　台湾中央

35. **史记集解索隐**一百三十卷明正德十三年(1518)建宁官刊本

每半页10行,行20字;注双行20字。白口,四周双边,双鱼尾,版心上题“史记卷之一”,鱼尾下题“五帝本纪”四字,又鱼尾下记页码。

浙江　北京文物局　残本,萍乡[以上中善]　湖南[湖南]　北大　(日)东京大学东洋文化研究所

36. **史记集解索隐**一百三十卷明正德十六年(1521)书户刘洪刊本,清光绪重刻本

每半页10行,行20字;注双行20字。白口,四周双边。版心上题“史记卷之一”,鱼尾下题“五帝本纪”四字,又鱼尾下记页码。此本是建宁本的翻刻。

南京[中善]　3部,台湾中央　国图

37. **史记集解索隐正义一百三十卷**明嘉靖四年(1525)莆田柯维熊校,金台汪谅刊本

半页10行,行18字;注双行23字。白口,左右双边。相对双鱼尾,上鱼尾下题“史记五帝纪一”,下记本卷页码。

中国社科院文学所、历史所各1部　上海师大　中国科学院上海图书馆　吉林　吉林市　黑龙江　陕西　陕西博物馆　山东2部,南京　南大　安徽师大　中国历史博物馆　襄阳地区　四川　重庆[以上中善]　1部;129卷本1部:卷一～一一、一三～一三〇,国图　缺卷一〇六～一〇八,北大　浙江[以上安]　2部,湖南　新化[以上湖南]　4部,台湾中央　台湾故宫　上海　(日)京都大学人文研究所

38. **史记集解索隐正义一百三十卷**明嘉靖四年(1525)震泽王延喆刊本,同治五年(1866)金陵书局张文虎校刊本,同治九年(1870)崇文书局翻刻本,湖北官书处民国元年(1912)仿震泽王氏本重刊本

半页10行,行18字;注双行23字。白口,左右双边。单鱼尾,鱼尾下题“史记五帝纪一”,下记本卷页码。边外有书耳。

1部;又崇文书局本、湖北官书处本各1部,上海　2部,又崇文书局本1部,湖北官书处本1部,北师大　1部(有抄配);又残本,存73卷,中山大学　中国社会科学院文学所　文化部文学艺术研究院　北京市委　北京市文物局　天津　石家庄　内蒙古大学　内蒙古社科院　陕西　陕西博物馆　甘肃　山东　青岛　南京　扬州　南京博物馆　苏州市文物管理委员会　浙江天一阁文物保管所　厦大　福建省委党校　湖南　四川　重庆　山西文物局　复旦[以上中善]　吉大　吉林市　东北师大[以上吉林]　台湾大学[王]　2部,国图　有缺页,北大　5部,台湾中央图书馆　台湾故宫　2部,中科院　(日)京都大学人文研究所　(日)东洋文库

崇文书局本:(日)东京大学东洋文化研究所　(日)文教大学　(日)关西大学

39. **史记集解索隐正义一百三十卷**明嘉靖九年(1530)南京国子监祭酒张邦奇、司业江汝璧刊本

半页10行,行21字;注双行21字。黑口,左右双边。版心上题“嘉靖九年刊(也有作‘八年’者)”。

中国社会科学院文学所　天津　天津师大　陕西　河北大学　华南师大[以上中善]　江苏[贺]　3部,台湾中央图书馆　国图　北师大

40. **史记集解索隐正义一百三十卷**明嘉靖十三年(1534)秦藩朱维焯刊本,又嘉靖二十九年(1550)朱怀憃补修本

半页10行,行18字;注双行23字。白口,左右双边。单白鱼尾,鱼尾下题“史记五帝纪一”,下记本卷页码。

(一) 嘉靖十三年本

辽宁　天一阁文物保管所[以上中善]　中国科学院[哈佛燕京]　台湾故宫博物院[王]　原刻本;(卷80至81配汪谅刻本、卷84至85配王延喆本、卷82至83配清抄本)拼配本1部;重修本2部,国图　有缺页,北大　原刻本2部,重修本2部,台湾中央研究院傅斯年图书馆　北师大　(日)京都大学人文研究所

(二) 嘉靖二十九年重修本

河北大学　山西省文物局　长春　上海　萍乡　陕西　陕西博物馆　南京[以上中善]　吉林[吉林]　川大[安]　新疆大学　中科院　台湾故宫

41. **史记题评一百三十卷**明杨慎、李元阳辑,高世魁校,嘉靖十六年(1537)年胡有恒、胡瑞刊本

半页9行,行20字;注双行20字。镌有眉批,小字行4字。白口,左右双边。单白鱼尾,鱼尾上题“史记卷一”,鱼尾下“五帝纪”,下记页码,隔水下有刻工姓名。

中科院　复旦　上海辞书出版社　残本,辽宁　山东　山东博物馆　杭大　河南　残本,福建　四川　重庆[以上中善]　(美)国会　2部,北大[安]　台湾大学[王]　3部,中科院　国图　上海　中山大学　(美)普林斯顿大学　(日)内阁文库　(日)东京大学东洋文化研所　(日)京都大学人文科学研究所

42. **史记一百三十卷**明隆庆间(1567—1572)新安吴勉学校刊本,又黄之寀本

半页10行,行20字;白口,左右双边。单白鱼尾,鱼尾上题“史

记纪"三字,鱼尾下题"卷一",其下小字题"五帝纪",下记本卷页码。此本为白文无注本。安平秋先生认为黄之寀本系就吴勉学本改版而成。

(1) 吴勉学校刊本:中科院　中国社科院文学所　上海　复旦　南通　江西　河南　贵阳师院　云南[以上中善]　国图　中山大学　东北师大　32 卷:五～六、二三～三〇、三九～六〇,北大[以上安]　吉林社科院[吉林]　湖南师大[湖南]　4 部(内 1 部为后印本),中科院

(2) 黄之寀印本:国图　上海

43. **史记集解索隐正义**一百三十卷明万历初(1573)张守约刊本

半页 9 行,行 21 字;注双行 21 字。白口,四周双边。边上镌有诸家评语,有刻工名。

北京市文物局　上海　上海师大　天津　陕西博物馆　盐城师专　浙江[以上中善]　卷一九、二〇配清抄补本,泰州

44. **史记集解索隐正义**一百三十卷明万历二、三年(1574、1575)南京国子监祭酒余有丁、司业周子义刊本,万历六年(1578)山西布政司翻刻本

半页 10 行,行 21 字;注双行 21 字。黑口,四周双边。同向双鱼尾,上鱼尾上题"万历二年刊"或"万历三年刊",上鱼尾下版心题"史记五帝纪一",下鱼尾下题页码及刻工姓名。

(一) 明刻本

常熟　7 卷:卷 1～7,福建　上海　福安[以上中善]　原刻 1 部;九年重修本 1 部,东北师大　缺世家卷二〇～三〇,吉大　吉林[以上吉林]　台湾中央　苏州　初刻本 2 部,北大　2 部,中科院　(日)千叶县　(日)京都大学人文研究所

(二) 山西布政司翻刻本

中山大学[中善]

45. **史记评林**一百三十卷明吴兴凌稚隆辑校,明万历四年(1576)凌氏刊本,五年刊本;明万历间建阳熊氏种德堂刊本、熊氏宏远堂刊本,云林本立堂刊本(此三种皆为李光缙增补本);清同治十三年(1874)、清光绪十七年(1891)长沙养翮书屋校刻本;清光绪十年(1884)湖南刘鸿年翻刻本

天头半页 10 行,行 7 字;史文及史注,半页 10 行,行 19 字。白

口,单鱼尾左右双边。鱼尾上题“史记卷一”,鱼尾下题“五帝本纪”,再下为本卷页码。

(一) 万历四年凌氏刻本

清华 中央党校 中央民族大学 中科院 中国社科院民族所 公安部群众出版社 上海 复旦 华东师大 3部,天津 天津师大 天津市委党校 河北师大 内蒙古师大 大连 辽大 齐齐哈尔 大兴安岭地区 哈师大 黑龙江博物馆 陕西 陕西考古所 甘肃 兰大 青海民族学院 山东 文登 山东师大 南京 海安 泰州兴化 镇江 苏大 杭州 杭大 临海博物馆 安徽 安徽博物馆 郑州 郑大 河南大学 武昌 武汉师院 湖北博物馆 广西 四川 重庆 泸州 川大 云南大学 上海辞书出版社 启东[以上中善] 湖南[湖南]初印本2部;剜改后印本1部;万历间熊氏宏远堂刻本3部;长沙养翮书屋校刻本1部,北大 香港中文 哈佛燕京 凌氏四年刻本一部;万历间熊氏宏远堂刻本1部;又同前本以万历凌刻本配补本一部,人大 四年刻本1部;万历间熊氏宏远堂刻本1部;川大 3部,上图 四年刻本1部,熊氏种德堂刻本1部,又五年刊残本1册,中山 四年凌氏自刻本,西北师大 四年本1部;熊氏本1部,苏州 北师大 4部,台湾中央 2部,增补本1部,台湾故宫 (日)鹿儿岛大学

(二) 万历五年刻本

北京西城 中国社会科学院文学所 中国社会科学院考古所 故宫博物院 中国历史博物馆 上海 辽宁 扬州 重庆 贵州师院 贵州博物馆[以上中善] 吉林[吉林] 1部,又万历间熊氏宏远堂刻本1部,吉林社科院[吉林] 南开 中山大学 中山 (日)东京都 (日)有抄配、配补,东京大学东洋文化研究所

(三) 万历间熊氏宏远堂刻本

吉大[吉林] 重庆 辽宁 吉大 人大 牡丹江师院 安徽 河南[以上中善] (日)缺卷一九~二一,关西大学

(四) 万历间熊氏种德堂刻本

中国科学院考古所　靖江　南京大学　安徽师大　福建　浦城　湛江　郑州　吉林社科院[以上中善]　北大　人大　2部,上海　陕西师大

(五) 云林立本堂刻本

宝鸡　邵阳[以上中善]　松坡[湖南]

(六) 明末翰墨林刻本

邵阳师范[湖南]

(七) 明末勉耘堂刻本

四川师大

(八) 其他(拼配本、残本、原著录不明确者)

(卷七四～一〇四配另一印本)拼配本1部;又半页11行,行24字;注双行21字,明刻本1部,国图　(韩)残本5部,奎章阁　李光缙增补本,新疆大学　凌氏刻本一部,陕西师大　(日)李光缙增补本,九州大学　(日)李光缙增补本,文教大学　(日)李光缙增补本,存卷一九～二二,关西大学　(日)雍正十年光远堂刊本,东京大学东洋文化研究所

46. **史记集解索隐正义**一百三十卷明万历九年(1581)刘维刊本

半页10行,行21字;注双行20字。白口,四周双边。此本据明万历二年余有丁本翻刻,有校改。

东北师大[中善]　国图　缺卷一、二,上海

47. **史记集解索隐正义**一百三十卷明万历二十四年(1596)南京国子监祭酒冯梦祯、司业黄汝良刊本

半页10行,行20～22字不等;注双行27字。细黑口,左右双边。单鱼尾,鱼尾上题“万历二十四年刊”,鱼尾下题“五帝本纪一”,下题页码、刻工姓名。

(一) 明万历二十四年南京国子监刻本

原刻本1部;清递修本1部(有缺页),北大　国图　原刻本1部;清递修本1部,存125卷,中山大学[以上安]　南京[中善]　吉林市　吉林社科院[以上吉林]　初印本二部,人大　2部,台湾中央　北师大　中科院　(日)立命馆大学

(二) 明万历二十四年南京国子监刻明清递修本

i. 二十一史合刻

山西　青海　南京大学　安徽师大　福建　福建省委党校　中山　重庆[以上中善]　国图　清华

ii. 分刻

湘乡　清递修本1部;又递修本残本1部,存97卷,湖南[以上湖南]　清修补印本,陕西师大　中山　中科院

48. **史记集解索隐正义**一百三十卷明万历二十六年(1598)北京国子监祭酒刘应秋、司业杨道宾校刊,崇祯六年(1633)祭酒吴士元、司业黄锦重修本

半页10行,行21字;注双行21字。白口,左右双边。单鱼尾,鱼尾上题"万历二十六年刊",鱼尾下题"史记卷一"及"帝纪"、本卷页码。

(一) 明万历二十六年(1598)北京国子监刻本

i. 明北监二十一史合刻

上海　山西　祁县　山东　山东博物馆　浙江　河南　华南师大　南京　湖北博物馆[以上中善]　(日)龙谷大学　(日)日本千叶　(日)鹿儿岛大学　(日)东北大学　(日)宫城县　(日)京都大学人文研究所　(日)2部,东洋文库

ii. 分刻

有抄配,北大　台湾故宫　(日)内阁文库

(二) 明刻清递修本

国图[安]　中山　(日)有配补,东京大学东洋文化研究所　(日)京都产业大学

49. **史记辑评**二十四卷明邓以赞辑评,陈祖苞参补,朱日灿校阅,万历四十六年(1618)刊本

半页9行,行18字。行间无界。白口,四周双边。单白鱼尾。鱼尾上题"史记卷一",鱼尾下题"五帝本纪",下记本卷页码。此本为白文本,有句读。无注,然天头镌有诸家评语。

中国社会科学院文学所　2部,上海　祁县　浙江　湖北　四川[以上中善]　残本4卷:卷一五、一七、一八、二〇,中国历史博物馆　国图　中山　(日)内阁文库

50. **史记集解索隐正义**一百三十卷明钟惺辑评,天启五年(1625)刊本
半页10行,行20字;注双行20字。白口,四周单边。单鱼尾,版心题"吴金仁甫麟书、徐丰泉有仁梓"。
杭大 河南 复旦 天津 石家庄 浙江 天一阁 嘉兴 残本,重庆 南京[以上中善] 泰州 香港中文 台湾中央 尊古堂本,(日)内阁文库 上图
51. **史记**一百三十卷明万历间(1573—1620)钱塘钟人杰刊本
半页9行,行20字;注双行20字。白口,四周单边。单白鱼尾,鱼尾上题"史记本纪",鱼尾下题"卷一"二字,再下记页码。
故宫博物院 1部;又8卷:卷五二～五九,上海 华东师大 上海师大 华南师大 南京 南通 昆山 镇海 安徽 华侨大学 山东 甘肃 贵州民院[以上中善] 浙江 东北师大[以上安] 吉大[吉林] 湖南[湖南] 台湾中央 2部,国图 (日)内阁文库 中科院
52. **史记评林**(又名《陈太史评阅史记》)一百三十卷明陈仁锡评,崇祯元年(1628)刊本
半页10行,行20字;注双行20字。白口,左右双边。单鱼尾。有三家注,但有删节。天头镌有诸家评语。
清华 中央民族大学 祁县 辽宁 齐齐哈尔 陕西博物馆 西北民院 西安文物管理委员会 青海 苏州 无锡 庐山 河南 华中师大 南宁师院[以上中善] 湖南[湖南] 苏州 国图 中科院 西南师大 (日)内阁文库 (日)国会 (日)东京大学东洋文化研究所 (日)关西大学
53. **史记测议**一百三十卷明陈子龙、徐孚远撰,崇祯十三年(1640)刊本;清康熙三十九年(1700)董涌泉刻本;嘉庆十一年(1806)刊本;道光十四年(1834)三元堂刊本
半页9行,行20字;注双行20字。白口,左右双边。单白鱼尾。有三家注,有删节。

(一) 崇祯十三年刻本

清华 华东师大 天津师大 岐山 山东 济南 山东大学 山东师大 烟台地区文物管理小组 南京 南通 兴化 昆山 常熟 绍兴鲁迅 安徽 无为 福建博物馆 河南 重庆

素位堂本,浙江[以上中善] 湖南师大 湖南社科院 湖南[以上湖南] 2部,台湾中央 养正堂本,国图 中山大学 上海中科院 (日)内阁文库 (日)国会 (日)素位堂本,东京大学东洋文化研究所

(二)清重刻本

董涌泉刻本,东北师大[吉林] 绿荫堂本,清华

54. **史记**一百三十卷明崇祯十三年(1640)武林邹德沛世古斋刊袖珍本

半页9行,行26字,无三家注,然有诸家评语。此本据钟惺本重刊。

扬州[中善]

55. **史记集解**一百三十卷明崇祯十四年(1641)常熟毛氏汲古阁刊本,光绪四年(1878)金陵书局刊本,光绪年间扫叶山房复刻本

半页12行,行25字;注双行36、37字不等。白口,左右双边。单鱼尾,鱼尾下题"汲古阁",小字"毛氏正本",下记本卷页码。

(一)毛氏汲古阁刊本

i. 毛氏汲古阁十七史合刻

国图 湖北 (日)龙谷大学 (日)2部,关西大学 (日)国会

ii. 分刻

西南师大[中善] 崇祯十四年刊本10部(中有1部存129卷),顺治十一年(1654)重修本2部,国图 中山 人大 2部,又清初覆刻毛氏本1部,北大 残本,存卷一～四一,卷四二～一三〇,中国历史博物馆 哈佛燕京 香港中文 (日)新瀉大学 (日)二松舍大学

(二)毛氏汲古阁顺治印本

i. 毛氏汲古阁十七史合刻

中科院 故宫博物院 上海 山西 黑龙江 齐齐哈尔 山东 曲阜师大 山东博物馆 浙江 安徽 安庆 河南 四川 重庆 江西 湖南[以上中善] 北大 (日)4部,京都大学人文研 (日)东京都

ii. 分刻

湖南　湖南博物馆　溆浦　湖南师大[以上湖南]　(日)高知大学　(日)立命馆大学

(三) 明汲古阁刻清递修、重修本

i. 毛氏汲古阁合刻十七史清递修本

上海　川大　西南师大　(日)新潟大学　(日)八户市　(日)东洋文库

ii. 毛氏汲古阁合刻顺治十一年重修本

南京　安徽博物馆　上海[以上中善]　中科院　(日)八户市　(日)东洋文库　(日)2部,新潟大学　(日)大阪府

(四) 金陵书局翻刻本

北师大　(韩)奎章阁　民族文化宫　(日)东京大学东洋文化研究所　(日)爱媛大学　(日)新潟大学　(日)2部,京都大学人文科学研究所

(五) 其他(明末汲古阁刻本)

上海　复旦

56. **史记汇评**一百三十卷明葛鼎、金蟠评,崇祯十六年(1643)金阊宝善堂葛氏刊本

半页10行,行20字;白口,四周单边。史文据万历二十四年冯梦祯南监本,无注,而有诸家评论。

国图　川大　中科院　上海　清华

57. **史记集解索隐正义**一百三十卷明崇祯年间(1628—1644)程正揆刊本

半页10行,行20字;注双行20字。此本据凌稚隆、钟惺本而删节之,为明刊评林本之一种。

中央民族大学　故宫博物院　四川　重庆　清印本2部,山东[以上中善]　北师大

58. **史记集评善本**一百三十卷明崇祯年间(1628—1644)钱塘朱东观辑,钱塘朱氏家刻本

半页10行,行22字。无注,天头镌有诸家评语。

北大　兴化　上海[以上中善]　玉夏斋刻本,吉大[吉林]　新疆大学　台湾中央　清华

59. **史记**一百三十卷明黄嘉惠辑评,明黄嘉惠刻本

半页9行,行20字;注双行20字。白口,左右双边。版心无鱼尾,上题“五帝本纪卷一”,空格至底记页码。有三家注,不全。天头镌有诸家评语,小字,行5字。

浙江　安徽　江西　四川[以上中善]　人大　中山大学

60. **孙月峰先生批评史记一百三十卷**褚先生附余一卷孙矿评,明崇祯九年(1636)冯元仲刻本

半页9行,行22字;白口,四周单边。

中国社会科学院文学所　甘肃　宁夏　山东　浙江　天一阁　福建建瓯　青岛　扬州师院[以上中善]　国图　台湾故宫　陕西博物馆　上海

61. **史记论文一百三十卷**吴见思点评,清康熙二十五年(1686)尺木堂刊本,清光绪二十二年(1896)桂垣书局刊本

半页9行,行21字,注双行21字。白口,单鱼尾,左右双边。

6部,国图　北大　人大　新疆大学　南开　杭大　四川师大

残本3部,清华　(日)大阪府　(日)东洋文库　(日)东京大学东洋文化研究所

62. **史记集解索隐正义一百三十卷**清乾隆四年(1739)武英殿校刊本,清道光十六年(1836)重刊殿板,清同治八年(1869)广东葄古堂复刻本,清同治十一年(1872)成都书局翻刻本,清光绪年间湖南宝庆三味书坊翻刻本,清光绪二十年(1894)陕西味经书院翻刻本

半页10行,行21字;注双行21字。白口,左右双边。单鱼尾,鱼尾上题“乾隆四年校刊”,鱼尾下为“史记卷一”,下依次为“本纪”、本卷页码。

(一) 二十一史合刻

天津　山西　内蒙古　社科院　辽宁　郑州　重庆　北碚[以上中善]　北大[安]　吉林[吉林]　湖南[湖南]　故宫博物院　国图　增修本(当为道光本),中科院　(日)2部,东洋文库

(二) 分刻

湖南师大[湖南]　北师大　中国历史博物馆　2部,台湾故宫　香港中文　(韩)2部,奎章阁

(三) 成都书局翻刻本

残本(缺第4册),杭大　(日)二松舍大学　(日)国会　民族文化宫　上海

(四) 菲古堂本

川大　(日)东京大学东洋文化研究所

(五) 味经堂本

北大　上海　(日)滋贺大学

(六) 殿本的影印本

(1) 原版式影印本:

① 清光绪十年(1884)同文书局石印本

② 清光绪二十九年(1903)上海五洲同文书局石印二十四史本

③ 民国十六年(1927)商务印书馆影印二十四史本

(2) 缩印或改变版式的影印本

① 清光绪二十八年(1902)上海久敬斋石印本

② 清光绪二十八年(1902)竢实斋石印本

③ 清光绪二十八年(1902)上海文澜书局影印二十四史本

④ 清光绪二十八年(1902)史学斋影印本

⑤ 1912年蜚英馆石印本

⑥ 清光绪十八年(1892)竹简斋石印本,二十八年(1902)第二次印本,中华书局1923年据清光绪十八年(1892)竹简斋石印本影印本

20行,行42字,此本将原书4面合为一面。

⑦ 民国十九年(1930)上海锦章图书局石印本

⑧ 民国五年(1916)商务印书馆影印本

⑨ 民国二十四年(1935)上海开明书店影印二十五史本

此本据殿本影印,将原书16面合为1面。

⑩ 国学整理社编,1935年世界书局《前四史》本

世界书局此本据殿本影印,将原书9面合为1面。

(七) 排印本

① 清光绪十四年(1888)上海图书集成印书局铅印本,24册

② 民国十九年(1930)年商务印书馆万有文库本,20册

③ 民国二十一年(1932)商务印书馆国学基本丛书简编本

此本据商务印书馆万有文库本,版式、页码皆同,只是将原书 20 册合为 4 册。

④ 民国二十五年(1936)上海中华书局《四部备要》本,30 册

半页 13 行,行 20 字;注双行 21 字。黑口,四周单边。单鱼尾,牌记题“据乾隆四年殿本校刊”。另有据排印本影印的缩印本,合原书 4 面为 1 面。

(八) 其他:

① 文光书局影印本

② 启明书局影印本

③ 中华图书馆石印本,20 册

④ 清光绪八年(1882)上海点石斋石印本,4 册

⑤ 清光绪十四年(1888)上海图书集成印书局影印本,16 册

⑥ 清光绪二十一年(1895)上海畊余主人石印本

半页 18 行,行 40 字;注双行 40 字。

⑦ 上海扫叶山房民国十一年(1922)石印本,24 册

63. **史记集解索隐正义**一百三十卷清乾隆十三年(1748)古香斋巾箱本(又称袖珍本),南海孔氏三十有三万卷堂清光绪七年(1881)重刻本,清光绪八年(1882)书坊翻刻本

半页 10 行,行 20 字;注双行 20 字。白口,四周双边。版心题“古香斋史记”五字,鱼尾下题“卷一”,空二格题“本纪”,下题本卷页码。此本为武英殿本的翻版。

北大　台湾故宫　国图

清光绪七、八年刻本

中国历史博物馆　2 部,上海　(韩)奎章阁　(日)国会　(日)东京大学东洋文化研究所　(日)2 部,京都大学人文研究所　(日)东洋文库

64. **史记集解**一百三十卷四库全书本

此本据明崇祯十四年(1641)常熟毛氏汲古阁刊本抄录。

65. **史记集解索隐正义**一百三十卷《四库全书》本,《四库全书荟要》本

此二本实为殿本的转录。

66. **史记集解索隐正义**一百三十卷清同治九年(1870)金陵书局刊,清唐仁寿、张文虎校本

半页11行,行22字;注双行22字。粗黑口,四周双边。相对双鱼尾,上鱼尾下记"史记一",下鱼尾上记本卷页码。牌记题"同治五年首夏金陵书局校刊九年仲春毕工"。

上海　北京市文物局　存96卷,福建[以上中善]　吉大[吉林]4部,国图　北师大　中国历史博物馆　北大　杭大　(日)东北大学　(日)高知大学　(日)文教大学　(日)立命馆大学　(日)2部,关西大学　(日)3部,京都大学人文研究所

67. **归震川评点史记**一百三十卷附方苞评点史记四卷明归有光评点,清光绪二年(1876)武昌张裕钊刊本,1915年上海同文图书馆影印本,1918年交通图书馆石印本

半页11行,行20字。粗黑口,四周双边,无鱼尾。此本为白文本,有句读,诸家评语在史文中。

国图　杭大　南开　(日)2部,东京大学东洋文化研究所　(日)东北大学　(日)关西大学　(日)东洋文库

68. **桐城吴先生点勘史记读本**一百三十卷清桐城吴汝纶点勘,吴闿生编录,清宣统元年(1909)南宫邢氏刊本,清宣统二年(1910)桐城吴先生群书点勘本,民国19年(1930)南宫邢氏刊本

半页10行,行25字;注双行25字。白口,左右双边,单鱼尾。

4部,国图

69. **史记**一百三十卷(全12册)吴汝纶点勘,都门书局1915年铅印本

半页11行,行27字;注双行27字。白口四周,四周单边。牌记题"乙卯四月都门书局重校印"。

70. **史记论文**(全8册)民国五年(1916)中华书局铅印本

71. **史记论文**(全16册)民国九年(1920)广益书局影印本

72. **史记会注考证**一百三十卷(全10册)(日)泷川资言著,日本昭和7年至9年(1932—1934)日本东方文化学院排印本。改正版:1956—1960年史记会注考证校补刊行会排印本。1955年北京古籍刊行社影印本。1989年台湾天工书局影印本。1999年太原北岳文艺出版社影印本

此书1932年3月开始发行(第1、2、3册),到1934年6月全10册出版发行完成,日本东方文化学院东京研究所发行。

73. **批注史记**(全 6 册)叶玉麟增批,上海大达图书供应社 1935 年铅印本
此本以清武英殿本为底本,眉上镌有诸家评语,引《归方评史记》及吴汝纶《评史记》。

74. **点评史记论文仿康熙刊本**一百三十卷(全 4 册)1933 年初版,1936 年广益书局再版排印本,1967 年台北中华书局影印本
此本据康熙刊本排印。

75. **史记集解索隐正义**一百三十卷 1936 年上海商务印书馆百衲本二十四史本,涵芬楼集古善本第一种本
此本自称据南宋黄善夫本影印,然有大量校改。以上二影印本开本稍异,百衲本为缩印本,30 册;集古善本第一种本据黄本原大影印,32 册。

76. **史记**一百三十卷(全 3 册)顾颉刚、徐文珊标点,1936 年北平研究院排印本
此书所据底本为湖北崇文书局仿刻明王延喆本。此本为白文本,无注释。据徐文珊后来在《史记评介》中说:当初拟以《史记》正文和《史记》注释分别出版,做到既不割裂原文,又能使读者有对读之便,但后因抗战爆发,局势变化,《史记》注释未出版。

77. **史记** 1936 年上海大光书局铅印本
此本为三家注本,有删节。

78. **史记**(全 7 册)沈维先校阅,上海群学社 1937 年第 3 版
此本无三家注。

79. **史记**仁寿廿五史本影印本,1955 年台湾二十五史编刊馆
此本据傅增湘旧藏景祐本《史记》,又配入他本印行。

80. **史记** 1958 年上海商务印书馆据百衲本二十四史缩印本,1967 年、1981 年台湾商务印书馆据百衲本二十四史缩印本
上海商务缩印本将原版 4 面合为 1 面,1 册。台湾商务缩印本 2 册。

81. **史记**一百三十卷(精装全 6 册,平装全 10 册)中华书局排印本,1959 年 9 月第 1 版,1982 年第 2 版;中华书局缩印《前四史》本;1977 年线装本(52 册)
此书所据底本为清同治年间金陵书局刊本,并有校改。

82. **史记**上海书报合作社印二十六史本(民国,出版年不详)

83. **史记** 1964 年台湾新陆书局据武英殿版影印本

84. **影印黄善夫本史记**一百三十卷(全 2 册)1966 年艺文印书馆缩印本
85. **史记新校注稿**二百六十五卷(全 12 册)张森楷校注　1967 年台湾(中国学典馆复馆筹备处)世界书局
86. **史记集评**(4 册)吴汝纶评点,中华国学丛书本,1970 年台湾中华书局
87. **史记论文**(4 册)吴见思评点,台湾中华书局 1970 年
88. **史记会注考证**一百三十卷 1973 年台湾宏业书局再版缩印本
89. **史记会注考证**(日)泷川资言著,乐天人文丛书本,1981 年,又 1977 年、1985 年台湾洪氏出版社

    缩印本。
90. **史记今注**(全 6 册)马持盈注,1979 年台湾商务印书馆

    此本底本不详,不取三家注,另加注释,对史记原文亦有删节。
91. **史记** 1972 年台湾宏业书局

    此本实据大陆中华书局本翻印。另增附:读史记十表 史记月表正讹 史记三书正讹 史记三书释疑。
92. **白话史记**(全 6 册)龙宇纯等译,1979 台湾河洛图书出版社

    此本为白话译文本,无史记原文及注释,另外"十表"未译。此本未指出所用底本。
93. **史记集解索隐正义**一百三十卷附考证(清)张照等考证,1983 年台湾商务印书馆

    此本为景印文渊阁四库全书本。
94. **白话史记**(全 3 册)白话史记编辑委员会主编(龙宇纯等译),1985 年台湾联经出版事业公司再版修订本
95. **史记会注考证附校补**(全 2 册)(日)泷川资言考证;(日)水泽利忠校补。1986 年上海古籍出版社

    此书将原书 4 面合为 1 面,并将《史记会注考证校补》各卷分散附于《史记会注考证》各卷之下,合二书为一书。
96. **史记**二十五史本,上海古籍出版社、上海书店编,1986 年上海古籍出版社、上海书店

    此本据殿本影印,将原书 12 面合为 1 面。
97. **白话史记**(全 2 册)龙宇纯等译,1987 年长沙岳麓书社
98. **史记**古典名著普及文库本,1988 年 10 月长沙岳麓书社

    白文本,此本无表。

99. **史记**(全 4 册)上海书店 1988 年根据商务印书馆 1933 年版影印

100. **白话史记**(全 7 册)台湾六十教授合译本,1988 年北京中国友谊出版公司

此本据台湾河洛图书出版社 1979 年初版重新排版,间有改动、注释。

101. **史记注释**(全 4 册)王利器主编,三秦出版社 1988 年

102. **史记全书新注**(全 4 册)张大可编著,中国六大史学名著丛书本,1990 年三秦出版社

103. **史记** 1991 年天津古籍书店影印本

此本据 1935 年世界书局《前四史》本影印,与世界书局本原版式相同。

104. **史记** 1991 年郑州中州古籍出版社影印本

此本据 1935 年世界书局《前四史》本影印,与世界书局本原版式相同。

105. **文白对照全译一史记**(全 5 册)杨钟贤,郝志达主编,1992 年 6 月国际文化出版公司

此本与同二人主编《全校全注全译全评——史记》为同一书稿。出版时出版方删去前书部分内容,并改为今名。参见本目录第 122 条。

106. **史记**四部精要本,1993 年上海古籍出版社

107. **史记会注考证新校本**泷川资言、鲁实先、陈直著,1993 年台湾天工书局

此本附鲁实先《史记会注考证驳议》、陈直《史记新证》。

108. **史记**家藏精品书系本,刘兴林等点注,1993 年中国友谊出版公司

109. **白话史记**(全 2 册)古典名著今译读本,杨燕起等译,1994 年长沙岳麓书社

此本只有译文,此本无表。

110. **史记全译**(全 4 册)中国历史名著译注丛书本,吴顺东等译,1994 年贵阳贵州人民出版社

111. **史记**标点二十五史本,1994 年郑州中州古籍出版社

此本为标点白文本。据 1935 年世界书局影印殿本排印。

112. **史记:文白对照** 1995 年延吉延边人民出版社

113. **史记:全译全注**(全 3 册)刘起釪等注译,1995 年天津古籍出版社,北京国际文化出版公司

114. **史记** 1995 年延吉延边人民出版社

115. **史记**传世藏书本,1995 年海口海南图书出版公司

此本据南宋黄善夫本(实际为二十四史百衲本)为底本,参校他本排印。此本无表。

116. **史记(全 3 册)**二十四史本,中华书局编辑部编,影印本,1995 年北京中华书局

此本据 1959 年排印本放大影印,将原 32 开本改为 16 开本。

117. **史记**毛泽东评点二十四史本,北京 1996 年中国档案出版社

此本据清同治八年广东葄古堂复刻武英殿本影印。《史记》部分虽号称有毛氏的“评点”,其实除极少的句读、一二标示外,几乎无评语。又 1996 年北京线装书局本,线装 36 册。

118. **史记(全 4 册)**梁勇编著,中国历史读本本,1996 年长春吉林人民出版社

119. **史记**中华传世精品珍藏文库本,1996 年郑州中州古籍出版社

120. **史记**中国古典名著文库本,1996 年乌鲁木齐新疆人民出版社

121. **史记**郑强胜、季荣臣点校,1997 年北京台海出版社,2002 年再版

122. **全校全注全译全评——史记(全 6 册)**杨钟贤、郝志达主编,1997 年 8 月天津古籍出版社

此本据金陵书局本、武英殿本和中华书局本为底本,重新点校,不收三家注,另加注释、译文。

123. **史记(插图本)**1997 年上海书店出版社

124. **史记**二十五史新编本,汪受宽新撰,1997 年上海古籍出版社

125. **史记(全 2 册)**130 卷,郭逸、郭曼标点,1997 年 8 月上海古籍出版社

此书的底本据黄善夫本(实际是商务印书馆百衲本二十四史《史记》)排印。间有校改。

126. **史记评林(2 册)**四库未收书辑刊本,1998 年北京出版社

此本据明万历四年刻本影印。

127. **史记(全 5 册)**文白对照全译本,吴兆基等译,1997 年黄山书社

128. **史记**梁昭辉标点,1998 年甘肃民族出版社

此本以乾隆年间武英殿本为底本标点。此本为白文本,无表。

129. **史记(全 2 册)**中华典籍精荟本,1998 年呼和浩特远方出版社

130. **史记**中国古典名著本。席子杰,迟双明主编。1998 年西宁青海人民出版社

131. **史记**二十五史全书本,1998 年呼和浩特内蒙古人民出版社
132. **毛泽东读批《史记》**(全 3 册)毛泽东评,冯国超、江小涛译;丁华民、唐汉编选。1998 年北京红旗出版社

此书中所谓“读批”,实际上是摘取毛氏在各种著作、文件中的言论;此本未说明其所据底本,无表。

133. 文白对照**史记**冯克诚、田晓娜主编,青少年读本,1998 年西宁青海人民出版社
134. **史记**(全 4 册)前四史本,1998 年北京大众文艺出版社
135. **史记评林**(全 6 册)(明)凌稚隆辑校;(明)李光缙增补;于亦时整理。1998 年天津古籍出版社

此本据万历年间刊刻的李光缙增补本影印,因所据底本有缺,又以日本明治三十二年翻刻本校勘,有校改。

136. **史记**中华名史集成本,杨锺贤主编,1998 年天津古籍出版社
137. **史记、汉书、后汉书、三国志**新编小四库本·二十五史(百衲本),1998 年杭州浙江古籍出版社

此本为影印商务印书馆 24 史百衲本,将原书 16 面合为 1 面。

138. **史记**前四史本,1999 年呼和浩特远方出版社

此本为《史记会注考证》的影印本,将原书 6 面合为 1 面。

139. **史记**(全 4 册)文白对照全注全译本　萧枫主编。1999 年延吉延边人民出版社
140. **史记**中华藏书百部本,冯国超、夏于全主编,1999 年北京中国华侨出版社
141. **史记**(全 3 册)世界名著百部本,1999 年延吉延边人民出版社
142. **史记**中国古典文化精华本,1999 年北京长城出版社
143. **史记**二十六史本,齐豫生、夏于全主编,1999 年延吉延边人民出版社
144. **史记**白话二十四史本,谢圣明、黄立平主编,1999 年北京中国华侨出版社
145. **史记**(全 4 册)中国史籍精华译丛本,1999 年济南山东大学出版社等
146. **史记**(全 2 册)文白对照二十四史本,本书编委会编,1999 年天津古籍出版社
147. **史记原本**中华传统文化经典本,1999 年兰州甘肃文化出版社
148. **史记**(全 2 册)中国古典文学宝库本,齐豫生、夏于全主编;1999 年延吉延边人民出版社
149. **史记**文白对照传世名著本,1999 年奎屯伊犁人民出版社
150. **史记**(全 6 册)中国古典文学名著,中小学图书馆版,1999 年北京中国戏剧出版社

151. **史记**(全 4 册)中国古典名著百部本,1999 年北京中国社会出版社
152. **史记**中国古典文化精华本,1999 年京华出版社
153. **史记**卢苇、张赞熙点校,2000 年杭州浙江古籍出版社,2001 年重印本
154. **史记**一百三十卷(全 3 册)影印乾隆御览摛藻堂二十四史本,2000 年辽海出版社
155. **史记**(全 2 册)中国古典名著珍藏宝库本,2000 年北京古籍出版社
156. **史记**(全 3 册)二十四史本,2000 年中华书局

    此本为中华书局二十四史点校本的简体字版。
157. **史记**(全 2 册)中国古典名著普及读本本,2000 年北京古籍出版社
158. **史记**(全 4 册)传世藏书实用文库本,2000 年北京中国戏剧出版社
159. **史记**(全 3 册)中华古典名著百部本,2000 年北京时代文艺出版社
160. **史记**全译(全 9 册)杨燕起注译　中国历代名著全译丛书本,2001 年贵州人民出版社

    此本史记原文据中华书局点校本,不取三家注,另加注释。
161. **史记新注**(全 4 册)130 卷,张大可注释,2001 年华文出版社

    此书不取三家注,皆为注释者的新注。
162. **史记**(全 3 册)中国古典名著精品本,2001 年呼和浩特远方出版社
163. **史记**中国古典名著百部本(插图全译),2001 年九州出版社

另附 1:《史记》日本刊行本

此目录只收录作为汉籍刊行的《史记》日本刊行本,而不收录《史记》的日文译本。

1. **史记**一百三十卷(全 50 册)日本庆长年间(1596—1614)八行有界活字本

   半页 8 行 17 字,注双行 17 字,有界,黑口,四周双边,双花鱼尾,上鱼尾下题"史记纪一",下题本卷页码。又十表九行,有界。

   台北故宫[阿部]　(日)东北大学　(日)残本 4 册,《妇女之友》杂志社御茶水图书馆　(日)天理大学　(日)有配补,大东急纪念文库　(日)东洋文库　(日)内阁文库

2. **史记**一百三十卷(全 50 册)日本元和、宽永年间(1615—1643)八行无界活字本
半页 8 行 17 字,注双行 17 字,无界,黑口,四周双边,双花鱼尾,上鱼尾下题“史记纪一”,下题本卷页码。又十表九行,有界。
缺卷七〇～七三,北大　国图　(日)存 13 卷,内阁文库　(日)《妇女之友》杂志社御茶水图书馆　(日)有配补,天理大学　(日)大东急纪念文库
3. **史记**一百三十卷(全 50 册)日本宽永、正宝间(1624—1647)九行无界活字本
半页 9 行 17 字,注双行 17 字,无界,黑口,四周双边,版心题“史记[小题]几”,下题本卷页码。又十表九行,有界。
2 部(其中 1 部缺卷三一、三二),台湾故宫[阿部]　(日)东北大学　(日)有抄配 1 部;又 1 部,仅存卷五,东京大学　(日)东洋文库
4. **史记正文**日本宽政四年(1792)木活字本
半页 10 行,行 17 字。白口,左右双边,单鱼尾,鱼尾上题“史记正文”,鱼尾下题“卷一”,下题本卷页码。
(日)京都大学人文研究所　(日)宫内厅书陵部
5. **史记**(史记正文)祥龙阁真本一百三十卷补一卷首一卷(全 20 册)
多贺渐标点、音训,日本宽政五年(1793)大阪浪华书林柳原喜兵卫刊本
辽宁[中和]　(日)东北大学　(日)京都大学人文研究所
6. **史记正文**一百三十卷首一卷明钟惺,陆可彦删定,日本宽政十二年(1800)河内屋喜兵卫刊本,日本文久二年(1862)大阪积玉圃刊本
半页 12 行,行 20 字。左右双边,单鱼尾。诸家评语镌于天头。此本为白文本,无注。
(1) 宽政十二年本
(日)文教大学
(2) 文久二年补修本
上海　(日)滋贺大学
7. **史记评林**一百三十卷
(1) 日本宽永十三年(1636)《史记评林》京都八尾助左卫门初刻本(全 50 册)
半页 10 行,行 19 字;注双行 19 字。无界。四周双边,白口,单鱼尾,鱼尾上题“史记卷一”,鱼尾下题“五帝本纪”,其下题本卷页

码。天头镌有诸家评语,行 7 字。

缺卷二五、二六,大连[中和]　(日)一桥大学　(日)文教大学　(日)后印本,缺卷一二二～一二五,立命馆大学　(日)2 部,东北大学

(2) 日本宽文十二、十三年(1672、1673)《[新刊校正]史记评林》京都积德堂刊本(又名红屋初刻本)(全 25 册)

半页 12 行,行 22 字;注双行 22 字。有界。白口,单鱼尾,鱼尾上题“史记卷一”,鱼尾下题“五帝本纪”,其下题本卷页码。天头镌有诸家评语,行 7 字。

存卷一～六、十～十四、七十四～八十二,大连[中和]　(日)鹿儿岛大学

宽文十二、十三年刊,延宝二年修刊本

(日)3 部,立命馆大学　(日)千叶县　(日)东京都　(日)实践女子大学

(3) 日本延宝二年(1674)《[新版考正]史记评林》八尾甚四郎(友春)刊本(又名八尾再刻,延宝本)(全 50 册)

半页 12 行,行 19 字;注双行 19 字。无界。白口,单鱼尾,鱼尾上题“史记卷一”,鱼尾下题“五帝本纪”,其下题本卷页码,再下阴刻“八尾友春”。天头镌有诸家评语,行 7 字。

(日)东北大学　(日)2 部,大阪府　(日)2 部,九州大学　(日)京都大学人文研究所　(日)爱媛大学　(日)文教大学

(4) 日本明和七年(1770)《[校正再版]史记评林》京都世裕堂据宽文十三年本重刊本(又名红屋再刻、明和本)(全 50 册)

半页 12 行,行 24 字;注双行 24 字。有界。白口,单鱼尾,鱼尾上题“史记卷一”,鱼尾下题“五帝本纪”,其下题本卷页码。天头镌有诸家评语,行 5 字。

(日)长崎大学　(日)存卷三八～六十、一百七～一百三十,大阪府　(日)残本,千叶县　(日)国会　(日)九州大学　(日)一桥大学

大阪河内屋柳原喜兵卫等天明九年重印本

(日)东京都　(日)宫城县　(日)千叶县

(5) 元文元年(1736)京都钱屋庄兵卫刊本

(日)爱媛大学

(6) 日本天明六年(1786)《[新刻校正]史记评林》据宽文本覆刊本(又名八尾再刻、天明本)(全50册)

缺卷五十七,大连[中和]　(日)九州大学　(日)立命馆大学

(日)京都产业大学　(日)残62卷,八户市

天明六年(1786)大阪河内屋茂兵卫等印本

(日)大阪府

天明六年(1786)江户须原屋茂兵卫等刊本

(日)文教大学

天明六年(1786)刊,宽政四年(1792)修,大阪堺屋定七印本

(日)立命馆大学

宽政四年(1792)大阪松村九兵卫等补刊本

(日)宫城县(日)大阪府　(日)鹿儿岛大学　(日)一桥大学

(7) 日本天明九年(1789)《[校正再版]史记评林》大阪浪华书林柳原喜兵卫等据明和七年京都世裕堂刊本重印本(全25册)

(日)文教大学　(日)九州大学　(日)2部,东北大学　(日)东京都

(8) 日本明治二年(1869)《[增补]史记评林》田中笃实、关利器校点,鹤牧藩水野永顺修来馆刊,东京玉山堂山城屋佐兵卫发行(全25册)

半页11行,行19字,注双行24字。有界。白口,单鱼尾,鱼尾上题“增订史记评林”,鱼尾下题“卷一五帝本纪”,其下题本卷页码。版心最下题“修来馆藏”,天头镌有诸家评语,行7字。

辽宁[中和]　(日)立命馆大学　(日)国会　(日)2部,东北大学　(日)2部,鹿儿岛大学　(日)新潟大学　(日)2部,文教大学　(日)千叶县　(日)高知大学　(日)东洋文库　(日)2部,一桥大学　(日)熊本大学　(日)滋贺大学　(日)京都大学人文研究所

(9) 明治十二年(1879)渡边约郎校点,东京鲈亮平铅印本

(日)国会

(10) 日本明治十二、十三年(1879、1880)《[校字]史记评林》奥田遵校订,东京别所平七刊本(全50册)

(日)2部,新潟大学　(日)八户市　(日)九州大学　(日)国会　(日)缺卷十三～三十、一百十二～一百三十,东洋文库

(11) 日本明治十四年(1881)《[增订]史记评林》大乡穆、伊地知贞馨校点,修道馆排印本(全27册)

苏州[中和]　(日)2部,立命馆大学　(日)新潟大学　(日)宫城县　(日)东北大学　(日)2部,八户市　(日)3部,千叶县　(日)东京都　(日)大阪府

(12) 日本明治十四年(1881)《[明治新刻]史记评林》铃木义宗校订,东京印刷会社铅印本(全50册)

上海　(日)国会　(日)3部,东京都　(日)立命馆大学　(日)广岛大学　(日)千叶县

(13) 日本明治十四年(1881)《[校订]史记评林》藤泽恒(南岳)校点、音训,大阪冈岛幸治郎(真七)等铜版印本,浪华同盟书楼藏版(全50册)

缺卷七,大连[中和]　(日)国会　(日)关西大学

(14) 日本明治十五、十六年(1882、1883)《[增补]史记评林》石川英辅(鸿斋)校点,凤文馆铜版印本(全25册)

半页13行,行24字,注双行36字。有界。白口,单鱼尾,鱼尾下题“卷一五帝本纪”,其下题本卷页码。版心最下题“凤文馆藏”,天头镌有诸家评语。

辽宁　南京　河南[中和]　(日)爱媛大学　(日)文教大学　(日)东北大学　(日)国会　(日)2部,东洋文库　(日)京都大学人文研究所

(15) 日本明治十八年(1885)《[补标]史记评林》有井范平补标,东京报告堂大野尧运铅印本(全25册)

上海师大　山东大学　重庆[中和]　(日)立命馆大学　(日)千叶县　(日)大阪府

(16) 日本明治二十年(1887)《[补标]史记评林》有井范平补标,东

京九春堂铅印本(全25册)

复旦　河南　湖北[以上中和]　上海

(17) 日本明治二十四年(1891)《增补评点史记评林》石川英辅(鸿斋)辑补,岩谷六、冈鹿门校订,东京三松堂、松荣堂据凤文馆铜版印本校正重印本

存卷首,十六～一三〇,辽宁　缺卷一二六～一三〇,重庆[以上中和]　(日)宫城县　(日)一桥大学

(18) 日本明治二十五年(1892)修文馆重印奥田遵校订本(全50册)

(日)东京都

(19) 日本明治三十二年(1899)东京嵩山堂据明治二年(1869)鹤牧藩修来馆本重印本

(日)千叶县

8. **史记论文**一百三十卷日本文政九年(1826)小田原藩天游园刊覆清本;日本文政十年(1827)江户和泉屋新八等据文政九年本重印本

(1) 文政九年本

北碚　民族大学　南开　南大[以上中和]　(日)2部,东北大学　(日)3部,大阪府　(日)宫城县　(日)关西大学　(日)千叶县　(日)文教大学　(日)2部,东京都　(日)九州大学

(2) 文政十年重印本

(日)爱媛大学　(日)国会　(日)东洋文库　(日)2部,千叶县

9. **史记读本**一百三十卷安藤定格纂释,日本明治十三年(1880)高崎博文堂印本

(日)文教大学　(日)八户市　(日)东北大学

10. **标注史记读本**一百三十卷广部良知标注,日本明治十四年(1881)平泽润助印本(日)高知大学

11. **史记正本**一百三十卷落合济三纂解,日本明治十五年(1882)刊本

(日)文教大学

12. **史记集解**卷九古典保存会日本昭和10年(1935)影印毛利氏所藏延久五年(1073)抄本

13. **史记集解**卷九六后半、九七日本昭和13年(1938)影印日本石山寺藏抄本

即与罗振玉所影印者同。

14. **史记集解卷十一**京都帝国大学文学部日本昭和10年(1935)影印古梓堂所藏延久五年(1073)抄本
15. **史记集解卷十**贵重古典刊行会日本昭和29年(1954)东北大学图书馆所藏延久五年(1073)抄本。

另附2:《史记》朝鲜刊行本

史记评林一百三十卷

(1) 清嘉庆年间(1796—1820)活字版

半页10行,行19字,注双行。四周双边,版心上下花纹鱼尾。框纵横24.3×15.9 cm。

(韩)残本,40册;又1部残本,28册,奎章阁　(日)33册,宫内厅书陵部

(2) 活字版(出版年未详)

半页10行,行19字,注双行。四周单边,版心上下内向花纹鱼尾。框纵横24.3×15.9 cm。

(韩)残本1册,存卷七九～八三,奎章阁

(3) 刻本(出版年未详)

半页10行,行19字,注双行。四周双边,版心上下花纹鱼尾。有界。万历五年(1577)徐中行序。框纵横23.4×15.4 cm。

(韩)残本33册,缺卷八一～八六,奎章阁

(4) 刻本(出版年未详)

半页10行,行19字,注双行。四周双边,版心上下花纹鱼尾。有界。万历五年(1577)徐中行序。框纵横22.9×15.4 cm。

(韩)残本29册,缺卷八一～八六,奎章阁

(5) 朝鲜刊《史记评林》(出版年未详)

(日)33册,国会

引用书目及其简称:

1. 历史研究所第一、二所《史记研究的资料和论文索引》,科学出版社 1957 年版(简称“论”)
2. 水泽利忠《史记会注考证校补》,史记会注考证校补刊行会 1957 年版(简称“水泽”)
3.《上海图书馆善本书目》,1957 年版
4. 贺次君《史记书录》,商务印书馆 1958 年版(简称“贺”)
5.《民族文化宫图书馆藏古籍(线装)草目》,1960 年油印本
6. (日)宫内厅书陵部《图书寮典籍解题—汉籍编》,1960 年版
7.《杭州大学图书馆藏线装书总目》,1964 年版
8.《镇江博物馆绍宗藏书楼善本书目》,油印本(印年不详)
9. 王民信《史记研究之资料与论文索引》,学海出版社 1976 年版(简称“王”)
10.《普利斯敦大学葛思德东方图书馆中文善本书志》,1975 年版
11.《陕西师范大学图书馆善本书目》,1979 年版
12.《东京大学东洋文化研究所汉籍分类目录[海外中文图书]》,日本汲古书院 1981 年版
13.《中山大学图书馆古籍善本书目》,1982 年自印本(简称“中山大学”)
14. 阿部隆一《增订中国访书志》,日本汲古书院 1983 年版(简称“阿部”)
15.《国立故宫博物院善本旧籍总目》,1983 年版
16.《新疆大学图书馆藏古籍书目》,1983 年版
17.《泰州图书馆古籍善本书目》,1984 年油印本
18.《木樨轩藏书题记及书录》,北京大学出版社 1985 年版
19. (日)《千叶县立中央图书馆所藏汉籍目录》,1986 年版
20.《台北中央图书馆善本书目》,1986 年版
21.《南开大学图书馆馆藏古籍善本书目》,1986 年自印本
22.《北京图书馆古籍善本书目》,书目文献出版社 1987 年版
23. (日)《国立国会图书馆汉籍目录》,1987 年版

24. 安平秋《〈史记〉版本述要》,《古籍整理与研究》1987 年第 1 期,上海古籍出版社(简称“安”)
25.《吉林省古籍善本书目》,学苑出版社 1989 年版(简称“吉林”)
26. 尾崎康《正史宋元版研究》,日本汲古书院 1989 年版(简称“尾”)
27. 陈连庆《史记板本述略》,《中国古代史——陈连庆教授学术论集》(下),吉林文史出版社 1991 年版(简称“陈”)
28.《中国古籍善本书目》(史部),1991 年版(简称“中善”)
29.《中国人民大学图书馆古籍善本书目》,中国人民大学出版社 1991 年版
30.《四川大学图书馆古籍善本书目》,四川大学出版社 1992 年版
31.《1911—1984 影印善本目录》,中华书局 1992 年版
32.《中国科学院图书馆藏中文古籍善本书目》,1994 年版
33.《四川省高校图书馆善本联合目录》,1994 年版
34. 汉城大学奎章阁《奎章阁图书韩国本综合目录》,1994 年修订版(简称“奎章阁”)
35.《中国馆藏和刻本汉籍书目》,1995 年版(简称“中和”)
36.《湖南省古籍善本书目》,岳麓书社 1998 年版(简称“湖南”)
37.《北京大学图书馆藏古籍善本书目》,北京大学出版社 1999 年版
38.《美国哈佛大学哈佛燕京图书馆中文善本书志》,上海辞书出版社 1999 年版(简称“哈佛燕京”)
39. (日)《龙谷大学大宫图书馆和汉典籍分类目录》,2001 年版
40. 张玉春《〈史记〉版本研究》,商务印书馆 2001 年版(简称“张”)
41.《北京师范大学图书馆古籍善本书目》,北京图书馆出版社 2002 年版
42.《中国历史博物馆藏普通古籍目录》,北京图书馆出版社 2002 年版
43.《清华大学图书馆馆藏善本书目》,清华大学出版社 2002 年版

后 记

在进入北大学习之前,我虽也曾从事过多年的中国历史文化方面的教学和研究工作,然而,对于文献学的内涵及外延等诸多问题,并未有过比较深入的思考,对这个专业的性质、任务,缺乏全面的了解。在北大三年的学习中,我觉得最大的收获就是对文献学这一古老的学科产生了强烈的兴趣,并以此为基点,立志将自己的有生之年投入到这个自己喜爱的专业研究领域中去。

回顾三年的北大学习生活,我觉得,我的收获在于两个方面:第一个方面是上面提到的对文献学的学科认识上。关于文献学的概念,学界中有着各种的表述。我个人认为,文献学是对以文字为记载手段所构成的典籍的编纂、制作方法、过程及其编纂、制作思想进行研究的学问。我所说的上述概念实际上是一个狭义的文献学概念,它很类似于日本学者所喜欢使用的"書志学"的概念。广义的文献学是从西方传入的文献学(Philologie)的概念,是指将语言文字为记载手段的文献作为资料,对文明文化进行历史性研究的学问。我所认同的文献学概念属于前者。因为我认为,后者所包括的内容过于宽泛,极易和"国学"、思想史、学术史等研究相混淆;从而在实际的文献学研究中,或多或少地偏离了文献学的研究范围和文献学所应承担的研究任务,即偏离了文献学应为其他学术研究提供基础文献资料及基础研究成果的主题,进而使文献学的研究和其他的人文研究混为一谈。基于上述的认识,我明确了自己的研究方向,确定了自己的前进目标,使我可以更加坚定地从事文献学这一基础人文学科的研究。

三年学习收获的第二个方面是,我有幸进入了《史记》版本研究的专业领域。也正是通过进入《史记》版本研究的专业领域，才使我进一步深化了对文献学研究的性质及任务的认识。古籍版本研究作为文献学中的重要组成部分，也是文献学研究的基础所在。但我认为，长期以来国内学界对古籍版本研究的重视不足。这里所说的重视不足，并非是指国内学界对此问题没有涉及。实际上，国内的诸多学者在一定意义上说都是版本研究专家，他们在从事中国古代文化研究时，都非常注重古籍的版本研究，而且都做出过极大的贡献。我所要说的"不足"是指：其一，他们的版本研究是从属于他们所从事的具体的文化研究，因而他们的版本研究是比较分散的、局部的；缺乏对大类古籍进行的专门的综合研究。比如对二十四史的版本研究，日本学者有《正史宋元版研究》这样的专门著作，而类似的文献学著作，在我国则极为少见。其二，国内学者大多精通版本之学，积累了丰富的实践经验，在研究中也亲身接触了大量的古籍版本，但"述而不作"，没有把他们的版本研究成果上升到理论高度，从而为一般研究者提供基本的理论方法。同时，也很少把他们所见到的古籍版本情况，编成通俗而实用的书目工具书，提供给学界。前者，如李致忠先生《古书版本学概论》之类的理论书太少见；后者，如杨忠先生《清人别集总目》之类的实用书目书籍也太少。此外，如上述二位先生这样身处研究一线的一流学者，从事上述书籍的编纂，尤为难能可贵。以我的私见，国内学界的一线学者，多不屑于从事提要、解题等实用性工具书的编撰。是以相当多书目、提要等著作，多是组织非专业人员草草编成，质量不高，远远不能满足学界及一般研究者的需求。基于上述的认识，我觉得投身于《史记》版本研究的领域，加入到《史记》研究的基础研究工作中来，有机会为学界提供一些便利的、实用的基础资料，是我个人的应尽职责和光荣。

回顾三年的北大生活，我想，我是幸运的。我来到了一个好学校，有机缘受教于一位好导师——安平秋先生。是安先生引导我走入北大，进入《史记》版本的研究领域。确切地说，在进入北大之前，我对《史记》并不熟悉，对《史记》版本更是盲人摸象，不明就里。是安先生的教诲，开始了我的《史记》版本研究生涯，也开始了我学术生命的新起点。

在三年的学习中，我还得到了北大古文献研究中心的孙钦善先生、杨忠先生、董洪利先生、曹亦冰先生的悉心指导，诸位先生从我的博士生综合考试到最后的论文答辩，都给予了全面的关注，对我的论文也有极多精辟的批评和建议。通过对这些批评、建议的理解与消化，不仅使我体会到了前辈学者严谨的学风，而且从他们那里也学到了科学研究的理论方法。

特别要说明的是，我的博士论文及本书的顺利完成，其基础资料的收集，完全是上述诸位先生直接支持的结果。日本汲古书院影印日本历史民俗博物馆藏南宋刊《史记》黄善夫本，是参与刊行此书的日本学者尾崎康先生赠送安平秋先生的，是安先生的个人收藏，承蒙安先生的厚爱，在笔者著作本书的时候，长期使用了这一珍稀的版本。日本宫内厅书陵部所藏二部元刻《史记》彭寅翁本的复印件，是由全国高校古籍整理研究工作委员会秘书处提供的，同时，在曹亦冰先生的支持下，蒙北大图书馆张玉范先生的关照，得以复制北大藏彭寅翁本 16 卷。在安先生的关心，刘玉才先生的协调下，又得以复制两部国图藏彭寅翁本中的若干卷，诸多基本资料的复制，保障了本研究基础材料的完整。我作为一位研究者，在诸位先生所提供的优厚的，或者说他人难以奢望的条件下，进行研究，没有理由不发奋努力。此外，在我的博士论文的初稿完成后，承师母于世明先生校阅初稿，帮我纠正了论文中许多的错误；又蒙师弟应三玉先生协助通阅文稿，又师弟沙志利先生在预答辩及为我准备正式答辩中，奔波劳苦，在此皆一并感谢。

我自硕士毕业以来，受外界干扰甚久，远离学术前沿多年。于今重回学术阵地，回首往事，感慨良多。我年已不惑，依旧是别妻弃子，虽外人尝冠以“一心向学”之美名，却实在是难副其实，故而内心常常充满着惭愧，会当此时，谨以此书献给我的妻子王芸，以为结语。

张兴吉2003 年 5 月 25 日于北大燕园 30 号楼 314 室
2005 年 3 月 18 日改定于海口海南中学寓所

元刻《史记》彭寅翁本及相关版本图版目录

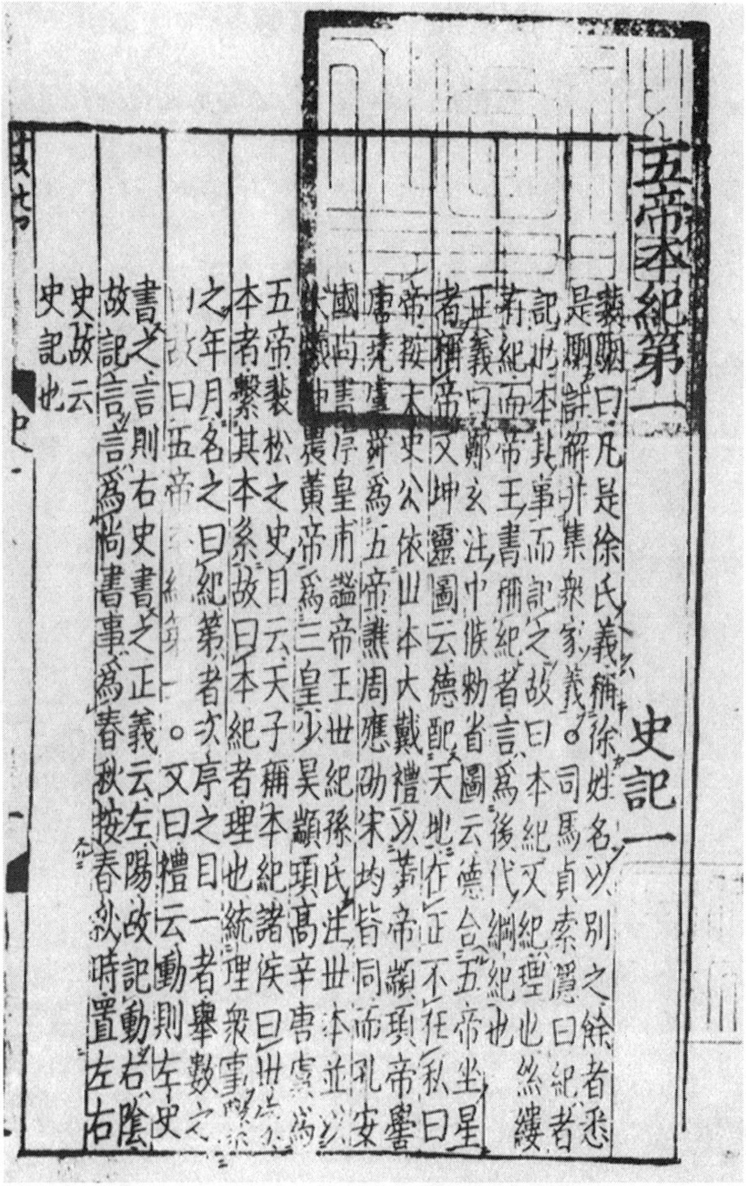

五帝本紀第一　史記一

裴駰曰凡是徐氏義稱徐姓名以別之餘者悉是駰訓解并集衆家義○司馬貞索隱曰紀者記也本其事而記之故曰本紀又紀理也絲縷有紀而帝王書稱紀者言為後代綱紀也正義曰鄭玄注中候敕省圖云德合五帝坐星者稱帝又坤靈圖云德配天地在正不在私曰帝按太史公依世本大戴禮以黃帝顓頊帝嚳唐堯虞舜為五帝譙周應劭宋均皆同而孔安國尚書序皇甫謐帝王世紀孫氏注世本並以伏羲神農黃帝為三皇少昊顓頊高辛唐虞為五帝裴松之史目云天子稱本紀諸侯曰世家本者繫其本系故曰本紀者理也統理衆事繫之年月名之曰紀第者次序之目一者舉數之始故曰五帝本紀第一○又曰禮云動則左史書之言則右史書之正義云左陽故記動右陰故記言言為尚書事為春秋按春秋時置左右史故云

史記也

图版 1　枫山文库旧藏日本宫内厅书陵部藏彭寅翁本

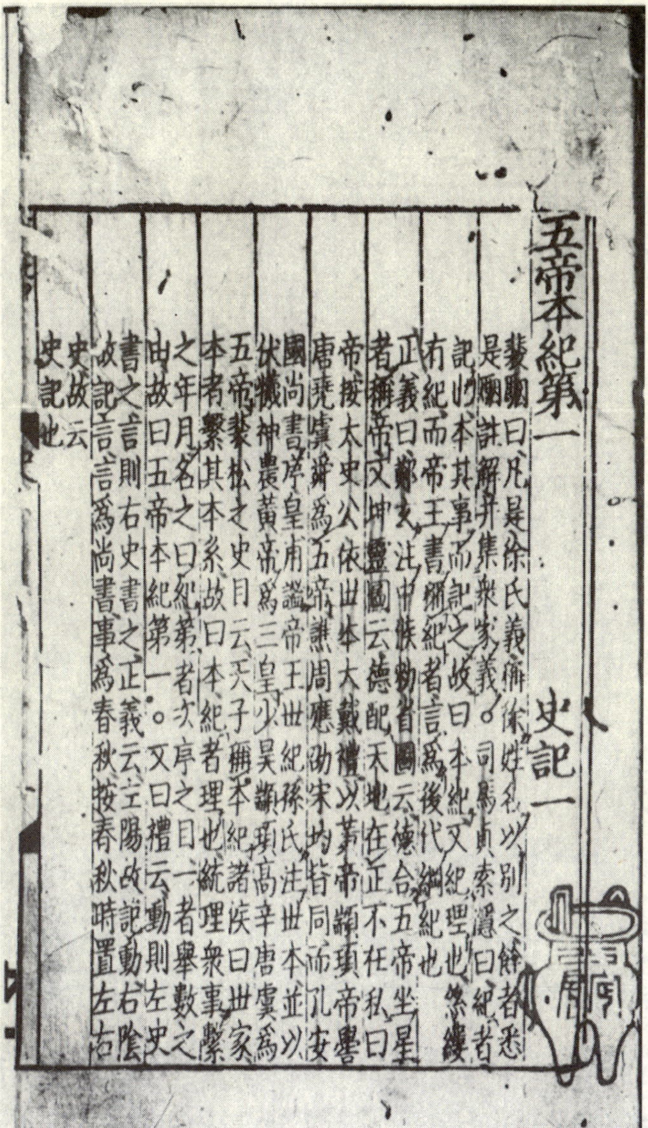

五帝本紀第一　史記一

裴駰曰凡是徐氏義稱徐姓名以別之餘者悉是駰注解并集衆家義。司馬貞索隱曰紀者記也本其事而記之故曰本紀又紀理也絲縷有紀而帝王書稱紀者言爲後代綱紀也

正義曰鄭玄注中候勑省圖云德合五帝坐星者稱帝又坤靈圖云德配天地在正不在私曰帝按太史公依世本大戴禮以黃帝顓頊帝嚳唐堯虞舜爲五帝譙周應劭宋均皆同而孔安國尚書序皇甫謐帝王世紀孫氏注世本並以伏犧神農黃帝爲三皇少昊顓頊高辛唐虞爲五帝裴松之史目云天子稱本紀諸侯曰世家本者繫其本系故曰本紀者理也統理衆事繫之年月名之曰紀第者次序之目一者舉數之由故曰五帝本紀第一。又曰禮云動則左史書之言則右史書之正義云左陽故記動右陰故記言言爲尚書事爲春秋按春秋時置左右史故云

史記也

图版 2　狩谷棭斋旧藏日本宫内厅书陵部藏彭寅翁本

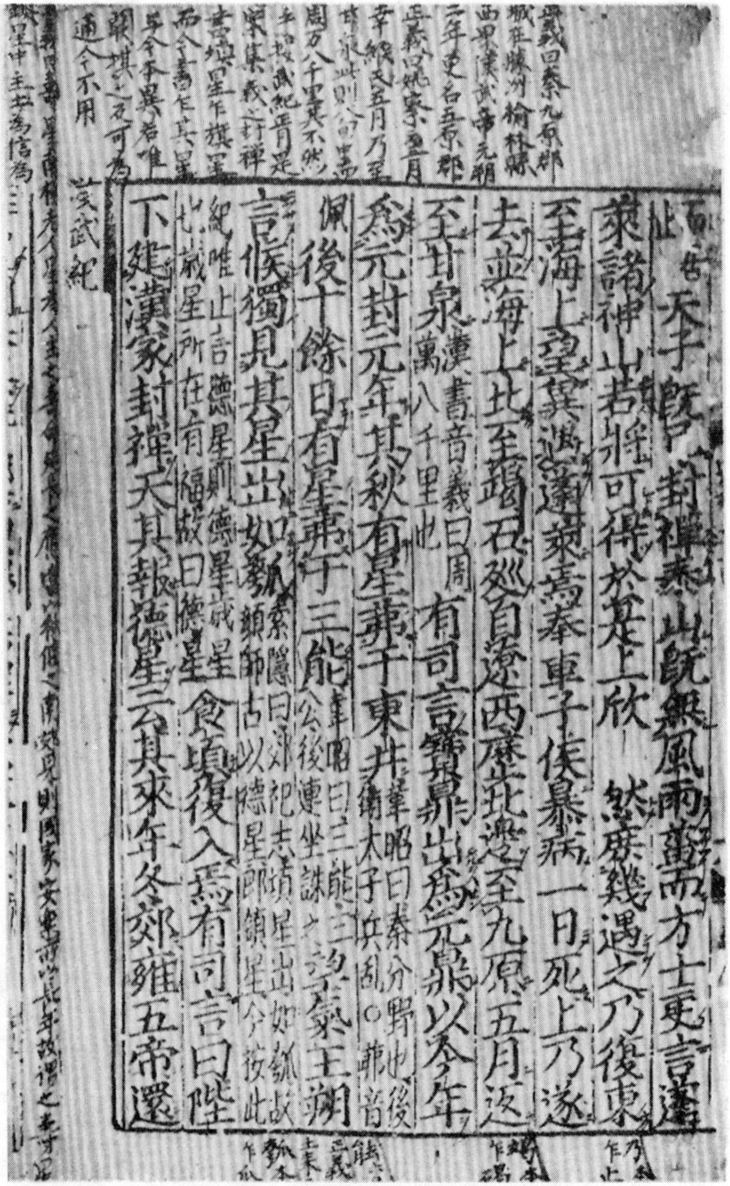
天子既已封禪泰山無風雨菑而方士更言蓬萊諸神山若將可得於是上欣然庶幾遇之乃復東至海上望冀遇蓬萊焉奉車子侯暴病一日死上乃遂去並海上北至碣石巡自遼西歷北邊至九原五月返至甘泉[illegible]有司言寶鼎出為元鼎以今年為元封元年其秋有星茀于東井[illegible]後十餘日有星茀于三能[illegible]望氣王朔言候獨見其星出如瓠[illegible]食頃復入焉有司言曰陛下建漢家封禪天其報德星云其來年冬郊雍五帝還

图版 3　伊佐早谦旧藏日本庆应大学图书馆藏彭寅翁本
（据《史记会注考证校补》）

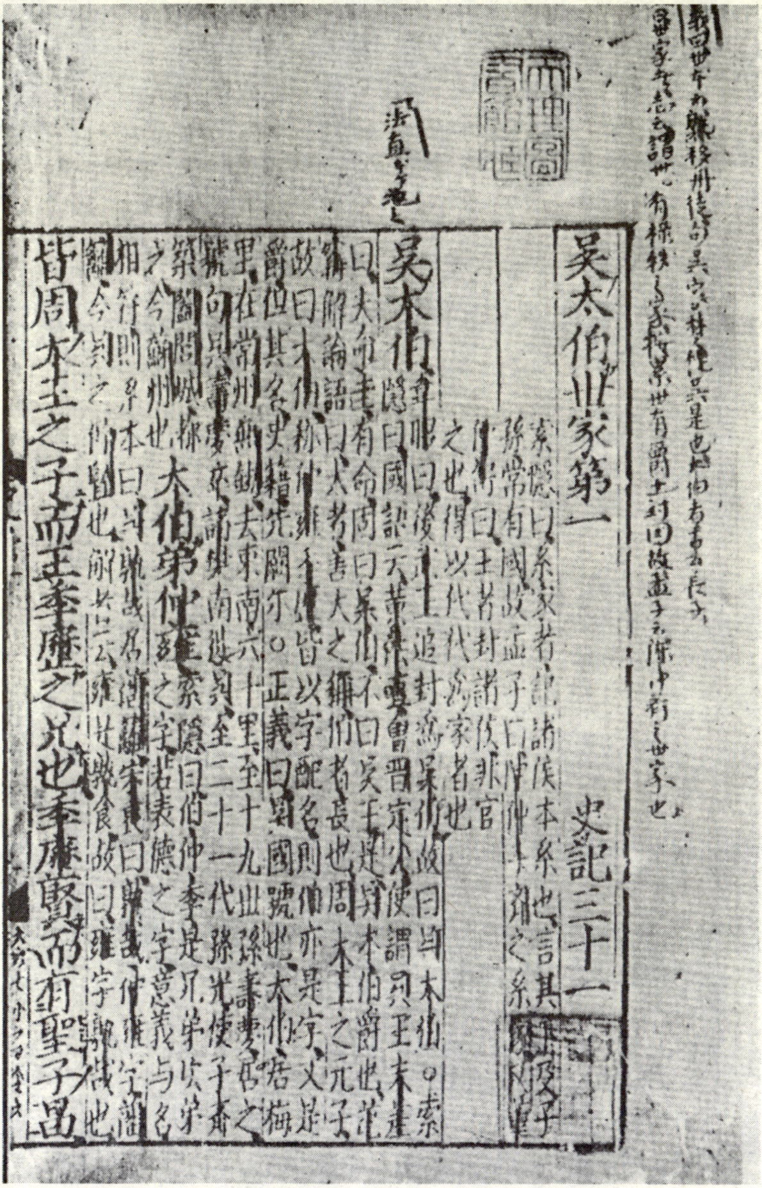

吳太伯世家第一　史記三十一

索隱曰系家者記諸侯本系也言其孫常有國故孟子曰陳仲子齊之系仲舒曰王者封諸侯非官之也得以代代為家者也

吳太伯索隱曰後武王追封為吳伯故曰吳太伯○索隱曰國語云黃池之會晉定公使謂吳王夫差曰夫命圭有命固曰吳伯不曰吳王是太伯爵也范甯解論語曰太者善大之稱伯者長也周太王之元子故曰太伯稱仲雍季歷皆以字配名則伯亦是字又是爵但其名史籍先闕耳○正義曰吳國號也太伯居梅里在常州無錫縣東南六十里至十九世孫壽夢居之號句吳壽夢卒諸樊南徙吳至二十一代孫光使子胥築闔閭城都之今蘇州也太伯弟仲雍索隱曰伯仲季是兄弟次第之字若表德之字意義與名相符則系本曰吳孰哉居蕃離宋忠曰孰哉仲雍字蕃離今吳之餘暨也解者云雍是孰食故曰雍字孰哉也皆周太王之子而王季歷之兄也季歷賢而有聖子昌

图版 4　崇兰馆旧藏日本天理大学图书馆藏彭寅翁本

（据《史记会注考证校补》）

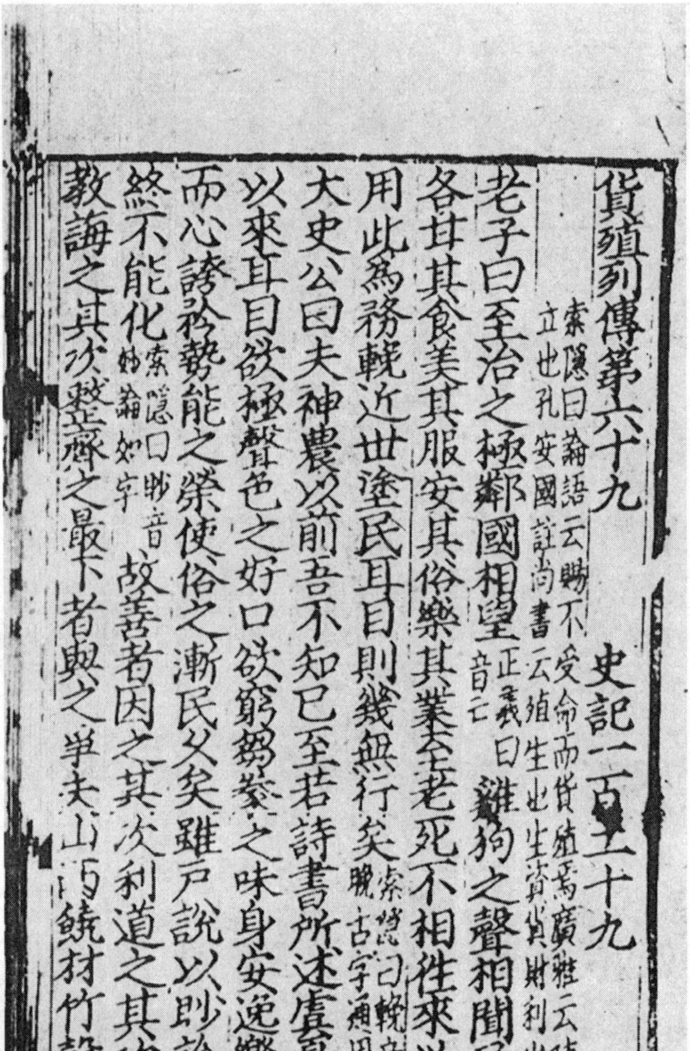
貨殖列傳第六十九　　史記一百二十九

索隱曰論語云賜不受命而貨殖焉廣雅云殖立也孔安國註尚書云殖生也生資貨財利也

老子曰至治之極鄰國相望正義曰音亡雞狗之聲相聞民各甘其食美其服安其俗樂其業至老死不相往來必用此為務輓近世塗民耳目則幾無行矣索隱曰輓音晚古字通用

大史公曰夫神農以前吾不知已至若詩書所述虞夏以來耳目欲極聲色之好口欲窮芻豢之味身安逸樂而心誇矜勢能之榮使俗之漸民久矣雖戶說以眇論終不能化索隱曰眇音妙論如字故善者因之其次利道之其次教誨之其次整齊之最下者與之爭夫山西饒材竹穀

图版 5　傅增湘旧藏中国国家图书馆藏彭寅翁本

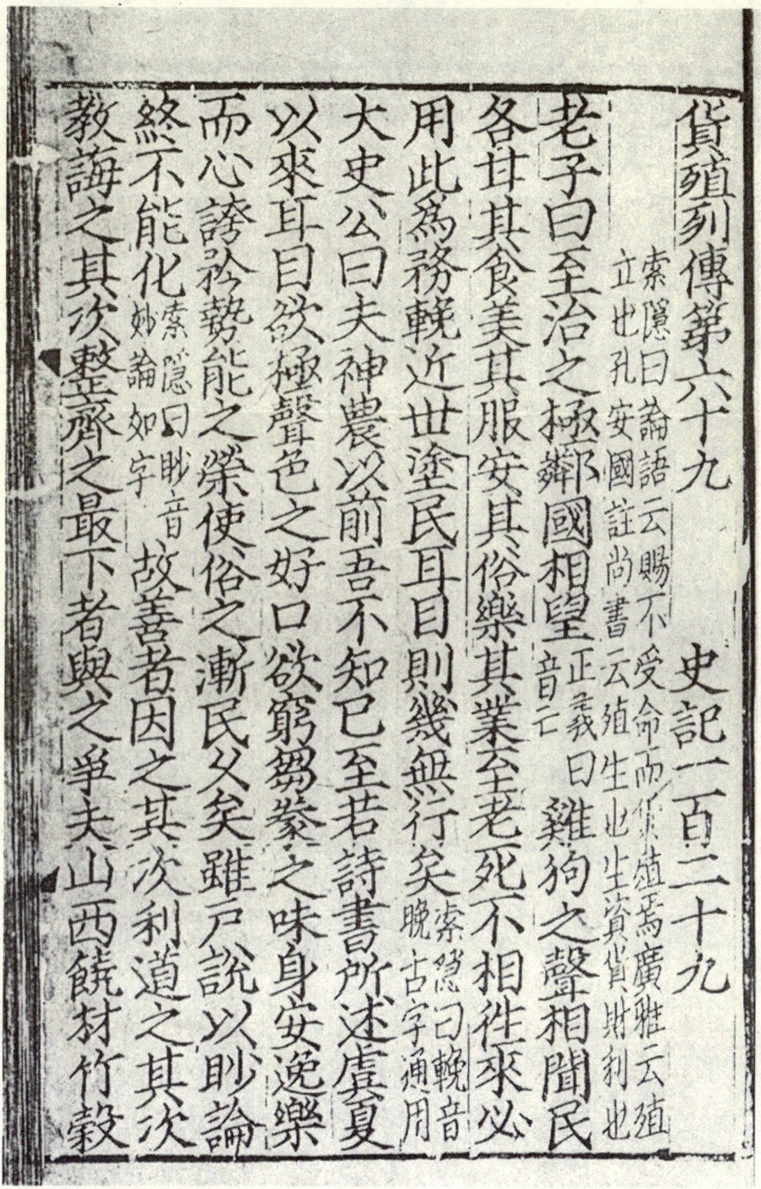

貨殖列傳第六十九　史記一百二十九

索隱曰論語云賜不受命而貨殖焉廣雅云殖立也孔安國註尚書云殖生也生資貨財利也

老子曰至治之極鄰國相望正義曰音亡雞狗之聲相聞民各甘其食美其服安其俗樂其業至老死不相往來必用此為務輓近世塗民耳目則幾無行矣索隱曰輓音晚古字通用

大史公曰夫神農以前吾不知已至若詩書所述虞夏以來耳目欲極聲色之好口欲窮芻豢之味身安逸樂而心誇矜埶能之榮使俗之漸民久矣雖戶說以眇論終不能化索隱曰眇音妙論如字故善者因之其次利道之其次教誨之其次整齊之最下者與之爭夫山西饒材竹穀

图版6　铁琴铜剑楼旧藏中国国家图书馆藏彭寅翁本

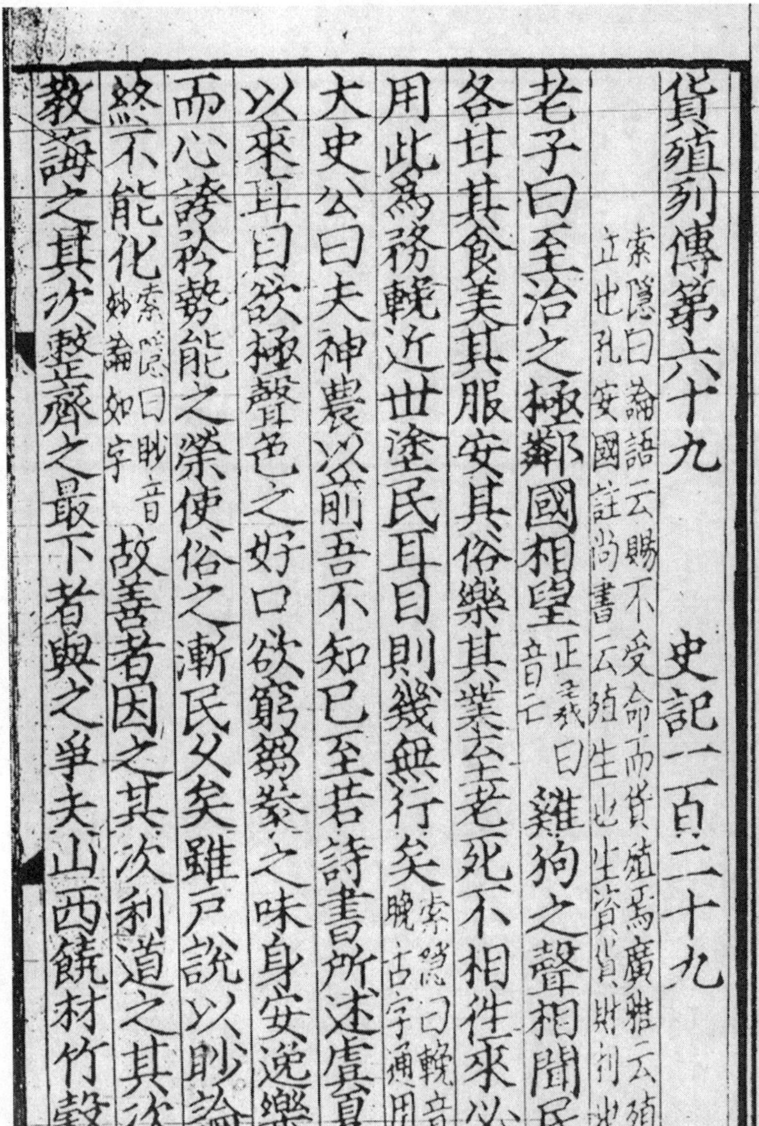

貨殖列傳第六十九　　史記一百二十九

索隱曰論語云賜不受命而貨殖焉廣雅云殖立也孔安國注尚書云殖生也生資貨財利也

老子曰至治之極鄰國相望（正義曰音亡）雞狗之聲相聞民各甘其食美其服安其俗樂其業至老死不相往來必用此為務輓近世塗民耳目則幾無行矣（索隱曰輓音晚古字通用）

大史公曰夫神農以前吾不知已至若詩書所述虞夏以來耳目欲極聲色之好口欲窮芻豢之味身安逸樂而心誇矜勢能之榮使俗之漸民久矣雖戶說以眇論終不能化（索隱曰眇音妙論如字）故善者因之其次利道之其次教誨之其次整齊之最下者與之爭夫山西饒材竹穀

图版 7　李盛铎旧藏北京大学藏彭寅翁本

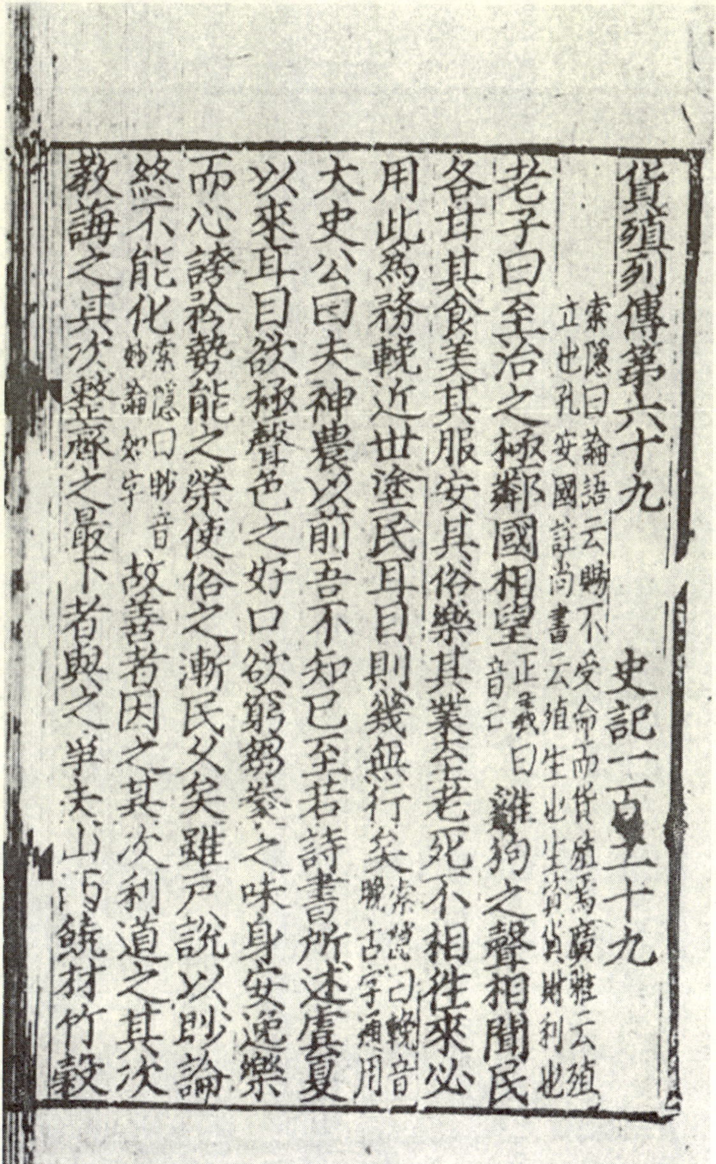

貨殖列傳第六十九　　史記一百二十九

(索隱曰論語云賜不受命而貨殖焉廣雅云殖立也孔安國注尚書云殖生也生資貨財利也)

老子曰至治之極鄰國相望(正義曰音亡)雞狗之聲相聞民

各甘其食美其服安其俗樂其業至老死不相往來必

用此爲務輓近世塗民耳目則幾無行矣(索隱曰輓音晩古字通用)

大史公曰夫神農以前吾不知已至若詩書所述虞夏

以來耳目欲極聲色之好口欲窮芻豢之味身安逸樂

而心誇矜勢能之榮使俗之漸民久矣雖戶說以眇論

終不能化(索隱曰眇音妙論如字)故善者因之其次利道之其次

教誨之其次整齊之最下者與之爭夫山西饒材竹穀

图版 8　台北中央图书馆藏 130 卷(中 8 卷配明本)彭寅翁本

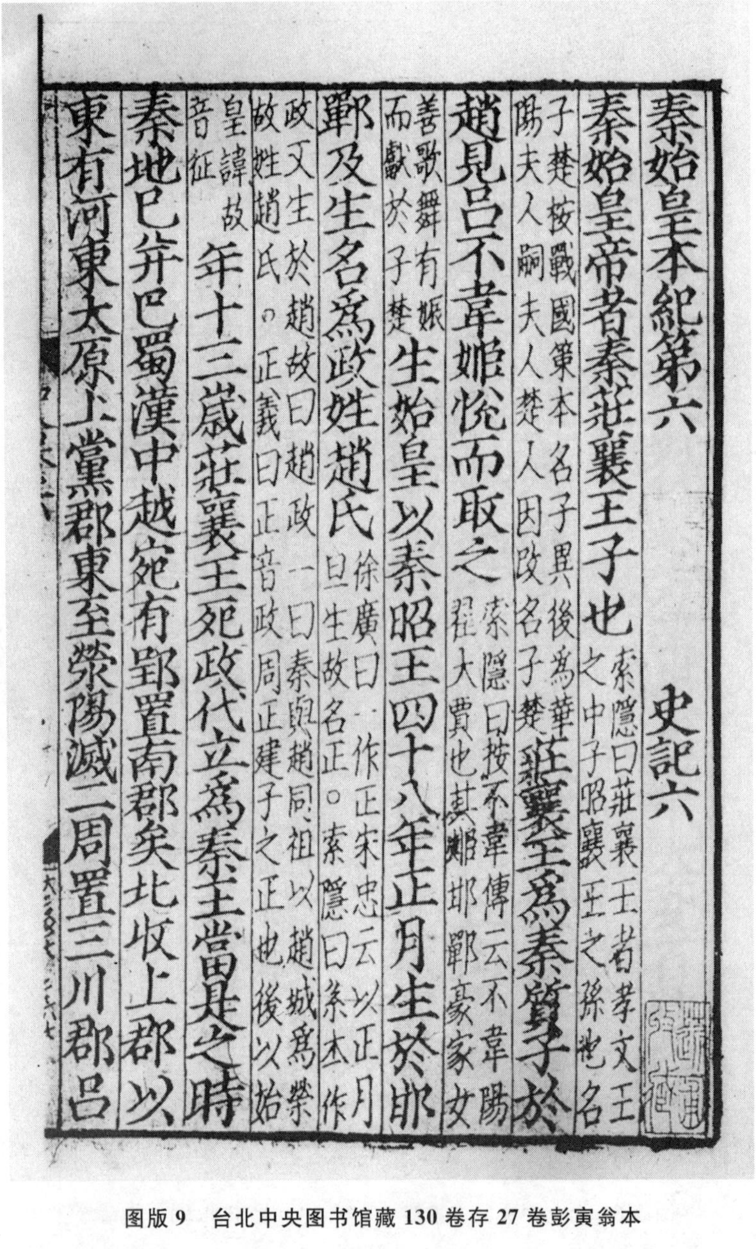
秦始皇本紀第六　史記六

秦始皇帝者秦莊襄王子也索隱曰莊襄王者孝文王之中子昭襄王之孫也名子楚按戰國策本名子異後爲華陽夫人嗣夫人楚人因改名子楚莊襄王爲秦質子於趙見呂不韋姬悅而取之索隱曰按不韋傳云不韋陽翟大賈也其姬邯鄲豪家女善歌舞有娠而獻於子楚生始皇以秦昭王四十八年正月生於邯鄲及生名爲政姓趙氏徐廣曰一作正宋忠云以正月旦生故名正○索隱曰系本作政又生於趙故曰趙政一曰秦與趙同祖以趙城爲榮故姓趙氏○正義曰正音政周正建子之正也後以始皇諱故音征年十三歲莊襄王死政代立爲秦王當是之時秦地已并巴蜀漢中越宛有郢置南郡矣北收上郡以東有河東太原上黨郡東至滎陽滅二周置三川郡呂

图版 9　台北中央图书馆藏 130 卷存 27 卷彭寅翁本

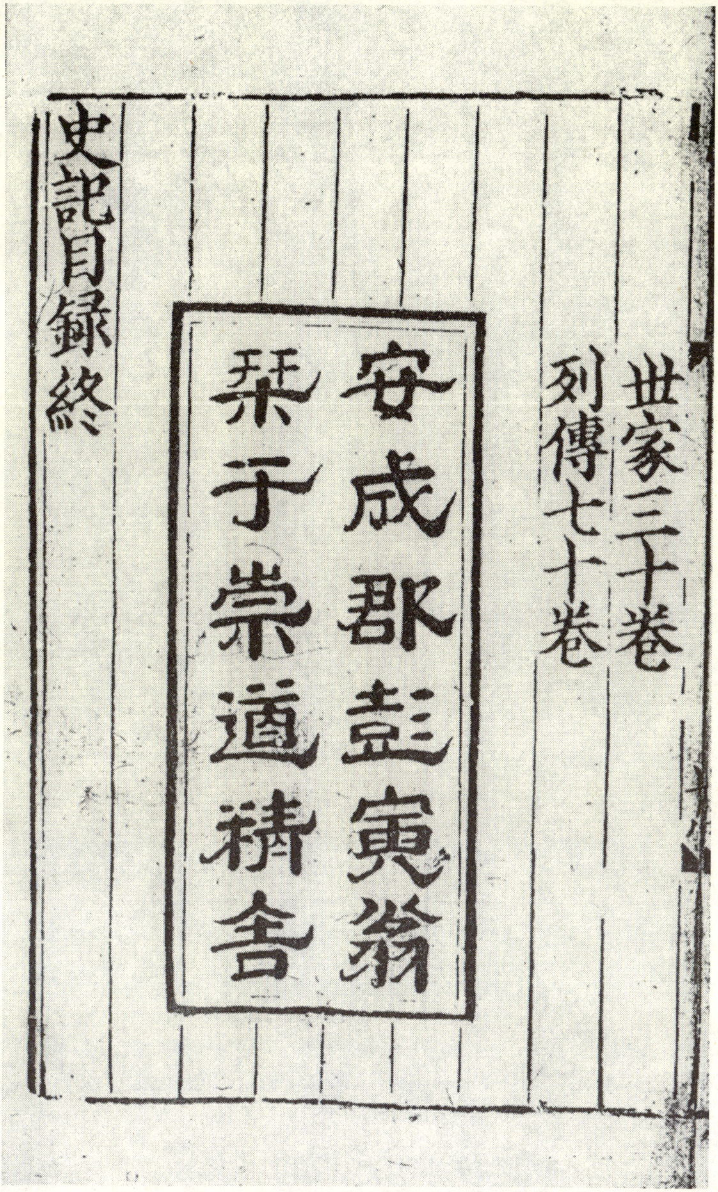
世家三十卷
列傳七十卷
安成郡彭寅翁
栞于崇道精舍
史記目録終

图版 10　枫山文库旧藏日本宫内厅书陵部藏彭寅翁本(木记 1)

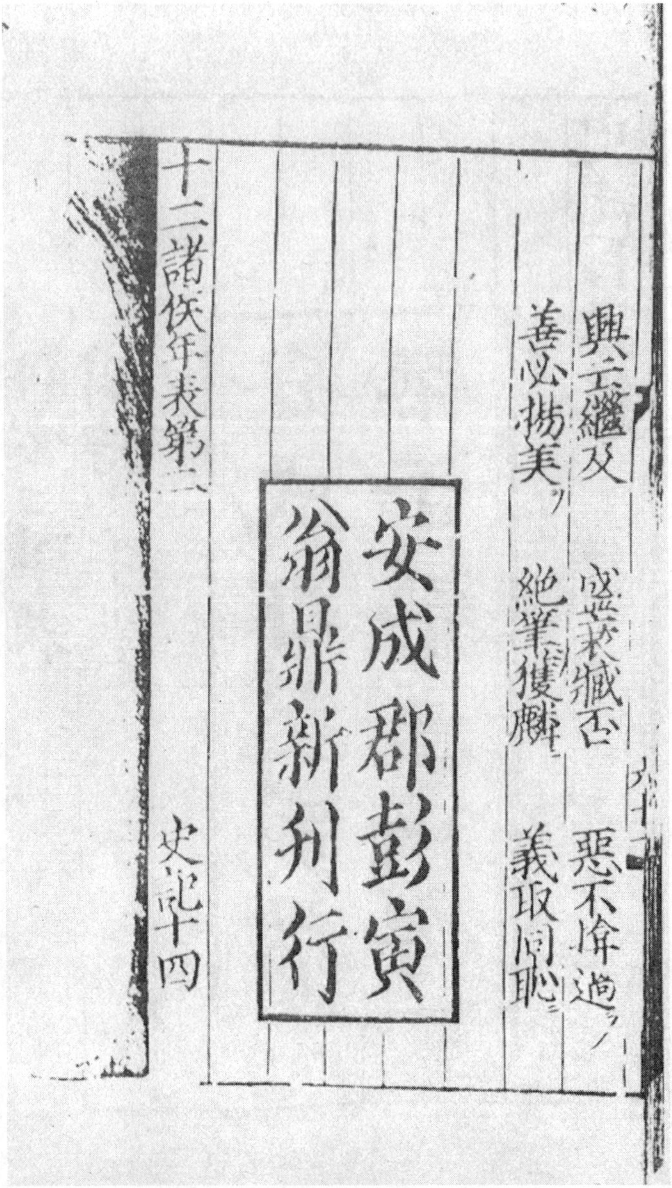
興亡繼及　盛衰藏否　惡不倖過
善必揚美　絶筆獲麟　義取同聦

安成郡彭寅
翁鼎新刊行

十二諸侯年表第二　史記十四

图版 11　枫山文库旧藏日本宫内厅书陵部藏彭寅翁本(木记 2)

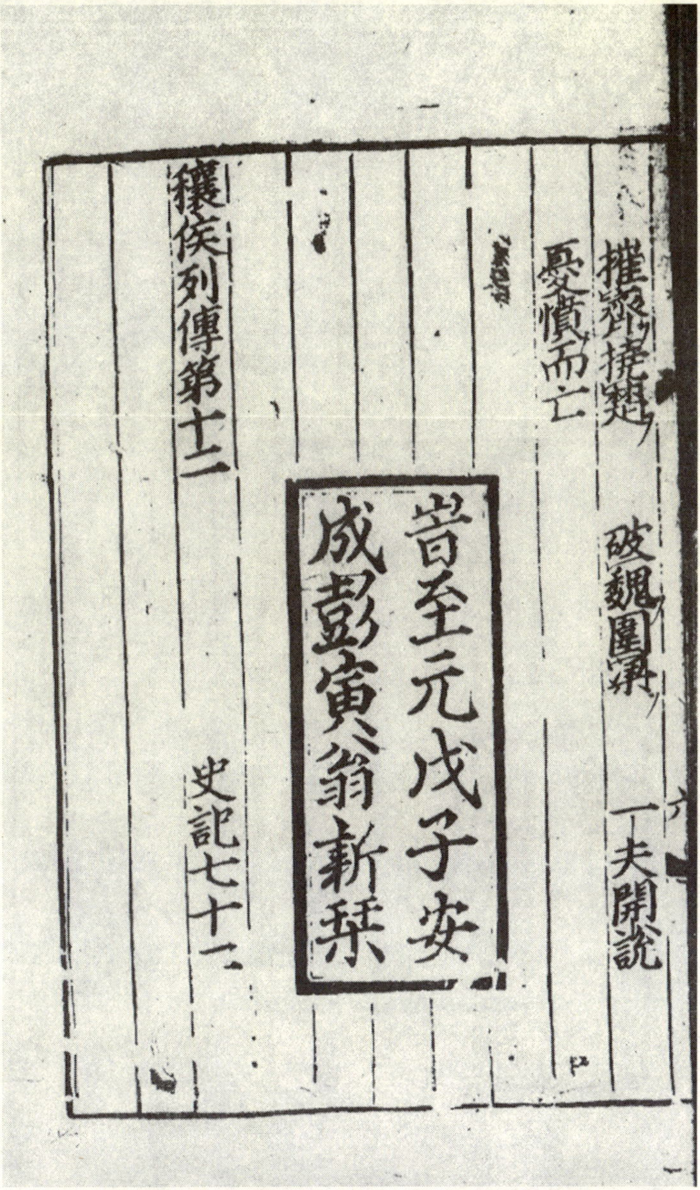
摧齊撓楚　破魏圍梁　一夫開說
憂憤而亡

旹至元戊子安
成彭寅翁新栞

穰侯列傳第十二　史記七十二

图版 12　枫山文库旧藏日本宫内厅书陵部藏彭寅翁本(木记 3)

图版 13　枫山文库旧藏日本宫内厅书陵部藏彭寅翁本(木记 4)

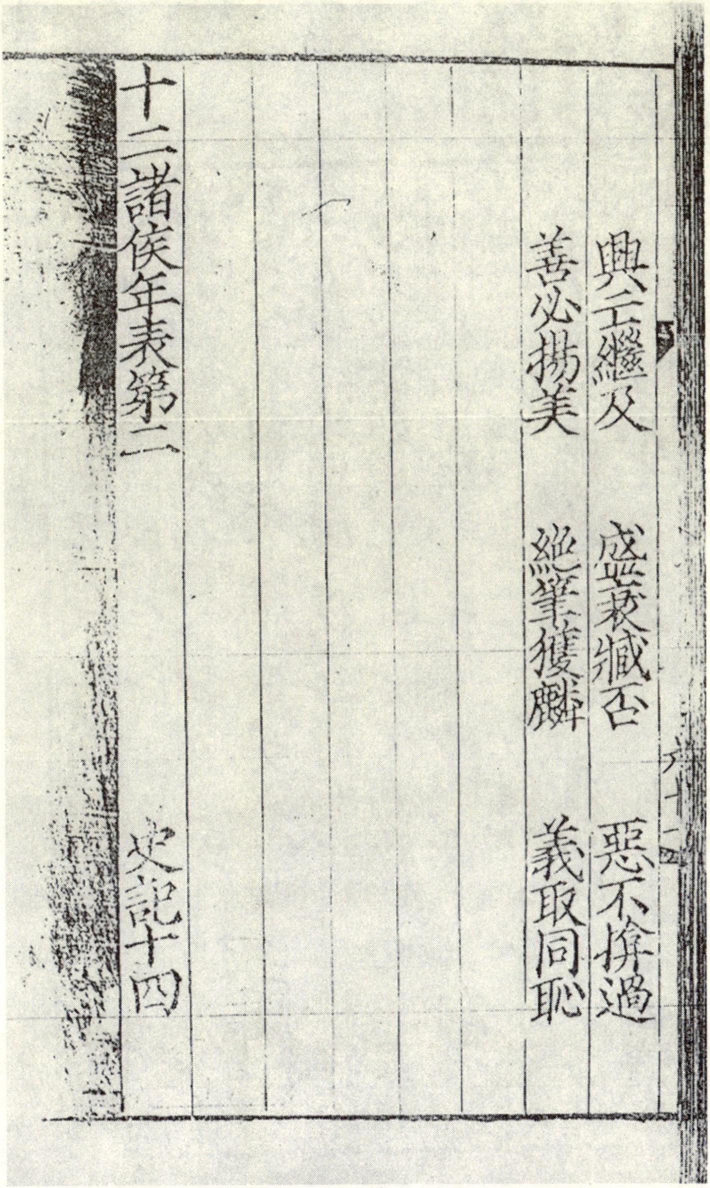

興亡繼及　盛衰臧否　惡不揜過
善必揚美　總筆獲麟　義取同恥

十二諸侯年表第二　　史記十四

图版 14　李盛铎旧藏北京大学藏彭寅翁本(无木记)

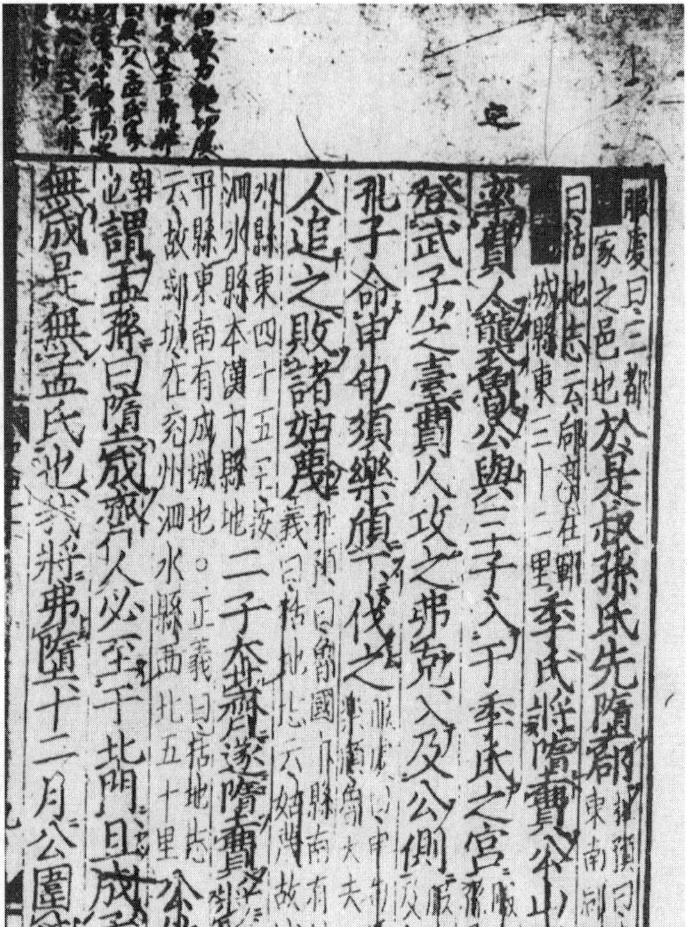

图版 15　枫山文库旧藏日本宫内厅书陵部藏彭寅翁本卷 47 第 9 页前半页

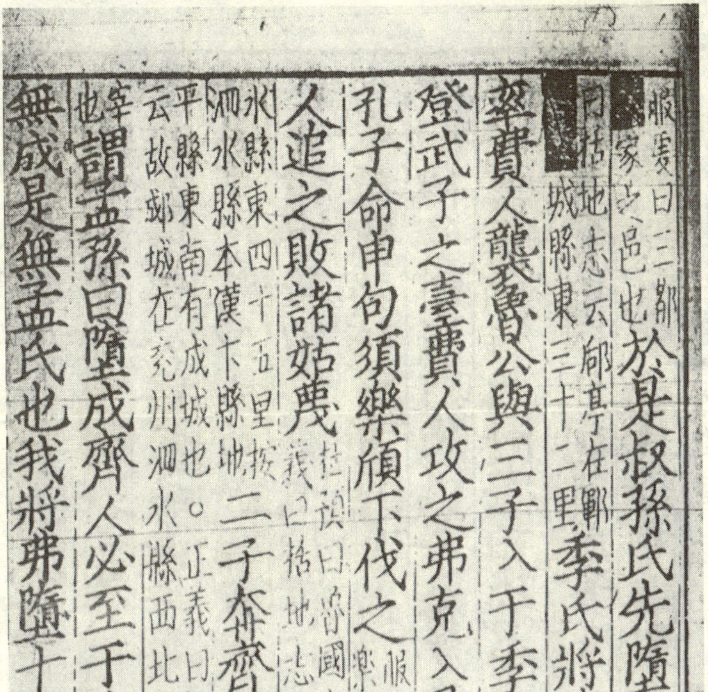

服虔曰三都家之邑也於是叔孫氏先墮郈杜預曰東平無□縣東南郈鄉亭○正義曰括地志云郈亭在鄆□城縣東三十二里季氏將墮費公山不狃叔孫輒率費人襲魯公與三子入于季氏之宮服虔曰三子季孫孟孫叔孫也登武子之臺費人攻之弗克入及公側服虔曰入有人及公之臺側孔子命申句須樂頎下伐之服虔曰申句須樂頎魯大夫費人北國人追之敗諸姑蔑杜預曰魯國卞縣南有姑蔑城○正義曰括地志云姑蔑故城在兗州泗水縣東四十五里按泗水縣本漢卞縣地二子奔齊遂墮費將墮成杜預曰泰山鉅平縣東南有成城也○正義曰括地志云故郕城在兗州泗水縣西北五十里公斂處父服虔曰成宰也謂孟孫曰墮成齊人必至于北門且成孟氏之保鄣無成是無孟氏也我將弗墮十二月公圍成弗克定公

图版 16　台北中央图书馆藏 130 卷本(中 8 卷配明本)卷 47 第 9 页前半页

服虔曰三都三家之邑也於是叔孫氏先墮郈杜預曰東平无鹽縣東南郈鄉亭○正義
曰括地志云郈亭在鄆州宿城縣東三十二里季氏將墮費公山不狃叔孫輒
率費人襲魯公與三子入于季氏之宮服虔曰三子季孫孟孫叔孫也
登武子之臺費人攻之弗克入及公側服虔曰人有入及公之臺側
孔子命申句須樂頎下伐之服虔曰申句須樂頎魯大夫費人北國
人追之敗諸姑蔑杜預曰魯國卞縣南有姑蔑城○正義曰括地志云姑蔑故城在兖州泗
水縣東四十五里按泗水縣本漢卞縣地二子奔齊遂墮費將墮成杜預曰成泰山鉅
平縣東南有成城也○正義曰括地志云故郕城在兖州泗水縣西北五十里公歛處父服虔曰成
宰也謂孟孫曰墮成齊人必至于北門且成孟氏之保鄣
無成是無孟氏也我將弗墮十二月公圍成弗克定公

图版 17　台北中央图书馆藏 130 卷存 27 卷本卷 47 第 9 页前半页

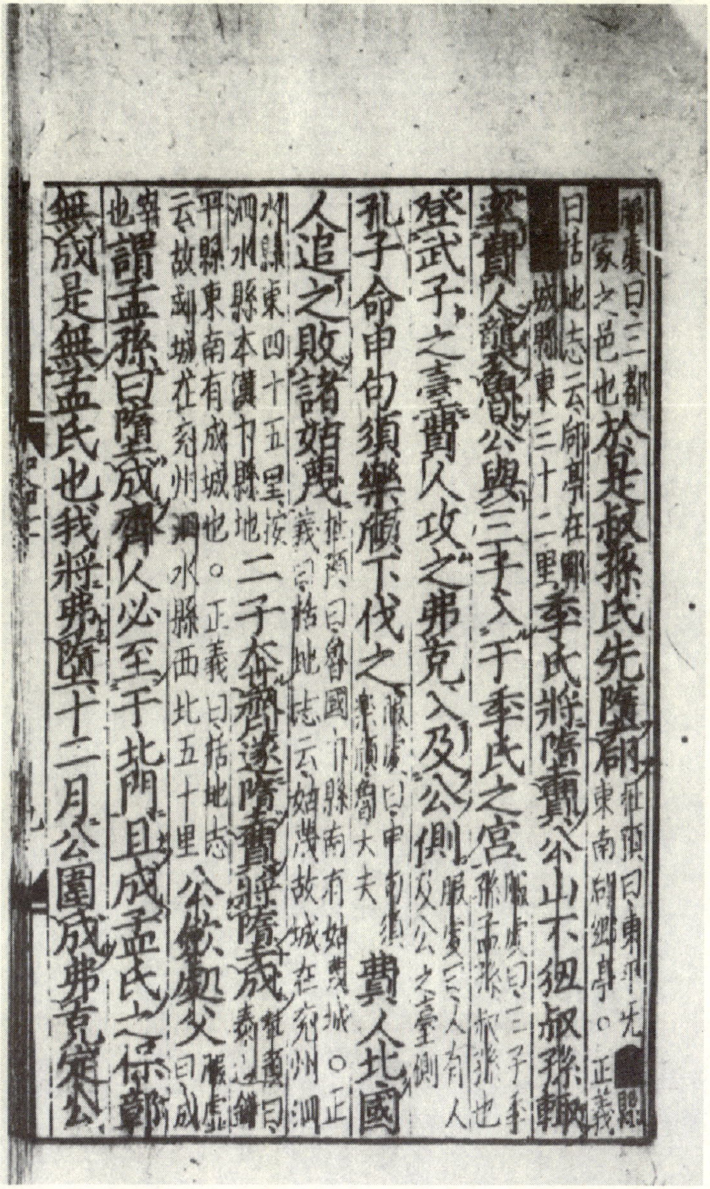
郈襄曰三都家之邑也於是叔孫氏先墮郈服虔曰東平无鹽東南有郈鄉亭。正義
曰括地志云郈亭在鄆城縣東三十二里季氏將墮費公山不狃叔孫輒
率費人襲魯公與三子入于季氏之宮服虔曰三子季孫孟孫叔孫也
登武子之臺費人攻之弗克入及公側服虔曰入有人及公之臺側
孔子命申句須樂頎下伐之服虔曰申句須樂頎魯大夫費人北國
人追之敗諸姑蔑杜預曰魯國卞縣南有姑蔑城。正義曰括地志云姑蔑故城在兗州泗
州縣東四十五里按泗水縣本漢卞縣地二子奔齊遂墮費將墮成杜預曰孟氏邑
平縣東南有成城也。正義曰括地志云故郕城在兗州泗水縣西北五十里公斂處父服虔曰成
宰也謂孟孫曰墮成齊人必至于北門且成孟氏之保鄣
無成是無孟氏也我將弗墮十二月公圍成弗克定公

图版 18　狩谷棭斋旧藏日本宫内厅书陵部藏彭寅翁本卷 47 第 9 页前半页

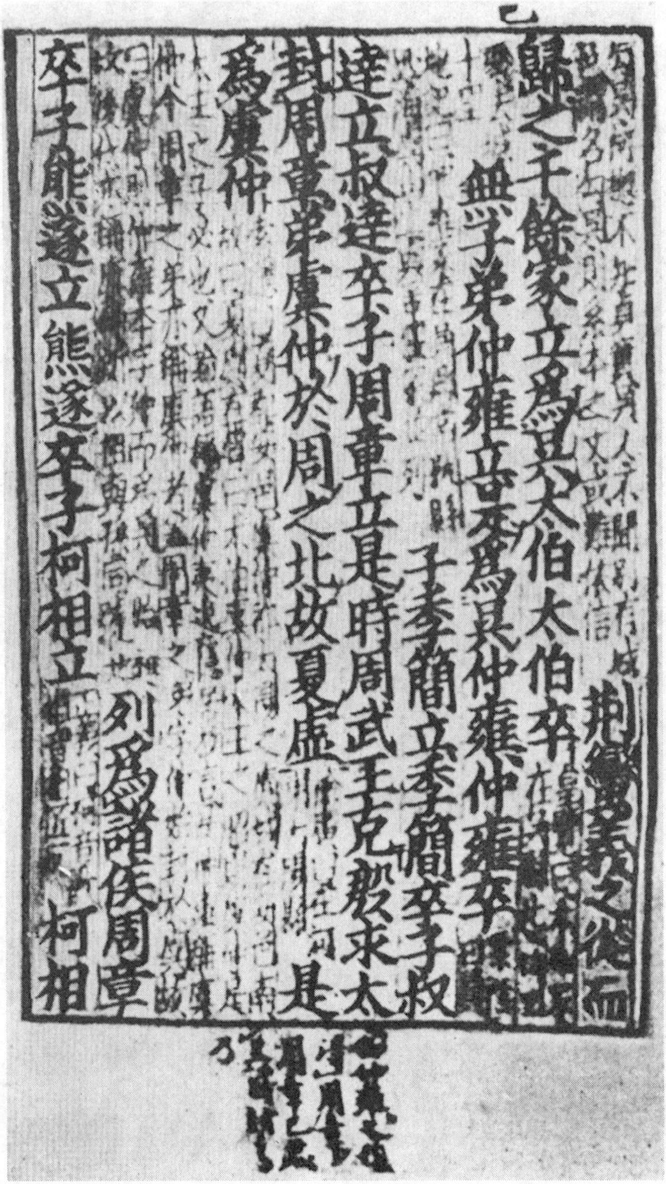

荊蠻義之從而
歸之千餘家立爲吳太伯太伯卒
無子弟仲雍立是爲吳仲雍仲雍卒
子季簡立季簡卒子叔
達立叔達卒子周章立是時周武王克殷求太
封周章弟虞仲於周之北故夏虛是
爲虞仲
列爲諸侯周章
卒子熊遂立熊遂卒子柯相立
柯相

图版 19　日本历史民俗博物馆藏南宋刊黄善夫本卷 61 第 2 页前半页　（脱 18 字）

勾吳何揔不知貞實吳人不聞別有城邑謂名勾吳則系本之文或難依信荆蠻義之從而歸之千餘家立爲吳太伯太伯卒皇覽曰太伯冢在吳縣北梅里聚去城十里無子弟仲雍立是爲吳仲雍仲雍卒索隱曰吳地記曰仲雍冢在吳鄉常孰縣西海虞山上與言偃冢並列子季簡立季簡卒子叔達立叔達卒子周章立是時周武王克殷求太伯仲雍之後得周章周章已君吳因而封之乃封周章弟虞仲於周之北故夏虛徐廣曰在河東太陽縣是爲虞仲索隱曰夏都安邑虞仲都太陽之虞城在安邑南故曰夏虛左傳曰太伯虞仲太王之昭則虞仲是太王之子必也又論語稱虞仲夷逸隱居放言是仲雍稱虞仲今周章之弟亦稱虞仲者蓋周章之弟字仲始封於虞故曰虞仲則仲雍本字仲而爲吳之始祖故後代亦稱虞仲所以祖與孫同號也列爲諸侯周章

图版 20　涵芬楼影印百衲本《史记》卷 61 第 2 页前半页　（增补 18 字）

求太伯仲雍之後得周章周章已君吳因而封之

虞

伯始所居地名裴氏引之恐非其義蠻夷既有其號勾吳何總不知真實吳人不聞別有城邑曾名勾吳則係本之文或難依信荊蠻義之從而歸之千餘家立為吳太伯太伯卒皇覽曰太伯冢在吳縣北梅里聚去城十里索隱曰地記曰仲雍冢在吳鄉常孰縣西海虞山上與言偃冢並列無子弟仲雍立是為吳仲雍仲雍卒子季簡季簡卒子叔達立叔達卒子周章立是時周武王克殷求太封周章弟虞仲於周之北故夏虛徐廣曰在河東大陽縣是為虞仲索隱曰夏都安邑虞仲都大陽之虞城在安邑南故曰夏虛左傳曰太伯虞仲太王之昭則虞仲是太王之子必也又論語稱虞仲夷逸隱居放言是仲雍稱虞仲今周章之弟亦稱虞仲者蓋周章之弟字仲始封於虞故曰虞仲則仲雍本字仲而為吳之始祖故後代亦稱虞仲所以祖與孫同號也列為諸侯周章卒子熊遂立熊遂卒子柯相立正義曰柯音歌相音相匠反

图版 21　枫山文库旧藏日本宫内厅书陵部藏彭寅翁本卷 61 第 2 页前半页　（脱 18 字）

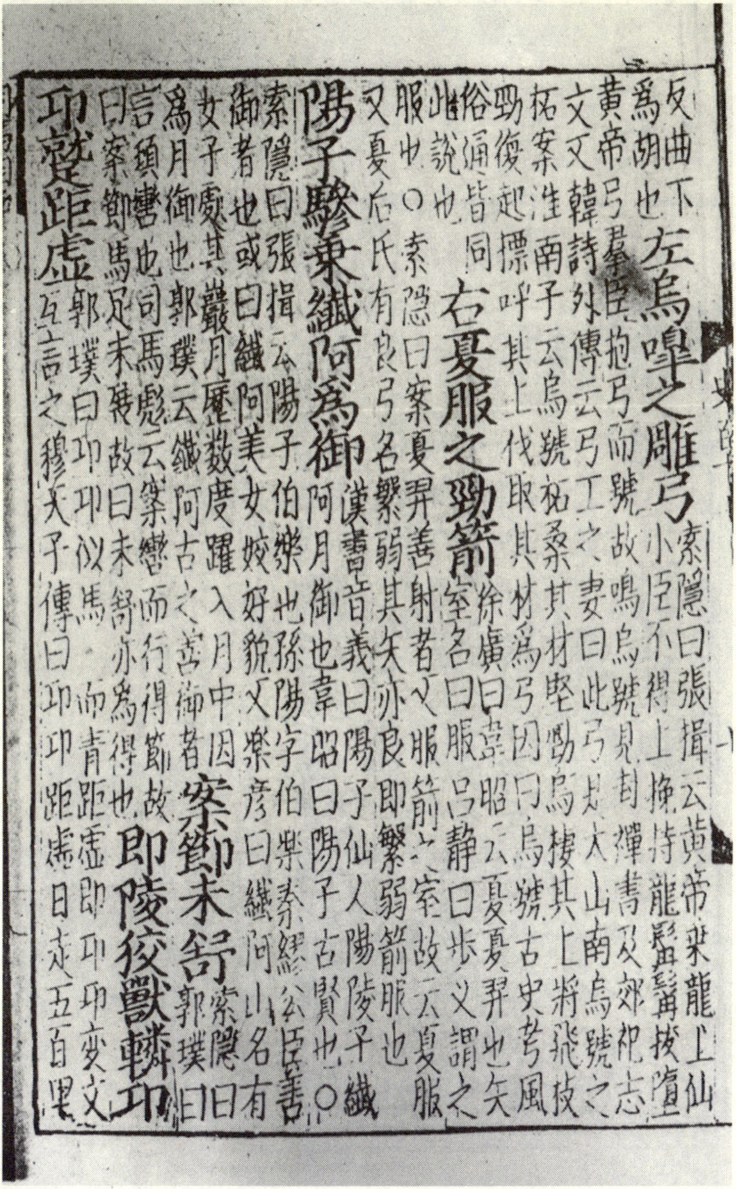

反曲下爲胡也**左烏嗥之雕弓**索隱曰張揖云黃帝乘龍上仙小臣不得上乃悉持龍𩯭𩯭拔墮黃帝弓羣臣抱弓而號故鳴烏號見封禪書及郊祀志文文韓詩外傳云弓工之妻曰此弓是太山南烏號之柘案淮南子云烏號柘桑其材堅勁烏棲其上將飛枝勁復起摽呼其上伐取其材爲弓因曰烏號古史考風俗通皆同此說也**右夏服之勁箭**徐廣曰韋昭云夏夏羿也矢室名曰服呂靜曰步叉謂之服也○索隱曰案夏羿善射者又服箭之室故云夏服又夏后氏有良弓名繁弱其矢亦良即繁弱箭服也**陽子驂乘纖阿爲御**漢書音義曰陽子仙人陽陵子纖阿月御也韋昭曰陽子古賢也○索隱曰張揖云陽子伯樂也孫陽字伯樂秦繆公臣善御者也或曰纖阿美女姣好貌又樂彥曰纖阿山名有女子處其巖月歷數度躍入月中因爲月御也郭璞云纖阿古之善御者**案節未舒**索隱曰郭璞曰言須臾也司馬彪云案轡而行得節故曰案節馬足未展故曰未舒亦爲得也**即陵狡獸轔邛邛蹵距虛**郭璞曰邛邛似馬而青距虛即邛邛變文互言之穆天子傳曰邛邛距虛日走五百里

图版 22　台北中央图书馆藏 130 卷本(中 8 卷配明本)卷 117 第 7 页后半页

图版 23　日本历史民俗博物馆藏南宋刊黄善夫本卷 117 第 8 页前半页

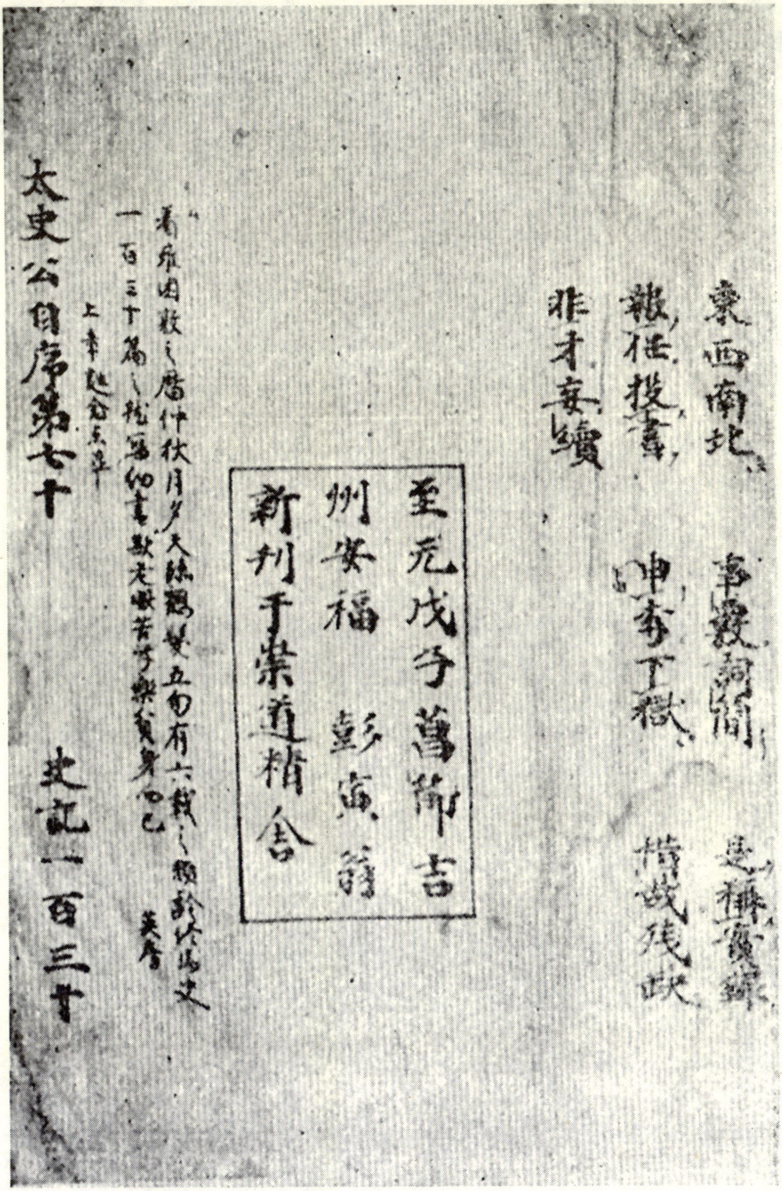
襄西南北、事覈詞簡、是稱實錄
報任投書、申李下獄、惜哉殘缺
非才妄續

至元戊子蒿節吉
州安福彭寅翁
新刊于崇道精舍

太史公自序第七十　　史記一百三十

图版 24　日本宫内厅书陵部藏三条西实隆自笔彭寅翁本
（据《史记会注考证校补》）

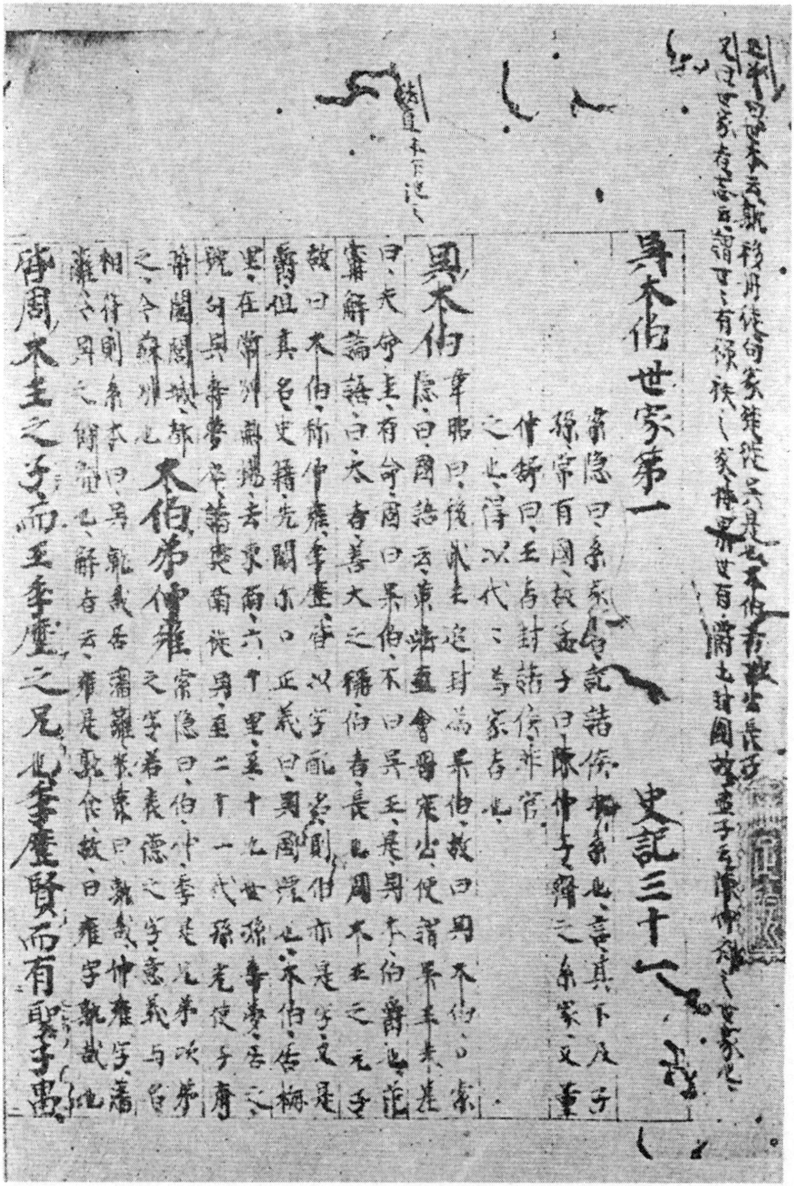

图版 25　日本建仁寺两足院藏梅仙和尚自笔彭寅翁本
（据《史记会注考证校补》）

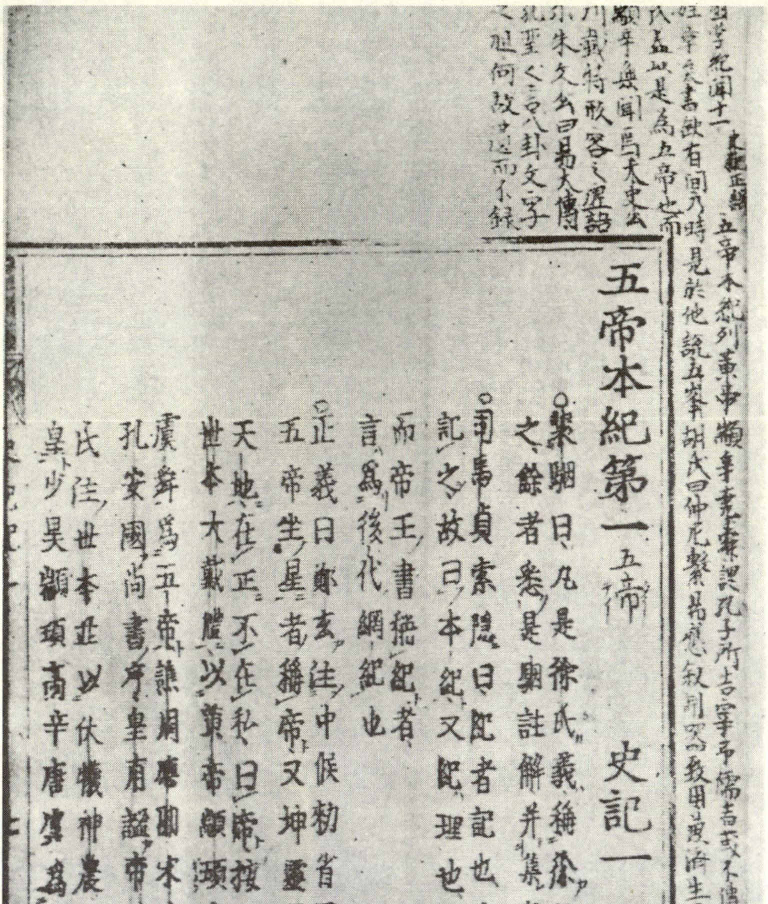

五帝本紀第一　五帝　史記一

集解駰曰凡是徐氏義稱徐姓名以別之餘者悉是駰註解并集衆家義○司馬貞索隱曰紀者記也本其事而記之故曰本紀又紀理也絲縷有紀而帝王書稱紀者言為後代綱紀也

正義曰鄭玄注中候敕省圖云德合五帝坐星者稱帝又坤靈圖云德配天地在正不在私曰帝我按太史公依世本大戴禮以黃帝顓頊帝嚳唐堯虞舜為五帝譙周應劭宋均皆同而孔安國尚書序皇甫謐帝王世紀孫氏注世本並以伏犧神農黃帝為三皇少昊顓頊高辛唐虞為五帝裴松

图版 26　和学讲谈所旧藏日本内阁文库藏日本古活字本(北大藏本同种本)
(据《史记会注考证校补》)

图书在版编目(CIP)数据

元刻《史记》彭寅翁本研究/张兴吉著.—南京:凤凰出版社,2006.1

(中国典籍与文化研究丛书.第2辑)

ISBN 7-80729-005-6

Ⅰ.元... Ⅱ.张... Ⅲ.史记—研究 Ⅳ.K204.2

中国版本图书馆CIP数据核字(2005)第146027号

书　　名	元刻《史记》彭寅翁本研究
著　　者	张兴吉
责任编辑	王华宝
出版发行	凤凰出版传媒集团
	凤凰出版社(原江苏古籍出版社)
	南京市中央路165号　邮编210009
	发行部电话025—83223462
集团网址	凤凰出版传媒网　http://www.ppm.cn
经　　销	江苏省新华书店
照　　排	南京理工出版信息技术有限公司
印 刷 者	南京通达彩印有限公司
	南京市六合区冶山镇　邮编211523
开　　本	880×1230毫米　1/32
印　　张	8.625
字　　数	240千字
版　　次	2006年1月第1版　2006年1月第1次印刷
标准书号	ISBN 7—80729—005—6/K·3
定　　价	24.00元

(凤凰出版社图书凡印装错误可向承印厂调换)